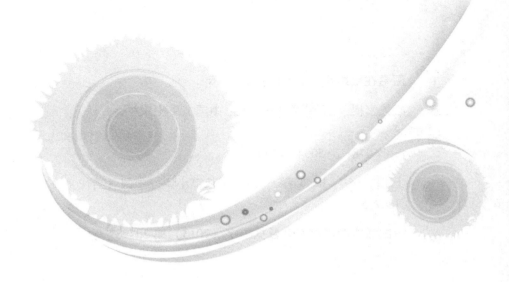

春　晓◎著

心灵密码

XIN LING MI MA

被称为"中国吉普赛人"的铁路施工单位职工长年在外奔波。他们的人生和感情像铁路线那样漫长曲折、耐人寻味……

中国文史出版社

图书在版编目（CIP）数据

心灵密码 / 春晓著. —北京：中国文史出版社，
2013. 8

ISBN 978-7-5034-4249-0

Ⅰ. ①心…　Ⅱ. ①春…　Ⅲ. ①长篇小说—中国—当代
Ⅳ. ①I247. 5

中国版本图书馆 CIP 数据核字（2013）第 207987 号

责任编辑：罗　英　雷　鸣

出版发行：中国文史出版社
网　　址：www. wenshipress. com
社　　址：北京市西城区太平桥大街23号　邮编：100811
电　　话：010 - 66173572　66168268　66192736（发行部）
传　　真：010 - 66192703
印　　装：北京天正元印务有限公司
经　　销：全国新华书店
开　　本：170mm×240mm　1/16
印　　张：14
字　　数：228 千字
版　　次：2014 年 1 月北京第 1 版
印　　次：2014 年 1 月第 1 次印刷
定　　价：42. 00 元

在传统与新兴的碰撞中传承中华文化（代序）

春　晓

　　中国五千年的文明,博大精深,从未间断。中华文化在中华民族发展几千年的历程中沉淀了深厚的底蕴,是任何一种文化都无法比拟和取代的,因此值得每一位炎黄子孙骄傲和自豪。但作为中华民族芸芸众生中的一员,仅仅为此骄傲和自豪是不够的,还应该身体力行,为中华文化的传承做些自己力所能及的事,于是我想到了写作,并从写作进化到创作。

　　写作也好,创作也罢,它都会引发你对传统文化和新兴文化的探讨和思考。诚然,社会形态对文化有着巨大的影响,社会形态的变更会引起文化的变革,而文化的变革又需要在继承前一社会形态下所形成的文化精华的同时,革新并发展成为与现代社会形态一致的文化风格。然而,中国却有着特殊的社会历程。鸦片战争后,西方文化随着帝国主义和殖民者的入侵及革新运动的展开逐渐传入中国,中国的封建文化受到了前所未有的冲击而成为强弓之末。很快,延续了几千年的封建文化随着清王朝的覆灭戛然而止,但它对中国社会的影响却没有从此而停止。由于中国半殖民地半封建社会的特殊社会形态导致了中国资本主义经济的畸形发展,从而使中国从封建社会直接跳跃到了社会主义社会,这样就使具有中国资本主义性质的新文化从萌芽到形成所经历的时间很短,未能全面地、充分地、深刻地得到发展,而就在"五四"运动之后,在中国共产党的领导之下,开始朝社会主义方向发展,从而形成了中华文化的断层。从抗战时期一直到"文化大革命"近四十年的时间里,主要是抗战文化和为政治服务的文化得到了一定的发展,再加上"文化大革命"对文化本身的摧残和扼杀,这一时期的文化没有良好发展的环境与空间,过于单一和脆弱。1978年12月党的十一届三中全会召开,此后的中国在邓小平"解放思想"旗帜的引导和变革思潮的促动下,走上了对外开放、对内改革的道路。但是改革开放的窗口一打开，随着扑鼻的花香也进来了苍蝇蚊子，一时间，西方文化的精华和糟粕一股脑儿地奔涌进来，这时的中国社会主义文化正处在发展的脆弱时期，加之受到西方文化的巨大冲击，中国的文化发展进入到与西方文化碰撞、绞杀、交织、融合的时期。

从更广的范围看，在封建文化结束其发展的那一刻起直到现在，新型的社会主义文化就没能跟上社会发展的步伐。在进入二十一世纪的今天，中华文化的沉没与西方文化的猖獗形成了鲜明的对比。中华文化的前途似乎有些茫然。记得鲁迅先生曾说："不在沉没中爆发，就在沉没中灭亡。"如何传承中华民族的传统文化，找回中华文化所丢失的本色并且发扬光大，进而创造中华文化新的辉煌，已经是摆在我们面前的一项光荣艰巨而且义不容辞的责任和义务。

近年来，无论是报纸杂志还是电视广播，"文化"二字频频出现，一些与文化关联度不强甚至根本无关的活动也生搬硬套上"文化"二字，这不仅是对文化的随意挪用，更是对文化的亵渎。值得庆幸和欣慰的是，随着社会的不断进步，中国政府加大了对文化遗产的保护力度，继而启动了文化体制改革。但是遗产终究是遗产，如何继承中国传统文化的精髓，抵御西方不良文化的侵蚀，开创中华文化的新纪元，这应该引起每一个中华儿女和有识之士的深深思考。

近代以来，对中国传统文化应该秉持什么样的态度，一直存在着两种对立的思想倾向：一是"国粹派"，认为中国传统文化一切都好，甚至对"二十四孝"也不加批判地完全肯定；一是"西化派"，把中国落后的一切根源归咎于文化传统，主张完全抛弃中国的传统文化而全盘西化。这两种观点在今人看来无疑都是错误的。新中国前三十年，对于中华传统文化也是采取了简单否定的态度，教训十分深刻。因此，对待传统文化的科学态度和方法应该是古为今用、批判继承。

如何进行"古为今用、批判继承"呢？我倾向于：第一，对那些在长期历史实践中形成的优秀价值原则，可以转化为时代精神来继承。例如《周易大传》中"天行健，君子以自强不息"的刚健有为精神，《论语》中所提倡的舍生取义、见利思义、见危授命、"三军可夺帅，匹夫不可夺志"的果敢英勇品质，"士不可以不弘毅，任重而道远"的历史使命感，《孟子》中提出的"富贵不能淫，贫贱不能移，威武不能屈"的独立人格和"乐以天下，忧以天下"的忧患意识，《春秋公羊传》中强调的天下统一的思想等。第二，对有些内容可抽取其封建性的思想内核，提取其有用的精神因素，使之成为今天新文化建设有用的思想要素。如"民本"思想，从西周初年的"敬天保民"到孟子的"民为贵,社稷次之,君为轻",再到荀子的"君者,舟也;庶人者,水也。水则载舟,水则覆舟"。这一"民本"思想构成了中国古代政治思想的重要组成部分。当然,古代"民本"的真正内涵,不是也不可能是人民的利益。今天我们剔除其封建内核,将其转化为推行"让人民当家做主",将其发展为"人民的利益高于一切"的社会主义观念,从而在执政者中提倡树立"公仆"意识。还有儒家提出的"修己安人"、"正心修身"等思想,在建立社会主义市场经济的今天,我们仍需要提倡自身修养和为社会主义而献身的精神。第三,对传统文化中的糟粕,必须否定和抛弃。如"三从四德"的女性观,"天不变道也不变"的自然观,"别尊卑,明贵贱"的等级观等,或压抑和摧残人性,或违反自然生存及发展的规律,或人为制造人世间的不平等,这些都应该毫不犹豫地加以扫除和丢弃。

现如今,经济社会发展了,人们必然会产生对文化特别是对中华传统文化强烈的归属感和认同感,于是出现了国学热和传统文化热,出现了易中天热、于丹热。有人指责于丹解读论语是"于丹的心灵鸡汤",我以为,持这种观点的人忽视了一个因素,或者说他们没有从于丹本人的角度来看待和处理这样一个问题:当于丹面对的是一群大多没有系统读过《论语》的各色受众时,她只能以她的方式来浅显地解读《论语》。于丹用这样一种方式,至少让人们知道有这部中华文化的"经典",也激发起了人们学习国学经典的兴趣和热情,其功德已经无法加以量化了。

中国人必须传承和发展中华民族的文化,这是我们每一代中国人的责任所在。传承中华文化和学习借鉴外来文化不矛盾。要繁荣中华文化,必须先把中华传统文化继承好、弘扬好,然后在此基础上学习借鉴世界上一切先进文化。在学习借鉴世界上先进文化时我们还不能失去自信,因为如果失去了自我,就变得自卑,变得猥琐,变成外来文化的奴隶,成为"哈外"一族。换句话说,要营造中华文化的大森林,就先要把中华文化的这片森林维护好、养护好、发展好,而不能把中华文化之树悉数砍伐殆尽,然后引进高大威猛的西洋树种。如果是那样,说你是"种了人家的田荒了自家的地"事小,毁了中华文化之树则事大,因为那会贻害无穷、遭人唾弃。

总之,中国传统文化塑造了中华民族醇厚中和、刚健自强的人文品格和道德标准,不仅对中国的经济和社会发展发挥着巨大影响,也为中国人的世界观和行为方式的形成奠定了基础,这促使我从年轻时代就开始培养并且在此后的工作和生活中始终坚持以下四种精神：一是自强不息、刚健有为的进取精神。中国古代文化经典《周易》上说："天行健，君子以自强不息。"就是提倡人应像日月星辰刚健运行那样，登高望远，向前行进，积极进取，奋斗不息。自强不息是中国传统文化思想的主旋律，也是中华民族历经磨难而不倒、中华文明历经浩劫而传承的重要因素。这种精神铸就了中国人民百折不挠、愈挫愈奋的民族品格。二是以和为贵、和而不同的和谐精神。早在 2000 多年前，中国古代思想家就提出"和实生物"、"和而不同"等思想，主张国家之间、民族之间、人与人之间和谐共处，不同文明之间和谐共存，人与自然之间和谐共生。与"中庸"一样，"和"是中华文化的精髓，是中国人民奉行的崇高价值。在中国历史上，"和"也曾经起了促进民族团结、增强民族凝聚力、实现睦邻友好的积极作用。三是民为邦本、民贵君轻的民本思想。成书于殷商时期的《尚书》中，就提出了"民惟邦本，本固邦宁"的思想。我们现在所提出的"以人为本"，就是对"民本"思想的继承和发扬。我们既要通过改革开放，解放和发展生产力，满足人们日益增长的物质文化需求，还要在平等、自由的条件下实现人的全面发展。四是天人合一、民胞物与的人与自然相统一的思想。中国宋代哲学家张载明确提出"天人合一，民胞物与"的思想，就是说，天地犹如父母，人与万物都是天地所生，人民都是我的兄弟，万物都是我的朋友，这充分肯定了人与自然界的统一。人是自然界所产生的，是自然界的一部分，人可以认识自然并通过自己的智慧和才能加以改变调整，但不应违背自然的规律，更不应该人为地去破坏自然。如果破坏了自然，人类迟早会受到自然界的惩罚。

　　一个国家要兴旺发达，一个民族要和睦相处，不仅要有人脚踏实地，埋头苦干，也要有人遥望星空，坚守精神家园。唯有如此，这样的民族才有希望，才能克服前进道路上的艰难险阻，才能有光明的未来。

二〇一三年四月

目　录
CONTENTS

引　子 …………………………………………………… 1

一、皖赣情变 1

二、骥民安家 4

三、红雲溜号 6

四、"欠""倩"由来 8

五、掌上明珠 10

六、鲁钦挨打 12

七、秋倩转学 15

八、交出钥匙 17

九、强者更强 18

十、桂林过年 20

十一、宁海来客 22

十二、馒头擦盘 24

十三、松阳住院 25

十四、电话"通牒" 27

十五、家丑外扬 28

十六、"图我财产" 31

十七、"你不是人" 33

十八、置疑身世 36

十九、没人尿你 39

二十、助纣为虐 43

二十一、"乌云三朵" 45

二十二、"老皮"师傅　　　　　　　　49

二十三、绝交之谜　　　　　　　　　53

二十四、上海印象　　　　　　　　　57

二十五、秋瑾出走　　　　　　　　　60

二十六、扫地出门　　　　　　　　　67

二十七、男大当婚　　　　　　　　　70

二十八、校园献吻　　　　　　　　　72

二十九、偶遇稽查　　　　　　　　　77

三十、闪电结婚　　　　　　　　　　80

三十一、农村规矩　　　　　　　　　85

三十二、智斗小偷　　　　　　　　　89

三十三、夫妻冷战　　　　　　　　　92

三十四、孕期之痒　　　　　　　　　96

三十五、男女之谜　　　　　　　　　98

三十六、同学相聚　　　　　　　　　101

三十七、母亲母亲　　　　　　　　　105

三十八、儿子大了　　　　　　　　　112

三十九、"三个代表"　　　　　　　　114

四十、住院风波　　　　　　　　　　119

四十一、小景支招　　　　　　　　　120

四十二、母女斗法　　　　　　　　　124

四十三、大玩失踪　　　　　　　　　131

四十四、姐妹相见　　　　　　　　　137

四十五、无人领养　　　　　　　　　140

四十六、改不了了　　　　　　　　　144

四十七、宁静兆喜　　　　　　　　　148

四十八、卦定婚期　　　　　　　　　151

四十九、缺席婚礼　　　　　　　　　154

五十、宁静出嫁　　　　　　　　　　156

五十一、秋玲伤心　　　　　　　　　159

五十二、"回门"之俗 　　　　　　　　161

五十三、突患绝症 　　　　　　　　　164

五十四、无理取闹 　　　　　　　　　166

五十五、当仁不让 　　　　　　　　　169

五十六、形同陌路 　　　　　　　　　171

五十七、从此解脱 　　　　　　　　　173

五十八、怎么过年 　　　　　　　　　176

五十九、秋倩生日 　　　　　　　　　179

六十、杰茜麦瑞 　　　　　　　　　　181

六十一、拿到"绿卡" 　　　　　　　　184

六十二、喜庆红楼 　　　　　　　　　186

六十三、清水之行 　　　　　　　　　188

六十四、跪哭坟头 　　　　　　　　　192

六十五、怪异梦境 　　　　　　　　　195

六十六、走进霍山 　　　　　　　　　198

六十七、谁要团圆 　　　　　　　　　201

六十八、心里有数 　　　　　　　　　202

附录:我的家乡方言与普通话的差异 ················· 207

后　记 ······································· 211

引　子

1962 年 2 月,齐鲁大地进入冬季,冷冽的寒风打着呼哨劲吹,落叶翻卷,尘飞土扬,天空暗淡无光,街上不多的几个行人,女的裹紧头巾,男的压低帽檐,一个个缩着脖子吃力地往前拱行。在市人民医院妇产科的 17 号病房,一名二十七八岁的少妇阴沉着脸靠在床铺上,一副焦躁不安的样子,后来像是下定了某种决心似的然翻身下床,匆匆穿上那件蓝色的、钉着金黄色火车头图案纽扣的棉大衣,愤然看了一眼花布襁褓中正在熟睡的女婴,仿佛恨同前仇,两眼露出腻歪的目光,然后悄悄地溜出了房间。

一、皖赣情变

一条正在修筑的铁路路基从远方延伸而来,到一座山峰前突然不见了,仿佛被人一刀斩断,山体已被削去一个断面,露出赭红色且夹杂着钟乳石的土壤。显然,这是一座刚开凿不久的铁路隧道,刷出的洞口还没有用料石砌筑起来,土石方掘进也不过三五十米,洞口上部仅进行了临时支护,打入的锚杆密密麻麻、长短不齐,正上方还铺上了网状的格栅,喷过锚的地方呈灰白色,给进进出出的施工人员增加了一种安全感。离隧道口约 500 米处,有一片临时搭建起来的建筑物,从便道上过来进入这些建筑物,必须经过一个由三角铁和钢筋焊成的大门,大门两边并没有围墙,只是用廉价的竹篱笆围了起来,再向后延伸就是木桩和铁丝网了。进了大门有一块空地,一端竖起一个简易的木制篮球架,活动时只能打半场,开展不了正规的比赛。再向里走,过几排临时房屋又是一个大门,与前面那个大门不同的,这只是两扇用趴钉和杉木杆拼凑而成的柴扉,与柴扉联结的一根柱子上用铁丝捆绑着一个长方形牌子，上面写着"铁道建筑第四局物资供应处皖赣铁路物资供应站郭溪工地材料厂"几个大字，偌大的场地分出不同的区域，大堆的木材、钢材露天堆放着，水泥则是用军用篷布苫盖着。

据说，皖赣铁路与安徽旌德一个名叫吕佩芬的人有着密切的联系。吕佩芬名烈英，号晓初，光绪六年进士，授翰林院编修，与王仁堪、将艮、洪思亮、周克宽、曹鸿勋、张百熙同院为官，共同具有俊秀飘逸的风格，时人谓之"翰林七贤"。他总结自己一生只做了三件事：修铁路、兴学堂、筑堤坝，而修铁路就是指他在光绪三十一年六月向皇帝上奏倡修皖赣铁路，计议线路北起安徽芜湖，经湾沚、宣城、宁国、旌德、歙县、屯溪、婺源（时属安徽）达江西景德镇。安徽省私营铁路公司在芜湖成立后，立即开始招股、勘路、购地、筑路等事宜。然而，皖赣铁路从1905年立项后就像一个难产的婴儿，几经风雨、历尽艰难。

这次重新开工建设已经是第五次上马了。鲁红雲和她的工友们雄心勃勃地来到工地，并立下豪言壮语，用自己的青春和热血铸就这条钢铁大道。然而，几个月过去了，由于受财力、物力的限制，工程进度缓慢，有的工程队连发工资都很困难，严重挫伤了参战职工们的积极性。

冬季的中午虽然阳光灿烂，但在工棚里相对而坐的红雲和汪刚却感觉不到艳阳的温暖。从外表相貌看，汪刚明显比红雲年长六七岁，穿戴齐整，五官端庄，很有些男人威猛刚强、勇健利索的气质。因为感冒，他时不时地抬起手揉搓一下呼吸不畅的鼻子，或用手绢擦拭一下流泪的眼睛；红雲则双手抱着装满开水的玻璃茶杯。水是汪刚倒的，可她一口也没喝，仿佛只是为了把热量传递到自己的手上。

自从知道自己又一次怀孕，红雲的心里就如同面前那扇密封不严的窗户，受到一股又一股冷气的侵袭，禁不住一阵阵地发冷和抽搐。春节前，丈夫邵松阳来信说，单位领导已经批准了他的请求，从几百里以外的处机关来探望她。已经暗自与汪刚在一起、有时还起伙做饭吃的红雲，不能忍受自己的房间里进来一个自己已经不感兴趣的人，可又没有与邵松阳公开闹翻，更没有办理离婚手续，邵松阳还是自己的丈夫，尚无正当理由硬起腰杆子加以拒绝，也让很是犯愁。汪刚给她出主意，让她到北方一家有业务往来的钢铁厂出趟差，谁知事业心一向很强、平时总把人员往外撺的厂长，临近退休了良心发现似的，安排没有回家的职工在除夕之夜会一次餐，共同过一个"团圆年"。这边"躲"不开，那边"甩"不脱，这让红雲焦躁不安。

上次她出差到机关，虽在邵松阳死皮赖脸的纠缠和哀求下只给了那么一次极短暂的机会，却想不到心存的侥幸化为乌有，还真让他"种"上了。他恨邵松阳，更恨肚子里的这个孽种。红雲也曾产生过打胎的念头，可局"工地医院"的大夫——她最要好的朋友阳梅并不了解红雲的隐情和苦衷，无论如何不同意这么做。阳梅说："你不是很想要个男孩吗？根据你目前的反应情况和我长期积累的经验，这个肯定是男孩！"

红雲只有姐妹三人，没有兄弟，父母时常为此而受到一些人的歧视。有时为个鸡毛蒜皮的事，那些人也拿她们家没有男孩子说事，拌嘴时就拿这说事、揭短，甚至辱骂她家"绝户头"。她们三姐妹每个人出嫁，父母都向她们提出一个要求和希望，就是一定要生个男孩儿，那样在丈夫家才能真正硬起腰杆。所以，从结婚那天起，红雲都巴望着自己能生一个"带把儿"的。

对她产生了爱慕之情的汪刚，前段时间一直劝她流产，并说一切由他来负责，态度非常坚决，一副誓死保护她、爱护她的样子，可这几天也不知道为什么，汪刚又嘴软了，对她说："你想生下来也可以。"红雲见汪刚有些缩脖子，心里便有些发凉，隐隐感到这个人可能会靠不住，于是看到他也开始烦了。

汪刚的老家在山海关，那里有他的老婆和孩子。一想到这些，红雲的脑海里便再次浮现出那种空洞无底的预感：与汪刚的感情最终不会有什么结果——尽管汪刚已经答应她坚决和那个关外的黄脸婆离婚。

二十世纪六十年代初，因为政治的原因，苏联老大哥不能容忍中国这个小兄弟偏离由它设计好了的行进轨道，更容不得它在重大的国际问题上不听招呼，自作主张，非常生气地把脸一沉，斩钉截铁般地停止了对中国经济发展的资助，撤走在华专家，连这条已经开工修建的铁路也因此陷入了半停工的状态。

铁路职工同地质勘探、石油工人一样，长年在外，不断搬迁，居无定所，四海为家，长期过着到处漂泊、风餐露宿的生活，被人们戏称为流动的"吉普赛人"。他们远离村镇，住在野外，居住条件十分简陋，除了少量用"马粪纸"压制成的板子而建立的活动房屋外，工人们大都住在把竹篱笆绑扎起来、里外抹一层泥巴、屋顶用油毛毡拼铺的工棚里。为了夏天隔热、冬天保温，有人在屋梁下拉几道铁丝、铺几张苇席，这就算是"天花板"了。每到黑夜，田鼠们成群结队在上面跑来跑去，其雄壮的步伐听起来如同向在它脚下生活的人们游行示威："这里是我们的阵地，你能把我们怎么样！"

材料厂里的几位闽粤籍职工，一到晚上便在田鼠们经常出没的地方放上自制的钢丝夹进行捕猎，第二天一早，总是能够捡回几只垂死的硕鼠。于是，中午也就有了带荤的下酒菜了。

红雲住的就是这种竹笆墙、油毡顶的工棚。近20个平方米的房间被三节组合资料木箱一分为二，留一条约50公分的过道，垂挂一块蓝色的桌布当门帘，里面的套间作为卧室，外间用来办公。此时，红雲坐在桌前，汪刚则坐在"套间"的门口。

"要不，我送你到县城医院去做流产？"看到红雲一脸的冰霜，汪刚试探着说。

"你放屁！"红雲恶狠狠地瞪着他，压低嗓门吼道："都快五个月了，你想害死我呀！"直到汪刚胆怯地避开她喷火般的目光，起身去把敞开的房门关得只留一条缝，红雲才把头转向挂满各种表格的墙，骂了句"你个挨千刀的"，就不再理会他。

二、骥民安家

沘城，一座在中国版图上南不南、北不北的城市。论地理位置，它位于长江以北，应该算是北方。可是，冬天这里给人的感觉却出奇的冷，夏天又热得和南京、长沙这些火炉城市相差无几。论生活习俗，这里的人们一天三顿都吃大米，池塘里的螺蛳、稻田里的黄鳝、河沟里小龙虾，还有蚕蛹河蚌等，都是餐桌上的美味佳肴。早上起床的第一件事，居民们不是刷牙洗脸，而是提着马桶到堂前屋后的沟渠边呼啦呼啦地洗涮。

六年前，单位从贵州六盘水铁路工程项目上往胶东的新工地搬迁，红雲曾路过这座风格独特的城市。现如今，正值接近年关，可她却不得不离开这座刚来了半年的城市，到自己的老家济水去分娩，因为这个城市里没有她的亲人，也没有一个与她要好到可以照顾她坐月子的同事和朋友。

到了济水，她被二姐红霏安置在市人民医院。倒不是因为这是一家国营的大医院，而是这家医院距自己父亲鲁骥民的住地不远，直线距离也就七八百米。二十九年前，红雲自己就是在这家医院里出生的，当时还是一家教会医院。那天晚上，凛冽的北风呼呼刮了一夜，黎明时分天上开始飘落雪花，最初是点点絮絮，之后是大片大片的，像从天上飘下来的云朵。从三楼病房向下俯瞰，落到道路上的很快就溶化了,而挂在绿化带上的却越积越厚,渐渐就成了一道道白色的墙壁。
当班护士——来自俄罗斯的罗莎小姐来给婴儿量体温,恰逢鲁骥民与妻子商量着
取名字,特别喜欢诗歌的罗莎小姐用一双温柔的大眼睛看着产妇和她的丈夫,用
还有些生硬的汉语手舞足蹈地说:"我们这里美女如云,现在又增添了一个这么白
净美丽的天使,就叫她雲儿,好吗?"读过两年私塾的鲁骥民望着罗莎清纯如水的
双眸,不忍拒绝她的好意和善良,再琢磨这个名字与上面两个女儿红露的露、红霏
的霏都是"雨"字头,也合他的心意,就看看妻子,点着头说:"好,好,这个名字好,
就叫她雲儿。"看到鲁骥民同意了,罗莎十分兴奋,连连向鲁骥民夫妇鞠躬,嘴里嘟
噜着:"撕吧洗吧、撕吧洗吧。"鲁骥民问旁边的护士长:"她怎么让咱们都去撕吧洗
吧?"护士长一听笑得前仰后合,半天才缓过劲来,边擦眼泪边解释说:"她这说的
是俄语,就是'谢谢'的意思。"

雲儿这个名字先在医生护士中叫开,然后从这个病房传到那个病房,后来就
填在了出院证以及鲁骥民的户口本上。再后来到了上学的年龄,鲁骥民领着雲儿
到学校报名,觉得叫雲儿有点不正规,于是就按照族上传下来的"红"字辈,给她报
成了"鲁红雲"这个名字。

鲁骥民家住河北清水,小时候家境不好,早年曾在清水县城一家皮货店当伙
计,和店主的大舅哥相处得甚是投机。一次,他跟着店主的大舅哥从河北张家口
往山东贩皮货,途经阳谷时遇到了土匪,上百张牛、马、骆驼皮被抢掠殆尽。店主
的大舅哥知道自己的姐夫爱财如命,说话尖刻,回去即使不被打断一条腿,也会被
骂个狗血喷头、无地自容,于是他脚底抹油,一溜了之,丢下了鲁骥民和几个伙计。
十多年后,鲁骥民才打听到,店主的大舅哥在逃跑途中遇上了一支国民党部队,得
知他熟悉当地的情况,就让他给国军当向导,并答应他把部队带到济水河畔一个
叫岳滩的渡口后就放他走。经过一天两夜的行军,部队和辎重到达那里后,国军
还是不放他走,说是部队缺员,非把他留下不可。再后来,他所在的团于抗日战争
爆发后的第五年投诚八路军,全团被打散编入共产党的部队,他还被任命为副营
长。解放战争中,这个团整编制随中原野战军进军西南,继而转战大西北,他也锻
炼成长为解放军的一名高级指挥员。

新中国成立后,店主的大舅哥曾以解放军某部副军长的身份回到家乡,说是
考察,其实也就是故地重游,想看看家乡的变化,顺便还让济水的官员打听鲁骥民
的下落,结果还真找到了鲁骥民,就派人把鲁骥民请到市政府招待所里,两个人叙

旧、吃饭，临走前还照相留念，并把自己的通讯地址写下来交给了鲁骥民。

　　也就是通过这次见面，副军长才了解到鲁骥民的不易。在那个兵荒马乱的年代，突然间遭遇浩劫的鲁骥民在他乡异县举目无亲，只能与几个伙计回到清水，但最终还是被东家赶出了门。他只身一人四处流浪，给地主放过牛羊、烧过焦炭，后到济水火车站的货场扛过粮食盐巴、装卸过矿石木材。没过两年，日本人顺着津浦铁路一路向南奔袭，华北平原上碉堡林立、壕沟纵横，青纱帐里的枪炮声不绝于耳。鲁骥民估摸着故土难返，就用攒下的银圆托人说媒成了家，从此就在济水扎下脚跟，后来陆续有了三个女儿，红雲是最小的。

　　一天深夜，鲁骥民的老伴起床小解，刚起身还没站直腰，顿觉一阵晕眩，一屁股蹲进了便盆里，泥瓦便盆"啪"地爆裂，尿水四溢。鲁骥民听到动静，赶忙点亮了油灯，只见妻子躺卧在一摊尿水中，已经不省人事。

　　生活中鲁骥民听到过邻居家发生过类似事情，他猜想这一定是中风了，于是心里有了底，很快镇定下来，小心翼翼地把老伴抱起来，换下被弄脏的衣裤，然后放到床上，并把头部用两个枕头垫高，以防血液在脑部聚积，造成过量充血。之后，他才深一脚浅一脚地一路小跑，叫来了也在附近居住的红霏和女婿，用板车把老伴送往医院抢救。

三、红雲溜号

　　济水人民医院的大楼呈"工"字形，门诊部在前面的一楼。门前有个小广场，平时医护人员作广播体操、节假日的各类文娱活动，都是在这里举行，再往前就是交通路了。一条门廊和过道把门诊部、住院部连通，不仅方便了工作人员，也使病人就医免除了风刮日晒之苦。住院部只有四层，一楼是外科、传染科和抢救室，二楼是内科和干部病房，三楼是妇产科和手术室，四楼是医院领导和管理人员办公的地方。因为这座医院与闹市区隔了一条济水河，附近除了一家纺织厂、一所县办高中和国家邮电部所属的摩托车制造厂外，没有其他的工厂和企业，周边都是农村住户和他们的田地。在路边，有四五个代销店和一个无人管辖、自由贸易的露天菜市场，职工们吃粮、买菜，平时就在这里解决，到了星期天才会跨过济水河，再走两华里多的煤渣路，到一个名叫"大什字"的繁华地带，那里有大型的综合集贸市场。

红雲是八天前由二姐红霏陪着进入这家医院的,当天晚上九点十二分顺利分娩。尽管一切都是那样地顺畅,可她却没有一丝一毫的欣慰和轻松,特别是在婴儿发出第一声啼哭,接生大夫告诉她是一个五斤六两重的"千金"时,她的胸腔里不是声嘶力竭把婴儿送出体外后的那种轻松,也没有做母亲的甜蜜,而是前所未有的厌恶和嫌弃。满怀生一个男孩的幻想和愿望破灭了,原本不希望发生的事最终还是发生了,难道这就是天意? 她不甘心,望着花棉被包裹中那丑陋无比的模样:蒜瓣鼻,猫耳朵,一头细黄毛,简直没有一个部位顺她的眼。

"孽障!"红雲狠狠地瞪了一眼那个还在熟睡中的令人讨厌的家伙,翻身下了床。经过值班护士的窗口时,护士以为她去厕所,只微微朝她笑了笑,便又埋下头织起了已经完成一半的毛衣。红雲为护士没有理会她用劲挤出来的一丝笑容而更加恼怒,不由地加快了逃离的步伐。

婴儿长时间的哭声引起了值班护士的警觉,便放下手中的毛衣走进 17 号病房,只见一个看护病人的家属抱着婴儿边摇边哄,但婴儿只是闭着眼睛一味地哭叫,哭得泪水涟涟,小脸通红。

"她的妈妈还没回来?"护士问。

那个病人家属摇摇头。

护士转身跑向女厕所,女厕所空无一人。

她又折回 17 号病房,对面病房被打开一条缝,一名产妇说:"我刚才打开水时曾看到那位妇女收拾东西,后来把一个布提兜放到床上便出去了,估计有 20 多分钟了。"

自从生下这个女婴,红雲就没有过一个笑脸,而且对前来照看她的父母和姐姐、侄子、侄女们使性子暴气。同病房的一个等待分娩的青年女子实在看不下去了,劝说了两句,也被她呛得只有张嘴之力而没有还口之声,最后灰溜溜地换到了走廊顶头的病房。

"是不是她出去买东西了?"护士说着,把女婴接了过来,走到走廊里,嘴里"噢噢噢"地哄着女婴,一只手轻柔地拍打着。女婴大概是哭累了,哽咽了几声便睡着了。

傍晚时分,一位女军人来到了 17 号病房,手里拉着一个四五岁的男孩。这个男孩是她不满四岁的儿子,名字叫鲁钦。但见女军人高挑身材,个头在一米八左右,一身绿色戎装给人以威武庄严之感,而军帽下那双炯炯有神的大眼睛又透露出女性的柔美和亲近。值班护士一眼就认出,她是红雲的姐姐鲁红霏。

"红霏同志,请等等。"护士的话音还在值班室,人却已经"嗖"地一下跑出了门外,一把拉住只顾往17号病房进的女军人,问道:"鲁红雲呢?"

这句话把红霏问得莫名其妙,她眨巴着眼睛反问道:"鲁红雲不在病房里?"

值班护士更懵了,张大的嘴巴久久合不上。

等鲁骥民提着饭盒来到病房,红霏用肯定的口吻对父亲说:"红雲'开小差'了。"

鲁骥民手里的唐瓷饭盒"咣当"一声掉在了地上。鲁钦受到惊吓,连忙躲到了妈妈的身后,并死劲地揪住红霏军衣的下摆。

鲁骥民把鲁钦拉在身边,不无沮丧地走向窗前。红霏近乎痴呆地望着襁褓中熟睡的婴儿,泪水顿时夺眶而出。她把婴儿交给父亲,边流泪边捡起地上的饭盒,女护士也帮着打扫撒了一地的饭菜。

在办完了一切出院手续之后,红霏又收拾床头柜上的物品,打成一个包袱,递到父亲手里,然后抱起床上的婴儿,四人就这样沉闷地走出了病房。

四、"欠""倩"由来

春来夏往,转眼进入了1968年。尽管元宵节早已过去,可一到晚上,鲁钦和小倩便嚷着让姥姥、姥爷给他俩点亮灯笼,然后跑到巷子里玩耍。虽说国家经济最困难的时期已经过去,可毕竟元气大伤,缺乏发展的后劲,生产和生活用品依然紧缺。为了给鲁钦和小倩买两盏小灯笼,身为姥爷的鲁骥民不得不骑着那辆破旧的飞鸽牌加重自行车,串遍了济水的大街小巷,跑了不下四五趟,最终也没有买到。多亏老伴多留了一个心眼,把原来要扔的旧竹门帘翻腾了出来,拆卸下几根劈成细而薄的竹篾,扎了两个足球大小的灯笼。没有蜡烛,老太太把两个破口的青花瓷碗砸得只剩下碗底,用面筋把它粘在灯笼底部的木板儿上,里面倒了些棉籽油作燃料,一截子纳鞋底用的粗棉线放进去就是灯捻了。用写对联剩下的红纸糊成的灯笼虽说没有买的精致,但因为灯笼上贴有姥姥剪的"喜鹊登梅"剪纸画,因而得到了邻居奶奶阿姨们的夸奖,所以兄妹俩照样玩得很开心。

这一天,听到院子的大门"吱扭"一声响,正在玩"过家家"游戏的鲁钦和小倩不约而同地抬起了头,一看到是鲁骥民下班回来了,丢下手中用树枝做的"筷子"、用枯叶做的"盘子"、用泥巴做的"烙饼",嘴里喊着"姥爷、姥爷",一齐跑了过去。

"慢些乖乖,别摔跤了。"鲁骥民一边提醒着,一边把自行车支好,取下挂在车把上的竹篮子。

四只小手扒着竹篮子,脑袋顶脑袋地往里瞅。

"别急别急,我来给你们拿。"不等他去拿,鲁钦就发现了篮子里有个小纸包,机灵的他一把抓到手,可是纸破了,几粒水果糖掉在了地上。小倩也不与他争手里的糖,只是蹲下去拣掉在地上的。

鲁骥民生气地说:"就你性子急,每次都和妹妹争。"

因为与妹妹争东西,鲁钦没少挨姥爷和姥姥的数落。可每次姥爷姥姥一离开,鲁钦就会对小倩进行报复。这次也不例外,趁着姥爷往灶房送面条,鲁钦又乘小倩不备,夺去了她手里的两颗水果糖。本来就没捡到几颗糖的秋倩急得直嚷嚷:"姥爷,姥姥,哥哥夺我的糖。"

鲁骥民闻声从灶房出来,追上去就给了鲁钦一巴掌:"坏小子,真是记吃不记打。"并逼鲁钦把糖还给了小倩才罢。

六年前,鲁红雲丢下出生不满一周的女婴,不辞而别,回到了单位。姐姐红霏虽说非常生气,但还是替妹妹交了所有的医疗费用,办理了出院手续。在登记女婴名字时,鲁骥民在一边叹息:"也不知鲁家前世欠了什么债,就叫她'欠'吧。"红霏想:"女孩儿家,哪有叫'欠'的。"可她又不好再惹父亲生气,就顺手写了谐音的"倩"字,嘴里呢喃着:"小倩哟,好命苦的孩子!"

把小倩从医院接回了家,小倩却没有奶吃。街道东头甄铁匠的媳妇生孩子,过满月时鲁骥民也凑了份子,却没有去喝喜酒,这时他就去对甄铁匠说好话。甄铁匠也是个爽快人,听说鲁骥民的外孙女没奶吃,而媳妇的奶水又很旺,索性做个顺水人情,就满口答应了。鲁骥民很感动,还仗义地说:"俺外孙女也不白吃,我一天给你媳妇一个大白馒头。"

才过了一个多月,甄铁匠的媳妇受凉感冒了,鲁骥民怕给外孙女传染,就买来炼乳给秋倩冲着喝。红霏听说了,觉得炼乳太贵,也不是长久之计,就坐车跑到郊区买了一只奶羊送过来。从此,这奶只羊不仅成了小倩每天食品的来源,也成了鲁钦放学之后消遣的玩物,只要一放学回家,他就把奶羊从院子西北角一棵皂角树上解下来,一会儿牵着遛,一会儿骑着满院子跑,弄得奶羊"咩咩咩"地直叫唤,有时逼急了还用头顶他。

五、掌上明珠

从本质上讲,小倩算是个内向的女孩,但自从学会了说话,她的小嘴巴特别甜,像一只小鸟围在姥姥姥爷身边叫长叫短。有一次,姥爷搀扶着姥姥走出屋子,正在院子里玩耍的小倩看见了,转身就往屋子里跑,姥爷不知发生了什么,叫道:"宝宝别跑,小心摔跤!"只见小倩从屋里抱着一个小板凳"噔噔噔"地跑出来,放在姥姥脚跟前,感动得姥姥一把把小倩揽在怀里,嘴里连声说着:"看俺的小乖乖,就是有眼色,心疼死人了。"姥姥、姥爷也视小倩为掌上明珠,无时无刻不在精心呵护她,捧在手上怕掉了,含在嘴里怕化了。只要能办到的,无论小倩提出什么要求,都会顺着她、满足她。

一天将近中午,鲁骥民骑自行车下班回来。一走进院子,就听见小倩的哭闹声,于是大声叫道:"谁惹我的小乖乖了?"

小倩一听是姥爷的声音,一掀门帘就跑了出来,边跑边嚷嚷:"姥爷,我要吃红薯面窝头。"

"傻孩子,吃什么红薯面窝头啊,咱家有白面馍。"鲁骥民劝道。

小倩又大声哭了起来:"我不要白面馍,我就要吃红薯面窝头,你去给我要,你去给我要嘛。"

鲁骥民把自行车靠院墙一放,从车把上取下一个布兜,从里面掏出一个用报纸包着的肉夹火烧,边打开放到小倩鼻子下面:"你闻闻,多香啊!"

小倩把火烧一推:"我不要火烧,我就要红薯面窝头。"火烧差点掉到地上,鲁骥民连忙用另一只手接住:"你看看这孩子,比你妈的性子还急。"

这时从里屋传来老伴的声音:"她姥爷,我劝了大半天了,她就是不听。这妮子可犟了,你也别劝了。她是看到隔壁她张妈家的孩子吃,嘴就馋了,非要吃不可,你就拿咱家的白面馍去换几个吧。"

姥姥的话音刚落,小倩一把从姥爷手里夺过火烧向院子外跑去。鲁骥民没有防备,也不知小倩要干什么,连忙跟着出了院子,只见小倩跑进了隔壁张妈家的堂屋,嘴里还喊着:"狗蛋狗蛋快出来,我用火烧给你换红薯面窝头。"

看着狗蛋要接过火烧,张妈从灶房快步跑出来一把夺了过去,赶快又塞到小倩手里,说:"小倩,这可使不得,一个火烧能换多少个窝头呀。"转身又责骂自己的孩子:"真没出息!"

这时鲁骥民也走到了跟前,为狗蛋解围:"这事不怨狗蛋,是俺家小妮子想吃您家的红薯面窝头。"说着把小倩手里的火烧拿过来放到桌子上:"这也不值几个钱,你就给俺小妮子拿两个红薯面窝头,让她尝个新鲜就行了。"

听鲁骥民这么说,狗蛋他妈心里却过意不去,转身从馍篮里拿了两个红薯面窝头:"给妮儿,去吃吧。"又从桌子上拿起火烧递到鲁骥民手里:"这个你拿回去。以后小倩想吃红薯面窝头、玉米面饼、小米煎饼的,你就让妮儿自己过来拿。自左邻右舍的,不要见外。"

狗蛋他妈今年有四十五六岁,上有公婆,下有狗蛋兄弟姐妹六个,狗蛋他爹在火车站当装卸工,没日没夜地抢铁锨、推板车、扛麻袋,挣的钱还是不够喂家里的十来张嘴,过了古稀之年的狗蛋奶奶时常到附近的露天菜场捡拾人家丢弃的白菜帮子、黄菜叶子和有坏疤的红薯,日子过得很艰难。有一次鲁骥民去借铁锨栽种同事给的葡萄苗,正碰上狗蛋妈要做饭,从瓦罐里舀取了一葫芦瓢小米,临下锅又抓出了一把。这个动作被鲁骥民看到了,就问:"我看一瓢米都有点不够,你咋还抓出来一把?"狗蛋妈说:"家里孩子多,得省着吃,我每次省一把,七八天就能省出一顿来了。"想到这些,鲁骥民就执意把火烧放到桌子上,说:"这个你得留下。这小妮子没有常性,有时想要啥急得火上房,真给她买回来了,她又过了那个劲儿,不稀罕了。"

狗蛋他妈没再说什么,从馍篮里又拿了几个红薯面窝头塞到鲁骥民手里,并使劲推着鲁骥民出了门。

果然,自认为红薯面窝头特别好吃的小倩,只吃了一个就不再吃了。第二天,鲁骥民把红薯面窝头放上饭桌,小倩拿起来捏了捏,瓷实得像石头,就又丢回了馍筐。晚上,鲁骥民把红薯面窝头上笼蒸热了递给她,以为小倩会吃,可小倩只放在鼻子跟前闻了闻就放下了,挑了块小米煎饼吃。姥姥也没有数落她,把红薯面窝头一点点地掰成指尖大小放在碗里,然后用稀饭泡着吃掉了。

平时,小倩就是鲁钦的一条跟屁虫。每天一放学,鲁钦走到哪里她就会跟到哪里,鲁钦玩什么游戏她也玩什么游戏,几乎是形影不离。在外面玩累了,她就会撒娇嚷嚷,让鲁钦把自己背回家。这天放学后,鲁钦与四个小伙伴们玩"砸桃核儿"的游戏——就是在地上随便挖一个小坑,每人往坑里放一至二粒桃核儿作为"锅底",用"石头、剪子、布"决出先后,然后用自个手中个头最大的作为母核儿,由第一名先砸,依次类推,谁从坑里砸出来,桃核儿就归谁。砸的时候,如果母核儿没有从坑里弹跳出来而留在了坑里,这个母核儿就成了"锅底",直到大家把锅底里的桃核儿都砸出来了,这一局也就算结束了。最后,谁砸出的桃核儿最多,谁就是赢家。那天鲁钦赢得最多,可作为"保管员"的小倩却把鲁钦赢的桃核儿分一半给了"四类分子"申怀玉家的孬蛋。这可把鲁钦气得不行,在回家的路上就训小倩,小倩不服,噘着小嘴说:"不就是几个破桃核儿嘛,真小气。"鲁钦就更来气:"那都是我的战利品,你给了别人还有理了?"说着就去掏小倩口袋里剩余的桃核儿。小倩蹲在地上,使劲捂着口袋不让掏,可她哪里是鲁钦的对手?结果桃核儿全都被鲁钦掏了出来,小倩就坐在地上又哭又闹,而且不跟他回家。鲁钦说:"你不走,那我可不管你了啊。"说着丢下小倩就走了。小倩见鲁钦走了,不仅没有起身追他,反倒哭得更凶了。

　　眼看太阳已经落山,鲁钦想:如果独自回家,姥姥、姥爷看不到小倩,那还不打断我的骨头活剥了我的皮?就只好又走了回来。走了几步他突然想起一个恶作剧,就指着路旁边的树丛猛喊一声:"狼来了!"吓得小倩一骨碌爬起来,边哭边跑向他。鲁钦顺势把她举过头顶,让她骑到自己脖子上,边往家里走边哄她,并答应明天放学后给她买一个糖葫芦,小倩这才停止了哭闹。进屋后,鲁钦走到床前,背对着床手一松,把小倩丢到了床上,就再也不理她了。

六、鲁钦挨打

　　冬去春来,小倩到了上小学的年龄,鲁骥民就带着她到育红中学报名。这是一所完小,可以从小学一直上到初中。鲁骥民走到半路,被一个骑自行车的邻居赶上,说是小倩的姥姥搬凳子到大门外晒太阳摔倒了,已经被几个住在同一大院的家属送到了家里。鲁骥民顾不上去报名,抱起小倩转身就往家跑。回到家里,还有几个邻居陪着老伴,见鲁骥民回来了,小倩的姥姥说,没有什么大碍,你们都回去忙吧。鲁骥民对这几个邻居一一道谢,并送出了大门,这才又劝老伴到医院,看看有没有摔骨折什么的。还算万幸,胳膊腿都好好的。鲁骥民说:"多亏了你穿得厚。"

几天后,一个同事向鲁骥民介绍了个治中风后遗症很管用的中医,鲁骥民就借了一辆大板车,拉着老伴到郊区的一家中医诊所去看。中药吃了大半年,手脚比以前利索了不少,吃饭也可以自己拿筷子了。看着鲁骥民半年里头发白了许多,人也瘦了,背也驼了,小倩的姥姥很是心疼,加上医生也说"可以不用吃药了",鲁骥民就把药停了。

一年后,小倩到了上小学的年龄。报名时,鲁骥民想到小倩的姐姐叫秋玲,就也把小倩改成了秋倩,从此,"邵秋倩"就成了小倩进入档案的正式名字。

两个月后鲁骥民也正式退了休,就专门在家伺候老伴,接送秋倩到校、回家。

鲁骥民住的是单位分的房子,与其他职工的房子连成一排,每排有四家,每家也都是两间半,另半间既是客厅也是厨房,好在每家前面还有个小院子。在生第一个女儿红露后,鲁骥民在院子的一个角上搭建了一间小屋作为厨房,于是就把那半间房作为秋倩的房间,所以秋倩从小就是单独一个人睡,以至于后来成家后,她都不习惯和张琳睡一个被窝,每次铺床都是展开两个被窝,即便是两个人亲热后,也还是要把张琳赶进他另一个被窝里。这是后话。

秋倩上学后,每天放学回来,她先把老师布置的作业做完,然后就开始翻看《杨家将》、《收租院》、《白毛女》、《黄继光》、《刘英俊》这些小人书。正因为秋倩喜欢小人书,新华书店也就成了鲁骥民每次上街必去的地方,只要在新出版的小人书,他就会给秋倩买回来,如《苦菜花》、《红岩》、《平原游击队》、《地雷战》、《地道战》。到了文化大革命后期,满世界都是样板戏,广播里唱,银幕上放,书店里卖,还印刷成了连环画。秋倩把《红灯记》、《智取威虎山》、《沙家浜》、《奇袭白虎团》、《海港》、《龙江颂》、《杜鹃山》、《红色娘子军》等八个样板戏的电影版连环画全部都集齐了。这些小人书大大小小、厚厚薄薄,足足可以装一大箱子。有一次,秋倩的伙伴春梅到家里,秋倩把她领到纸箱前炫耀,春梅说:"我家有《刘文学》,你有吗?"《刘文学》讲的是四川一个地主偷集体的辣椒,被小学生刘文学发现了,非要送这个地主到公社去接受处理。地主怕挨批斗、受处罚,就对刘文学先是利诱、后是威胁,可刘文学软硬不吃、油盐不进。这个地主无计可施,狗急跳墙,就把刘文学活活地掐死了。事情败露后,这个地主还是被人民抓住了,最终也没有逃脱无产阶级专政的惩罚。由于这本书是刚出的,秋倩不知道,嘴上却说"我当然有了"，可找了半天也没找出来，急得她坐在地上大哭起来。鲁骥民以为是两个小妮子发生了矛盾，就从厨房跑进来。在知道内情后，边哄着秋倩说"咱有咱有"边帮着找，直到把整个大纸箱翻了个底朝天也没有找到。结果呢，正在炉子上烧的红烧肉被烧糊子。姥姥知道了，不但没有埋怨丈夫，还催着他"快去给孩子买"。

　　鲁骥民虽说有点文化，但平时对秋倩没有进行过长篇大论的教育，秋倩却从小人书中明白了一些人世间的善恶、是非和做人做事的道理。小人书也培养了她对学习的兴趣，所以，在上小学的几年里，她的学习成绩在班里一直拔尖儿，几乎年年都是"三好学生"、"优秀班干部"，这与长她几岁且同在一个学校念书的鲁钦形成明显的对比。鲁钦脑子聪明又灵光，在技艺方面学啥会啥：看到别人吹笛子，他少吃三四根冰棍，花儿毛钱去买来一支笛子，只向别人问了那几个眼所发的音是"哆、来、咪、发、嗦、啦、唏"，没几天他就会吹了；看到苏联、罗马尼亚电影里的人物口琴吹得悠扬动听，就又去买了把口琴，一边看说明书一边练习，十来天后就把《莫斯科郊外的晚上》吹得像模像样，招得秋倩也跟着他吹的节奏哼唱。可就是有一点，鲁钦对上课读书兴趣不大，尤其是上数学、物理和化学，即便是上午的第一节课，他也会打瞌睡，被老师用书本打脑袋、在教室门口罚站，对鲁钦来说简直就是家常便饭，但这并不影响鲁钦在班里算个人物，也不消减他的感染力和号召力。一次上生物课，要讲人体的结构和组织，老师抱来一个石膏做的男性人体模型竖立到讲桌边上，但却把人体模型的私处用白纸遮盖了起来，这反倒增加了神秘的色彩，引起了同学们的好奇，有的趴在课桌上交头接耳，有的头顶着头窃窃私语，声音盖过了老师的讲课声。老师很生气，就向他们扔粉笔头，可还是制止不住。这时，鲁钦就站了起来，说："老师在讲课，你们为那点鸡巴事儿吵什么吵，都安静了！"他这句一语双关的话把老师也逗乐了，本想批评他不举手乱发言，这会儿只好用手示意他坐下。后半节课，再也没有人哄笑和喧哗了。

　　平时，别说是上学、放学的路上，就是课间的十分钟里，鲁钦在前面走，后面常常会跟着一大串追随者和崇拜者。鲁钦还是一个重情意、讲义气的人。一个与他比较要好的小兄弟王小柱课间休息时找到他，说"李大头"欺负他，鲁钦问："怎么欺负你了？"他说："'李大头'给了我两颗枣吃。"鲁钦"扑哧"一声大笑起来，说："你小子不识好歹，人家给你枣吃你还说人家欺负你。"小柱委屈得眼泪快掉下来了，说："他哪有那么好，他把枣子在屁沟里夹了一下后给我吃的。"鲁钦一听火了："这个缺德鬼，看我怎么收拾他。"放学途中，"李大头"与几个同学勾肩搭背地走着,鲁钦快步上前对他就是两个耳光,连他头上戴的绿军帽都打飞了,打得"李大头"莫名其妙,捂着发烫的脸问:"钦哥,我哪里得罪你了?"鲁钦点着他的鼻子说:"你没有得罪我,但你的臭枣子得罪我兄弟了!"知道理亏的"李大头",看看鲁钦身后的王小柱,硕大的脑袋一点一点地像捣蒜:"钦哥,我缺火儿,我没德,我是王八蛋,你饶了我吧,今后我再也不敢了。"

鲁钦也有狗熊的时候。赵建国偷了秋倩的不锈钢圆规,被他查出来,他连哄带骗地把赵建国弄到一个角落,噼里啪啦一顿猛揍,把对方打得跪地告饶。打了之后,鲁钦还逼着赵建国买个新的送给秋倩。挨了打的赵建国本来并不敢告诉家里人,但因为得给秋倩买新圆规,赵建国就偷了家里的钱,被他妈妈发现了,经不住他妈一哄二骗三吓唬,赵建国最终说出了事情的原委。这下子赵建国的妈妈不干了,就领着自己的孩子找上门来讨要说法,鲁骥民一个劲儿地给赵建国的妈妈赔不是。她娘俩儿前脚走,鲁骥民后脚把门一关,对鲁钦就是一通数落和训斥,说到激动处还不解气,就脱下老布鞋,照鲁钦的屁股上打了几鞋底儿。

七、秋倩转学

再有一个学年秋倩就要升初中了,可她现在上的学校是一所完小,没有初中,而要在当地上,就得到位于城北的城关高中。这所学校建在郊区的一个小山包上,风景倒是不错,但就是离鲁骥民家比较远,有四五华里的路程,还要翻越一条铁路,如果中午回来吃饭,夏天天长还好说,冬天天短,上午十一点半下课,下午两点就要上课,时间非常紧张。想到自己年纪大了,老伴又半瘫在床,家里不能长时间离开人,鲁骥民就给红雲写了封信,让她找一个好一点也近一点的学校。

那年,红雲所在的单位虽刚刚从湖北武汉搬迁到了安徽的沘城,但企业机关的办公大楼、文化宫、幼儿园、医院、学校等早在三年前就开始筹建了,如今虽说机关干部办公还暂借家属区的宿舍楼里,但学校已经建成,设有小学部和中学部,其中中学部既有初中也有高中,正在上学的职工子弟们也都陆续从各地转过来,开始在新的学校上课。与济水当地学校不同的是,当地学校还是春季招收新生,但在局属的子弟学校已经实行秋季招生了。

接到父亲的来信,红雲也没有到局教育处问问情况,就给父亲写了回信,让把小倩转到汇城来。在她看来，三女儿秋瑾虽然出生后也放在了邵松阳的宁海老家，但从会走路后就跟随自己，基本上算是她在工地上带大的，先是在云南上了两年小学，机关搬迁到汇城时自然也就把她带了过来。

　　常言说，"最刁不过三尖子"，意思是无论在哪个家庭，第三个孩子都比较"刁"，从好的方面说是脑子聪慧、思维敏捷、办事利落，从不好的方面说就是刁横、刁滑、刁蛮、刁钻，鬼点子多，得理不让人。优点很扎眼，缺点也很明显。男孩子是这样，女孩子也是这样。对小女儿秋瑾的优点，红雲自然是喜欢有加，但对她的缺点，红雲觉得教育和引导所能收到的效果非常有限，更多的是叹息和无可奈何。红雲明白，三个女儿相比之下，秋瑾身上流的更多是她自己的血，或者说本来就是她秉性的遗传。记得有一次，秋瑾语文考试没有考好，任课老师打电话把红雲叫到学校，也不给红雲让座，劈头盖脸就把红雲训了一通，就像训自己的学生一样，完了还不听红雲的解释，就叫红雲"回去好好管管"。走在回家的路上，红雲这个气越聚越多，连步伐都迈得既重又快，进门后不由分说，把秋瑾一把拉过来按到沙发扶手上，扬起巴掌就噼里啪啦地打起来，边打边诉说其中的原委。可秋瑾并不服气，一边哭喊一边使劲地挣扎，挣脱开之后就与红雲对打。一个十一二岁的女孩，那点小身板当然打不过如狼似虎年龄的红雲，但她善动脑子，趁红雲不备，照着她的胳膊"嗷"地就是一口，虽说招来的是一阵更猛更重的捶打，但过后红雲到卧室偷偷捋起袖子一看，四个牙印拼成的一个半个圆圈显而易见，并且火辣辣地痛。此后，她再教训这个小女儿，常常是投鼠忌器，有所顾忌。红雲有时候就想，得找个办法来镇住这个"小祖宗"。

　　看了父亲的来信，红雲打心眼里并不情愿让秋倩到跟前来。在她的心目中，秋倩不仅是个多余的人，而且还是一个扫帚星，见了秋倩她就会心烦、恼火，但想到"他山之石，可以攻玉"，红雲灵机一动就有了办法：何不趁机把秋倩弄过来，一来解决了她的上学问题，二来也多个帮手，协助她管教管教小三子。如果再管不好，她就拿秋倩是问。当然，这个真实的想法是不能对邵松阳明说的。所以，红雲让邵松阳看了看信，然后并不征求他的意见就断然做出决定说："就把秋倩转来吧。"

　　为了使秋倩的课程在新的学校里能够衔接上，鲁骥民在回信中特意交代，让秋倩提前到新学校上课。于是，秋倩就来到汇城的铁路子弟学校，在五年级里当了半学期的插班生。

八、交出钥匙

在济水,鲁骥民住的虽是一排平房,但每家都围有一个小院,院子的大门除了外出和夜间,其余时间都是虚掩着的。平日里鲁骥民外出,无论是上街、买菜或是到两个女儿家,秋倩都会跟着一道去。后来老伴瘫倒在床,由鲁骥民在家陪伴和照顾,家里一般也就不离人了。每天秋倩放学回家,一推门,脚还没有跨过门槛,声音就传到了屋里:"姥姥、姥爷,我回来了。"要不就是鲁骥民听到大门"吱呀"一声响,立马推开活动窗户喊上一句"秋倩回来了",然后从屋里走出来迎接她,为她取下书包,递给她零食垫肚子。如今到了浥城,就随邵松阳、红雲和秋瑾住进了楼房,回家要爬楼梯,还要自己开门,这使秋倩很不习惯。听不到姥爷"秋倩回来了"的喊声,秋倩为此还偷偷地抹过眼泪。到了这个新家一段时间后,秋倩慢慢地感觉到很多不适应,常常与在姥姥家受到的"大小姐"、"小天鹅"般的待遇相比:在姥姥家,姥姥、姥爷从来不让她动手干事情,哪怕是手绢、袜子都不让她洗;每天早上起床后,姥姥会把秋倩叫到床前为她梳头,然后由姥爷给她洗手、洗脸;需要换洗衣服,姥爷就从衣柜里取出来,替她摆放在床头;每到吃饭的时候,姥爷总是先给姥姥盛一碗,然后给秋倩递一碗,最后才是自己的,而且把秋倩喜欢吃的菜不停地夹到秋倩碗里。可到了邵松阳与红雲这里,等待她的却是接踵而来的厄运,不仅自己的事情要亲手做,还要帮着红雲干家务,放学回来如果不把米饭焖上,就会遭受红雲的斥责和谩骂;吃饭时红雲听到她发出叽叽叽叽的声音,或者对盘中的菜挑三拣四,红雲就会训斥她"没教养"、"真讨厌",有时还会用筷子敲她的头;每星期到机关浴池洗澡后,秋倩不但要洗自己的衣服,还要洗邵松阳、红雲和秋瑾的衣服。后来红雲买了台洗衣机,在吃饭时红雲宣布:"洗衣机只能洗被子、床单,除此之外还是一律用手洗。"话是当着邵松阳和秋瑾的面说的,要求实际上却是给秋倩一个人提的,因为邵松阳和秋瑾从来就不洗衣物。即便是比较厚重的外套、冬装,秋倩也得用手去揉搓。每次吃完饭,所有的锅碗瓢勺筷都由秋倩洗,红雲从来不让秋瑾下手,说她年龄小,洗不干净。有时红雲和邵松阳闹矛盾,邵松阳就会一个人喝闷酒,短则个把小时,长了就没个准点儿。遇到这种情况,秋倩就得守在饭桌边等着、陪着,因为红雲给她立了一条规矩:必须得等到邵松阳吃完喝完、把一切都收拾好了才能离开或者去做作业。

有一次，老师留下班干部开会，秋倩没能准时回家，而秋瑾那天又忘了带钥匙，下班回家，看到小女儿站在门口等着，进屋后又是冷锅冷灶，红雲的气就不打一处来，做饭时无论是切菜炒菜和放调料，都把刀啊板啊锅铲啊弄得叮当作响。等秋倩一回到家，红雲把所有气都撒到她身上，劈头盖脸就是一顿臭骂，吓得秋倩大气不敢出，只是小声地向她解释原因。听到秋倩犟嘴，红雲"咚"地放下切菜刀，气急败坏地从厨房冲出来，不顾手上的油污，左手揪住秋倩的头发，右手照秋倩肩上背上和屁股上就是雨点般的捶打，正在做作业的秋瑾从里屋跑出来，吓得抱住邵松阳的腿直哭。邵松阳见红雲解了一阵气，才走过去要拉开秋倩，却被红雲使劲一推，邵松阳一个趔趄差点摔倒在地。对门邻居听到这边的动静，就过来敲门，红雲顾及面子，这才停下了手，并像四川的"变脸"戏法一样，马上变出了一副笑容可掬的样子，给对门李部长的夫人解释："她阿姨，没事，是秋倩今天在学校做了错事，我教育她了几句，她就大哭小叫的。你看把这孩子给娇惯的，还说不得了！"看到对方似信非信，她又说："没事了，谢谢您的好意，她阿姨。"说着就把门给关上了。

红雲的言语和口气与刚才的暴怒和凶狠判若两人，一场虐童的闹剧竟被她如此轻描淡写地给化解了，秋瑾看得目瞪口呆，秋倩感到委屈而嘤嘤哭泣，邵松阳更为红雲的出色演技而惊奇。

当野蛮战胜怯懦时，它很难就此结束，一定会通过更深一层的折磨来获取快感，因为野蛮就是打开了潘多拉盒子里的魔鬼，它的全部希望和满足就在当下，就在施暴和虐待的过程中。当晚，红雲勒令秋倩把家里的钥匙交了出来，并且明确表示，从今以后不许秋倩上饭桌吃饭。而秋倩唯一能做的，就是屈服和忍受，并在这种毫无尽头的被动中忍气吞声、苟延残喘。

九、强者更强

时至秋末，天气转凉，机关大院红领巾路两边的法国梧桐随着阵阵秋风刮过，满地的黄叶儿沙沙沙地聚积在路沿石的边上。天蓝云淡，时而有成群结队的大雁从头顶向南方飞去，长途跋涉中发出凄苦的哀鸣。下课的铃声早已响过，学校里已经人去楼空,却还是看不到秋瑾的身影。自从房屋的钥匙被红雲收去后,秋倩每天放学后就站在学校门口等妹妹秋瑾一块回家。本来她也可以利用值日生打扫完教室后的时间把作业做一下,可一旦错过了红雲下班的时间,她就会被锁在自家门外面,光哀求还不行,还得大声承认错误,之后才会被允许进家。她明白,不是妹妹或父亲不给她开门,而是未经过妈妈同意,谁也不敢开门。如果有谁擅自给秋倩开了门,那么全家这一天就甭想消停。

秋倩进入这个家,本来就不是红雲的本意,后来又发觉小三子秋瑾有时会和秋倩联手对付她,而邵松阳有时还会站在她的对立面,这就使得红雲心里更加不爽,加上她快进入女性的更年期,生理上的变化也使她气血梗阻,喜怒无常,隔三差五就会动怒和发脾气。起初,作为处级干部的邵松阳碍于面子,总怕别人笑话,如果红雲大声吵闹,他就干脆不作声。时间长了,红雲也摸透了邵松阳的脾气,邵松阳越怕大声,她反倒更加肆无忌惮、变本加厉。有时邵松阳见收不了场,就会走过去把窗户关上,但这反而会激怒红雲,令她更加气愤和狂躁。她会气冲冲地把窗户再打开。这时候,窗口就成了她的扩音喇叭。邵松阳抱怨她变态,她向邵松阳发狠道:"你敢说我变态? 把我逼急了,我就到机关大楼找局长,让你这个处长当不成。"

邵松阳本来就是从农村出来的,文化程度也不高,好不容易从基层调到机关,从一般工人被提拔为处级干部,凭的是他对国家政治经济形势的敏感、对企业领导意图的理解和自己思想的觉悟和办事的认真,这才享受到今天的政治地位和生活待遇,他当然不愿意自己的仕途和前程毁在自己的女人手里,也不愿意为了家庭里所谓鸡毛蒜皮的事而放弃自己的事业。把自己的事业与家里的事情两相对比,邵松阳还是掂量得出孰重孰轻的。于是,家庭在他心中不再是温馨的港湾,而只不过他停留的客栈,只要这个客栈给他一席容身之地,给他一碗果腹的饭食,有人给他洗衣叠被,他也就满足了,至于家里发生的其他事情,只要不妨及他的政治声誉和所坐的官位,他都可以听之任之、放任自流,也可以充耳不闻、视而不见。他还找到了一个麻醉和解脱自己思想意识的方法——抽烟和酗酒,让红雲的吵闹在袅袅轻烟中散去,让女儿的哭声在昏昏沉沉中消亡,以至于造成了以后红雲和女儿们两者弱者更弱、强者更强:作为强者,红雲居高临下,盛气凌人,无法无天,弱者秋倩和秋瑾忍气吞声,逆来顺受,委曲求全,最终秋倩被赶出家门,秋瑾离家出走,成了事态发展的必然。

十、桂林过年

今年的春节怎么过,在哪里过? 成了张琳犯愁的事。因为刚进入腊月,妻子、儿子就向他提出了这个看似很容易却又很难回答和决断的问题。

去年春节前,秋倩主动提出大年三十请全家人——也就是她的父母、姐姐和妹妹三家到一个大酒店吃团圆饭的想法,并征求红雲和邵松阳的意见。接电话的是红雲,她回话说:"你没有听说吗,秋玲和胡大亮要到湖南过年,秋瑾要带均平到成都过年?"因为这是秋倩打的第一个电话,在此之前秋倩还没有与秋玲、秋瑾联系,所以并不知道有这种情况,现在红雲既然这么说,看来今年的春节实现不了大团圆了。于是秋倩就说:"既然她们不在澠城过年,那就让张琳换个小包厢,我们一块吃顿团圆饭。"

想到原本的一大家子各奔东西,红雲心里便有些不是滋味,口中也便含有怨气:"四家少了两家,还吃的哪门子团圆饭,各过各的吧!"说完就挂断了电话。这使秋倩感到委屈和心寒:我好心请你们一块过年,你们却不领情,还拿我撒气,什么人啊。

在秋倩看来,这其实是红雲的搪塞之辞。说穿了,是红雲不愿意与她、与她这个小家单独在一起。

秋倩曾对秋玲讲过,在她们三个姐妹中,属秋瑾最不怕红雲,小时候就敢与红雲对打,加上她心直口快,平时见面也敢说些红雲不爱听的话,红雲却拿她没有办法。说来也奇了怪了,人世间就有这种欺软怕硬或者叫一物降一物的现象。秋玲和秋倩从小被红雲数落、欺负惯了,长大了什么事都顺着红雲,话也都挑好听的说,很少与红雲顶杠,但红雲总是处处与她俩相左,由她俩说出的事情,红雲总会提出几条不乐意接受的理由,你说东她就偏往西,这次大概也是这样,对此秋倩也习惯了,就说道:"那好吧,就各过各的吧。"

话是这么说,秋倩心里总觉得别扭,有心不想再理会红雲,但张琳说,大过年的,他们毕竟是做父母的,如果对他们不理不睬,且不说别人会怎么看,就是我们做子女的与心也不安啊。于是,秋倩听从劝说,与张琳一块儿到超市购买了烟酒、瓜子、腌肉、水果等年货,给红雲和邵松阳送了过去。那个春节,秋倩是与大姑子也就是张琳的大姐一家一起过的。事后秋倩曾在秋玲面前抱怨,后悔自己"热脸贴了人家的冷屁股"。

这也就是秋倩今年不想在浥城过年的原因之一。

还在国庆节的前夕,张琳的两个外甥通过 QQ,悄悄给他们的舅舅策划"五十大寿",但在电话中只说是"要给舅舅和舅妈一个惊喜"。人已在途中,张琳二姐的儿子军辉这才告诉张琳说:"俺妈俺爸还有姥爷都从河南老家来浥城了。"于是,一大家子人在浥城着实热闹了一场。因此,今年再回河南老家是没有必要了。

那能到哪里去呢?

常言说:"吃了腊八饭,年下在眼前"。一过了腊月的初八,张琳便开始谋算着去哪里过年的事。一天,在办公室上网,一个不经意地点击进入"浥城气象",浏览了一下春节期间的浥城天气,几乎全是阴雾雨雪。"巧打气候差、外出过大年"!张琳为自己的"灵机一动、计上心来"而兴奋不已,立刻把这个动议用手机发给妻儿,果然得到他们的一致赞成,并"特别授权"由他选定旅游地点。

一连几个晚上,张琳放弃自己的最爱——电视剧,黏在网上查阅全国各地及至港澳台春节期间的天气情况和省城各旅行社的出游路线图及其价格,香港对无购买能力"不满 21 周岁未成年人"的"特别法"限制了儿子的港澳游,而三亚酒店翻番的价格又阻断他和妻子的海南梦,最终他选定了中青旅的春节特价产品"单卧单飞、武汉中转的桂林四日游"。

晨曦中,他们踏着冰雪从浥城出发,开始了这次"桂林之旅"。动车过了大别山,天空便阴霾尽散,阳光灿烂。在武昌火车站中转时,他们见缝插针游玩了黄鹤楼。

次日一早到达桂林,他们住进订好的酒店,早饭后稍事歇息,便在"地导"的带领下,迎着朝霞进入广西师范大学校园内。这里有明代的藩王府,还有独秀峰、太岁洞,从这里寻觅"桂林山水甲天下"的出处和自己生命中的保护神,揭开汉代公主"还珠格格"的神秘面纱;登上桂林市的龙脉寿山独秀峰,居高临下,可以 360 度地环顾和鸟瞰桂林城市的全貌;游览桂林中西方建筑结合最完美、也是桂林文化渊薮之地虞山公园,乘船穿行"二江四湖",也就是漓江、桃花江和世界最美的内湖榕湖、杉湖、桂湖和木龙湖景区,在桂林环城水系感受古人"千峰环野立、一水抱城流"的优美意境;再置身于穿山岩那"石枝、鹅管、石头开花、石头长毛"的独有岩溶地貌奇观,宛若进入一个天然铸就与艺术雕琢完美结合的画廊世界,让很少出门的秋倩好不开心。

大年初一，秋倩一家三口随团乘车赴阳朔。途中，张琳接到大姐打来的祝福电话，并说"淝城仍是雪花纷飞"，他则自豪地告诉姐姐"我们桂林很阳光"。这一天，他们这些被导游昵称为"亲爱的安徽狗肉们"（桂林人称很要好的朋友为"狗肉"）进入了"世外桃源"。这里没有闹市的接踵与喧嚣，却可以看到仿甑皮岩人再现12000年前崇拜图腾、捕鱼狩猎、揭竿而舞的情景，就近欣赏壮、苗、瑶、佤等少数民族女耕男织、浆裁缝绣的质朴手艺。乘船游览兴坪小渔村，途中欣赏沿岸青峰碧水，感受渔鹰捕鱼，品味"船在青山顶上行"的诗情画意。秋倩兴奋地不时摆个"pose"，张琳则观察所处的各种环境、光线，选取不同的角度，把妻子的倩影摄入镜头中。当然，秋倩也会拿过相机，给丈夫和儿子也留个影——尽管她知道自己的摄影技术一般般的啦。

尤为值得玩味的是，在"刘三姐大观园"，张琳与儿子冬征双双被壮族、瑶族阿妹的绣球击中而选为"新郎"，在风骚"媒婆"的主持下，与"新娘"对山歌、喝交杯酒，背起"新娘"入洞房，笑得秋倩前仰后合，眼泪都流了出来。当然，一番美滋滋、喜洋洋之后，他们所有的"灰太狼"都很情愿地打开荷包，给了"新娘"和"媒婆"一笔新年喜庆的小费。

十一、宁海来客

桂林之行让张琳、秋倩和冬征这个三口之家感到了家庭的温暖和时光的惬意。回到淝城后，张琳本打算好好休整几天，却意想不到地收到了秋倩远在宁海的小姑的电话，让他明天早上六点钟到火车站接邵松阳和红雲。

原来，就在他们去桂林之后的第二天，邵松阳和红雲出人意料地回了宁海老家。据秋玲后来讲，前年小姑在淝城过年时，曾说过请老头儿和老太太回宁海看看的话，节前小姑打电话又客气地重复了此话，想不到他们老两口竟一口答应了。

秋倩猜测，也许是考虑到秋玲一家去了岳阳婆婆家，也许是考虑秋瑾携儿子到陆晓辉的成都建筑工地上过年了，也许是听说自己一家三口到桂林旅游去了，老两口感到了没有一个女儿在身边的孤独和寂寞，只好去了宁海。

当然，邵松阳的妹妹也知道红雲与秋倩之间存在隔阂。听说三个侄女都不在泚城,觉得自己的哥哥嫂子会孤单,就邀请他们到宁海老家过年。如果是这种情况,张琳觉得倒也在情理之中。

开着车想着这个心事,张琳不知不觉就到了火车站。令他没想到的是,秋玲和胡大亮也来了。张琳一问才知,他们也接到了小姑的电话,所不同的是,小姑特意向秋玲交代了托邵松阳和红雲带了一些海产品,让秋玲帮忙"把这些东西做成一桌菜,你们一大家子团聚团聚"。张琳听罢,很是理解小姑的用心,他从心底感谢这位他只见过两三次面的小姑。

张琳、秋倩与秋玲、胡大亮彼此询问着过年外出的情况,这时从宁海开来的火车也到站了。从站台上把邵松阳和红雲接下车、送到家,把大包小包的东西搬上楼,胡大亮说"单位上午要召开公司职代会和工作会的筹备会,我得回单位",就下楼先走了。张琳则又开车到"永和"买了小笼包、油条及豆浆等送到岳父岳母家。看到秋玲要按照小姑说的去分岳父岳母从宁海老家带回的东西,张琳认为自己不能在场,更不能插手,就说了句"我去给汽车加油",便走出了岳父岳母的家门。

其实张琳并未去给汽车加油,而是把车开到了一个并不远而岳父岳母又看不到的地方停下来,打开车载音响听了起来。他知道,红雲和邵松阳历来对钱财看得很重,既然这些东西是他们带回来的,他们就有了分配的权力,但哪些东西可以分给仨女儿、哪些东西自己要留下,给谁分得多一些、给谁分得少一些,红雲和邵松阳很难有统一的意见,在分的过程中肯定会发生矛盾甚至争执,如果自己在场,那是会令每个人都难堪的,不如主动回避,抽身一走了之。

事后见了张琳,秋玲不止一次地夸张琳说:"妹夫你太聪明了,太知趣了,也太了解老头儿子和老太太了,就我笨。"秋倩问怎么回事。她说,那天她好心留下来帮着收拾东西,期间问老头儿"打算什么时间把秋倩和秋瑾两家都叫过来吃顿饭",邵松阳把嘴向红雲呶呶,说"问你妈吧"。秋玲就把头转向红雲,看着她问了同样的话,谁知红雲却说:"你们各家都有各家的事,不像我和你爸是闲人,哪能凑得齐呀,我看现在就把这些东西分一分吧,该带走的你们都带走。"说罢,红雲去找来了一些在超市买菜时曾用过的塑料包装袋。秋玲听红雲如此说,就开始动手给各家分。她想,既然小姑在电话中说了,老太太又爽快地叫她做主来分,那就把这些东西一样样地平均分成四份吧。可谁知,看到秋玲把所有的东西都打开了包装,按照平均的原则一样一样地分成了四份,正在吃早点的邵松阳用胳膊肘捅了捅红雲。红雲会意,就走了过去。她指着海蜇说:"这个你爸吃了不痛风,就留给你爸吧。"指着墨鱼说:"这个没有脂肪,对你爸有好处,别分了。"指着鳗鱼干说:"这个你爸最喜欢吃,多留点给他。"指着鱿鱼说:"这个每家可以分一条,大家尝尝鲜就行了。"她还说:"我血脂高,要补钙,不能吃大鱼大肉,几盒对虾我得留下。"最终的结果是,小姑托他们带回来的大部分新鲜海产品都被邵松阳和红雲"截留"了,她们姐妹三家所分到只是邵松阳和红雲不喜欢吃或不能吃的,并且数量也很少,弄得秋玲当时好不狼狈,真想找个地缝钻进去。

秋玲还对张琳说:"咱们三家还担了个'把所带回的东西都分了'的名声,你说我们冤不冤呀。"

邵松阳和红雲喜欢吃海鲜,张琳对此早有所闻。不仅如此,他还知道老两口对吃很讲究。他们经常发生矛盾,但在吃的问题上是绝对统一的,早就认识到"身体是活命的本钱"这个道理。平时两人无论怎样生气,话可以几天不说一句,脏衣裤可以几天不洗,甚至性生活可以几个星期不过,但海鲜是不可以不吃的,而且还要做得好、吃得精。在他们看来,那些绝食的人跟美味佳肴过不去,空着自己的肚皮闹情绪、生闷气,他们不是最狂的疯子就是最大的傻瓜。

十二、馒头擦盘

还在与秋倩谈恋爱的时候,看到邵松阳与红雲常常穿着铁路制服,张琳就曾对邵松阳说:"你和我妈都是正当年,你也是处级干部,经济条件并不差,我们做子女的现在都成了家,也不需要你们接济,就去买几件时兴一些的衣服,也该享受享受美好的生活了。"邵松阳则说:"往上数一辈,我也是农民,穿衣戴帽无所谓,关键是要吃好。'身体是革命的本钱'嘛。"

在张琳的印象里,邵松阳和红雲在吃的方面虽说不上十分讲究,但是也从来没有亏待过自己。也许是太看重自己、爱惜自己了,以至于早年忽略了自己的父母和他一同长大的兄弟姐妹,中年忽略了自己亲生的三个女儿,老年又忽略了三个女儿已经组成的家庭,而且至今无所醒悟,还将继续忽略下去,延及他们的外孙和外孙女们。平日里,无论是眼前的、远方的,都是他们向邵松阳和红雲"请安",邵松阳和红雲却几乎想不到女儿女婿们,连句关心、问候的话都没有,更别说周末、节日把孩子们叫回家吃顿饭了。

张琳清楚地记得,自己第一次登门邵家,邵松阳留他在家里吃饭。在吃到最后的时候,张琳沿用了原来在学校和单位时养成的习惯,用一块馒头擦干净盘子的油水,然后帮助秋倩收拾桌子、洗刷碗筷。他没有想到,正是自己的这个动作赢得了邵松阳的好感,觉得张琳是个会过日子的人。他说服了也不知什么原因对河南人很是反感的红雲,最终同意了秋倩与他这个河南人的婚事。

成家二十年,每逢过年过节,从来没有接到过岳父邵松阳和岳母红雲叫秋倩和自己还有儿子冬征到他们家里吃顿饭的邀请。刚开始,张琳对他们的做法很不理解,以为岳父高居正处级的官位,把在单位的居高临下也搬到了家庭。他还以为红雲爱干净、有洁癖。以为他们上的年纪的人注重生活起居和规律,不愿意被别人所打乱。后来他才渐渐意到,自己的岳父和岳母都很“独”,以“我”为主,习惯于两个人的世界,对别人缺乏关心和爱心,根本就想不到、也不去想别人,是属于独居一处、不愿与人交往的人,也就是他下乡时当地人说的那种“关住门吃、打开门拉”的那类人。

按照自己的理解,张琳觉得,进入晚年的老人们总是需要亲情和温暖的,尤其是逢年过节,特别希望自己的子女们带着孙子孙女、外孙子外孙女回到家里来,围着自己说话、戏耍。而作为子女,就应该带着爱人孩子到老人那里走走看看,这是对老人的尊重,也是子女应尽的义务。人都说“隔代亲”,即便是父母、岳父母对自己的女儿、女婿有些成见、存在隔阂,但当他们看到自己的孙子孙女和外孙子外孙女的时候,就会忽略掉这些,那种“宠小”、“护犊”的情感就会油然而生。可是邵松阳和红雲却不,看谁都是“身外之物”,对谁都是那么冷淡、冷漠。红雲甚至把对自己女儿的怨恨延续到女婿和外孙、外孙女身上,对他们也不待见,这其中的原因不得而知,张琳对此一头的雾水,至今也没有散去。

十三、松阳住院

“丁零零……”一家人还没有吃完饭,电话铃声骤然响了。张琳过去一看,电话机上所显示的号码是岳父家的,就对秋倩说:“是老头儿家的,肯定有什么事,你来接吧。”

果然是。秋倩只听见听筒里传来老太太的声音:“你爸爸发低烧,已经一个礼拜了，我让他到医院看看，他不去。我管不了，你们来劝劝他吧。"

"好，我一会儿就到。"放下电话，秋倩就去找外套。

冬征问："什么事呀，看把你急的。"

"你姥爷发烧，也不知什么原因，我得过去看看。"走到门口，她又问张琳："你去不？"

"我来收拾锅碗吧。你先过去看看到底怎么回事。我倒是建议，先到局职工医院看个急诊，最好今晚就住院观察。"

张琳把餐桌收拾干净，锅碗碟筷还未洗完，电话又响了。"冬征接电话。"张琳在厨房里喊。

"我妈让我送钱包。"冬征放下电话说。

"那你快去。"

儿子走后，张琳还在想：是岳母让秋倩动员和催促岳父去医院的，她自己也跟着去了，怎么会不带钱呢？兴许是慌里慌张之中给忘记了吧。

几天后，邵松阳听从张琳的建议，让局职工医院的医生开了个证明，转到省立医院去做进一步的检查。因为是上班时间，张琳和秋倩都脱不开身，就由已经从单位内退（即还未到国家规定的退休年龄，单位让其从岗位上退下来回家休息，称之为"内部退养"）的秋玲陪着去。后来听秋玲说，这一次老太太也陪着去了，但钱是秋玲垫付的，并说老太太没有带钱。

"老太太去医院不就是为老头儿干什么的吗，为什么不带钱呢？她手头不会紧到这种程度吧？"张琳像问秋倩，又像是自言自语。

"我了解老太太，她就是看重钱，舍不得花自己攒下的那些钱。"秋倩说。

两天后，检查结果出来了，邵松阳患的是肾积水，医生建议做手术。红雲对秋玲说："你爸这次治疗需要花的钱，你们三个女儿平均摊吧。"秋玲第一次遇到这种情况，当时没有反应过来，就表示，自己先出 3000 块钱。

此后，她又打电话给秋瑾，说了同样的话。秋瑾当即问她："这种手术能花多少钱，两万块不得了啦，何况我爸还是处级干部，大部分费用可以报销，最后你们实际花的钱撑死了也就几千块，你们攒了大半辈子钱了，这点钱都不愿掏，还要摊派给我们？"

秋瑾就是这样直来直去的性格，话说得比较糙，但点到了红雲的痛处，不得不承认秋瑾说的在理，这让红雲当场无言以对，脑子里一片空白，只好放下了电话。

从秋瑾说的这番话,红雲猜测,是不是女儿们已经知道了她的想法和意图。如果说三个女儿都摸透了她的心思,那么,要让她们按照自己的思路来,一步步地实现设计好的计划,还真不如自己想象得那么容易。在过去的几十年间,秋玲、秋倩、秋瑾三个女儿出生后,不是送到了宁海乡下的婆婆家,就是丢给了自己在济水的娘家,自己在她们身上付出的确实不多。在单位,不止一个人告诉过她,孩子一定要自己亲自带,那才会有感情。如果交给婆婆或娘家妈,受老人的影响就大,与亲生父母就会生分,时间一长还会产生隔阂,即便是后来把子女接回自己身边,要培养起彼此之间的信任和感情,那就要付出很大的努力。一旦子女们对父母产生戒备心理,当父母又不主动与他们沟通,双方就容易产生误解和矛盾,也容易发生冲突和对抗,甚至酿出无可挽回的人间悲剧。

十四、电话"通牒"

大女儿秋玲出生后,一向争胜要强的红雲,觉得在第一胎都是男孩的两个姐姐面前矮了半头,脸上无光,熬过满月后,就把女儿送到了宁海的婆婆家。秋玲在农村一直到读完高中,遇到了招工的机会,才到红雲所在的铁路建筑企业下属一个单位参加了工作。

邵松阳的老家说是在宁海市,其实是宁海的郊区,距离市中心还有二十几公里的路程。名义上是郊区,其实就是农村,并不吃商品粮,所谓的区别就是离城市近一些,进城方便一些。邵松阳兄弟姐妹六个,家里的生活条件比较差,上学交学费从来就没有一次交齐过,总是会拖上十天个把月。邵松阳高中毕业那年,在东南沿海修战备线的一个铁路建筑单位在当地招收一批铁路工人,父亲让他去报名,他在招工表格上"家庭成分"一栏填的是贫农,"政治面貌"一栏填的是团员。就因为他"根正苗红",很容易地就通过了"政审"。检查身体时,奶奶抚摸着邵松阳的头说,你一个农村长大的娃,平时吃的都是粗粮,从小没病没灾,身体壮得像头牛,我这几天一直给菩萨烧香磕头,好运一定会降临到我孙子头上的。后来,邵松阳就真的被录取了,走出了他并不热爱的那个臭水沟环绕和晴天尘土飞扬、雨天粪便横流的小村庄。

把秋玲送到老家是在"文化大革命"前夕。解放了二十多年,老家的面貌并没有多少改变，所以给邵松阳的印象还是不好，平时也就懒得回家，只是每隔一段时间就给家里寄去三块五块的作为女儿的生活费，换句话也可以说是对家里人照看自己女儿的一种补偿。有时候邵松阳或红雲回去了，大多是因为出差路过，每次停留的时间也不长，往往是还没有与女儿相处熟悉就又走了。与二女儿秋情、三女儿秋瑾的情况也大致如此。就是在这看望女儿次数并不多、停留也不长的时间里，红雲也会为家里的琐事或女儿的不顺从而与家人发生争吵，几乎次次都是不欢而散。所以，无论是父女之间还是母女之间，无论是哪个女儿成家之后或女儿们有了自己的子女之后，相互之间都显得很生分，彼此之间的来往也从来没有常态化。后来，他们老两口虽然也认识到了这一点，却并没有认识到他们应该认识到的程度，或者说他们并不因此而改变自己的观点和做法。于是，这种生分将无法削减，裂痕不会消除，隔阂还会延续下去。

秋瑾的话勾起了红雲对往事的回忆。她觉得，无论怎么样，自己生了三个女儿，没有功劳也有苦劳，老三秋瑾怎么能说出这样的话呢？她越想越生气，抓起电话就拨出了号码。

参加了一个应酬活动的张琳刚进家门，就听到了电话铃声。他穿上拖鞋奔过去抓起了电话："喂，请问您找谁？"

"啊，是张琳呀，我找秋情说个事。"

"是妈呀，她就来。"

坐在沙发上正看电视的秋情走来，一个"妈"字还没叫出口，只听听筒里响起了老太太近乎歇斯底里的高分贝："秋情，你给我听好了，我没有养你们，但我生了你们，你们就该管我。我知道我将来的下场，我得攒些钱准备将来为我自己养老。邵松阳是你们的爹，今后我可不管了，你们去管吧！"声音到此戛然而止，听得秋情一头雾水。她猜想着这里面肯定有原因，就把电话打向秋玲。秋玲的电话传来忙音。再拨，还是忙音。她只好又打秋瑾的电话。

十五、家丑外扬

秋瑾的儿子均平明年高考。自从均平上了高中，秋瑾所有精力和时间都用在了这个考生身上，到单位上班也是三天打鱼两天晒网。在秋瑾看来，自己当年的理想没有实现,现在就把所有的希望寄托在了儿子身上,尽全力为儿子服好务,做好后勤工作,这一点她与秋倩如出一辙。因此,无论何时往家里电话,秋瑾一准在家。果然,电话刚响了一声就传来了秋瑾的声音。

"是二姐呀",秋瑾瞄了一眼电话上的"来电显示"说。"大姐昨天来过电话,老头儿住院,我没法去帮忙,你们辛苦了。"她说的是实在话。

小妹一句问候的话,感动得秋倩眼睛湿润了,半天说不出话来。电话那头的小妹就问:"二姐,你没事吧?"

"没事没事。"还没等秋倩提起刚才老太太说的话,电话那头又说:"我刚收拾完锅碗瓢勺,也正想给你打电话。"秋瑾接着说:"这次老太太很不像话,还没花多少钱,就让我们三个女儿均摊。我问老太太了,作为父母,三个女儿结婚,你们给过多少钱,陪送过多少嫁妆?我们各家买房子,你们资助过一分钱、来帮过一次忙吗?连句客气的话都没有说过。我还问她,我们生病住院,你们说过一句温暖的话,到病床前看望过一回吗?周末过节,你们问过我们怎么过、叫我们回去吃过一次饭吗?姐呀,我还没问完,老太太就把电话挂了。"

"难怪呀。"秋倩明白了。心想,像你这样连珠炮般地质问,简直就是声讨,依咱妈那爆脾气,她怎么能受得了。

可秋瑾不知道。

于是,秋倩就把老太太刚才电话里发火的事说了一遍。并说:"她窝了一肚子的火不敢对你发,就冲我来了。"

多少年了,秋倩就是红雲的出气筒,一旦她有怒气,秋倩的麻烦就会接踵而来。

几天后,张琳下班的路上遇到一个已经退休的同事,他与邵松阳是同一栋楼,就住在邵松阳的楼下。他对张琳提到了红雲到原单位借钱的事。张琳很纳闷,问:"怎么会有这种事呢,他们不应该缺钱的呀?"

同事说:"他们退休早,退休工资比较低。"

张琳:"但我听说岳父这次住院做手术只是先预交万把块钱,这点钱对他们并不困难呀,何况他是正处级干部,大部分费用单位会报销的。"

"我也是这么讲,但你岳母说她的钱要么存的是银行定期,要么投在了股市里,现在都取不出来。"

"你说的这种情况我还真不知道,我岳母也没有和我们说。"

这是红雲做事的一贯作风。有了什么事情,红雲从来不和秋倩、张琳他们直说,而是只轻轻地点一下,话中音、背后意需要你去猜,之后的事由你看着办,办妥了落不下好,办不好她就会到处说你的闲话甚至坏话,弄得你名声坏了还蒙在鼓里,并且还不知道是怎么坏的。

张琳心里想,岳父常说我和秋倩会过日子,表面意思是会精打细算、安排生活,言下之意却是"小气"、"吝啬",舍不得给他们花钱。现在看来,岳母这才真是抠门到家了:自己丈夫都送进医院要做手术了,作为老婆她还在掐着算着存在银行里的能多挣些利息,投在股市的钱还舍不得割肉,难道那点钱比丈夫的生命还重要、还宝贵?换句话,就像秋瑾说的,你们老两口对自己的老人没怎么赡养,对自己的女儿没怎么管,连自己的外孙子和外孙女也没怎么呵护,攒了大半辈子的钱,这钱总该用到自己身上了吧?这倒好,把自己的钱投进股市生仔、存到银行下蛋,却让女儿们一个个地掏钱,于情于理都说不通呀。再换一个角度来说,花你们自己的钱那是钱,花女儿们的钱就不叫钱了?

到自己原来的单位借钱。理由是什么呢?想来想去,张琳明白了,红雲想的是一个让女儿女婿们难堪的招、叫女儿女婿们出丑的招。舍不得把银行存的定期存款或者投入股市的钱取出来,她那只是一个方面的原因,另一个是她要把手中的钱抓得牢牢的,以防自个儿以后有什么不测。红雲要强了一辈子,如果哪天自己有了难处,女儿们都撒手不管,自己还得厚着脸皮、像个乞丐似的向她们伸手,那就太被动了,也太没面子了。

红雲自信已经看穿了:三个女儿没有一个好东西,都是白眼狼!当爸妈的遇到了难处,你们没有一个主动来帮的。而且在她看来,三个女儿都不孝顺,无情无义,不管他们老两口的死活,肯定是秋倩在里面做了手脚,起了坏作用,出了坏点子,把老大和老三拉拢过去了。于是,她找到机关大院居委会,找到离退休干部管理处,找到局社会(行政)管理中心"反映情况"。

很快,红雲所反映的"情况"在整个机关大院里私下里传开了,并最终传到了张琳和秋倩的耳朵里。对此,张琳和秋倩都很生气,抱怨红雲怎么能这样做。俗话说"家丑不可外扬"。一般来说,父母十有八九是护犊的,哪怕自己的子女说得再不对、做得再不好,对子女如何不满、如何生气,那都是关住门在家说的事,在外面还是会维护子女的声誉和面子,更不会到处说子女的坏话,而红雲却是一个极特殊、极个别的人。

一天，张琳携秋倩到医院看望了邵松阳之后，在回家的路上对秋倩说："我做女婿的不好开口，你找个机会跟老太太沟通一下，不能我们这边去探望着老头儿、伺候着老头儿、照看着老头儿，她在那边说三道四，到处贬低和埋汰我们，诋毁我们的名声。我们出了力还不讨好，这叫什么事儿呀！"

秋倩理解丈夫的心思。他在企业的宣传部门工作，现在又被提拔为报社的副社长，他顾及自己的脸面和形象。古人云"三人成虎"，总不能让张琳到处去说"我丈母娘说的不是事实"吧。

十六、"图我财产"

秋倩知道，有一件事已经过去近20年了，但张琳至今还对此耿耿于怀。那还是在两人谈对象的时候，张琳每次上门都努力地表现，要不就买些岳父岳母爱吃的东西，要不就帮着洗菜做饭、扫地擦桌，连修水管、换灯泡之类属于单位后勤部门干的活也包揽了。刚开始，秋倩以为这是张琳为了博取父母的欢心和自己的芳心而有意做出的举动，心想一旦真正嫁给了他，他就不会这么殷勤、这么坚持了。可是，事实让秋倩改变了自己最初的想法，并且使她更加喜欢张琳。结婚以后，每逢从工地采访回来，或是周末或星期天，张琳都会到父母那里干这干那，有时还不在那里吃饭，直接就去单位加班了。于是，她就认定张琳原本就是个勤奋的人，不是有意识地玩虚做假。

这期间，秋倩也听张琳讲述过自己家里的人和事，她就觉得张琳的家庭与自己的家庭有着天壤之别；张琳小时候所处的环境，就像自己小时候在姥爷姥姥那里所享受到的一样；张琳家所有成员彼此之间的尊重、体贴、爱护、谦让，那才叫天伦之乐、美满和谐。秋倩常常怀念自己温暖、快乐而又幸福的童年，也会想起她到了红雲和邵松阳跟前那些年所受到的屈辱和伤害。这时候，秋倩就忍不住心中暗叹，甚至泪珠涟涟。她尽情享受张琳给予自己的这种温暖而甜蜜的两人世界，渴望在父母那里也能培养和造就出这种人格平等、尊老爱幼、互敬互爱的和谐氛围。秋倩对张琳所做出的努力从内心深处感到敬佩和感激。

红雲没有儿子。胡大亮虽说是自己看着长大的同事的儿子，话语不多，老实忠厚，偶尔出差到家里来也会帮着做些家务，但她却是第一次见识张琳隔三差五到家里来,把一切都给她收拾得如此停当。她享受着这份惬意和安逸,但内心又对这个准女婿不放心,猜疑他这般热情和殷勤的背后是不是有什么企图:这个准女婿是大学生,但他是河南人,河南人聪明而又狡猾,心眼特别多,他之所以这么做,说不定是有所求和图谋的。这个想法她有几次想对邵松阳说起,可又觉得说出来会让邵松阳嗤笑自己心眼太小,就没有说出口。

结婚之后,张琳和秋倩还住在单位的单身宿舍,只不过是从各自所在的四人同住房间,搬到了一个只为他们二人所享用的"新房"。虽说有了自己的小家,但张琳依然牵挂着邵松阳的红云,有事没事都会过去看看。机关的人当着邵松阳的面夸他这个女婿,邵松阳也与对方开玩笑说:"自从有了这个女婿,修个水管、换个灯泡之类的活他都包了,等于给咱们单位省了个维修工啊。"

红云的单位虽在机关大院,但其下属的单位基本都在外地,有的就设在工程建设工地,下面的同事不断有人接受张琳的采访,有的还与张琳交上了朋友。回到单位遇到红云,他们免不了拿张琳与红云套近乎,还会对张琳夸几句。有一次,一个与红云很要好的姐妹从武汉出差到沘城,专程到红云的办公室看望她,又谈起了张琳。她说:"我妹妹的男朋友与张琳同住单身宿舍,经常看到张琳去你们家,连垃圾都替你们倒,你真是有福气。"并说:"有这么好的女婿,比我养的亲生儿子都强一百倍。"可红云却冷冰冰地说出了她对丈夫没有说出的那句话:"他好什么? 他不定就是图我们财产的。"那个同事顿时惊奇得目瞪口呆,半天不知接什么话。

不久,此话传到了张琳的耳朵里。传话者也不是那种搬弄是非的人,张琳明白人家的用意,当时只是苦笑了一下,回到家里就对秋倩发脾气,并发誓"再也不到你爸你妈家了"。后来想想,这话说得太绝情,张琳便又改口道:"以后除非他们叫我,否则,我不会主动到他们家的。"

秋倩理解地点点头,并说:"我这两位老人你慢慢就了解了,我对你不敢有什么要求,一般的礼数尽到就行了。别说是你,以后我也不会与他们走得太近。"

秋倩说这话有她的依据,自己的母亲自己知道。红云的心态不仅复杂,而且有悖常理。譬如,女儿女婿们都来看望她,她会把女儿女婿们买的礼物放在一起进行比较,看谁买的多、谁买的少,哪家送的贵重、哪家送的便宜;孩子们过节过年来陪她,一起共享天伦之乐,她嫌外孙子外孙女们在家里乱腾,打乱了她的生活规律,饭一吃完就催促"你们快走吧,各回各的家"。如果邵松阳给女婿们倒上茶,想聊会儿天，红雲会毫不掩饰自己的烦躁，一会儿摆弄摆弄桌子、整理整理沙发布，一会拿来扫把拖布，又是清扫又是拖地，让大家站不住、坐不稳，逼得你不得不收拾东西，赶快"打道回府"。

一般地说，身为母亲，当然都愿意看到子女们团团结结、和和睦睦，但红雲却不。看到三个女儿走得很近，她不是高兴、鼓励，反倒是生气、嫉恨，想着法地去挑拨、去离间，让她们彼此反目、互不往来，好像这样就会减少对她的压力和威胁。

说起来，三个女儿年龄相差不过四五岁，出生后分别被送到了奶奶家或姥姥家，没有同时在邵松阳和红雲跟前生活过，相互之间缺乏了解和亲近。就说秋倩和秋瑾吧，当秋倩来到沤城的时候，秋瑾跟着邵松阳和红雲到这里上小学，刚开始两人还感到生疏，连秋瑾对秋倩的称呼也跟着邵松阳和红雲叫"秋倩"。

经过一段时间的相处和磨合，姐妹俩渐渐地能够和睦相处了，红雲却不让秋瑾和秋倩在一起玩。每次上街，红雲也只带着秋瑾一个人，从来不带秋倩外出。受到红雲的打骂，秋瑾很怜惜，就悄悄过去陪伴秋倩，这时红雲就会把秋瑾强拉过来，斥责秋瑾"没有良心，你个白眼狼，可耻的叛徒。"平时，看到姐妹俩在一块儿，红雲就以为这俩小东西唧唧哝哝不会说好事，要么是说她的坏话，要么是想办法共同对付她。所以，每逢看到秋倩与秋瑾在一起，她就会采用"打一个拉一个"的手法，借故把其中的一个支开，或者变着法儿离间她们，使她们之间产生误解和分歧，相互猜忌、相互防范，不愿在一起。如果其中一个觉得无聊，转而过来接近她，红雲就会感到满意，产生一种收获感。

随着秋玲、秋倩和秋瑾渐渐长大、懂事，特别是她们三人相继成家之后，彼此的丈夫非常合得来，这也使得三姐妹之间增加了相互走动的机会，时常进行沟通和交流，在加深了解和信任的同时，也核实了过去经历的事实，还原了事情的真相，这才明白了红雲的意图和用心，从中得出一个一致的结论：老太太不仅是个"另类"，而且人品也有问题。

从此，在秋玲、秋倩和秋瑾三人的心目中，红雲除了脾气不好外，又增加了一个"德性不好"。

十七、"你不是人"

红雲脾气与德性不好，在邵松阳这次住院期间得到了验证。

其实，也不是女儿们有意要验证自己的母亲，而是红雲自己表现出来的。不仅在家里表现了出来，而且还在医院里大吵大闹，弄得满城风雨。

整个手术持续了两个多小时，做得很成功。但由于麻醉药的作用，处于昏睡状态的邵松阳被医护人员从手术室推出来送进病房，直到次日早上6点多钟才清醒过来。病房里有三张床，一张床没有人，空着，但秋倩有些洁癖，不愿在上面睡，只是在床铺上铺了几张报纸，晚上困得实在支撑不了了，就坐在矮凳上趴在床边小憩。看着熟睡中的秋倩，本来有点想上厕所小便的邵松阳忍了下来。他的思绪围绕着眼前这个柔弱的女儿而浮想联翩。

因为红雲对秋倩有偏见，两个人一直合不来，准确地说是红雲容不下这个二女儿。为此，邵松阳过去常常与红雲斗嘴，但每一次都是他败下阵来。不是因为他讲的没有道理，也不是邵松阳说不过她，而是红雲根本听不进他说的话，总会把一场辩论演变成闹剧，像泼妇一样破口大骂，听得他连自己都感到脸臊。

常言道，"有理不在嗓门高"，但红雲的本事就是用自己的大嗓门压住邵松阳，用喋喋不休赢得左邻右舍的同情。这一招果然奏效，听到吵架声过来劝说的人，常常都是劝邵松阳不要和红雲闹，说"红雲是个女同志，你一个大老爷儿们，得让着她"。还有的给他上纲上线："你这是大男子主义，要不得的。"起初邵松阳还为自己辩解几句，说"并不是我和她闹，而是为孩子，她教育孩子过于偏激"。但别人却说："既然是教育孩子，就更不是红雲的错了，你当爸的更应该配合，要维护她做母亲的威信。"弄得邵松阳哭笑不得，他能说红雲骂女儿是"小娼妓"这样的污言秽语？能说红雲使用了"家庭暴力"？他说不出口啊。既然说不出口，也就没必要再争辩什么了。久而久之，邵松阳就不再与红雲一般见识。也不是真的与她不一般见识，而是他认为与红雲这样的悍妇根本就讲不出道理。也不是真的讲不出道理，而是他认为跟她丢不起这个人。

北方有句土话，叫"柿子专拣软的捏"。秋倩从小就是个善良的女孩子，在姥姥家时，别说是被人欺负，就是被鲁钦动了个手指头，所换来的不是鲁骥民的一顿训斥，就是给他"吃糖豆"——就是用右手的拇指压住中指，一使劲猛地放开，中指反弹在他的头上，"当"的一声一个"响奔儿"，重的甚至会换来一巴掌、一鞋底儿。

在三个女儿中，老大秋玲受了红雲的气，就会十天半月不和红雲说一句话，只要红雲不主动，她甚至从此再也不理会她。时间长了，红雲总得要她做事干活呀，红雲就得反过来哄她，对她说软话、好话；老三秋瑾从小就不怕红雲，敢与红雲枪对枪、矛对矛地对着干,红雲说她一句,她会顶红雲三四句;红雲打她一下,她会不要命般地揪住红雲厮打,还会乘红雲不备,拽住胳膊咬胳膊,抱住腿就咬腿,弄得红雲又气又怕。二女儿秋倩算是个乖孩子,在到红雲跟前之前,姥爷给她讲了许多红雲脾气不好的事例,要她到了汜城学乖点,不要惹爸爸妈妈生气。到了汜城之后,秋倩有了心理上的这个压力,就更乖了,对红雲说一从一、说二从二,红雲叫她往东她不会往西,叫她干这她不会干那,从来不和红雲犟嘴。按照常理,红雲对秋倩本应该以母爱之心关心她、呵护她,不能让她受委屈,更不能歧视她、打骂她。但红雲却不!只要红雲不高兴,她就会叫秋倩受气;只要红雲生气,秋倩就是出气筒,真个应验了"马善被人骑、人善被人欺"这句老话。

邵松阳印象最深的是那一年春夏之交的一天。应该是一个星期天,秋倩刚把他和红雲的衣服洗干净晾到阳台上,从街上逛回来的红雲渴得嗓子冒烟,热水瓶里却没有水,心里便没好气,从客厅走向卧室去换衣服,却脚下一滑差点摔倒,这才看到地板上有水滴,她心中的火顿时"噌"地就往上冲,转身"噔噔噔"地走到阳台上,把正在晾衣服的秋倩推到一边,把已经搭在衣架上的衣服一件件地扯下来丢在阳台上,之后用双脚使劲地踩,边踩边骂骂咧咧:"你个小妖精!洗几件衣服,弄得到处是水,差点闪了老娘的腰,心眼儿怎么这么坏!"秋倩吓得在一旁大气不敢出。看到邵松阳给她使眼色,秋倩急忙蹲下身子去收拾,然后一件件地重新清洗。往阳台上晾衣服之前,秋倩端起脸盆先放在洗脸池上,仔细把盆底儿的水滴擦干了,这才端到阳台上轻轻放下,不敢弄出一点声响,生怕红雲听见了,误认为自己不耐烦,从而招来一顿打。

红雲把饭做好端上了桌,秋倩去厨房拿取属于自己专用的碗筷。自从来到这个家,红雲给秋倩立了一个规矩:"自己的碗筷自己用、自己洗,不要与我和你爸、秋瑾的混到一起。"等秋倩从厨房出来,红雲却把秋瑾已经拉出来的一个凳子收到桌子底下,气哼哼地说:"今天没有你吃的饭,以后我也不再做你的饭,要吃你自己做去。"

邵松阳看红雲做得实在太过分了,加上刚喝了两口酒,红着脸说:"她给你洗了一上午的衣物,你不能这样对待她!"

红雲把筷子往桌子上一摔:"怎么,我这样惩罚是为了教育她,你心疼了?"

"她还是个孩子,没有你这样教育的。"邵松阳解释道。

红雲更来气了:"那你让我怎样教育,让我像观音菩萨似的天天供着她?"

"我可没有那么说，但你也不能……不能……"邵松阳不知用什么词好，嘴上就有些结巴。

"你有屁就放！"

"你对她没有感情，但她也是你亲生的骨肉，你不能这样虐待她嘛！"

邵松阳话音未落，他面前的酒杯已经被红云抓过去高高举起，之后被重重地摔在水泥地板上，顿时四分五裂，酒水也溅到了墙上。红云怒不可遏，脸色铁青："她是你小老婆，你这样护着她？"

这句话对邵松阳如雷轰顶，当时就气得鼻子不是鼻子脸不是脸，张口结舌了大半天，才狠狠地吐出了"你不是人"四个字。

直到这个时候，邵松阳才明白，自己的干预为时已晚，所有的劝说都是火上浇油，换来的只能是红云变本加厉的辱骂和伤害。

秋瑾嘴里含着一口米饭，似懂非懂地看看红云、看看邵松阳，再看看秋倩。秋倩则端着一只空碗，像个上门讨饭却遭到地主婆辱骂的乞丐，霎时间泪如泉涌，心在滴血，精神上受到了极大的伤害。

后来，邵松阳无意间看到秋倩的一本日记随便翻看了几页，发现其中一页上写着：我的决心书：卧薪尝胆，忍辱负重，一定要考上高中，争取再考上大学，有朝一日永远离开这个可恶的妈、可恨的家。

邵松阳想着自己的事，忽然想喝口水润润嗓子，就伸手去端床头柜上的杯子，不料碰掉了一袋蛋糕，蛋糕"啪"的一声在地上，秋倩被惊醒了。

"爸，你饿了？医生说你现在气还没通，只能吃流食。"

邵松阳有些尴尬，脸上挤出点笑容说："我不饿，只是想喝口水润润嗓子。"

"那我来给你加点热水。"秋倩说着，起身取过来了热水瓶，往杯子里加了点开水，然后吹了几下，递给了邵松阳。之后，她又从一个塑料袋里拿出毛巾，走进卫生间湿了湿，给邵松阳擦脸、擦手。

十八、置疑身世

过去在企业工作的时候，邵松阳的屁股坐在行政管理处处长的位置上，负责的是与民生紧密相连的工作，机关职工和家属们的吃喝拉撒睡他都管，就连办公场地的烟头、楼道里的长明灯、居民区停电断水、下水道污水横流这些杂七杂八的事,他每天都得盯着,因为这牵动着上自局长下至工人们的神经,如果处理得好,那是你应该的,没有人说你好;处理得不好,就会被人人指责,甚至为此而丢乌纱帽。所以说,后勤保障工作很不容易赢得人心,却最容易得罪人。他的前任老张就是因为给好些人没办事,树敌颇多,退休前不得不到处找退路,还叫妻子在上海的单位要了房子,退休后立马在机关大院里消失。用他的话说:"反正我也不住在机关,功过错对让大家自由评说,就是骂娘我也听不见,听不见就心不烦。"他后任老于的结局就惨了。老于从下属单位调进机关来接邵松阳这个位置,正赶上机关要集资建房,局长私下提醒老于说:"这时候是敏感时期,你也处在风口浪尖上,你在原单位刚分了新房,虽说你这次也符合在机关分房的条件,但我建议你做出点牺牲,不要参加分房,这样你可以超脱一点,放开手脚去开展工作,也有利于退休以后过你的清净生活。"可这位于处长没有局长的高瞻远瞩,偏执于"两个孩子将来进机关要有房子住"的计划,就没有听从局长的叮嘱,结果因为价格的问题,质量的问题、工期的问题、楼层的分配问题,以及地下车库、最终结算等一系列的问题,说他政策不公的有,说他私下交易的有,说他与民工队不清不白的也有。那段日子里,有的人钻政策的空子想打擦边球而被他拒之门外,有的因为在分房条件上弄虚作假、之后被他查出来而失去了唯一的机会,于是,这些人就到他的办公室去说、去讲、去闹,有时把他堵在半路上,指着他的鼻子破口大骂,更有人因此与他下了怨、结下了仇,对他怀恨在心,扬言等他退休后,见他一次就骂他一次,让他好生不得,好死不得。直到这个时候,于处长才真正意识到当初局长的提醒是多么的英明,而自己又是多么的幼稚和愚蠢,以至于退休后他在远离机关的郊区买了一套由企业房地产公司开发、面向社会出售的住房,从此不敢踏进机关大院的大门。

邵松阳听说这个于处长最后是这样的结局,曾经为自己当初的幸运而庆幸。所谓的幸运,其实是他在任时国家处在计划经济与市场经济的转折期,企业隶属于铁道部,没有进行改制、改组,铁饭碗没有彻底打破,各种深层次的矛盾还没有充分暴露出来。等到企业开始改制、转型,成为自主经营、自负盈亏的市场的主体,他却退休了。换句话说,他幸运地躲开了矛盾爆发的风口浪尖。他曾对张琳说:"毛主席晚年对自己一生的评价也不过是三七开,我也就谈不上为国家、为企业做了多大的贡献,但我这个人为企业干事34年,从来没有犯过政治错误,也没有出过任何经济上的问题。"他却没有认识到,因为他为了保住自己的官位,执意让秋倩离开机关下到基层,三年里职称问题没有解决,还少涨了一级半工资;秋倩为了照面家里,在机关与单位之间跑通勤,每天早出晚归,结果落下了心肌炎的毛病;后来为了把秋倩调回机关,张琳托人花钱走关系,最终费了九牛二虎之力才进了局财务部。还有,由于他死守教条,态度生硬,办事喜欢"看人下菜碟",不仅得罪了不少职工,也耽误了那些跟随自己多年的同事、下级和朋友的仕途,惹得天怨人恨。在退休之后,邵松阳几乎成了孤家寡人,再没有人与他来往,连走在路上都很少有人和他打招呼。有时候遇到满脸怒气、想要找他碴的人,邵松阳还不得不从大道拐入小路或溜着墙根走以避其锋芒。

如今生病住院,邵松阳没有回顾自己过去的工作和事业,而是在听了女儿们对妻子的做法不满后,开始对自己的家庭教育和家庭生活进行反思,觉得自己是一个生活上的失败者,而且失败得很彻底。他在想,红雲之所以会是今天这个样子,这个家之所以会是今天这个样子,自己有着推脱不掉的责任。他后悔自己当初在红雲面前过分的懦弱和迁就,对远在乡下的父母妹妹们关心不够,对自己的女儿们照顾不周,没有尽到一个做儿子、做父亲的责任。特别是作为丈夫,自己对红雲的所作所为太放任、太纵容,所以才会使她越来越蛮横、越来越霸道、越来越张狂,爆发起来已经不仅仅是失去理智,而是失去人性。

红雲的发狂有时没有任何征象,也不需要任何理由。邵松阳记得有一次,仅仅是因为放学回家晚了,秋倩一进门,红雲就把楼道门"啪"的一关,在房间里不由分说地揪住秋倩的头发,把秋倩的头往墙壁上撞。红雲收拾秋倩有一套独特的办法,就是乘其不备先揪住秋倩的头发,叫秋倩无法挣脱,而她却凭借着身材和力气上的优势,想怎么收拾就怎么收拾,想收拾多长时间就收拾多长时间,孱弱的秋倩只有招架和挨揍的份。秋倩被揪住头发后,雨点般的巴掌就落到了红雲可以打的任何部位,秋倩一边护着头一边号啕着问:"我怎么了,我又做错什么事了?"红雲揪头发的手更加使劲,还咬牙切齿地说:"你说你怎么了,做错什么事你难道自己不知道?"

秋倩永远也不会忘记,那次是班主任老师召集班干部开会,她是学习委员,当然要参加会议,本来计划二十分钟的会议开了近一个小时,所以才回家晚了的。红雲知道了原因,却并不饶恕秋倩,一边打一边还嘲弄和污辱秋倩:"当个学习委员有什么了不起,还真把自己当棵葱了,什么东西!我叫你爱表现,我叫你假积极……"

还有一次,秋倩早上起床后到卫生间洗脸,红雲本来已经洗漱完毕,但那天她有点闹肚子,急着上厕所,等不及秋倩把脸洗完就冲进厕所,把秋倩一把推出门外,秋倩没有一丝防备,一个趔趄摔倒在地,头撞在桌子腿上,起了一个大包。红雲方便完出来,眼看着秋倩在那里捂着头难过,她也不管不问。等秋倩走进厕所继续洗脸,发现自己的洗脸水连同洗脸毛巾都被红雲倒进了大便池里。

秋倩从大便池里捞出洗脸毛巾,用肥皂洗了一遍又一遍,边洗边抹眼泪,还不敢哭出声。她弄不明白自己的妈妈为什么这样对待她,她甚至怀疑红雲是不是自己的亲生母亲。

秋倩怀念自己在姥姥姥爷身边的日子,也开始试着写日记。买不起那种塑料皮带彩色图片插页的日记本,就花8分钱买了一本牛皮纸封面的软皮日记本。她也不敢公开地坐在家里的桌子边上写,只能晚上钻到被窝里打着手电筒偷偷地写。日记本还不能放在桌子上,也不能放在抽屉里,更不能放在书包里,如果被红雲发现了,肯定会招来一顿臭骂和毒打。究竟放在哪里才会万无一失地不被发现呢?秋倩捧着日记本想来想去,最后她觉得,这种日记本比较薄,也不显眼,不容易引起别人的注意,就决定冒冒险,把日记本与草稿纸一同放在课桌抽屉的一个角落里。一个月后,秋倩又发愁了,因为第一本写满了,开始写第二本,可写满的第一本放在哪里呢?她想,以后还会有第三本、第四本甚至更多,那又能藏在什么地方才保险呢?

往年用过的课本和作业本,秋倩都把它们装在一个装过卫生纸的纸箱里,这个纸箱就放在自己的床下面,旁边放的是自己不同季节换着穿的鞋,平时没有人注意这些东西,也不会有人动。于是,秋倩就把旧课本掏出来,把写满了的日记本放在最底层,上面盖上旧报纸,然后再把旧课本放在上面。从此,这个纸箱就成了除了秋倩而无人知晓的秘密。令她想不到的是,几年后邵松阳由副处长提升为处长,单位给他调了一套三室二厅的大房子,搬家时那个纸箱子被秋瑾当做废品卖给了收破烂的。她心里好恨好恨秋瑾,可又不敢声张,只能吃了这个哑巴亏。

十九、没人尿你

秋倩儿子冬征上高中那年,红雲退了休。临退休的前两年,原在邵松阳手下当主任干事的小曲经过到基层锻炼后,被提拔为红雲所在单位的副处长。小曲念老领导的培养之恩和关爱之情,就利用手中的权力,提拔红雲当了财务科的科长。科长在处机关里虽不是什么大官,但毕竟属于中层干部,手中也有些实权。因此,每当一个科长临近退休时,机关里甚至基层单位就有好多人像饿狼一样地盯着,因而也就有人对现任者进行公关,以便让现任者到处领导跟前推荐自己。正因为这样,在红雲当科长的两年时间里,也就有不少人员到红雲这里走动。既然是走动,就免不了请客吃饭,即便是送礼,还不像现在又是送购物卡又是送现金,当时也就是送一些土特产——天津来的送几盒大麻花,兰州来的送几盒百合干,九江来的送几瓶"四特酒",仅此而已。对送礼者来说,这些东西值不了几个钱,也不用过多地考虑接收者会沉下脸来拒收,更不存在被上交和举报;对接收者来说,既不会因为礼物太重而接收了后怕,也不会因为收了这些土特产却没办成事而感到负担太重,更不用考虑送礼者会去告发。

刚开始,红雲觉得有这么多人到办公室或家里看她,只不过是客气地向她表达祝贺,或者请求自己在领导面前说说好话,后来渐渐发觉了这里面的奥妙和名堂。想到自己马上就要退休了,过了这个村以后就没有了这个店,反正自己也没有张口,是他们主动送上门的,就觉得恭敬不如从命,不要白不要,要了也白要。所以,对送礼的人也就听之任之。临近退休之前,领导让她推荐个接替她的人选,她就开始了掂量。她像那些被求的一样:哪些人给她送了礼、送的什么礼,她已记不清了,可哪些人平时"不尿"她、没有给她送礼,她却记得一清二楚。所以,她给领导的推荐名单里,基本都是她多多少少接收了好处的人,有的还不止一两次。令红雲最终没有想到的是,她处心积虑拟就的名单上的人一个都不是,最终由处里下令的继任者竟是处党委书记的大舅哥,而同时被任命为另一个党群口部门科长的是处长的小舅子。这个结果一出来,有人向她一语道破了"天机":"你以为领导是真心让你推荐呢,那不过是冠冕堂皇地走个过场,如此而已。"红雲的自尊心受到了伤害,看了那人一眼,撇了撇嘴没吱声。心想,如此就如此呗,还而已什么。

不知道则罢,知道了其中的原委,这让红雲心里很郁闷,好像是吃了个苍蝇,咽又咽不下去,吐又吐不出来;想发火找不到对象,想出拳对面又没有沙袋,退休回家没有几天就病倒了。

真是"屋漏偏逢连阴雨"。在住院后进行的常规检查中,红雲又被查出患有胆囊炎,黎医生与秋倩比较熟悉,就对秋倩建议说:"等把你妈现在的炎症消了,就做胆囊摘除手术吧。"三个女儿中,只有秋倩一家与红雲和邵松阳住同一个机关大院,所以,秋倩与张琳虽不是心甘情愿,却出于情面和人道,承担起了全程陪护的工作。

手术的前一天,黎医生交代秋倩:"这种手术现在已经不算什么了,护理得好,在医院静养、恢复七八天就可以出院了。"秋倩就请了一个星期的假,专门伺候红雲。术后第三天的晚上,秋倩喂红雲吃了两个香蕉后,说:"妈,你有五六天没有洗澡了,我来给你擦擦身子吧。"红雲脸上没有什么表情,只是点了点头。秋倩就到开水房打来热水,把手伸进被窝,给红雲脱去内衣内裤,然后把热毛巾伸进被子,边擦洗边与红雲聊天,先是说些天气啊、孩子上学啊、学习成绩啊之类的事,后来红雲主动问起了秋倩在单位的业务工作和工资收入情况。

秋倩说:"与我年龄一般大的同事都比我工资高,连比我小一轮的小年轻也比我强。"

"那是为什么?"红雲有点不解。

"因为他们的学历高,有中级或者高级职称呀。"

秋倩想弄明白当年给自己留下的困惑,就顺嘴问道:"当初咱们家并不缺钱,我都已经考上高中了,你和我爸为什么不叫我上呢?"为了避免语言上的刺激,秋倩把"你"扩展成了"你和我爸"。

红雲想不到会扯出这个问题,一时回答不上来。

秋倩说:"小时候我不是一个不爱学习的孩子,可我记得,我从姥爷那里转学过来,和秋瑾同在一个学校里,可只要秋瑾做完功课,你从来没问过我做完了没有,就把灯'吧嗒'一声关掉了,我只好悄没声地走到阳台上,借着对面楼房透出来的微弱灯光看书,或者打着手电写作业。遇到有月亮的夜晚,我就走到窗前就着月光看书。"

说这些时,秋倩尽量压抑着自己的感情,控制着自己的情绪,并让自己的语气尽量平和些,让红雲觉得她只是在说事,并没有埋怨她、控诉她的意味。

看红雲不解释,秋倩就叫红雲"等一会儿",自己起身去把脸盆里已经凉了的水倒掉,重新换了一盆热水,开始擦洗红雲的下身。

秋倩接着说:"我从来没有过你如何偏向秋瑾的念头,她毕竟是我的妹妹,但你对待我们姐妹俩完全不是一种标准、一种态度、一种做法。所以,我想问你一个在我心中很久的、对我来说也是很严肃的:我是不是你亲生的?"

"看你说到哪儿去了！虽说我没有养你，但确实是我生了你。"红雲明白无误地告诉秋倩。

"但亲生母亲哪个不希望自己的儿女多上几年学，多读几年书，多掌握一些文化知识，将来好有个出息？可我都考上高中了，你和我爸为什么就死活要我去上班呢？妈呀，我不知道你还记不记得，我可是清清楚楚地记得，你当时对我爸是这样说的：'有我没她，有她没我，就这两条路，你姓邵的自己去选吧'。"

"我没有那么说！"红雲为自己辩白。

"你就是那么说的，我不会记错的。"秋倩语气坚定。

红雲叹了口气，无可奈何地说："你要真这么说，我也没有办法。"然后翻了个身，说道："时间过去这么久了，别翻历史旧账了。"

"妈您别生气。"秋倩再一次解释道："您还在病后的恢复中，于情于理我今天都不应该惹你生气，但有这样一个安静的环境很难得，咱们娘俩也以一颗平静的心说说话，解解闷，交交心。我给您说说过去的那些事，也就是想向您说明我的真实思想和想法，消除横在我们母女之间三十多年的隔膜。"

秋倩接着说："我在你当妈的面前不会说假话，你对秋瑾好我没有任何意见和想法。想必你也知道，我和秋瑾也一直相处得很和睦、很融洽，但我不明白，你为什么就见不得我们姐妹之间的这种和睦和融洽呢？"

"我没有啊！"红雲的眼睛没有睁开，但眉毛挑动了一下，似有些不解秋倩怎么又提起了这个话题。

"那为什么当年秋瑾好几次主动和我玩耍、和我说话，你却骂她是'白眼狼'、是'叛徒'？"

秋倩还反问她："人家张琳像儿子一样关心你们、照顾你们，一心想把咱这个家聚合在一起，形成像他家一样团团结结、和和睦睦的家庭，大院里的人看在眼里，向你们夸耀这个女婿，可你们却说张琳是图你们的财产。今天张琳不在这里，我就想让你说句心里话。你说，这事你们做得对不对，应该不应该？"为了让红雲能够心平气和地接受，秋倩还是把"你"说成了"你们"。

红雲闭着的眼睛动了动，却没有吭一声。

之后，秋倩无论述说什么，红雲只是听着，默不作声，让秋倩弄不清，躺在床上的这个妈究竟是在听她说话还是真的睡着了。

二十、助纣为虐

自从红雲骂了那句"小老婆"之后,邵松阳对这个女人彻底失望了,但又无可奈何,两人打了十多天的冷战。他不是没有想过要与红雲离婚,可他下不了决心,也没有这个勇气,这里有一个处级干部爱面子的成分,也有在"文革"时期他受到造反派的冲击和批斗时红雲对他不离不弃的感激和报答,更有他对自己名声的爱护和对所坐位子的留恋。当然,在邵松阳身上,还缺乏一个男人在处理家务事方面所应有的原则和魄力。正是他的软弱和没有原则,纵容和助长了红雲的霸道和凶猛,并且随着更年期的提前到来而变本加厉、肆无忌惮。特别是对待秋倩,红雲已经不是一般的无情和无理,而是真正意义上的虐待和迫害了。

这一天,红雲突然宣布:"秋倩,你已经十三四岁了,也应该独立生活了。从今天起,你暂时还可以在家里住,但要与我们分开过。我每月给你十块钱的生活费,你的那一份布票、粮票、肉票、蛋票、豆腐票我统统给你,吃什么、穿什么、用什么,我们一概不管了,都由你自己,你想怎样就怎样。当然,你不愿意做饭,也可以去吃职工食堂。"

邵松阳听她这么武断地说,就有点不满:"这么大的事,你事先应该给我透个信儿吧。"

红雲白了邵松阳一眼,本想说"秋倩就是颗扫把星,老娘不伺候了",但话到嘴边又咽了回去。她早就想把秋倩扫地出门,今天终于说了出来,她料定秋倩闹腾不起来,也不想把家里所有的成员都得罪了,就装作好心地说:"让她自己锻炼锻炼,那是为她好,有什么商量的? 这事就这么定了!"

从此,红雲买回来的蔬菜、粮食,她都做上记号,以防秋倩动用。秋倩所吃的蔬菜、粮食,都由她自己到菜场、粮店去买。一个正在上学的初中生,哪有时间天天去买菜呢? 尤其是冬天,夜长昼短,菜农们都是上午八九点才挑着担子、拉着车子到集贸市场的,秋倩想起个大早去买都不行,只能等到中午放学以后。回到家里,又要择菜又要淘米,还要把生的做成熟的,等吃到嘴里也就到上课时间了。为了不耽误功课,秋倩就星期天去一次菜场,专门挑拣那些能够长时间存放的根菜如青萝卜、胡萝卜、洋葱、土豆、四季豆等,这样就可以维持一个星期。定量的米面不够吃,她就用红薯、南瓜、芋头替代。红雲给的十块钱生活费,秋倩还要从中挤出几块钱购买牙膏、香皂、卫生纸,所以她几乎没有买过猪肉、鸡蛋,嘴馋了就买几两豆腐、几块香干打打牙祭。那些肉票呀、蛋票呀,秋倩都送给了班里的同学。长期的营养不良,直接影响了秋倩的正常发育,不仅面黄肌瘦,身材瘦弱得像柴火棒,就连头发都是又黄又细。

红雲还给秋倩立了一个规矩:一日三餐,必须要等红雲把她自己和邵松阳、秋瑾三个人的饭菜都做好了之后,秋倩才能进厨房。虽说只是一口饭、一碟菜,但洗、切、煮、炒,一个程序都不能少,时间上显得特别紧张。而红雲定下的这条规矩,约束秋倩即使回家早了也不能首先做饭。还有,秋倩如果把饭菜做好了,而红雲、邵松阳和秋瑾还没有吃完,秋倩就不能到饭桌边坐,而只能把饭菜放到茶几上,搬个小板凳,孤零零地一个人在一边儿吃。

红雲把秋倩打入另类,生活上不管不问,但给秋倩规定的家务事却是她必须尽的责任和义务:她和邵松阳、秋瑾吃完后的饭桌秋倩必须收拾,所用过的锅碗筷碟秋倩必须清洗,每周换下来的衣物由秋倩洗涤,晒干后还要叠好放在她们的床头上。邵松阳嗜酒,而且有细品慢酌的习惯,特别是晚上,一吃一喝没有一两个小时下不来。邵松阳不结束,秋倩就得站在桌边等着。如果擅自离开,即使是去写作业,也会招致红雲的数落和漫骂。

秋倩,这个不满十五岁的少年,这个还在上学的初中女生,虽与自己的亲生父母住在一个屋檐下,生活在同一个空间里,她不仅享受不到父母的关心和疼爱,生活中的一切都得自理,反而像童养媳一样照顾家里所有的人,却又在家中毫无地位可言,还要受到来自红雲的鄙视。在这个家里,秋倩只有为红雲、松阳服务的义务,却没有一个未成年人被疼爱、被呵护的权力。中华民族千百年来传承下来的"尊老爱幼"传统,在并非没有文化和修养的松阳和红雲跟前荡然无存。

对于红雲对秋倩,还有秋玲和秋瑾的所作所为,邵松阳打心眼里并不赞成,也知道传出去很丢人,让他这个处级干部颜面扫地,但他缺乏为女儿打抱不平的勇气,也没有劝说调解的本事,更没有去严加劝阻和制止,只是一味地听之任之,漠然视之。更可悲的是,他打心眼里疼爱秋倩,但从来不曾向自己幼小的女儿提供丝毫的保护和力所能及的帮助,也没有进行过任何心理方面的辅导和思想上的引导,只是一味地任凭秋倩在饱受家庭暴力的同时,用自己稚嫩的肩膀承担起与她年龄不相称的沉重负担和残酷打击。时间像一块磨砂石,磨去了一个血性男儿天生所赋予的主持正义的棱角,弱化了他制衡和抵御邪恶的理性;又像一剂麻醉药,麻醉了他原本具有的刚烈与率直,同时也淡化了一个父亲对女儿应有的情感和起码的怜悯之心。他已与天理分道扬镳,他已与邪恶同流合污,他已与魔鬼沆瀣一气。他之前、现在以及后来一系列的顺从和默认,无异于助纣为虐,更如同向女儿原本就鲜血淋淋的伤口上洒了一把盐,给她们一个个带来了终身的伤害,留下了难以弥合和抚平的疤痕。

不久,这个被红雲搅和得离心离德、薄情寡义的四口之家,邵松阳再也没有能力维持不下去了。尽管秋倩通过了学校的高中升学考试,学校也把《录取通知书》送给了家长,但被红雲蛮横地扣下了,并叫邵松阳在单位为秋倩领取并填写了一张《知青招工表》。就这样,秋倩作为单位的一名知青工,手拿单位开的一张"铁路职工乘车免票",来到了地处皖南山区的皖赣铁路建设工地。

二十一、"乌云三朵"

没有了秋倩在眼前走来晃去,红雲像挑除了手指头上的一根刺,心里敞亮了许多,情绪也好了。在单位里,她工作起来积极主动,原本不是她职责范围内的事也抢着干;到了家里,她也勤快了许多,原先属于秋倩干的家务活都揽到自己身上,邵松阳有时想插手帮忙她也不让;看到邵松阳抽烟,她非但不去数落、加以制止,还会大度地给他递去烟灰缸,并把窗户打开透气。一段时间里,左右邻居非但听不到红雲的吵吵闹闹和摔摔打打,倒是时常从窗口或门缝里传出红雲与邵松阳开心地聊天和她发出的爽朗笑声,有时候还能看到红雲拉着小女儿秋瑾的手去买菜、逛街。

虽说红雲做饭做菜的手艺一般般,虽说她这个北方人除了包饺子,别的任何面食她都做不来,但在胶东生活了两年、已喜欢几样北方面食的邵松阳却很少指责她。在他看来,每天中晚餐的饭桌上只要有五香花生米或盐水煮毛豆,再有几片卤牛肉、盐水鸭,还有他喜欢的老酒、香烟,他就心满意足了。每逢这个时候,如果红雲心情好,能坐在桌边陪着他,那自然会让他惬意如神仙、朦胧之中飘飘然。如果遇到红雲气恼了,哪怕她骂再难听的话,说再恶毒的语言,他都会当做是耳旁风,从左耳朵进再从右耳朵出。

这种安逸与宁静只维系了一个多月,便被秋瑾的一句问话打断了。那天下午下班回到家,红云刚要动手做饭,做完了作业的秋瑾从她的小屋里跑出来,拉住红云将要系上的围裙问:"妈,我一个同学说,咱们大院有人称'乌云三朵',你知道是谁吗?"

红云一边洗着菜,一边心不在焉地说:"什么'乌云三朵',听起来像蒙古人的名字,是漂亮的女孩子吧,我哪里知道,你说是谁呀?"

天真的秋瑾直率地说:"不是小孩子,是你们大人,其中就有你。"

"我?"红云不解,就问秋瑾:"那你说说,另外两朵是谁呀?"

"是苟勇他妈和贾敏她妈。"

苟勇的妈叫彩云,贾敏的妈叫春云,这两个人红云都认识,一个性格古怪,一个脾气暴躁,动不动就与人发火、吵架,在机关大院里口碑很差,没有人缘,其中彩云作为后妈,对丈夫与前妻生养大儿子恶性虐待,被单位的居委会经常批评教育,后来这个大儿子变得精神恍惚,不得不退了学,由单位照顾性地在二〇〇八战备线建设工地安排了一份工作。不久,这个二十来岁、风华正茂的年轻人遭遇车祸身亡,知道这些情况的职工都为此而唏嘘不止,谴责彩云的声音也持续了好一阵子。

现在听女儿说,大院里的人竟把自己与这两个出了名的坏女人联系在一起,并起了'乌云三朵'这么个绰号,红云顿时觉得这是对自己的歪曲、诽谤甚至是侮辱。

第二天经过多方打听,她终于弄清楚了,正如她所猜想的那样,"乌云三朵"就是"恶女人"、"坏妈妈"的代名词。

明白了情况的原委,红云一连几天心情很糟糕,恨不得找到始作俑者扯她几耳光、撕烂她的嘴。到了这个时候,她才意识到自己原来早已经名声狼藉,臭名昭著。红云百思不得其解,自己管教自己的女儿有什么错,自己的家务事与别人何干,怎么就引起了别人的怨恨和愤怒?红云有满肚子的委屈和愤懑,却又不能对人倾诉,以至于思想老抛锚,精力不集中,在单位干不成工作,老想着自己怎么就与彩云和春云联系在了一起,怎么就成了遭人嫉恨的"乌云三朵"、就成了人人喊打的过街老鼠?

正在这个时候,秋瑾的班主任给红云打来了一个电话。原来,秋瑾这一届学生为了参加高考,要分文理班了,班主任动员秋瑾学理,可秋瑾说"喜欢文学创作,对理科不感兴趣",态度坚决,到现在还不改变。这个班主任是理科毕业的,觉得秋瑾学文科将来没有什么前途,实在替秋瑾可惜,就打电话请家长好好劝劝,帮助做通秋瑾的工作。最后,这个班主任再三强调:"你们家邵秋倩我也带过她的课,很有潜力的一个学生,你们做家长的不让她读高中已经够可惜的了,这次无论如何要做好邵秋瑾的思想工作,不能再留下什么遗憾了啊。"班主任的话让红雲感到脸红,因为当初她也知道秋倩学习成绩一直不错,要是上了高中,考上大学不成问题,但她很不情愿为秋倩付出,无论是在精力上还是在经济上,让秋倩继续上学那就是对自己的拖累,所以她自作主张叫秋倩参加了工作。现在这个班主任旧话重提,让红雲心里像吞了个苍蝇,虽然恼怒却又不能分辩和顶撞,只能是堆着笑脸、客客气气地满口答应:"我一定会做通邵秋瑾的思想工作,您就给她报理科吧。"

放下电话,红雲的气就不打一处来,当即拿定主意,要结结实实地教训一下邵秋瑾这个死妮子。

为了劝秋瑾学理科,红雲和邵松阳伤透了脑筋,从高二的第一个学年就开始做她的思想工作,也举了一些现实生活中的例子,特别是还联系到了邵松阳作为政工干部在"文革"中受冲击、挨批斗的实际。红雲甚至苦口婆心地说:"秋瑾啊,我和你爸都是为了你好,换了秋倩,我们还不管了呢。"话说到了这份上,秋瑾默不作声,红雲还以为她开窍了、听话了、顺从了,想不到时至今日还是一根筋儿、认死理儿。

"与我作对,看我怎么收拾你!"红雲在心里狠狠地说。她在办公室里转了一圈又一圈,看看表,离下班还有一个多小时,却根本没有心思坐下来干工作,就早早地回了家,坐在沙发上等候着秋瑾放学归来。

秋瑾一进门,看红雲的脸阴沉着,两眼恶狠狠地瞪着,就没有作声,低头走向小房间里做作业。红雲厉声叫道:"你给我站住!"秋瑾没有理她,继续往前走,红雲一巴掌拍向茶几,喝道:"邵秋瑾,我叫你站住!"秋瑾不明白发生了什么事,令红雲竟然气急败坏地叫出了"邵秋瑾":"干吗呀,我又没惹你,我要做作业。"红雲气呼呼地说:"你连学理科文科都没有定下来,还做哪门子作业!"这回秋瑾理直气壮了:"谁说没有定,我选文科。"

"你说的什么狗屁话!"红雲已经怒不可遏了:"我前些天给你讲的道理都白讲了? 我告诉你秋瑾,这次你必须听我的,报理科!"

秋瑾听她这么说,也不相让:"我也早说过了,学习是我自己的事,不用你管。"

　　"你这死妮子,我就不信还管不了你了!"话未说完,就窜上去一手拉住秋瑾的胳膊,一手按下她的头,然后就是雨点般的狠揍。秋瑾先是想挣脱,之后是死命与红雲对打,几个回合下来,两人都呼哧呼哧地大口喘气。邵松阳下班回来看到这种情景,也不敢问红雲,就悄声问秋瑾是不是为了报文理科的事,这时秋瑾才"哇"的一声大哭起来。邵松阳看家里冷锅冷灶的,就挤出笑脸劝红雲去做饭。

　　本来一肚子火的红雲又把矛头转向了邵松阳,说话就像打机关枪:"仨女儿你一个都管不了,你有什么本事,就知道吃饭!你一辈子没有吃过饭,一顿不吃能饿死你?"接着又开始数落秋瑾,说到气愤处就又打秋瑾。看到秋瑾在红雲身上、胳膊上又抓又挠,连腿上都抓挠出了一道道的血印子,邵松阳也来了气,帮着红雲训斥秋瑾:"你这孩子真不像话,还敢打你妈,反了天了!"说着就上前帮红雲把秋瑾摁到地上,任红雲过足了打人的瘾才罢手。

　　第二天,秋瑾倒是照样背着书包上了学,可中午却没有回家,红雲不以为然,邵松阳也只是到离家四五百米的学校转了一圈,没有找到,他就匆匆吃了几口饭上班去了。到了晚上,秋瑾还是没有回家,等到了八九点钟也不见人影,邵松阳这才慌了神,打电话给学校校长,校长又打电话给秋瑾的班主任,反馈回来的信息是:秋瑾当天根本就没有到学校去。

　　原来,遭受红雲的责骂和毒打,秋瑾最初还不觉得怎样,因为她看到红雲狠揍秋倩的次数太多太多了,但后来邵松阳与红雲联手,由"单打"变成了"双打",这就把秋瑾的心伤透了,对这个家也彻底心灰意冷了。这时候,秋瑾反倒庆幸秋倩没有上高中就参加了工作、离开了这个可恶的家。当晚,她蒙着被子哭了大半宿,最终打定主意不上学了,离家出走!只是因为夜晚害怕,又不能让红雲和邵松阳发觉,这才使了个小心眼,第二天装作若无其事的样子去上学,与同学携手从学校的前门进、一个人单独从学校的后门出,然后加快步伐向火车站的方向走去。

　　从市中心到火车站不到十公里,但从秋瑾所在的学校到那里就远多了,而且秋瑾在此之前并没有去过,她也只是知道个大致的方向,虽说时间长了点,但最终她还是到达了。看到一拨儿一拨儿的人不时地从候车室走向站台,秋瑾却不知道自己要坐哪趟车、要到哪里去,只好在站前广场和候车室之间游来荡去。秋瑾并不知道,就在这期间,有一双眼睛已经暗暗地盯上了她。

二十二、"老皮"师傅

与秋倩同一批的知青,全局有四五百名,属于局机关的有三十来人,按照异地安排的原则,他们大多被分配到了地处芜湖的第九工程处(简称九处),而九处又把他们安排到了参与皖赣铁路施工的基层单位。就这样,秋倩来到了地处皖南山区的祁门。

祁门当时是屯溪市的一个县,为徽州六县之一,也是徽州文化的发源地,它位于安徽省的最南端,与江西省交界,建县于唐永泰二年,因城东北有祁山、西南有阊门而得名。祁门是安徽省林业重点县,又是祁门红茶、凫峰绿茶的主要产地,到处青山绿水,鸟语花香,正在修筑的皖赣铁路就穿行在这似诗如画般的风景之中。

皖赣铁路穿越安徽江西两省,最早可以追溯到清朝时期,其建设从设计蓝图到开通运营,几经修改、建建停停,前后经历了将近一个世纪的风风雨雨。

1905年7月,清朝政府开始修建由芜湖至景德镇的皖赣铁路,仅仅完成芜湖至湾沚的32公里路基和桥涵便草草收场。1933年5月至1934年9月,国民党政府决定,由江南铁路公司负责修建芜湖至孙家埠路段,工程未完便停止了。1936年7月至1937年10月,京汉铁路工程局先后修建了安徽和江西两省境内的三个路段,因为抗日战争的爆发而再次中断了建设。1938年,国民党政府为阻止日寇南下,下令拆除已经铺设的钢轨,破坏现有的路基和桥涵,留下支离破碎的废墟横卧在江南大地。

新中国成立后,国务院即把重新修建皖赣铁路列入国民经济发展规划,1958年9月至1961年7月先后两次开建,时间不长便因经济困难而停止修建。1971年至1973年,南昌铁路局管段自建通车,安徽省境内则由安徽省组建皖赣铁路建设总指挥部,各地、县相应成立指挥部,组织民兵和部分专业队伍投入施工。不久,由于国家压缩基建投资规模,"安徽省皖赣铁路建设总指挥部"被撤销,民兵返乡、专业队伍息工,皖赣线再次停建。

1973年,交通部(铁道部已并入)决定,将皖赣铁路芜湖至景德镇段的修建任务交给铁道建筑第四局施工。为了保证及时开工,经四局与武汉军区设在该局的军管会共同研究决定,全线施工队伍投入三个工程处,由物资供应处负责提供工程所需的各种物资，并成立"铁道建筑第四局皖赣铁路建设指挥部"。三个工程处分别为五处和从昆明铁路局划归进来的四处、九处，物资供应处则在宣城设立"皖赣铁路物资供应站"，这个供应站在施工沿线设立了三个工地材料厂，而红雲就在郭溪工地材料厂工作。1974年7月1日，皖赣铁路建设再次上马。开工不到一年，由于国家压缩投资规模，施工所需要的钢材、水泥、木材等供应不足，四局只好削减施工队伍，停止隧道桥梁等重大工程项目，留下部分人员肩负起路基土石方的施工任务。1975年，负责北段施工任务的四处被调往河北静海，参加津浦铁路北段改造工程建设，五处调往九江，为上马大（冶）沙（河街）铁路做准备，留下的任务就由九处一个单位承担。从此，皖赣铁路线、桥、隧齐头并进的施工格局被打破，施工进度明显缓慢了下来。1975年10月，担任国务院副总理的邓小平提出恢复国民经济建设秩序的主张，力图扭转"以阶级斗争为纲"的错误方向，但江青、王洪文、张春桥和姚文元这个"四人帮"团伙视邓小平为眼有钉、肉中刺，打着"批林批孔"的旗号，掀起了一股"反击右倾翻案风"的浪潮。此时的九处造反派也活跃起来，上蹿下跳，到处串联，把邓小平的一系列排除干扰、发展经济的言论搜集起来汇编成册，作为揭批邓小平"白猫黑猫论"的反面教材，到处煽风点火，批斗敢于抓生产的干部，一时闹得乌烟瘴气，使全处的施工生产基本陷于停工状态。

1976年10月，叶剑英等一批老将军发挥运用自己的睿与智威望，鼓动毛泽东"钦定"的接班人华国锋将"四人帮"抓进了牢房，全国人民无不为"十月的胜利"而欢欣鼓舞。随后，胡耀邦主持中央组织部工作，着手拨乱反正，全国各地开始纠正冤假错案，同时对"三种人"——也就是在"文化大革命"期间追随林彪、江青反革命集团造反起家的人、帮派思想严重的人和打砸抢分子进行清理，这些人或造反夺权、踢开党委闹革命，或拉帮结派、诬陷迫害干部群众，搞刑讯逼供、摧残人身，或砸机关、抢档案、破坏公私财物，对社会危害极大，造成的后果也十分严重，给党带来的损失更是无法估量。对这三种人，除明确悔改者外，原则上都要开除出党。为了清理和处理九处的造反派，使一度瘫痪的九处重新振作起来，中共安徽省委向铁道建筑第四局派出联络组，会同四局的工作组，以举办学习班的形式，把近200名造反派的骨干分子集中起来，用三个月时间进行学习和洗脑。邵松阳被局党委任命为工作组的副组长参与了这项工作，并由他制订学习计划，安排作息时间表，指定局党校的理论教员，组织当年的造反派们成员封闭学习，写出材料，分清是非，开展批评与自我批评，然后进行人人过关，对个别错误严重、影响极坏的造反派骨干给予处分,剩余的人员在写出局面材料包括保证书后,分别调往其他工程处另行分配工作。与此同时,把造反人员集中的部门和派性严重的工程队打散,然后像掺沙子似的分到各个单位,并对九处及所属工程段的领导班子做了较大幅度的调整。至此,在全局发生动乱最严重、先后持续了十年的九处,终于重新走上了以经济建设为中心的发展道路。

1978 年 12 月,党的十一届三中全会在北京召开,吹响了改革开放的号角。在发展国民经济、改善人民生活、齐心协力奔小康的目标指引下,各行各业蓬勃发展,皖赣铁路建设再次获得了新生,参与施工的单位在铁道建筑第四局党委和行政的统一领导和部署下,在全线掀起了大干高潮。为了增强施工生产能力,四局在加大机械设备投入的同时,也在人力上给予较大幅度的补充,途径之一就是从全局职工子弟中招收了一批知青工,其中相当一部分上了皖赣线工地,秋倩就是其中的一员。经过两天简单的安全技术培训后,这批知青工被编入了各工班,秋倩所在的班为综合二班,主要是配合机械化施工队伍,进行路基土石方开挖和铺轨后的上道砟作业。

铁路施工单位职工的驻地一般都远离村庄,据说这是从老铁道兵那里延续下来的传统,一来不打扰当地的百姓,二来减少与村民的接触、摩擦和矛盾,三来也便于对职工队伍以及家属的管理。秋倩所在的工程队也不例外,沿袭了这一做法,把职工驻地建在了一个小山包上,前不着村后不着店。队长用铁棒敲响食堂门前挂着的一截钢轨,那就是发出了出工或开会的"命令"。每天到工地去干活,出了驻地前方搭建的彩门,最远距离还需要走大约三四十分钟的路程。负责带秋倩和另外两名知青工的师傅叫裴宝成,是甘肃定西人,其姓的读音在普通话里为"赔",可甘肃当地却与"皮"相同,所以他的老乡都喊他"老皮"。一天上午,秋倩在工间休息时叫他"裴师傅",他竟不知道是叫他,直到秋倩向他招手,他才明白了过来。秋倩问他,工地上流传的"皖赣'晚干',停停建建;修了几十年,不见车轮转"是怎么回事?裴师傅就把班里的青工叫过来,让大家围成个小圈,给他们讲述皖赣铁路六下六上的大致经过,最后还说,"皖赣'晚干',停停建建;修了几十年,不见车轮转"这 18 个字,概括了皖赣铁路修建的坎坷经历,既包含着安徽江西两省人民的希望和期盼,也渗透了建设者们半个多世纪的苦辣酸甜。

当时,全国都在宣传安徽凤阳小岗村农民实行包干到户的做法,并作为承包的典型加以推广。在皖赣线建设中,施工班组虽没有进行单独核算,但开始对每日计划完成的任务进行定量,然后分配到人,谁先完成谁可以先收工,如果不回去休息而接着干,领导知道了,虽不会给予物质方面的奖励,但会以发扬无私奉献精神在职工大会上加以表扬。秋倩这个班主要负责对推土机平整出的路基边坡进行平整、刷齐,缺土的地方就推些土过去填平。班长给每个职工划分一段,几个身强力壮的男职工总是先完成,而落后的大多为秋倩她们几个女青工。先完成的那些人心中充满自豪感,他们把铁锹、推车放进工具棚里,然后或唱着《打靶归来》之类的歌、或嬉笑打闹着返回驻地,而没有完成的就会长长地叹一口气,自愧弗如,然后泄气地坐在地上。当然,有时候,她们也会不服气地鼓一把劲,加快作业速度,直到完成自己的那份任务。裴师傅这人很厚道,即使把自己的任务完成了他也不走,而是经常走过来给女青工们帮忙。看到秋倩身体单薄,动作笨拙,铲土、推车那样吃力,裴师傅就猜想:秋倩这女娃矜持、稳重,让人感到比较有修养,不是一般职工的子弟,倒像个大家闺秀。一天收工后,走在回驻地的路上,裴师傅关切地问秋倩:"听说你们这些知青都是从局机关下来的,你也是?"看到秋倩点点头,就又问:"来工地之前没有干过体力活吧,你爸爸是坐办公室的干部吧?"这次秋倩转过头看了一眼他,却不愿把父母的真实身份告诉别人,也不想用他们的职位和头上的光环照亮自己,就回答道:"我爸是烧锅炉的,我推过煤。"裴师傅摇摇头,表示不太相信,但看到秋倩认真的样子,只是"哦"了一声,就把话题岔开了。

在一同来工地的知青中,秋倩与屈水红的关系比较密切,虽住在一个宿舍,但因为不在一个班,干活的时候两人很少在一起,只有晚饭后才能在一块儿说说话、聊聊天。屈水红的父亲是局经营计划处的一名科长,母亲是局直属医院内科的一名医生。她上面有两个哥哥,下面还有一个弟弟,就她是女孩儿,所以在家里属于宝贝疙瘩,父母每隔一段时间就会给她来封信。所以,每个月到了该来信的日子,屈水红收工后就会到队部的传达室看一下。如果拿到了信,屈水红就显得很兴奋,还会把信中的内容说给秋倩听。每逢这个时候,秋倩就会有意识地躲开,以免屈水红所享受的父爱和母爱触痛自己受伤的心灵。

那时,全局每个处都有一个电影队,巡回到各个工地放映电影,以活跃施工现场的文化生活,鼓舞参战职工的士气。一天,队部来了处里的电影队,说是要放映朝鲜的宽银幕彩色故事片《卖花姑娘》,队长特意宣布:提前半小时,下午五点半收工。

放映场地就在队部食堂前每天早点名的场地上。在此之前,秋倩曾听说过这部电影的故事情节。所以,当看到小女儿顺姬被地主婆推倒,旁边热火上熬的参汤和着炉灰全掀到了顺姬的眼睛里,顺姬从此成了瞎子时,秋倩再也忍不住了,泪水夺眶而出。当放映到花妮发现顺姬偷偷在街头卖唱赚钱、又气又怨又心疼的场面,当看到花妮和顺姬好不容易买到了给妈妈治病的药,高高兴兴地回家,却发现妈妈已经撒手人寰时,当看到顺姬每日在村口的山岗上哭喊话着"妈妈"和"姐姐"时,当听到影片中反复吟唱"卖花来呦,卖花来呦,朵朵红花多鲜艳;花儿多香,花儿多鲜,美丽的花儿红艳艳。卖了花儿,换来药呦,治好生病的好妈妈:卖花来呦,卖花来呦,快快来买这束花。让这鲜花和那春光洒满痛苦的胸怀"时,秋倩更是与影片中的花妮、顺姬、哲勇一样,时而伤心,时而悲痛,时而愤怒。之后连续几天,秋倩都不能从电影的情节中解脱出来,一有空闲就会沉浸在爱与恨、痛与伤的纠结之中。晚饭后看不见秋倩的身影,屈水红就猜想,秋倩一定是想起了自己的悲惨遭遇,躲到没人的地方去偷偷地抹眼泪。

屈水红猜得没错。驻地背后约 1000 米处有一条溪流,水是从远处大山里流过来的,平时水量小,深的地方也不及腰部,但到夏天涨水的时候,晚上睡觉都能听到哗啦啦的流水声。有些个男职工经不住诱惑,时不时地从驻地偷偷溜出去下水游泳和洗澡,如果被队领导知道了,轻则叫到办公室骂一顿,重则会在职工大会上点名批评,并勒令写出书面检查将至队部。

时下已是晚秋季节,早晚温差比较大,午后干活会出汗,但到了晚上就得穿秋衣和外套,所以职工基本上都不会走出宿舍了,男职工们喜欢打打牌、下下棋,女职工则愿意织袜子、打毛衣。此时此刻,秋倩坐在河边的一块石头上,双手托腮,望着东方升起的一轮明月发呆。她本来是要把自己的过去深埋在心底的,但看了《卖花姑娘》,又勾起了她对往事的回忆,特别想念远在济水的姥爷、姥姥、二姨妈和鲁钦哥。

二十三、绝交之谜

自从离开了济水,秋倩也就断了和姥爷、姨妈之间的联系。期间,她也曾向邵松阳询问过姥爷、姨妈以及鲁钦的情况,也向邵松阳要过他们的地址,但邵松阳每次不是说他们很好,就是说"你有什么话我来转告",就是不告诉她联系的地址或者电话。秋倩就想,有些话只能自己亲口给他们说,能让你转告吗? 红雲呢,秋倩原先是不敢问她,后来是不能问她了这是因为,有一次秋倩从书柜里找资料,无意间在一本书里发现了红雲用红笔写给姥爷的一封信,信的抬头不是称呼"尊敬的父亲",而是很没礼貌地对鲁骥民直呼其名。信里罗列了好多件事,还有一些她看不懂的数字,主要是指责鲁骥民偏向两个姐姐,老伴去世后就把住房给了大姐,把家当给了远在河北清水老家的侄子,埋怨鲁骥民对自己吝啬刻薄,还反过来伸手要钱。信中还说了"既然你不仁,我也就不义","从今往后我不认你这个父亲,咱们断绝父女关系"的话。秋倩看了信之后,心脏嘭嘭嘭地乱跳,像是自己做了贼似的,却又不敢声张。起初,秋倩以为这是红雲与姥爷闹矛盾,在气头上写的信,也许根本就没有发出去。后来回想信中有许多改动、添加的地方,连信笺的眉部、边缘都密密麻麻,就猜想经过誊写的信恐怕已经寄过去了,这不过是那封信的底稿,也许将来一旦打起官司来,红雲可能会以此作为证据。

这封信到底讲的怎么回事,至今还是一个谜。尽管结婚数年后秋倩向张琳透露了这个秘密,但秋倩再三交代:"这件事天知地知、你知我知,再不准向第三个人说起。"并说"只能等哪一天老太太想开了,由老太太自己来揭开这个谜底,否则就让它烂在我们的肚子里吧。"

秋倩并不知道,了解这封信内容的还有一个人,那就是她的父亲邵松阳。在一次红雲对他发完脾气外出后,邵松阳喝了一罐黄酒,醉意朦胧中嘟嘟囔囔,像是自言自语,又像是说给伏在茶几上写作业的秋倩听。他说:"你妈这个人不是个东西,连她的爹妈她都敢骂出那样恶毒难听的话,还写信给她病中的老爹算总账,也不怕天杀五雷轰。她像一根搅屎棍,把我们与周围各家所有的人都搅得恩断义绝了。"秋倩当时正在集中精力复习功课,准备期末考试,没有在意地去听,所以也就没有什么印象。

此刻,秋倩望着天上的月亮和远山映在水中朦朦胧胧的倒影,觉得母亲红雲与济水方面一定是断绝了来往,知道底细的父亲邵松阳一直在有意地对她回避着、隐瞒着,而自己又无法与济水方面取得联系,使得她与姥爷、大姨、二姨及鲁钦他们天各一方,杳无音讯。

几天后的一个中午,打饭时秋倩发现,队伍前面有两个身穿白大褂的人,女的年轻,梳着一个马尾辫;另一个是中年男子,从背影看有些眼熟,却又一时想不起来是谁。等那人打好饭转身往回走的时候,秋倩才认出来,他就是同学乐辛的爸爸乐意,不由地就喊了一声:"乐叔叔!"听到喊声,乐意先是一愣,定睛一看是秋倩,他又惊又喜,快步向秋倩走过来:"是你呀,秋倩,想不到在这里见到你了!"接着还发出一串爽朗的笑声,弄得饭盒里的菜差点抖了出来。秋倩也离开了所排的队伍走向乐意。两人寒暄了几句,乐意朝打饭的窗口努努嘴:"你快到队里,先打饭,我在门口等你。"这时,排在前面的屈水红向秋倩招招手:"秋倩,来客人了,你到我前面先打吧。"

铁道建筑第四局防疫站是负责全局各单位卫生防疫工作的一个机构,职工子女打疫苗,工地饮水用水,各种疫情的发现与控制,食堂的炊具、食品卫生,隧道施工的防尘作业、矽肺病防治和鉴定等都是它职责范围内的事,是局直属的一个副处级单位,定员有二三十人。根据工作需要,站领导和医务人员会时常到工地巡回检查卫生防疫情况。时下临近年关,站里面专门发文,提示并要求各单位做好元旦春节期间的食品安全和卫生防疫工作,还派出四个小组分赴各工地进行检查督促,帮助基层解决实际问题,把好卫生防疫的关口。乐意带的就是其中一个小组,专程从沘城赶到皖赣铁路沿线来检查指导。

自从红雲叫秋倩自己做饭吃后,因为她要求秋倩只能在她做好饭后才能进厨房,哪怕是秋倩吃一口饭、一个菜,那也是需要一定的时间啊!特别是冬天,夜长昼短,等秋倩做好饭、炒熟菜,也就到了上学的时间,为此她时常是饥一顿饱一顿。学校班主任了解到这种情况,曾给家长打过电话。红雲出于应付,就叫秋倩到地区食堂就餐。原来,在机关大院里,单位建了两个食堂,一个是单身宿舍职工食堂,专门为单身职工和到机关助勤或出差的职工而设立;另一个是家属食堂,专门为家属区那些有家口但因为种种原因不能起伙或不能连续起伙的人服务。红雲叫秋倩到食堂就餐,所给的生活费却没有添加,秋倩每天只能省着用,一星期吃不了两次荤菜。为了节省时间,秋倩打了饭菜也不回家,就蹲在食堂的一个角落里,这引起了一些就餐职工和家属的注意,其中之一就是乐意。乐意回家说给老伴听,老伴一边听一边落泪,直叹邵松阳和红雲这一对男女"薄情"、"作孽"。后来,听女儿乐辛说秋倩还是她的同班同学,老两口就动了恻隐之心,可又不能明里帮助秋倩,害怕由此而引火烧身。他们亲眼见到过,大院里不少职工知道了秋倩的遭遇,出于同情把秋倩叫到自己家里吃饭,红雲知道后就找上门去,把秋倩硬拉出来、推推搡搡、骂骂咧咧不说,还对帮助秋倩的人横加指责,甚至破口大骂,弄得人家好心得不到好报,想帮助都不敢了。为此,乐意就叫乐辛出面,放学后陪秋倩打好了饭菜再一同来到家里,饭桌上专挑好菜给秋倩夹,给了秋倩不少体贴和温暖,令秋倩万分感激。所以,今天在工地见到乐意,秋倩就像见到了久别的亲人,那种激动和兴奋的心静难以言表,一会儿问阿姨也就是乐意爱人的身体情况,一会儿问乐辛在局印刷厂的工作情况。

第二天吃完晚饭,队长把乐意送到了招待所(说是招待所,其实就是队部旁边与工班一样的两间房)。回到队部,叫来办公室干事小李,吩咐他到女工班找秋倩,说是"乐科长找她"。秋倩进了招待所,乐意搬过来一个方凳让她坐,自己就坐在床铺上。秋倩看得出,乐意喝了些酒,脸有些发红,就起身给乐意倒开水,乐意说:"我水杯里有。"

乐意接过秋倩递过来的茶杯,示意她坐下,问道:"你最近和济水那边联系过没有?"

秋倩看着乐意回答:"没有,我从济水到沝城,就失去与我姥爷、二姨妈和小钦哥的联系,四五年没有一点他们的音讯。"

乐意感到迷惑,像是问秋倩又像是问自己:"怎么会这样?"

秋倩说:"多少次了,我非常想给他们写封信,可我没有他们的地址。我问我爸了好多次,他磨磨唧唧的,就是不肯告诉我。"

乐意"嘶溜"一声呷了口茶,点点头,好像明白了什么:"难怪呀,你什么都不知道!"

秋倩听他这么说,觉得济水那边一定出了什么事,因为乐意原先的单位是一处,曾参加过胶东铁路的修筑,其一部分编制在"文革"时期划归了济水铁路局,他的许多工友就在济水市落段(铁路施工单位把没有跟着原单位走而选择留在当地铁路上工作称为"落段"。——作者注)了,而乐意则执意留在了本局。看乐意双眉结成了疙瘩,秋倩就急切地问:"乐叔叔,我姥爷那边出了什么事了吗?"

低头沉默了一会儿,乐意才叹了一口气,说:"秋倩,你长大了,也经历了不少事,我相信你会扛得住的,我就告诉你吧,你姥爷已经过世了。"

"啊?"秋倩被他的话惊骇了,先是一怔,后来就开始嘤嘤哭泣。乐意也不去劝她,任她哭了一阵子,还递去毛巾让她擦拭。等秋倩缓过神来,他说:"具体情况我也不清楚,只知道你姥爷回河北清水老家后,跟着侄子一家过,个把月前过世的。"

回到宿舍,秋倩没有洗漱就上了床,把自己蒙在被窝里偷偷地哭。屈水红听到动静,悄悄过来问她怎么了,她只说"没事没事"。

　　快过年了,队里动员职工们发扬连续战斗的作风,尽量不要请假回家,就在工地上坚持施工,美其名曰"过一个革命化的春节"。因为在工地上坚持施工,单位会安排在食堂会餐,还会发一二十元的加班费,一些家在农村的职工都愿意留下来,而那些家在城市的,还有秋倩她们这批知青却不在乎这点小钱,纷纷找到队长请假,回去与家人一道过年。屈水红拿着父母叫她回家过年的信给秋倩看,劝她一块儿回沚城,还说"别到你妈那里,就在我们家过年",可秋倩却说:"谢谢你的好意,水红,沚城是我的伤心地,我不想回去,我就在工地了。"屈水红走那天,秋倩特意把屈水红织了大半截子的毛衣要了过来,说是要替屈水红把毛衣织完。

　　大年三十下午,队里的党支部书记和工会主席召集各个工班聚在食堂里开了个联欢会,二班推举秋倩出个节目,秋倩拗不过,就上去唱了一首电影《上甘岭》里的插曲《我的祖国》,博得全场热烈鼓掌,有人还打起了呼哨,弄得秋倩小脸红扑扑的。晚上会餐也很热闹,每人可以免费打一荤一素两份菜,品种由自己挑选;鸡蛋汤有两大桶,敞开供应;还有食堂师傅自己腌制的各种小菜,平时卖五分钱一份,现在只卖两分钱,这可高兴了那些喝酒的人。打完饭菜后,要么以工班为单位回到宿舍,要么是一个地方的老乡聚拢在一起,要么是平时说话投机、兴趣爱好接近的几个人,大家把各自打的菜放在一起,然后围成一圈,有坐的,有蹲的,吃着喝着,说着笑着。那些喝酒的人兴头上来了,还捋起袖子、解开扣子,喝五吆六地划起了拳来。

二十四、上海印象

　　又是一年春来到。一天,队长把秋倩叫到办公室,从抽屉里拿出一张纸说:"秋倩,这是处里转来的调令,你被调到局印刷厂了。"

　　秋倩愣住了:"为什么要把我调走,是我工作干得不好吗?"

　　队长说:"你工作干得很好,我们也舍不得你走,可这是上级的命令呀。"

　　"为什么呀?"

　　"我也不知道原因,但这对你应该是好事,你今天就到人事上办理一下手续,收拾收拾行李走吧。"

　　回到沚城,秋倩才知道,是红云找到局领导,要求把秋倩调到局机关的。原来,春节过后,邵松阳总感到耳根到下巴部位抽筋,经常有麻木的感觉。他已经是行政管理处处长了,管的事项又多又杂,说他"比局长还忙"一点也不过分。一天,在送走了泹城市七里河区精神文明办对机关大院精神文明建设情况的考察后,他独自来到局直属医院进行检查。坐门诊的姓廖,是外科主任,也是院里肿瘤方面的专家,在进行了例行检查和询问,并对邵松阳说的不适部位进行摸诊后,廖主任说:"书记呀,我也不隐瞒,你这个病有点麻烦。我给你开个证明,你再到省医附院做个检查。"他说的省医附院,就是省医学院第一附属医院。邵松阳不明白这个大夫说的"麻烦"究竟有多麻烦,表面上给廖主任做出并不在意的样子,心里却很不踏实,回到办公楼,就对与他隔壁办公的机关工会主席王成说了。王成脑子反应快是出了名的,听后他立马觉得这事不能耽搁,就打电话给局的小车班,为邵松阳要了一部车,亲自陪同邵松阳去做检查,之后把几项检查单直接送给了廖主任。廖主任逐张看了一下,脸色顿时严肃起来,并拉着王成去找院长和书记。听了廖主任对院长和书记的汇报,王成这才明白,邵松阳患的是淋巴癌。

局长听了医院的汇报,立即指示医院把邵松阳转送到上海华山医院进行手术。红雲从来没有经历过这种事情,不敢想象以后会出现什么结果,思想压力特别大,也感到自己一个人扛不起来可能遇到的许多事。自打秋瑾出走后,到现在也没有音讯,万一邵松阳再有个三长两短,让她依靠谁呢?于是,一向要强、抱着"万事不求人"观念的她,向局党委副书记说起了"好话",请求把秋倩调回来。这位副书记曾私下里听说过红雲虐待秋倩的事,担心把秋倩调到红雲身边,会让秋倩"吃二遍苦、受二茬罪",但又觉得既然红雲自己提出来这个要求,一来让她多一个帮手、把邵松阳照顾好,二来可以利用这个机会缓和她们母女二人的紧张,增加她们的感情。于是就同意了,并当即通知有关部门下了调令。

起程那天,按照局领导的交代,小车班专门派了辆小车,局工会还委派王成全程陪护和服务,红雲和秋倩则乘火车到达上海。

手术后,邵松阳还要进行七八次化疗。化疗可是把双刃剑,既能防止癌细胞扩散,也会杀死许多红细胞、白细胞,对病人的身体伤害比较严重。红雲听从医生"重点食补"的叮嘱,就在局在上海设立的招待所里,用煤油炉子专门为邵松阳做饭、熬汤,秋倩既当传递信息的通讯员,又是送饭送汤的"店小二",有时还要到粮店买米买面、到菜场买菜买肉买甲鱼,充当伙食采购员。每天,秋倩一大早就得起床,跟着红雲先到菜场采购蔬菜和副食品;红雲把早饭做好了,她提上饭盒就去赶公交车,大约上午十点钟从医院赶回招待所,吃几口红雲留下的早饭,之后就要上路往医院送午饭;邵松阳吃完午饭,秋倩给他倒杯水,坐在床边陪一会儿;等他躺下休息了,秋倩便到水房把饭盒、勺筷洗干净;回到招待所吃午饭,基本上已经是将近下午三点了,这时红雲刚好午休起来,秋倩就帮红雲准备三个人的晚饭;等邵松阳把晚饭吃完,大都是华灯初上的时候,天生胆子小的秋倩还得硬撑着独自一个人往回走。医院的走廊长而曲折,灯光昏暗,空无一人时就显得死一般寂静,秋倩一个人穿行其中,明明是自己的脚步声,她却总以为有人跟在她的身后;走廊的拐角处竖立着几个氧气瓶,她总把它们视为几个鬼怪,钢瓶上的柄杆、仪表就像是鬼怪的手臂和眼睛,每次经过时她心里就异常地害怕、发憷,连头发都会竖起来,但她却又万般无奈,只能壮着胆子走近它,又加快步子逃离它,即使坐到了公交车上,她的心还在咚咚咚地狂跳不止。也就是从那时候起,她落下了"氧气瓶恐惧症",特别是到了天冷的季节,她的心就发紧,缩得难受。

将近四个月的时间里,秋倩没有吃过一顿应时的饭,也没有睡过一次午觉。十五六岁孩子正是瞌睡多的时候,由于严重缺觉,秋倩经常一坐上公交车就打瞌睡,并为此多次坐过的车站。一次,秋倩上了公交车,车行了四五站也没有等到座位,她扶着一个座位的靠背就睡着了。车子到站时刹车,没有防备的她一个趔趄,人虽没有倒,饭盒却"咣当"一声掉在地上,里面的饭菜洒了一地,下层的甲鱼汤也淌了出来。

售票员是个长相不怎么样的少妇,她走过来厉声训斥:"怎么搞的,你把地板弄成这样,别人还怎么下脚,摔倒了算谁的责任呀!"

秋倩不吭气,心里想的是饭菜和汤都洒了,爸爸吃不上饭、喝不了汤,怎么回去向红雲交代,而红雲又会如何收拾自己!想到红雲肯定会狠狠地揍自己,泪水立刻充盈了眼眶。

售票员看她抹眼泪,以为她是故意装相,声音更大了:"我委屈你了怎么地,你把地板给我擦干净,快点!"

这时,旁边的一位大爷看不惯售票员得理不饶人的样子,便劝道:"同志,你别这么冲,好好说,看把孩子吓的。"

一位穿中山装的中年男子把手中看过的报纸垫到饭菜洒落的地方:"先凑合一下,辛苦你到站后处理一下吧。"

看到大家都为秋倩说话,售票员撇了一下嘴,悻悻地回到了自己的座位上。

那位老大爷问秋倩到什么地方下车,听说是到华山医院,就把秋倩拉到跟前,抚摸着她的小辫子说:"我也是,咱们一块儿下。"

因为饭菜洒了,秋倩下了车后并没有进华山医院,而是到马路对面乘坐返程的车回到了招待所。红雲看到秋倩这么快就回来了,满脸狐疑地问:"你爸今天怎么吃得这么快?"

秋倩怯生生地嗫嚅道:"汽车急刹车,饭菜和汤都洒到车上了。"

话音未落,只听"啪"的一声,一个巴掌就落在了秋倩的头上。红雲没有问秋倩烫伤了没有、碰破了没有,而是心疼她花钱买的甲鱼和她用四五个小时才炖熬出来的汤。

二十五、秋瑾出走

在红雲和秋倩等人的精心照料下,邵松阳恢复得很快,不久便回到了汜城家里继续调养,秋倩也就到印刷厂正式上班了。因为红雲还离不开秋倩这个帮手,就索性做个顺水人情,让秋倩暂且住在了家里。

几天后,秋瑾被人从淮南送回了家,这使邵松阳和红雲心里悬了近半年的一块石头也落了地。

对于秋瑾出走,远在皖南的秋倩一开始并不知情,只是在上海时听工会的王成叔叔提到过,为此秋倩还伤心了好几天。她本来以为秋瑾是红雲的掌上明珠,会得到红雲的呵护和宠爱,只有自己一个人命苦,饱受红雲的虐待和伤害,没想到比自己小四五岁的妹妹也难逃劫难。想想秋瑾出走后会到哪里去,是沦为乞丐流落在一个小县城的街头,还是被人拐卖送往偏远的山村,抑或是身染疾病客死他乡?秋倩不愿去想,也不敢去想,只是在心里祷告妹妹平安无事。

现在妹妹活着回家了,还比以前长高了,也胖了些,这令秋倩喜出望外,并像个大人儿一样送秋瑾到学校继续上学。秋瑾也像变了个人似的,集中精力学习,所有作业在学校就基本上完成了,回到家里除了预习、复习,还会阅读一些课外书籍。每次向红雲要钱,都是为了买辅导书和学习用具,从来没有买过冷饮、零食。看到秋瑾买回来的都是一些物理、化学或英语方面的资料,红雲嘴上不说,心里却十分高兴,加上要为邵松阳调养身体,她还把每天的伙食搞得既有营养,又有花样,从其家中不时还会传出姐妹俩的笑声,着实令左邻右舍刮目相看。

这期间,秋倩与秋瑾住在一个房间里,两人朝夕相处,经常交流。秋倩常给秋瑾讲一些知青队里发生的故事,秋瑾也给秋倩讲述同学中相互之间的竞争。渐渐地,两个人的心越来越贴近了,有些不能给父母说的事情,但在姐妹那里已经不是秘密了。当然,秋倩也了解到了秋瑾出走之后的大致情况。

原来,就在秋瑾漫无目的地在车站广场和候车室之间徘徊的时候,在广场中心花坛处,有一个中年妇女不住地看她。这个来自"豆腐之乡"的农村妇女,姓田名荷花,常年来往于淮南与泗城之间,是被铁路乘务员称之为"捣蛋部队"里的一员。她们走乡串户地从各家农户中零零星星地收来鸡蛋,积够两大篮子后就扒上火车来到泗城,到各个厂矿企业、事业单位甚至政府的职工家属院,让那些拿工资、吃商品粮的人用钱或粮票、布票、肉票、豆腐票、煤球票、香烟票来兑换,然后再把这些票证倒卖给城市里所需要的人,她们则通过拐弯抹角的倒腾从中牟取利益。在那个把"投机倒把"列为犯罪的年代里,这些人就像当年的地下游击队,常常分散行动,各自为战,游走于农村小巷,不扎眼,不张扬,引不起工商、税务人员的注意。正因为如此,他们在农村渐渐成了有钱人,也就是邓小平说的"先富起来的一部分人"。

田荷花就属于这一类人,为此她家先后购置了自行车、缝纫机和那种不需要在室外架天线的黑白电视机。这天,她早早来到泗城,走到一个建筑企业的小院子,碰上了这个单位的食堂管理员。也是她运气好,这个管理员说食堂正需要鸡蛋,在与她一番谈斤论价后,就一下子买下了她的两大篮子鸡蛋。她自叹今天遇到了贵人,省了时间不说,还省了一顿也许是两顿在外吃饭的钱。

这会儿,田荷花一边喝着从小贩那里买来的一袋汽水(其实就是在自来水里兑了点糖精和红颜色),一边等着赶一趟往淮南方向去的火车,不经意间看到秋瑾在这里低着头,满腹心事似地来回溜达,于是就走上前去和颜悦色地问道:"大姐,是不是和大人走丢了,找不到家了?"

看过黄梅戏电影《天仙配》的人也许都知道,在泗城及周边地区,不管女性年龄大小,人们都管叫"大姐",即便是七八十岁的老婆婆,遇到十几岁的小姑娘,上前去打招呼、问路、推销农副产品时,也是如此称呼。

秋瑾看了她一眼,没有理会地走开了。

等秋瑾再次从候车室走出来,她又问:"这位大姐,你是不是迷路了?要是认不得路,你说你家在哪里,我引你回去。"

秋瑾没好气地说:"我没有家。"

"像你这么漂亮、白净的女孩,怎么会没有家呢?"见秋瑾没有挣脱她伸过去的手,田荷花就把秋瑾拉到跟前,和言柔语地问长问短,渐渐就套出了实情。她反复劝秋瑾赶快回家,但秋瑾死活不愿意,于是她就领着秋瑾从广场一侧绕过去,钻过围墙的一个豁口,沿铁轨来到月台上,趁着列车员不注意,闪身登上一辆开往阜阳的绿皮客车,用她惯用的"逃票"方法回到了自己的家。

这是一个四面都是农田鱼塘、没有任何遮挡的村庄,庄子里只有二十五户人家,大多数都是田姓,只有一户张姓人家,据说是早年从河南兰考逃荒到这里落户的。虽是集中居住,但每家大都依地势而建,布局随意,像"臭棋篓子"棋盘上的棋子一样没有章法。田荷花家居住的是村东头,房屋旁边就是鱼塘,还有猪圈、鸭棚。田荷花有五个孩子,四女一男,最大的女儿因为当时家里穷,交不起学费,就没有上初中,小小年龄就当了农民;老二是男孩,比秋瑾年龄大十五六个月,正上高一;最小的女儿才一岁零七个月。一个老奶奶,也就是田荷花婆婆的婆婆已经八十多岁了,加上公公婆婆和他们夫妻,家里整整有十口人。这么一大家子人,吃饭都是她的婆婆一人张罗,田荷花很少打帮手,不是她不愿意,是婆婆心疼她。可以看出,在这个家里,婆婆是主内的,而主外的不是她丈夫,却是田荷花她自己。

秋瑾天生是一个大大咧咧、敢说敢干的人。来到这个家,最初一两天里,她还因为陌生而有些腼腆,可到了第三天她就恢复了原来的本性,早上一起来就跑向屋外,一会儿拿支木棍敲打猪圈里的几头猪,一会儿驱赶从笼子里放出来的鸡和鸭,一会儿到菜地里捉蝈蝈、蚂蚱,一会儿又来到鱼塘边看人家划着木船、木盆在池塘里网鱼,两脚几乎没有立站的时候。来到一个开阔、新奇的农村,秋瑾每天快活得像一只飞出笼子的小鸟,也像一匹挣脱缰绳的小马驹儿,忘记了一切不快和烦恼,心情享受大自然的清爽和明媚。

田荷花的儿子叫一鸣。这个名字是田荷花做主起的,老奶奶问孙媳妇这名字是啥意思,田荷花说是在城市里"捣蛋"时听人说的,"一鸣惊人"是个好词,叫这名字的孩子将来就会有出息。老奶奶也巴望着重孙将来有个好前程,听后用拐棍捣着地,连声说了三个"好"。自那以后,一鸣就更成了老人的掌上明珠,一会儿不见就会问:"一鸣呢?把他给我叫过来,我要看看他。"公公婆婆也疼爱一鸣,有什么好吃的总会多给他一些。田荷花夫妻明知老人们过分溺爱儿子,却从来不吭气。因为在他们心里,一鸣也是宝贝疙瘩。

起初把秋瑾带回家,田荷花只是出于可怜和同情,看全家都喜欢这个小姑娘,就萌生了一个让她自己都心惊肉跳的念头。这个念头虽说确实有些奇特而又胆大,但她想了几天就觉得也不是没有可能。她把这个想法悄悄说给了丈夫穆长水,穆长水老实巴交,性格内向,与田荷花的大胆泼辣、快人快语形成很大的反差。结婚前,田荷花觉得人老实本分好,不招惹是非,让人省心;结婚后,她发觉人老实了容易被人利用,也容易被人欺负。在村里,几个刁滑的人总是把她丈夫当软柿子捏,费力不讨好的事都叫他去干,穆长水太实诚,从来不说二话。田荷花看不过,却也劝不住,就骂他"闷鳖"。此时,"闷鳖"一听老婆有如此想法,顿时就大惊失色,半天说不出话来,接连抽了两袋旱烟后,才用烟锅点着她说:"你是不是得了狂想症? 我劝你早些死了这份心,千万别给任何人提起。"

这天下午,一鸣放学回来,秋瑾便缠着他去稻田里捉黄鳝。一鸣把书包拎到她眼前晃晃:"我有好多作业呢,哪有时间呀!"秋瑾拉起他的胳膊说:"你那作业我都会做,回来我帮你。"一鸣还要推辞,坐在门前藤椅上晒太阳的老奶奶说话了:"一鸣,瑾瑾想和你去,你就去吧。"听老奶奶这么一说,一鸣就找到一个小背篓让秋瑾背上,自己拿起一把铁铲向稻田走去。

傍晚,田荷花"捣蛋"回来,看到背篓里有三四条黄鳝,问小四儿,说是秋瑾和一鸣两个人一起挖的,田荷花心中的那个念头又闪了出来。晚饭后,她把哄睡的小女儿放在床上,用被子盖好,转身对"闷鳖"说:"日子过了也有十来天了,我到泚城也每次在火车站走走听听,还特别注意电线杆上贴的《寻人启事》,没有看到要找瑾瑾的。你说,她是不是被人拐卖,逃出来的?"

"这几天我仔细观察了,听她说话,看她做事,都不像是。再说了,就是逃出来的,几天新鲜劲儿一过,也应该嚷着要回她自己的家了。"

听了"闷鳖"的话,田荷花摇头:"也许是时间久远,她不记得自己的家在哪里了。"

"闷鳖"收起烟袋,说:"我估计还是你当初猜测的,瑾瑾是为什么事与家里闹翻了,或者是被后妈赶出来了。"

"那她家里的人怎么不找她? 或者向公安局报案、在报纸上、广播里登寻人启事?"

"闷鳖"不同意老婆这么说:"也许瑾瑾的家人把这些事都做了,只是咱们不知道罢了。"

这时,田荷花前些天产生的那个念头又冒了出来:"没有人找才好呢,我们把她养大,将来就给咱家一鸣做媳妇。"

这回"闷鳖"没有吃惊,只是把嘴一撇:"你还没有睡,就说梦话了。再说,你烧了什么高香,世界上有这样的好事找到你家里?"

听了这话,田荷花没好气地骂了声"闷鳖",把丈夫往床里面推了推,自己先钻进了被窝。

此后,只要田荷花收蛋或卖蛋回来,就和秋瑾亲热地说话,还时不时地套问一些她家里的情况。一次吃饭时说笑,田荷花不小心说漏了嘴,招致秋瑾大闹了一通。

事情是这样的:那天到省城"捣蛋"过程中,一个职工家属算错了账,多给了十斤粮票,她当时明知对方多给了,却心里贪这个便宜,就没有声张,刚要转身走掉,那人又把她喊住,让她"等一会儿",说是家里小孩最近长得特别快,有几件衣服才穿了几次就显得小了,扔了怪可惜的,拿来给她,不要钱的。遇见这么好心的人,田荷花对多收人家的粮票产生了愧疚感,就假装心里过意不去,硬塞给了人家两块钱。回家的路上,她感叹世上好人多,也庆幸自己补救了所做的亏心事,心里敞亮了许多,特意买了半拉盐水鸭、一斤卤豆腐干给家里人改善生活。饭桌上,她先挑了一块儿鸭腿给秋瑾,一鸣看到后说:"妈偏心眼。"田荷花就说:"我偏心眼?还不是为了你!"看到一鸣眨巴眼,田荷花就吐露了心声:"我把瑾瑾养好了,将来给你做媳妇。"

听田荷花说出这话,全家人都愣住了,丈夫"闷鳖"更是拿眼睛狠狠地瞪她。秋瑾当即也不干了,把筷子一扔,就闹着要回家。公公婆婆和丈夫一边埋怨田荷花是"胡说八道",一边哄秋瑾,说是"你阿姨的意思是太喜欢你了,要拿你像亲媳妇一样对待,不是真的要你做一鸣的媳妇。等将来你长大了,给你找个好英俊的小伙子,去当有钱有地位人家的媳妇"。好话说了一箩筐,也重复了不知多少遍,好不容易才把秋瑾稳住并哄去睡觉。

田荷花并没有把这件事放在心上,第二天一大早照常挑起两个柳条编织成的篮子去各村收鸡蛋。等太阳落山她回到家里,才知道秋瑾整天都闹着要回家,还嚷嚷着说:"我爸我妈在国营单位,我爸爸是处长,我有好多叔叔是公安局的,你们要是不把我送回家,我就让公安局的来抓你们!"

　　听了这些，田荷花才醒悟过来，知道自己把事情闹大了，再不想办法就难以收场了。公公对他们夫妻说："看来咱与这女娃的缘分已经尽了，如果硬挽留下来恐怕要出事，到那时咱农村人可担待不起呀。"之后又说："你们再问问瑾瑾，把她家住的地方弄清楚，明天就把瑾瑾送回家吧。"

　　第二天清早，"闷鳖"去找生产队长，说是要到沘城里办点儿事。队长明白他的意思，就批准他到鱼塘里捞一条混子鱼。田荷花则从鸭棚里捉了两只大个的鸭子，还用一个竹篮子装了半篮子鸡蛋、半篮子花生，就与"闷鳖"一起领着秋瑾乘火车来到沘城。出了站后，按照秋瑾说的地址，先坐汽车到南七，然后边询问边前行，最终来到了邵松阳和红雲住的家属楼。

　　将近半年了。看到秋瑾穿的显然是收留她的田荷花给买的衣服、鞋子，人比以前长高了，也长胖了一些，虽说没有在家里时那么白净，但黝黑的皮肤透着粉红，倒显得身体很健康，气色也不错，不像是受委屈、受虐待的样子，红雲也就放心了，没有去细问秋瑾这半年里在田荷花家里的详细情况，倒是泼辣健谈的田荷花不停地讲述着秋瑾在她家里怎么怎么听话、怎么怎么勤奋、怎么怎么帮人干活，怎么怎么让人喜欢。看到红雲和邵松阳不住地点头、连声说"谢谢"、"让你们费心了"，田荷花最终还是没有忍住，壮着胆子却又嗫嚅地说："我们家一鸣年龄和瑾瑾差不多，个子有一米七八，正在上高一，学习成绩还算行，我们全家都支持他考上大学。这半年里他对瑾瑾很好，瑾瑾每天都找他玩。我们真的不敢高攀，但瑾瑾这样好的姑娘，你们要是不嫌弃我们，咱们将来就做——"

　　田荷花说得有些语无伦次，可红雲一听就明白了她的意思，立马脸就沉了下来，不等她说完便打断了话："她阿姨，你不要说了！我很感谢你们收留了秋瑾，也感谢这些日子你们对秋瑾的照顾。你们是农村人，经济条件一定不好，买盐打醋都需要钱，"说着就从抽屉的铁盒里拿出一沓钱和粮票递过去："这是我们对你们的一点补偿，你们必须收下，别的就不要多说了。"

　　田荷花走南闯北地倒腾鸡蛋，与各色人等打交道，也算是见过世面的人，看红雲拿出一沓子钱和粮票，估摸有百十块、两三百斤，但她的目的不在这上面，就一个劲地摆手："我们是看到孩子可怜才收留的，并不是图你们的钱财，这钱和粮票我们不要！"

　　邵松阳也在一边相劝："田荷花同志，不要嫌钱和粮票少。你们心地善良、尽心尽力，我们表达心意、感激不尽，你就拿着吧"

　　趁着邵松阳劝说田荷花、与他们夫妻两人说话的当儿，红雲走进厨房，把田荷花拿来的那条混子鱼剖开、洗净、剁成块，然后全部放到大锅里红烧；又把竹篮里的鸡蛋打了十几个与西红柿一同炒，加上其他几样，摆了满满一桌子菜，邵松阳还特意打开了一瓶下属送给他的"四特酒"，给田荷花夫妇分别倒上。

　　吃完饭，邵松阳又给他们二人的杯子里换了一道新茶。过了两根烟的工夫，红雲看看墙上的挂钟，偷偷向邵松阳使眼色。邵松阳明白了，就站起身来问："你们今天还得赶回去吧？"不等二人回答，就又说："那我就不留你们了，早些动身，别误了火车。"说完，到卧室又拿出一条"佛子岭"香烟递给穆长水，红雲也把装有鸡蛋、花生的篮子连同两只活鸭子硬塞到田荷花的手里，推搡着二人下了楼。

　　田荷花夫妻二人挡不住红雲和邵松阳的轮番相劝，吃了不少菜，也喝了不少酒，肚子有些发胀，脑子也有点麻木，几乎是糊里糊涂地坐上汽车、转乘火车，一直到走在乡间的小道上、闻到了庄稼的清香气息，这才清醒过来。田荷花首先开口："'闷鳖'，你咋不说话，我心里很难受啊。"

　　"闷鳖"接过妻子手里的篮子扛到胳膊上，好让老婆轻松一些："养了快半年的女娃，一下子就这么没了，已经到手的凤凰突然间飞走了，咋能不难受！"

　　田荷花走路的步子慢了下来："我说的是比这个更让人难受的。"

　　"那是啥？""闷鳖"又纳闷了。

　　田荷花没有直接回答他，而是说："咱俩今天中午吃的哪是谢恩饭，我觉得倒像是'鸿门宴'。"看到丈夫不明就里，她接着说："你看到没有，瑾瑾她爸她妈做事那叫个绝，给了咱一把钱和粮票，把咱带去的两条鱼剁吧剁吧全烧了，鸡蛋也炒了那么一大盘，弄了那么一大桌子菜，还把没有杀的两只鸭子和没有吃完的鸡蛋、花生硬塞给咱们带回来，这是啥意思？我看就是从骨子里看不起咱这农民。还有，吃饭的时候，瑾瑾的爸妈不住地劝咱们俩吃菜、喝酒，而他们自己却半天不动一下筷子，这又是啥意思？就是'你们拿的东西你们自己吃，女儿还是我们的女儿，吃了这顿饭，揣走给你们的钱和粮票，这就两清了，以后彼此井水不犯河水'。'闷鳖'你说，我这话他妈的可对？"

　　一直低着头边听边思考的"闷鳖"，像是渐渐酒醒了，头点得像鸡啄米："媳妇你说得对，说得太对了，他奶奶的！"他也粗鲁地骂了一句脏话。

二十六、扫地出门

一家四口,其乐融融,可惜这样和美的日子没有维持多久,就被红雲打破了。

那是邵松阳病愈上班后的一天,吃饭的时候,秋倩说想参加高考。看红雲不吭声,邵松阳就说:"你高中都没有上,参加高考你能有几成的把握?"红雲随后也说:"你这人就是不长脑子,想到哪里说到哪里,就凭你喝的那点墨水,怎么可能会考上,还不是白花钱!"本以为邵松阳和红雲会支持自己参加高等教育考试、进入高校深造,热情鼓励她取得高一级的文凭,想不到他们竟一唱一和地贬低自己,还对自己冷嘲热讽,当面打击她的美好追求和上进心,这使秋倩很伤心。伤心了,就不免抱怨他们当初在自己考上高中的时候却不叫她上,独断地给她填了招工表,让她去了工程队。

"那你是说我们当爹妈的让你早些参加工作反倒错了?"红雲凶巴巴地质问。

秋倩却轻声低语:"我不是那个意思。"

红雲看秋倩不承认,顿时火了,把饭碗往桌子上一蹾:"那是你什么意思! 才工作了几天,挣了几个钱,翅膀就硬了!"

红雲越说越气,一甩门进了卧室,从门缝里传出她的"最后通牒":"家里有一个孩子我就够够的了。你若是嫌我们不好,就滚出去,再也别进这个家!"她撂下这话,等于是要把秋倩扫地出门。

看到秋倩在抹眼泪,邵松阳不但不同情,还指责道:"觉得委屈是吧? 我不是说你,这家里就你事儿多,从来不让人消停。"

也就是从这一天开始,红雲又与以前一样,对秋倩的一切都看不顺眼,不是说三道四,就是指桑骂槐,轻则推推搡搡,重则揪头发、挥拳头。让秋倩更寒心的是邵松阳,不念他在做手术、做化疗期间秋倩对他的照顾,而是卸磨杀驴、落井下石。每逢这个时候,他劝说红雲的少、指责秋倩的多,替秋倩说情的少、任红雲闹腾的多。他虽没有参与殴打,但他时不时地在一旁帮腔、敲边鼓,实则成了红雲刁难、折磨和迫害秋倩的纵容者乃至帮凶。秋瑾呢,只要是替秋倩辩解、说情,红雲还和先前一样,骂她是"吃里爬外的叛徒"、"永远喂不饱的白眼狼"。

秋倩再次感受到了孤单和无助。与以前不同的是,她参加了工作,有了属于自己的一份工资，可以自己养活自己了。于是，她在部门主任的点拨下，找到行管处分管后勤的副处长，请求在单身宿舍给自己解决一个人铺位，而这个被秋倩叫做"文伯伯"的副处长，先前与红雲、邵松阳同在一个工程段，现在又是邵松阳的下级，对秋倩在家里的遭遇一清二楚，并为此曾善意地劝说邵松阳"注意影响"，但邵松阳总是把责任和过错推给红雲，说是"遇到这样的老婆我也无能为力"，甚至红着脸说"你总不能让我与她离婚吧"。面对秋倩的一双泪眼，这位副处长表示"十分同情"，却又明确对秋倩讲"我不能迈过你爸爸这道坎"，最后答应找个时间"与你爸爸这位好兄弟掏心窝儿地谈一谈"，让秋倩回去"再委屈几天。"

这位文伯伯与邵松阳——他的老同事、好兄弟是什么时间谈的、谈的过程如何，发生没发生争执，秋倩不得而知，她只是至今还清楚地记得，三天后她接到单身宿舍管理员打给她的电话，说是她给文副处长打的报告已经批了，已经为她安排好了房间和床位，她随时可以搬进去住。

离开了这样的父母，离开了这样的家庭，对秋倩来说非但没有惋惜和心酸，反倒有一种解放的感觉，因为她从此远离了刁难和折磨，这不能不说是一个很好的解脱。身边没有了凶煞般的威吓，耳边没有了母狮般的吼叫，去掉了身上的重负和心灵的压抑，秋倩又像是回到了自己的童年时代，仿佛一只出笼的小鸟，可以在广袤的大地和辽阔和天空自由地飞翔了。她白天在单位里上班，晚上在宿舍里自学，星期天就到市电大办的一个辅导班听课，半年后参加全国统一的高等院校考试，最终被湖南的一所铁路工程财经学院录取。九月初，她步入向往已久的大学殿堂，实现了自己上大学的梦想。

在大学里，秋倩没有向任何人谈起过自己在父母身边的悲惨遭遇，而是学着渐渐地淡忘这一切，同时也盼望着父母能有所觉醒和悔悟，回归善良本性，重拥父母之爱，善待她和姐姐妹妹，与其他家庭一样和睦相处，真情相爱，同享天价之乐。

大四最后一个学年开学不久，学校召开一年一度的"秋季运动会"。依照往常的惯例，这样的运动会，学校对临近毕业的班级不作硬性规定，以便让学生有充足的时间，或搜集资料、按照导师的要求完成自己的毕业论文，或到企业厂矿实习、联系将来工作的单位。秋倩自认不是一个天才，记忆力也不如别人，但懂得勤能补拙、"笨鸟先飞"的道理，她早早地就开始着手选题，并在指导老师审查同意后，提前准备相关资料。她从学校图书馆里查找图书所用的卡片受到启发，买了几张较厚的牛皮纸，裁切后自行设计制作成一张张抄录资料的小卡片。一天，她吃过晚饭,便背上书包来到图书馆,借了三本相关书籍,走到资料室一个僻静的角落,埋头查找和抄录资料。她是那样地专心,以至于同学孙姗姗坐到了她的对面都没有察觉。孙姗姗看到秋倩没有抬头,就故意地把座椅摆弄出响声,招惹得正在看书的同学们都把惊悚和不满目光投向她,唯独秋倩还是没有理会这一切。孙姗姗赌气地把一封信往秋倩面前一丢,转身离开了资料室。等到秋倩醒悟过来抬起头,只看到了孙姗姗飘然而去的背影。

秋倩一看信封上字迹,就知道是自己原工作单位一个师姐沈小晨介绍的男朋友寄来的,心里便有点慌乱,连忙夹进了一本书里,生怕别人看见。

原来,放了暑假回到单位时,秋倩依原先的相约找到师姐沈小晨,沈小晨给她介绍了一个新调入的同事,并安排他俩见了一面。这个人就是张琳。

那还是在放暑假之前,沈小晨通过铁路内部线路给秋倩打过一个电话,问了她一些个人情况,在确认她还没有谈朋友后就告诉她:"我们单位新调进了一个大学生,名字叫张琳,原籍是河南,但却在高中毕业后赶上了最后一拨儿'上山下乡',被下放到了大西北。国家恢复高考,他通过自己的努力考上了西北华文大学,学的是汉语言文学专业,毕业后曾在当地的一所党校担任过理论教员。据说,张琳有个姐姐在我们局的一个工程处工作。也就是这个原因,张琳调进了我们局。本来他是要调到局技工学校当老师的,当时,报社的一个编辑因为与妻子长期分居又无法把妻子调过来,只好调回了老家,报社就向局党委打报告要求补充人员。局党委分管报社的领导看了从原单位寄转过来的张琳的档案资料,认为是个合适的人选,就通知人事部门改变原来的决定,对已经来局报到的张琳重新分配工作。就这样,他就到了报社。小伙子来了两个多月了,我打听到他还没有对象,而且人很厚道,事业心也强,还是党员,各方面的条件都不错,年龄嘛,好像比你大个两三岁,如果你觉得行,就请假回来见上一面。"这个师姐几乎是一口气说完了这些话,秋倩根本没有机会插嘴,只是在临挂断电话时说了三个字:"那好吧"。

这个师姐叫沈小晨,秋倩调到印刷厂时两人曾同在一个车间,性格开朗直率,人也比较争强好胜,干工作喜欢抢第一,办起事来雷厉风行,很得领导赏识。后来调到局行政办公室下的信访室。当时处于"文革"后期,全国统一高考还没有实行,或者说这一制度在"文革"中被废除了,要进入大学深造,就得由各条战线、各个单位推荐,如果被批准了,也不用考试就可以直接上大学。沈小晨赶上了这个机会,成了一名与后来参加正规高考而毕业的大学生不同、被社会之称为"工农兵学员"。她是铁路职工的子女,其父亲与邵松阳同在一个工程处,后来与邵松阳一前一后调入局机关,而且都在党群口,只不过沈小晨的父亲又在劳资处干了七八年,到退休也还是一个科级干部。正因为有这层关系,沈小晨对秋倩的家庭情况有所了解,也很同情秋倩的遭遇,平时没少帮助秋倩,还鼓励秋倩自学成才。秋倩后来能考上大学,有她自己发自内心在逆境中崛起的决心,同时也是与这位师姐的榜样作用及其不断引导和鼓励分不开的。也正因为如此,秋倩对这位师姐既感激又尊敬,对师姐的话也听从。

进入十月下旬的沮城,早晚虽有些凉意,但中午还是暖和的,只穿一件长袖衬衣即可,如果行走得急一点还会头上冒汗。铁路子弟学校大操场周围,枝叶密扎的针叶松、钻天杨昂首挺拔,像一排值守道口的职工,忠实地履行着自己的职责。此时正是"月上柳梢头",秋倩晚饭后在单身宿舍待了一会儿,看窗外天幕朦胧,就按照师姐的提示和叮嘱来到操场的西南角,只见一个戴眼镜的小伙子在那里徘徊。不用说,这个人应该就是张琳了。

回到学校几天了,秋倩还在想,这个张琳个头中等,相貌平平,身材不胖不瘦,但却有点儿黑,帅气谈不上,但还过得去,如果碰不到更好的,这个人可以考虑考虑。也就是她似想非想、犹豫不决的时候,张琳的信来了。此时,秋倩很想知道张琳在信里说了什么,就顾不得去追上姗姗道个歉,赶忙假装上厕所,就着昏黄的灯光看起张琳的信来。

这是第一次接到"准男朋友"的信,也就是别人说的"情书"。当看到信的抬头写着"亲爱的倩"时,她的心还真"嘭嘭嘭"地加快了跳动。张琳在信中首先对自己到九江采访、没有给她及时写信而道歉,接着列举了自己的八大缺点。秋倩听说过,谈对象时期,对方写信都是夸女朋友漂亮、表达自己的爱慕之情,还真没有见过竟在第一封信里说了自己一大堆缺点的,这让秋倩觉得张琳这个人不一般,也令她对张琳刮目相看。

二十七、男大当婚

沈小晨给张琳讲述秋倩的家庭情况时是在她的办公室。张琳与沈小晨虽同在《铁道建筑报》报社,却不在一个部门。沈小晨在通联组,主要负责全局所有单位通讯员来稿的登记和用稿统计工作及季度、年度的评比,同时编辑每月一期的报社内部刊物《采编园地》;张琳到来后被安排在编辑组,但目前干的却是记者工作,很少在机关待,大多时间是到分布在全国各地的基层单位和铁路建设工地采访、写稿。两个人认识时间虽然不长,但张琳了解到这位沈大姐在局报上世纪八十年代初复刊后就与报社打交道。那时,印刷厂与报社不仅同在一个小院,而且同在一栋三层小楼里,一楼是印刷车间、纸品仓库,二楼是印刷厂的办公场地,报社则在三楼办公。秋倩调到印刷厂,分到了沈小晨所在的印刷车间,但沈小晨在二楼办公的地方做校对,而秋倩则在一楼做装订工作。有了空闲,秋倩就到沈小晨的办公室,喝杯水、聊聊天。几个月后,沈小晨被调到了信访办公室,后来又去上学,两人渐渐联系得少。只是沈小晨大专毕业被重新分配到报社,听说秋倩正在复习功课准备参加高考,她经常热情地给秋倩出主意、帮着联系辅导班,直至秋倩考上了湖南铁路工程财经学院,两人的联系才又密切起来。

这张报纸叫《铁道建筑报》,是铁道建筑第四局党委的机关报,属于企业报,虽有全国统一刊号、可以对外公开发行,但实际上并不对社会上发售,读者也主要是本局的职工和家属。除此之外,这张报纸还在铁路系统内的各个铁路局、工程局及勘测设计院之间进行交流,所有办报经费和人员工资都由局拨款。

沈小晨把张琳叫到她的办公室,客气地请张琳坐下,并倒了一杯茶水递到张琳手里,问了一些他的个人和家庭情况。她对张琳说:"你这么好的条件,肯定有好多女孩儿追求,你什么时候带过来给大姐瞅瞅?"

张琳用双手捧着暖暖的茶杯,脸上泛出一层赧然潮红,连连否认说:"没有没有。"

"你不像大姐我,上个大学还是'工农兵'学员,你是正儿八经的科班出身,长得又这么帅,怎么会没有对象呢?我不信!"

张琳解释道:"我一直想考研,连考了两次都名落孙山,后来又要调动工作,就没有考虑这个问题。"

"噢,原来是这样。"她为张琳有这么强的上进心而感动。这时候,电话铃响了,是九处一个通讯员打来的,向她询问投寄的一篇新闻稿收到没有,她翻看了一下登记本,说:"还没有。"对方又与她聊了几句便挂了。她接着又问:"听说有人要给你介绍对象,你说要半年以后才考虑,有这回事吗?"

张琳点点头，并说道："这事您都知道？让大姐见笑了。"

"我替你算好了，半年已经过去了，现在可以考虑了吧，我来给你介绍一个，怎么样？"

听说要给自己介绍对象，张琳连连道谢，却又说"目前还不想考虑"。

"小张啊，据我所知，你已经二十八岁了，年龄也不小了，该考虑个人的问题了。我认识一个姑娘，现在还在上学。"接着，沈小晨就开始介绍秋倩："这个姑娘叫秋倩，她父母都在局机关大院，是双职工，有房子，他爸还是个处长，以后你肯定有机会去采访他。他们有三个女儿，秋倩在家中排行老二，个头一米六二，长得很漂亮，性格也很好，我觉得你们俩比较般配，所以给你们牵个线、搭个桥。至于其他情况，你与秋倩交往后会慢慢了解的。今天我这个当大姐的做个主，给你们安排个时间见一面，好吗？"

张琳还想说"现在确实还不想谈"，但面对沈小晨温柔的话语和热切的目光，他难驳沈大姐这个面子。他还在琢磨着用哪个恰当的词语来婉拒沈小晨的好意，沈小晨已经站了起来，说："那就这样吧，你等我的信儿，我还要去机关党委开个支部会。"边说边拿起办公桌上夹有一支笔的笔记本，和张琳一前一后出了门。

一个多月后，张琳从芜湖九处采访回来，刚写完一篇关于这个处在机关干部中竞聘服务公司经理的消息，沈小晨打电话叫他过去，告诉他，秋倩利用学校召开运动会的机会回来了，并交代了让他俩约会的时间和地点。

二十八、校园献吻

张琳的来信，使秋倩的心中泛起了层层涟漪，一个少女的春心不由地荡漾起来。她回忆起与张琳第一次约会的情景，再看看信中所列举的八个缺点，感觉到这八个缺点不仅不是缺点，反倒是他的优点。在表现欲正处于强烈的时期，一个男孩子能如此地直率和坦荡，实在是难得。由此，他对张琳开始产生好感，并决定与他交往下去。于是，秋倩给张琳写了一封回信。

从此以后，只要张琳来信，她就很快地写一封回信，后来她也觉得哪个环节有点不妥。仔细一想，问题还是出在自己身上。她暗暗惊奇：每次把信发出去，自己便数着日子地等着、盼着张琳回信；而一旦收到张琳的来信，自己又按捺不住心中涌起的倾诉,迫不及待地给他写回信。她为这种惊奇的发现而心儿猛跳、脸上发烧,悄悄地问自己:秋倩呀秋倩,你怎么比一个男孩子还着急,好像自己嫁不去似的。你这么不矜持,哪还有点闺中少女的稳重与内秀,真没出息。她也在心里告诫自己:要冷静、冷静、再冷静,不能头脑发热,要用时间来检验张琳是否真心实意。

自从与秋倩交往后,张琳也摸出了一条规律,只要他给秋倩写信,那么,不出一周,秋倩肯定就会有回信,而且信中的话语处处流露出关心、理解、体贴,饱含着一个怀春少女的温柔。就这样,张琳和秋倩之间鸿雁传书,渐渐增进了彼此的了解,步步加深了相互的感情。虽说各自在信中没有直白地写出"爱你"、"吻你"、"想你想得我睡不着觉"之类黏黏糊糊的词语,但透过字里行间,双方都能感觉到对方对自己的那份关心和牵挂,能触摸到对方开阔的胸襟和温暖的情怀,能体会并享受到远方恋人所爱和自己被爱的心灵。

当张琳寄出第21封信时,已经是1988年初春的季节,高大的玉兰树新芽绽露,白花盛开,道路两边杨柳依依,几户居民在房前屋后开垦的小菜园子里,向阳一面的油菜花吐出一串串金黄,招惹得一群群小蜜蜂嗡嗡飞来,在花朵间忙碌地采蜜。张琳的心中也和这阳光灿烂的春天一样,暖意充盈,畅快甜蜜。就在他把刚写的信投入邮筒的时候,他就盘算着什么时间能收到秋倩的回信,巴望着早日看到她如人的字迹。

一个星期过去了,还没有听到负责收发报纸、信件和文件的资料室邝老师那声"小张,你的信"的呼唤。坐在办公桌前,张琳感到墙上挂钟的指针走得像蚂蚁爬;回到宿舍,本来是自己很喜欢看的书,却看不了几页就坐不住了,屁股下面像是有小石子硌;到了周末,实在忍受不了这种煎熬了,张琳就走进了沈小晨的办公室。沈小晨正在登记稿件,看到他进来就招呼了一声:"是小张啊,你坐。"然后放下手中的笔,问道:"你看我这几天老在跑我家小孩学习的事,也没有顾上问,你与秋倩的事进展得怎么样了?"

张琳的眼泪在眼眶里打转,几乎就要掉下来了。沈小晨见状,连忙走过来安抚他:"你这是咋地了,和秋倩闹矛盾了,快给我说说。"

张琳见沈大姐误会了,连忙解释道:"没有没有,就是她十多天没有来信了,我心里有点急。按说她早就该收到我的信了呀。"

"你这人也真是,把我吓了一跳,还以为出了什么事呢。"沈小晨嗔怪道,然后把他按到椅子上坐下,却又拉他站起来,说:"你先到你办公室等着,我这就去大楼给秋倩打个铁路长途,别着急啊。"

这个局是铁道部下属的基建单位,内部电话联系都采用铁路专用电话线路,沈小晨说的大楼就是局机关的办公大楼,位于报社的北面,距报社不足五百米,重要的管理职能部门都安排在里面,局领导和个别核心部门的电话可以向铁道部和各个铁路局以及省外其他铁路单位直拨。

打完电话,沈小晨就往回返,路上见了熟人,也嘴上打招呼,脚步却没有停下来,匆匆忙忙地回到报社,向张琳转达与秋倩通话的内容。原来,秋倩最近一段时间因为忙着准备毕业论文,经常在图书馆忙到闭馆才回宿舍,睡眠严重不足,加上她上学的所有开支都是她每月二十来块钱的工资,再紧巴也从来不向邵松阳和红雲张口要,一直以来都是这么省吃俭用,营养跟不上,她又有低血糖,所以在一天早晨端着脸盆到楼下洗漱时,一阵头晕使她站立不住,连人带洗漱用具叽里咣当地摔下了楼梯,被同学背到了校医院,所幸的是没有伤着骨头和内脏。一听这些情况,张琳心急如焚,却又六神无主。还是沈小晨给他出意,让他向报社总编说明情况。总编一听张琳与局机关领导的女儿谈对象,心想,可不能在自己手里坏了这等好事!他想了片刻,很快给张琳在湖南安排了一项采访任务,让张琳公私兼顾,别人也提不出异议和意见。就这样,张琳持一张单位开具的铁路免票,坐上了从洭城绕道上海最终开往株洲的列车。

这是张琳第一次到位于中南腹地的株洲。秋倩说过,她所在的学校距市中心还有十几公里的路程,需要坐公交车。出了火车站,张琳茫然了:究竟是坐几路车,需要不需要转车,要转几次车,他对这些一无所知。好在他经常外出采访,寻道问路对他来说是家常便饭,尤其是各地人所说的方言,虽然他说的不地道,但当地人说的话他都能听得懂。比如普通话说"湖南",当地人说成"斧兰";说"头",河南人叫"低脑",而四川人叫"脑壳",等等。

张琳首先打听开往铁路工程财经学院应该坐几路车、从哪个车站上车,上车后再向售票员询问需不需要倒车、要倒几路车、在哪里倒车以及在哪里下车,就这样一边行进一边打听,没费什么周折便走进了这所大学的校园、来到秋倩所说的财会系宿舍楼门前。

听到同学"秋倩,秋倩,有记者找你"的喊声,秋倩还感觉纳闷:我在市里没有熟人,也不认识什么记者啊,找错人了吧?等她来到门口,只见张琳正在向楼里探头张望,惊喜之中她竟有点不敢相信自己的眼睛:"张琳,怎么会是你,怎么找到这里来的?"

走在楼道里,秋倩悄声嗔怪张琳:"我还以为是省报市台的大记者呢,原来是本局的小报记者,够张扬的!"

张琳解释:"还不是你们学校的门卫要我拿出证件登记,这不就亮出了我的身份嘛!"

宿舍里的同学见秋倩领着个戴眼镜的男生进来,对秋倩介绍"这是我单位的同事"的话半信半疑,礼貌性地与张琳寒暄了几句,就相互挤眉弄眼地说笑着走了出去。

那天师姐沈小晨打来电话,秋倩刚从医院出来回到宿舍,没有到教室上课,是系办公室把电话转到了宿舍值班室。现在张琳又问起,她只好述说了自己摔伤的过程,对张琳的询问回答得轻描淡写。她是不想让张琳过多地担惊受怕,可张琳却不放心,仔细地察看着秋倩的头部、脸面,还要秋倩捋起袖子察看胳膊和肘,在确认真的没有大碍之后,才长长地松了一口气。

学校里没有招待所,秋倩领张琳在学校的学生食堂吃了晚饭后,要送张琳到市里住宿,张琳问:"那你呢,也在市里住?"看到秋倩朝他瞪眼,张琳的脸立即红了,赶忙说:"我不是那个意思。"秋倩不依他:"那你是这个意思?"张琳更蒙了:"'这个意思'是什么意思?"看到张琳迷惘的傻样,秋倩觉得他老实得可爱,忍不住笑了起来,张琳这才明白秋倩是在逗他玩,于是抢过去就要胳肢她,秋倩见状连忙摆摆手算是求饶。张琳这才又一本正经地说:"我是说你跟着到市里,天太晚了,哪还有公交车,你怎么回学校!"秋倩想了想,说:"要不这样,我们有个自习的教室,晚上十点以后就没人了,反正现在天热,我给你拿张凉席、一个枕头凑合一晚,只是委屈你了。"张琳说得很痛快:"没事儿,不就一晚上吗,我能对付。"当晚,张琳就在教室里过夜。不过,事后想想,他觉得很幸福,因为当天晚上,秋倩陪着他坐了大半夜,两人说得很投机,而且秋倩在离别时答应了他的请求——给了他一个亲吻。

第二天,张琳要去采访,秋倩陪伴张琳到市里,在株洲市中心一个特色湘菜馆请吃饭。张琳说:"我是男同志,应该我来请。"秋倩却批评他有大男子主义,并说她是"地主",应该听她的,张琳便不好再说什么了。

秋倩问张琳爱吃什么,张琳说:"随便吧。"秋倩就又盯着他问:"'随便'是道

75

什么菜?"这一次张琳学精了,也调侃她:"这道菜对女士们来说有的爱吃、有的不爱吃,你可爱吃?"秋倩没有张琳见识广,不知道张琳在故意挖坑,还一本正经地说:"我不行。"张琳听罢此言,高兴得拍起了巴掌:"太好了!"看到站在一旁的服务员也跟着他笑,秋倩猜想自己吃了亏,却又不知道亏吃在哪里,于是就不再理他、开始点菜。秋倩点了一盘红烧田螺,一条清蒸白丝鱼,一份香辣黄鳝段,还有一份"小龙三吃"。等饭菜端上来,张琳才知道这几个菜确实有湖南当地的"特色":田螺大得像乒乓球,白丝鱼则没有去鳞,一份香辣黄鳝,光干辣椒和花椒就占去了一大半,而所谓的小龙其实就是蛇,"三吃"则是把蛇皮与香菜凉拌,蛇肉做成油炸椒盐的,蛇骨则煲了一盆鲜美无比的羹汤。见服务员还端上来两只碗,里面一种红色一种绿色,张琳就指着问:"这是什么东西?"服务员看着他,答非所问:"听口音你是北方人吧?"接着就介绍说:"这只碗里是白酒泡的蛇胆,这只碗里是蛇血。蛇胆可以明目,蛇血可以补肾。"说完又特意看了张琳一眼,微笑着转身而去。看到张琳目瞪口呆,秋倩以为他是被服务员的美貌吸引了,伸出一只手在张琳面前连晃了几下:"嗨,小心看到眼睛里拔不出来了!"张琳这才回过神来。他知道秋倩是在与他开玩笑,就没有接话,眼睛在两只碗之间来回瞄。秋倩看他有点胆怯,就问他:"你没有喝过吧,敢不敢?"张琳一看秋倩将他的军,笑笑说:"你这是激我吧,我才不上你的当呢。"然后就转移了话题,说:"你点的这几个菜别说吃过,我连见都没见过。"秋倩就笑话他:"真是个土包子。"张琳不介意地笑了笑:"还有比我更土的呢。"

看秋倩纳闷地眨巴眼,张琳就问:"你在湖南也两三年了,湖南也算是改革开放的前沿,难道你不知道,在南方,男的不能说'不行'、女的不能说'随便'?"秋倩这才明白刚才服务员为什么也跟着笑,就自我解嘲道:"我们在校生哪有你们新闻记者见多识广呀。"

张琳本来还想说"你就是吃了没有文化的亏",但他怕这话伤了秋倩的自尊心,于是就转过话题,讲述了在原单位同事身上发生的一个故事:这个同事姓李,在张琳所在的党校是管总务的。有一次,单位组织教职员工到改革开放最早的东南沿海地区参观考察,回来后领导召开座谈会,让考察团的每一个人谈谈自己的观感,在发言时老李说:"深川的菜就是好吃,给我印象最深的是那份粉丝,味道真是绝了,就是数量少了点。"他话音刚落,同行的一位教员纠正道:"老李你真土,那可不是粉丝,是鱼刺,几十块钱一份呢。再说,那也不是深川,是深圳。"引得大家好一阵大笑,把老李的脸都笑红了,喃喃地说:"咱没有文化,鱼刺没吃饱,这亏可吃大了。"

秋倩听着,也不禁笑了起来。她劝张琳多吃菜,张琳嘴上说"好好好",可就是只动筷子却很少夹菜。

原来,张琳出生在河南洛阳东边三十多公里的一个小县城,四五岁时曾随母亲到父亲工作的陕西户县生活过一段时间,高中毕业后赶上了最后一拨儿知识青年上山下乡,远赴大西北的甘肃农村,接受"贫下中农的再教育",后来又参加高考到兰州上大学,所有的生活习惯都是在北方养成的,而北方人根本就不吃螺蛳、黄鳝、老鳖、青蛙,更别说吃毒蛇、蛤蟆、老鼠之类的了。秋倩虽然小时候在北方,但她上初中时就到了具有南方习惯的沘城,参加工作后到了皖南。上大学期间,她利用在单位和学校享受铁路免票的机会,一到寒假、暑假,都随同班里的同学四处游玩,几乎走遍了中南地区的各个大小城市。她深有感触地告诉张琳:"南方人除了四条腿的板凳不吃,其他带腿带脚带尾巴的都是他们的盘中菜,没有什么不能吃的。"

"一方水土养一方人",这话一点儿都没错。没有多长时间,全国到处采访的张琳吃遍了各地的风味,那些天上飞的、地上跑的、水里游的,他也无所不吃,完全被同化成了南方人。

二十九、偶遇稽查

秋倩同意嫁给张琳,是她大学毕业回到单位后不久做出的决定。当初上大学时,秋倩享受的是铁路系统大学定向招生的计划,按照规定,她应该回到原单位工作。离校前,她给张琳写了一封信,张琳立马赶到学校去接她。在帮她打好行李、由校车拉到车站托运后,看看距离晚上搭乘开往沘城列车的时间还早,秋倩说:"这里离醴陵不远,只有四十公里,我领你去转转吧。"

"那可是中国的'瓷城'和'花炮之乡'啊,值得去一趟。"张琳热烈响应。

"你也知道是中国的瓷城?"秋倩对张琳这个北方人有点疑惑。

张琳听到秋倩的口气,说道:"什么叫'也知道'啊,你有不懂的、不知道的,尽管问我。"

秋倩还真有意要考考他，就问："作为全国著名的八大陶瓷产区之一，醴陵陶瓷哪一种最有名？"

"这个……"张琳故意把"个"的音拖得很长，并抓耳挠腮做出思索的样子。

"怎么样，不知道吧，我第一个问题就把你烤糊了！"秋倩得意得有些手舞足蹈。

"你别高兴得太早了，这个问题的答案是不是醴陵独创的'釉下五彩瓷'呀？"张琳试探性地说。

这下该秋倩瞪眼了："你蒙的吧？"

张琳可显得胸有成竹了："什么叫蒙的呀？我还知道，醴陵的釉下五彩瓷1915年与茅台酒同获国际金奖，被誉为'东方陶瓷艺术的高峰'，你说是不是？"

不等秋倩回答，他又接着说："我还知道，新中国成立后，醴陵专为党和国家领导人生产日用瓷，艺术瓷作为国礼频频被党和国家领导人选送给外国政要，被称为中国的'红色官窑'。醴陵陶瓷那可是当之无愧的'国瓷'。"

听张琳说得天花乱坠，秋倩的眼睛瞪得更大了。心想，这小子不愧是学文科的，知道得还真多。要不是他说，我还真不知道这些呢。回想起当初秋瑾那么固执地想学文科，别说遭到邵松阳和红雲的坚决反对，就是自己打心眼里也不是很赞成，总觉得学文科不会有光明的前途，尤其是在企业里，更得不到领导的重视，连评个高级职称都很难的。现在看来，还真是不尽然呢。

不知不觉，两人就到了火车站。他们将随身携带的包裹寄存后，直接进了候车室，正好有一列中途经停醴陵的火车到站，便把手中的免票朝检票员眼前一晃，三步并作两步地上了车。

作为古时"吴楚咽喉"、今日"湘东门户"，醴陵虽是个县级市，但它区位优越，四方通衢，是湖南呼应赣浙沪、沟通大西南的交通要冲。列车穿行在罗霄山脉，沿湘江支流渌水向东行驶。张琳学的汉语言文学，但也喜欢中外历史，尤其是对近代中国的屈辱历史颇多感慨，曾胸怀为中华民族之崛起而做出自己努力的抱负。望着窗外连绵的山川和阡陌纵横的稻田，隆隆的车轮声中仿佛回响着中国新民主主义革命的炮声，张琳的脑海中浮现出李立三、左权、耿飚、宋时轮等革命先驱在这一带发动农工、挥枪冲锋的身影。下车后，张琳兴趣盎然，亲热地拉着秋倩的手，先后游览了渌江书院、状元芳洲等名胜古迹，然后来到瓷器一条街，观赏中，秋倩精心挑选了一套18头的青花瓷餐具。

　　当晚折返株洲,在火车站附近找了一家餐馆,各吃了一碗常德津市粉,就来到车站的铁路职工专用窗口,不巧的是已经没有卧铺号,只拿到了两个座位号。取了行李,列车也快进站了,两人一同上了硬座车厢。

　　列车出站不久,张琳给秋倩安顿好,打来一杯开水放在茶几上,又把一个大釉子去皮后一瓣瓣地掰开递给秋倩,然后凑近秋倩耳边悄悄说了句"我找车长去",便独自向列车运行前方的软卧车厢走去。张琳知道,当班的列车长在列车开行后需要统计卧铺使用情况,一般都会在软卧车厢里。

　　国家新闻出版署对新闻从业人员制定有相关规定,其中持《记者证》外出采访的记者,可以在交通、通讯、住宿等方面获优先安排,而铁路系统的记者还根据工作需要,可以开具"公用乘车证",即"全年定期通勤乘车证"(它与"探亲乘车证"一样,通称为"铁路免票"。——作者注)。与探亲乘车证不同的是,探亲乘车证的乘坐区间只能填写工作地与探亲地(包括中途所经)的车站,而它可以填写3~5个铁路局。也就是说,持该种铁路免票可以在一年内的任何时间和这5个铁路局的任何一个车站乘坐任何车次的旅客列车。在乘坐火车时,铁道部虽然没有明确要求铁路运输部门在车站、列车上可以给予通行、乘卧、就餐等方面的特殊政策,但铁路运输部门一般都不愿意得罪铁路记者,相反会做顺水人情,给予便利和照顾,有的列车长还会利用这个机会与记者套近乎、请记者为他们做宣传。果然,不多会儿,张琳就喜滋滋地走过来,对秋倩会意一笑,收拾茶几上的物品,并从行李架上取下行包,与秋倩一前一后地向卧铺车厢走去。

　　进了3号卧铺车厢,张琳对秋倩说:"列车长说,这一段时间正是旅游旺季,卧铺很紧张,只给我们解决了一个卧铺,你睡吧。"

　　秋倩关切地问:"那你怎么办?"

　　"咱们不是有凉席嘛。这会儿我就坐在边座上,夜里困了,就把凉席铺在地下,躺着睡会儿就行了。"张琳说得很轻松,也显得无所谓。

　　"那我可过意不去。要不,我们两个轮换着睡。"秋倩提出了自己的建议。

　　"没事的,现在天气比较热,我一个男同志,睡在下面还凉快呢。"

　　可秋倩不同意:"那也不行。地下凉,现在不注意,将来会得关节炎的。"

　　看到有人在看他们,张琳便不再和秋倩争,说:"那也行吧,你先睡,我困了就叫醒你。"

　　也许是因为白天托运行李和上街游玩支出了太多的体力,秋倩一睡就是七八个小时,等她醒来已经是早上七点多钟了,侧身看看两个卧铺之间的地上,没有人;下了铺位往车厢过道两头瞅瞅,也不见张琳的影子。她正在纳闷,张琳夹着凉席从列车运行的后方走过来。秋倩问:"你怎么到别的车厢去了?"

张琳告诉她:"不巧的事让咱赶上了。"原来,昨天晚上大约零点左右,从一个车站上来了几名"路风稽查队"队员,领队的是路局的一位纪委副书记,专门检查列车上是否存在敲诈、受贿、"牵黄牛"(指列车员私受钱物后为无票无证人员提供乘车便利。——作者注)及私自带人带货等违纪行为。这些稽查员手执"尚方宝剑",对列车长、列车员的奖罚、升降乃至手里饭碗的留存都有"生杀大权",所以,从车长到列车员都不敢怠慢他们,更不敢得罪他们,对于他们的上车暗访也是好好配合。在稽查员上车前的例行检查中,车长看见张琳在地板上睡,就把他叫起来说:"按照规定,持硬座票晚上是不能在卧铺车厢停留的,这您也知道。如果被他们查到了,我们就会挨处罚的。"还说"您是记者,请体谅我们的难处"。人家把话说到了这份上,张琳也理解他们,就离开了卧铺车厢,来到12号硬座车厢,找不到空座位,他就把凉席铺到一个座位底下,钻进去睡了几个小时,一直睡到早上列车里放广播。

听张琳这么一说,秋倩心里反倒生出了内疚,但更重要的是,她认为张琳这个人心地善良,善解人意,能够理解和体谅他人,靠在这样的男人肩膀上,自己一定会很温暖也很安全的。她在心里暗自决定:就嫁给这样的人。

三十、闪电结婚

决心一旦下定,结婚也就成了早晚的事,只是为定在哪一天,张琳和秋倩还没有最终想好。一天,张琳的大姐听到一个消息,立即把张琳和秋倩叫到了办公室。原来,因为前一段时间职工调转和搬迁的比较多,家属区空出了一批房屋,领导批示把这些房屋分给已经成家但仍居住在单身宿舍的双职工,这样,单身宿舍也就会空出一些房间来,文副处长让生管科长通知她,把空出来的房间统计一下交上来。

"这是一个机会,你们赶快去打结婚证,然后分别给你们所在的部门写个住房申请,让你们部门盖上公章,马上递交给行管处,这样就可能在单身宿舍给你们解决一个房间。"张琳的大姐说。

对于这个突如其来的好消息,张琳和秋倩毫无思想准备,两人你看看我、我看看你,都有点不知所措。

"过了这个村,可就没有这个店了。你们两个赶快去商量商量吧,有了结果就马上告诉我。"大姐有点着急地催促他们。

走出大姐的办公室,张琳有些激动地拉住了秋倩的手,秋倩却羞涩地摆脱了,说:"别这样,机关里都是熟人,让人看见多不好。"

说的也是。张琳到新单位不久,就听说了发生在报社的一个真实故事:前几年,一位姓尚的编辑与楼下印刷厂的一个女工谈恋爱,周末两个人亲热地手拉手散步,还不时地脸贴脸说些悄悄话,样子十分黏糊,职工看到了虽嘴上说不出什么,但私下里却议论纷纷,觉得过于亲昵、有碍观瞻。有一天工间操时间,俩人也搂在一起散步,被一位局领导看见了,就在一次机关精神文明创建会议上,以此作为不文明行为的反面案例进行了不点名的批评。他还站在全局的高度说:"我们企业分布在全国各地,各单位每天到机关里办事的人很多,如果他们看见了会作何感想?影响就很不好嘛,也有损于机关的形象嘛!"他还说:"报纸是党委的喉舌,报社是重要的部门。身为报社的编辑记者,应该比一般的干部职工更加严格地要求自己,更加注意自身形象,在机关里带一个好头,决不能让资产阶级腐朽思想在我们单位滋生,更不能从机关里向外蔓延。"这位局领导还郑重其事地责成机关党委书记找这个年轻编辑"认真严肃地谈一次话",让他深挖一下思想根源,保证以后不再犯这样的错误。

想到这件事,张琳便不好意思地左手搓着右手,吞吞吐吐地问:"那咱们就这几天抽个空去领结婚证吧?"他知道秋倩这里没问题,不等她回答就又问:"你父母不会不同意吧?"

其实张琳多虑了。对秋倩的婚姻大事,在红雲和邵松阳的眼里根本就是小事一桩,红雲巴不得秋倩明天就出嫁,早一天卸去一个包袱。

自从得知秋倩与张琳确立了恋爱关系,每次张琳到家里来,红雲一直都是不冷不热,既没有丈母娘对新姑爷的那种热情和关心,也没有明显地表示出反感和反对。在她看来,秋倩就是要泼出去的一盆水,一点也不会值得操心和留恋。所以,秋倩料想得到,无论自己嫁给谁、什么时候嫁,他们都不会有什么意见。秋倩觉得这样也好,没有了家庭的干涉,也不用讲究那些礼节,一切由张琳决定好了。

　　于是,在领取结婚证不久,单位宿舍的钥匙也拿到了,再把结婚的日子定在"十一"国庆节这一天,张琳的大姐高兴地写信给远在河南老家的父母:"咱们张家这是双喜临门呀,你们老两口赶紧准备准备,把新媳妇娶进张家门里吧!"

　　一切都是那么的简单。这并不是张琳有意从简,而是在那个年代,就他的家庭教育、经济状况,以及他与秋倩两个人合起来的五六仟元存款,再加上邵松阳和红雲的不管不问,他想复杂也复杂不起来。

　　结婚照是由报社的一个摄影记者给拍的——就在报社的一个办公室里,张琳穿着还是上大学时大姐给买的那件高领毛衣,秋倩穿的是前一天与张琳一起上街选购的紫色开领外套,背景就是一面白石灰墙壁,只听"咔嚓"一声,两人的影像定格在了黑白胶片上,洗印出来后又贴在了两个人的结婚证书上;

　　新婚用品是俩人去商店里选购的——利用一个星期天,张琳和秋倩坐火车到上海最繁华的南京路商业街,张琳购买了一套咖啡色的毛料西装,秋倩购买了丝质开领大红长袖衫和黑色筒裙,还有一双黑色的高跟鞋,再就是几件平时可以换着穿的衣服。回来后,两个人又抽空到沮城的城隍庙市场,采购了一些日常用品和小摆设。

　　家具是雇用常年在大院里的木匠用手工做的——张琳的大姐拿出多年积攒下来的木料,请来既是师徒又是父子的两个木匠,在自己的住房里为他们打了一套家具,包括大床、衣柜、书柜、书桌、饭桌、梳妆台等,其式样是张琳亲手设计和修订的;

　　被褥是张琳的二姐到沮城现缝现纫的——受父母之托,张琳的二姐从河南老家坐火车来到沮城,背来了老家责任田里收获的新棉花,为他们做了几床新婚用的被褥。这些被褥,面子是张琳秋倩从上海买的,而里子则是张琳的母亲亲手织的老粗布;

　　新房是张琳和秋倩两人亲自设计、亲手布置的——从房屋的四角用剪纸花拉起四条交叉的彩带,中心位置悬挂一束绚丽的牡丹花;买不起电视机,张琳就在书桌前方的墙壁上,用大头针和黑色的毛线绕了一个电视机的模型,旁边还绕了一个空心的"思"字,立体感很强,既有创意,也弥补了家里没有电视机的缺憾,同时还暗预自己崇尚"勤于思考"的办事作风;在屋门和临街窗户上,贴上了由秋倩同事亲手剪的大红剪纸"喜"字,就连他们仅有的两件电器——电冰箱和录音机上也覆盖上了喜庆的装饰丝巾。

　　在张琳和秋倩筹备结婚的过程中,作为岳父岳母的红雲和邵松阳,不仅不管不问,也不出手相助,反而还故意从中作梗。其中有一件事弄得张琳的大姐十分尴尬。原来,为了做家具找一个场所,张琳的姐姐多方打听,找到家属区的一处闲置木工房,就让秋倩找人说说,能否利用一下。秋倩就去找了那位文伯伯,并表明"只借用十来天,电费由我们自己支付"。文伯伯知道这个木工房早已废弃不用了,本来打算最近要扒掉的,经秋倩这么一提,觉得这不是什么原则性的事,说"大不了晚几天拆除就是了",就当即答应了。可等张琳把所有的木料用板车一趟趟地倒运过去就要开工时,令大家都没有料到的是,邵松阳听说了这件事,回家就对红雲说了,并嘟囔了一句:"这事秋倩怎么不直接跟我说呢?"红雲听后,感到秋倩和张琳还没有结婚哩,就胆敢不把她和邵松阳放在眼里,以后不定做出什么忘恩负义、六亲不认的事呢。她当即决定阻止秋倩和张琳的行为,就跑到文副处长办公室,像个马列主义老太太似的大讲了一通"我们家邵松阳是个老党员,又是中层领导干部,应该严格要求子女,不能占公家便宜"的道理。文副处长听了半天没有明白她到底为了什么事,就直截了当地问她:"老嫂子,你绕了半天到底想说什么?"红雲这才最终道出了自己的用心:"秋倩是邵松阳的女儿,也是你的侄女,你不能眼睁睁地看着她犯错误啊。她利用公家的木工房做家具,说小了这是占企业的便宜,说大了这会坏了我们的名声,也会毁了我们家邵松阳的一世英名。"文副处长一听是这事,心想这里面可能有误会,就说:"这样吧,我再与邵松阳书记和秋倩商量商量。"红雲丝毫不肯让步:"这事明明摆着他们是想占公家的便宜嘛,还商量什么,你马上通知他们立即把木材拉走,就这么着吧。"说完连告别的话也不说,就气哼哼地走了。文副处长深深地叹了一口气,心想,这怎么给秋倩说呢,说"是你的亲妈坏了你的事"? 张不开口啊。按照常理,但凡子女有难处,做父母的总是伸出温暖的手,能帮一把就帮一把。即使你不帮,也不能坏他们的事,更不能故意拆台、落井下石呀。还有一点他想不通:能把你邵松阳从阎王爷门口拉回来,秋倩是帮了忙的、出了力的,你邵松阳怎么能忘恩负义、恩将仇报呢。但他又能够想得通:红雲一贯对秋倩看不顺眼,虐待秋倩也是出了名的,凡是秋倩想做的事,她都会从中作梗,让秋倩通通做不成,不管是对还是错。作为领导,作为长辈,他很同情秋倩,也愿意为她开绿灯,但就怕红雲不肯罢手,一旦她再往上"反映",自己就被动了。想到这里,他打电话把秋倩叫了过来,向她说明情况。秋倩很理解文伯伯的难处,再三向他表示感谢。当天,秋倩就和张琳一起把木料拉回了大姐家。

很少得到父母之爱的秋倩,结婚时本没有奢望邵松阳和红雲会陪嫁她什么,也根本不想从邵松阳和红雲那里拿走一针一线,所以,当邵松阳说"别的我们送不了什么,就给你们一台电冰箱吧"时,张琳刚要说"谢谢"二字,秋倩就在私底下掐了他一把,表面上却非常客气地说:"谢谢爸爸妈妈,这个冰箱我们不要,你们留着自己用,要不然将来送给秋瑾吧。"

关于这台冰箱的来历,张琳听秋倩说过:局机关有个供应部,拥有铁道部调拨的车皮计划,专门服务于单位和职工的后勤生活。部长原是邵松阳的一个属下,也是邵松阳一手培养和提拔上来的,从工程队的工人到办公室干事、科员,再到机关团委书记、供应部部长,每个台阶都倾注有邵松阳的心血,而这个部长也是个知恩图报的人。有一次,供应部给各单位食堂配备冷藏设备,除申请了一批冰柜,还有一部分电冰箱,这在当时可是非常紧缺的货,邵松阳指示供应部"严格控制发放"。供应部工作人员手头一紧,到最后反倒剩余了几台。在那个物资奇缺的年代,这些用品是按计划生产和供应的,商店里都要凭票购买,一般人是买不到的。这位部长在做出处理这几台冰箱的方案时,主动征求过邵松阳的意见,邵松阳也同意以采购价卖给几位未出过国的局领导,但到最后还剩余一台。听说秋倩正在谈对象,心想,邵松阳作为一个处级干部,肯定会给女儿送陪嫁,这台冰箱不是正好吗?邵松阳本没有考虑到这一点,当时听他这么一说,碍于这个下属的面子,也联想到大女儿结婚时作为父母他与红雲就没有送什么陪嫁,现在轮到二女儿了,再这样空手送出门已经说不过去了,于是就没有拒绝。应该说,送这台冰箱给秋倩,邵松阳一半是为了装潢自己的门面,另一半也确实是出于真心。不料想,现在秋倩这样推辞,让邵松阳碰了个软钉子,弄得他脸上白一阵红一阵,很有些下不来台。

秋倩有她的个性。她不愿欠任何人的情,尤其是对她如此这般很不怎么地的红雲和邵松阳。把这个陪嫁放在家里,每当看到它,她就会打心眼里不舒服,但张琳不明白她的真实想法,还在回单身宿舍的路上劝她:"你真那样做了,可能会把事情闹僵,在喜事上平添一层烦恼不说,还会招来一些闲言碎语。"

就在他们动身旅行结婚的前一天,邵松阳又一次打电话叫张琳把冰箱拉走,并说供应部的部长就在仓库等着。见推脱不掉,张琳只好叫了两个同事,去采购部的地下仓库把冰箱拉到了单身宿舍的"家"里。

就在张琳和秋倩忙着布置新房的时候,在中原地区邙山脚下、陇海铁路旁边的一个县城里,张琳的父母得知了儿子儿媳要旅行结婚并在国庆节这天先回家的打算,两位老人很赞同这对年轻人婚事新办、一切从简的做法,并让老大老二儿子通知了附近的亲戚。他们要为张琳和秋倩操办一场简单而又热闹的婚礼。这也是他们做父母的为最后一个子女操办的一场婚礼。

三十一、农村规矩

"各位旅客,大家乘车辛苦了,现在开始今天的第一次播音。"车厢里的广播唤醒了张琳,他从列车的上铺爬起来,看到秋倩还在熟睡,就轻轻地下来,拿起小茶桌上的洗漱用具,走到车厢一端的盥洗间去洗脸刷牙,之后才叫醒了秋倩。秋倩拉开窗帘,眯着惺忪的眼睛向外张望,看到列车停靠在了郑州车站。

"还有个把小时就要到家了。"张琳说着,和秋倩并肩坐在下铺上。天已经大亮了,望着车窗外快速闪过的田野和村庄,秋倩心里有些忐忑不安。她悄悄地问张琳:"你们那里闹洞房会不会乱来啊?"

张琳眨巴着眼镜片后面的一双眼睛,有点不解地问:"什么意思?"

"我听说有的地方闹洞房不太文明,有的还很粗野。"秋倩担心地说。

"你这么一说,我还真得给你讲一讲。"张琳喝了口开水,开始向秋倩介绍起当地的习俗来:"我小时候在老家,不管谁家娶新媳妇,都会和小伙伴们跑去看热闹,我们把这叫做'逗新媳妇'。迎亲的队伍把新媳妇接进家门后,就送到了新房里,新郎则去陪同来自四面八方的客人们。在新房里陪伴新媳妇的大多为本家妯娌。说是陪,其实就是护,一是维护新房里的程序,不让现场失控,防止小青年们乱来;二是在新媳妇受到围攻时加以保护,更不能让逗新媳妇的人有过分、过激的行为。去逗新媳妇的大多是十来岁的青少年,他们让新媳妇唱歌、讲笑话或者猜谜语,如果不能令大家满意,就会被罚鞠躬、给大家发喜糖。也有些调皮捣蛋的后生故意使坏,说些荤话、粗话挑逗新媳妇,或者对新媳妇推推搡搡、动手动脚,但基本上不会太过分。噢,对了,如果遇到不温顺、性子急和脾气暴的新媳妇,欢喜恶作剧的人就会把玻璃丝塞到新媳妇的脊背里,让她奇痒难忍却又挠不到地方,或者把准备好的蒺藜揉进新媳妇的头发里。"

"蒺藜你知道吗?"看到秋倩直摇头,张琳接着说:"就是生长在路边的一种野草结的果实,椭圆型,满身都是小刺,揉进头发里很难择出来的。等新媳妇好不容易把蒺藜一个个择出来了,小孩们又会从口袋里掏出一把,乘其不备再揉到她头发里。每逢闹到不可开交的时候,新郎或新郎的家人就会出面,用散喜糖、枣子、花生和瓜子的办法,把逗新媳妇的人吸引到新房外,以此为新媳妇解围。"

"好可怕呀!你们那里现在还有这种习惯吗?"秋倩眼里充满惊恐,心里都有点紧张和害怕!

"我离开家乡一二十年了,不知道现在还有没有这种习俗。不过你用不着怕,大姐不是已经提前回去了吗,她会把一切安排妥当的。再说,咱们从外地回来,他们不知道外地人有什么风俗习惯,也许会有所顾忌的。"张琳想以此消除秋倩的顾虑。

正在这时,列车员走过来换票,张琳和秋倩把卧铺牌递给他,换回了自己的铁路免票,然后开始整理行装。

检票出口处,张琳的大姐、二姐还有嫂子、弟弟早已等候在那里,看见他们俩就高高地招手示意,热情地与秋倩打招呼,并接过他俩手中的行李,张琳的外甥军辉则把他们两人引向一辆前面佩挂有大红花的吉普车。

外甥军辉是县电业局的一名职工,给局长当司机,而这辆吉普车就是他们局长的坐骑。听说舅舅带着新舅妈回来完婚,他把两袋水果糖和两包香烟放到局长办公桌上,请示局长借用一天车子,用作迎接新郎新娘的婚车。局长一听是办喜事,脸上堆满笑容,当即欣然同意。在那个当地人还是用自行车队迎亲的年代,张琳和秋倩却坐在吉普车上,被军辉拉着在县城里绕了一大圈,这让他俩不仅很有面子,而且很是风光。

婚礼在张琳弟弟前两年盖起的新宅院里举行。长方形的宅院依街而建,坐南朝北,与张琳小时候居住的老院子正相对,房屋的建筑呈"L"型,共有四间,正对大门的算是堂屋,大约有近20平米,用来接待客人;东侧是个套间,是张琳母亲的卧室,张琳父亲从县城回来也住这间屋子;由此拐向北依次为厨房、弟弟弟媳的住房和两个侄子的房屋。院子不大,却摆放了三张八仙桌,堂屋及侄子的房屋里也各摆了一张桌子,加上前来贺喜的客人和看热闹的乡亲,把小院子挤得满满当当。大门前的墙壁上贴满了红色喜联,房顶上架设了两个扩音大喇叭,不停地播放着"百鸟朝凤"、"抬花轿"、"迎新娘"等喜庆的音乐。

迎新的吉普车开到了大门前。张琳和秋倩下车,被人簇拥着走向院子,挂在门前一棵梧桐树上的"满地红"鞭炮顿时炸响，张琳的大嫂站在一块青石上，从腋下夹着的一个竹篮里大把大把地抓出糖果、花生、红枣撒向众人，从洛阳赶来的张琳表哥的一双儿女，分别向张琳和秋倩献上花束和象征二人恩爱的青花瓷"接吻陶俑"，村委会的支书、也是张琳的堂哥作为司仪大声宣布："新郎张琳、新娘秋倩的婚礼正式开始"。他没有按照当地的规矩一项一项地进行，而是省略了众多的繁礼冗节，让一对新人直接拜见了张琳的父母家人和主要亲戚后，就请他二人入席，并高声宣布"婚宴开始"！

在当地，婚礼都是在中午进行，前来参加婚宴的主要是男方的亲戚及同族的长辈和同辈，这些人在婚宴结束后便各自回家。这是第一拨儿人。第二拨儿人是晚上才来，基本上是送礼道喜的村干部和左邻右舍的乡亲们，他们被邀请来主要就是"喝喜酒"，所以来的男人居多，菜肴也不如中午丰盛，一般只上四道热菜、八个凉菜，没有鱼，也不上汤羹。

为了不让洞房里人多拥挤，也为了防止小青年们闹洞房时出现不文明行为，村支书特意雇了公社电影队，在学校的大操场上连放两场电影。这一招还真灵，把好多人吸引了过去。等到电影结束了，时间也晚了，那些小青年们人困马乏，只好回家睡觉去了。

送走了最后一拨儿客人，秋倩也过来帮忙收拾碗筷、酒具，被张琳的大姐和二姐劝阻了，叫她"别沾手了"，于是秋倩就找了把笤帚，清扫房间和院子的地面。张琳的母亲看到了，就叫儿子："张琳呐，你过去扫地，让秋倩过来陪我说话。"等秋倩进了屋，老人指指桌子上的茶水："倩，你累了吧，喝口水，喘口气儿。"秋倩端起茶碗来到老人身边坐下，张琳的母亲说："以后回来，那些扫地择菜做饭洗碗的杂活不用干，有你大姐二姐她们就行了，你就陪我坐坐，咱娘儿两说说话。"这话被在院子里收拾垃圾的张琳二姐听到了，接过话茬打趣说："妈你偏心眼儿，我累得腰都直不起来了，你也没说叫我歇歇。你老二媳妇刚拿起笤帚，你就看见了，把她叫到屋里享清闲。"张琳妈心里明白，平时老二闺女照顾她们老两口最多，操心出力最大，但这会儿却故意说："你是别人家的人，倩是俺张家的，我可不得多心疼心疼，你眼热也没用。"这时张琳的大嫂说话了："俺也是你媳妇，俺咋没那福分？"话音未落，秋倩端着一碗茶过来递给她："这是咱妈给你倒的茶。"看到老大弟媳妇客气地推辞，张琳的大姐拧干手中的抹布，然后甩甩手说："弟媳妇，这碗茶水你可得全喝了。"看到众人都不明白，她从筐子里拿出一个洗干净的碗："咱妈这是在暗示大家,手心手背都是肉,她会把一碗水端平!"一听是这个意思,众人大笑起来,连请来的厨师都把手中的香烟抖落在了地上。

自打张琳的爷爷奶去世、哥哥和弟弟相继成家后,母亲就跟随父亲到县委家属院里居住。父亲在前半生遭遇了不少风风雨雨,因为是独生子,家里早早把一位穷人家的丫头接到家里,这个丫头就是张琳的母亲,那时相当于童养媳。长到十一岁,他被送到一家布匹店当学徒,后跟老板到陕西户县开分店,迎来了新中国的诞生。在社会主义改造运动中布店被"公私合营",从那时起就算参加了革命工作。他工作积极,靠拢组织,不久就入了党、提了干,还被列为后备干部接受教育和培养。就在公司领导调任省城、他也要被提拔时,爷爷得了一场大病,他不得已向单位打报告请求调回原籍,在县财政局当了个股长。"文革"期间,后来受到造反派的冲击,被排挤到县域最东边、与郑州地区只有一河之隔的一个公社担任财政负责人,"四人帮"被粉碎后的第二年才调入县委信访办公室。他为革命辛苦工作了大半辈子,在张琳考上大学那年,才享受到国家的有关政策,把老伴的户口从农村迁到了县城,但却没有住房。所以,张琳的母亲一直居住在县城边上的农村里。就在张琳从大西北调到沘城的前两年,张琳的父亲临退休了,才分到这套一室一厅大约四十来平米的居室,其母亲也就搬进了县城。老两口从此结束了分居的日子,真正地生活在了一块儿。

接到张琳要旅行结婚、第一站就是回老家的信,老两口高兴得不得了,早早地从县城回到老院子,花了几天时间,指挥小儿子和孙子孙女们把张琳小时候住的房间彻底收拾了一番,还叫张琳的二姐重新缝了一床新被褥,买来了新床单、新枕巾、新脸盆、新毛巾,总之所有的用具都是新的。张琳的弟弟还特意找出十几张二哥在家时和上大学时的照片装进原来的相框里,挂在显眼的地方。

洞房花烛之夜,看到这些老照片,张琳给秋情讲述了几个曾经的故事。看看天色不早,张琳的母亲过来敲窗户,催促两人上床睡觉,并再三交代:"今晚是新婚的第一个晚上,可别关灯啊,就让它亮一夜。"

听婆婆如此说,秋情问张琳:"你们这里还有这个规矩,什么意思啊?"

张琳摇摇头:"我也不知道。"又说:"我听说,我们这里有好事者在新婚之夜偷听新房的习俗。这些人等夜深人静了,就偷偷地溜到新房的门前或窗外,偷听新婚夫妇的私房话,有的还乘人不备藏匿到新房的床下,偷听一对新人第一夜如何睡觉。"

"妈呀!"还没等张琳说完,本来坐在床边的秋倩吓得把双脚一收,跳到了床上,并催促张琳:"你快看看,我们床下藏人了没?"

张琳嗔怪她:"神经过敏了吧,我们床下怎么会有人,谁有这么大的胆子?"一边说着一边还真的撩起垂下的床单,爬下身子往里瞅了一眼,紧张地弹跳起来并叫喊了一声:"有人!"吓得秋倩惊恐万分,"啊"了一声就扑向张琳,在他怀里直打哆嗦,泪水也潸然而出。

张琳没想到自己的这个玩笑会吓得秋倩如此恐慌,赶忙把她拥入怀中,柔情地抚摸和拍打着她的后背,轻言细语地哄她、劝她。就在对面房屋的张琳爸听到动静,赶紧推一推老伴。张琳妈也听到了秋倩的喊叫和嘤嘤哭声,就披衣走到新房窗外问:"琳儿,出啥事了? 你要是欺负秋倩我可不依你。"

秋倩听到婆婆询问,一下子就忍住了哭泣,张琳也赶快打掩饰:"妈,没事,是……是床下突然钻出了一只大老鼠。"

张琳妈信以为真,嘴里喃喃地说:"这孩子,长这么大了还这么胆小。"然后回了自己的屋。

受了惊吓的秋倩完全没有了睡意,与张琳一同和衣躺在被窝里,说自己从小就胆小,并讲述了在上海伺候邵松阳时,走在医院长长的走廊里,看到竖立在角落里的氧气瓶都会惊恐万状、毛骨悚然的情景。她还要张琳保证,今后再也不许惊吓她。

三十二、智斗小偷

张琳提议"旅游结婚"的初衷,主要是携秋倩到她一直向往而又从未去过的大西北游览观光,所以就没有在家作过长时间的停留,第三天就踏上了西行的旅程。列车经过三门峡,穿过函谷关,进入陕西境内。一路上,张琳给秋倩讲历史故事,讲名人轶事,听得秋倩津津有味,她敬佩张琳有那么开阔的视野和渊博的知识,并渐渐感受到旅行结婚这个计划真的特别好。

中午时分,张琳和秋倩在渭南下车。这算是他们旅游的第二站,去的是位于陕北黄土塬上的澄城,张琳的二姑就生活在那里。把一些行李存放在车站的寄存处,每人吃了一碗当地小吃"荞麦饸饹",就坐上了驶往黄土高原的汽车。

张琳小时候与爷爷同宿一屋,听爷爷讲述过关于二姑为何远在陕西生活的故事:上世纪五十年代河南闹饥荒,大批中原人向西逃荒。张琳的二姑刚出嫁不久,其公公就得了"大肚子病"撒手人寰,婆婆又患有老年痴呆症,大小事都管不了。家里没有了顶梁柱,几个兄弟和媳妇为了三间瓦房和两孔窑洞各揣私心,明争暗斗。看到家境败落,自己又无能为力,张琳的二姑父一咬牙就下决心离开这个是非之地。他带着已有身孕的媳妇也就是张琳和二姑,随着逃荒的人群向西奔走。进入陕西的澄城地界,张琳的姑姑到了临盆期,就停下来住进了王庄村边南坡上的一个破庙里。几天后,他们的第一个孩子降临。刚开始靠张琳的姑父每天出去要饭,后来就着村边的山坡挖了个窑洞让妻子栖身,自己到村里王姓土财主家赶马车,渐渐置下些许家当,最终在这个叫王庄的小山村里扎下了根,并繁延了三男一女的后嗣。

汽车行进在黄土塬蜿蜒崎岖的山路上,时而爬上高高的山崖,山崖上各种果树又高又大,冠如巨伞,红红的果实挂满枝头;时而滑入深深的谷底,谷底下荆棘杂草丛生,小溪流水潺潺,不时有蜥蜴、田鼠出没其间。从没有到过西北的秋倩和第一次来到陕北土塬的张琳都被这独特的北方秋色所吸引,情不自禁地啧啧赞叹。

车到一个小镇中转站,停下来加油加水。乘客们有的去厕所方便,有的掏出随身携带的烙饼、蒸馍充饥,看到张琳和秋倩从挎包里取出面包和火腿肠,一个个投来羡慕的目光。加好了油的司机摁了两声喇叭,人们连忙上车各就各位,汽车继续前行。细心的张琳发现,前后座位上多了几张陌生的面孔,而且都是毛头小子。不用说,他们是从加油站上来的,但每个人都是空着手,没有带任何行李。再细看,他们个个身穿夹克衫,足下全是胶底解放鞋。刚开始张琳并没有在意,可几次抬头环视,他发现一些乘客向自己这边投来一种异样的目光,这不由得让他有所警觉:"难道这几个人是当地的痞子?"张琳暗自提高了防备之心。他思考着如何保护秋倩的人身安全,可又不便明确告诉秋倩,只好表面上装作若无其事一样,仍然与秋倩有说有笑。交谈中,他有意提高嗓音问秋倩:"你还记得去年在鹰潭车站我抓小偷的事吗?"

秋倩被张琳的话题弄得莫名其妙,正要张口,张琳把她的手紧捏了一下,秋倩这才会意,回答道:"当然记得,你把小偷揍得当场跪下求饶,好勇敢啊!"

在鹰潭车站抓小偷,是张琳在接秋倩毕业回单位途中发生的事。那天车到鹰潭火车站,张琳一个人下车溜达,看到站台上有一公厕,再看手表离开车时间还早,就走向厕所去小解,却没有注意到一个和张琳年龄相当但比他矮的年轻人也尾随而入。张琳一边小解一边扭着头浏览侧面墙壁上的"厕所文学",无意间眼睛的余光发现有一只手伸向他的衬衣口袋。口袋里装有一个塑料夹,里面不过几十块钱,还有在基层单位用餐所剩余的饭菜票以及废旧邮票,加上工作证,就显得鼓鼓囊囊,好像有很多钱似的,这便吸引了小偷的目光。由于天太热,塑料夹与工作证粘在了一起,小偷两个指头飞快地一夹却没有夹出来,反倒被张琳发现了,张琳顺势就给了小偷当胸一拳,揍得他后退了好几步。小偷自知理亏,转头向外走了。张琳刚系好裤子,那个小偷又走了进来,气势汹汹地质问张琳:"我并没有偷你的钱,你为什么要打我?"面对张狂的小偷,张琳一时性起,指着面前的一排塑料便桶怒吼道:"你明目张胆地偷东西还有理了?我警告你,你敢动我一下,我就把这尿桶一个个扣到你头上,不信你过来试试!"小偷被张琳的正气给镇住了,想想可能不是张琳的对手,只好灰溜溜地走出了厕所。

张琳把这个故事讲了一遍,与其说是讲给秋倩听,不如说是讲给周边的人听,以此来震慑那几个小痞子。果然,那几个人尾随一路也没敢动手,最终在车到站后抢先下了车。看到小痞子们走远了,一个中年人向张琳竖起大拇指,操着浓重的陕西口音夸赞道:"那几个人都是贼娃子,麻烦得很,我们不敢惹的。你把他们镇住了,能行!"

张琳和秋倩按照信封上的地址,向车站一个带红袖箍的人打听通向王庄的走法,对方说,还有十多里地,不通汽车,只能步行。

"看来只能坐 11 路了。"张琳向秋倩打趣道。秋倩却讥讽他:"你脑子进水了吧,人家明明告诉你不通汽车的,你还要坐 11 路汽车?"

看秋倩真的不明白,张琳用手指点一下秋倩的头:"你脑子里的幽默细胞太少了,我说的是用两条腿走路。"说着,把两个装有安徽地方特产的提包用手绢连在一起,一前一后搭到自己肩上,秋倩则把装有两人生活用品的背包挎上双肩,两人迈开步子出了县城。

出城以后,石子路就变成了土路。由于近段时间没有下雨,路面上有一层浮土,只要有机动车过来,就会掀起滚滚尘土,张琳和秋倩不得不走向上风头的一侧躲避。刚开始两人还步履轻盈、有说有笑,才走出二三里地,张琳便感觉肩上的提包越来越沉重,就叫秋倩过来帮忙调换个肩膀来扛,但脚步却并不停歇。再后来,换肩的频率越来越快,吃劲的地方还有些疼痛,汗也出来了,秋倩就劝张琳停下来歇息几分钟。

　　就在擦汗的当儿,张琳猛然间看到前面有一座木棚,木棚下有一架水车在慢慢腾腾地转动着,就想起大姐曾给他讲述的她来这里的情景,兴奋地对秋倩说:"咱们走了一半路程了。听大姐说,过了这个水车,再往前走不远,向左拐个弯就到姑姑家了。"

　　他把提包重新扛上肩,边走边向秋倩讲述大姐有一年到这里的亲身经历:那时大姐才结婚没几年,姐夫还在新疆喀什的部队里。一次大姐到新疆去探亲,路过渭南时特意下车去看望这个姑姑,睡到半夜起床小解,只听到窑洞外风声鹤唳、野猫哀号,远处不停运转着的水车有节奏地发出"咔嗒——咔嗒"和水从水箱里向下倾倒的"哗啦——哗啦"声,上了炕她就再也睡不着了。无奈之下,她把头蒙在被窝里,可被窝里又充满陈年老棉花、柴草熏燃、土腥味等混合气味,难闻得让她几乎窒息。更难受的是,身上好像有无数个蚂蚁和小虫子在爬动,明明痒在这里,用手去挠却觉得是在别处,就这样辗转反侧,好不容易挨到了天亮。三天后她到了兰州大姑家,大姑听说她是从二姑家过来的,接过行李就把她领进了一家国营浴池让她洗澡,自己则把她脱下来的衣服抱回家,用开水烫了一遍,然后再洗涤干净。张琳的大姐从大姑口中得知,二姑家地处高原,干旱少雨,那里的人一年到头洗不了几次澡,炕上、被褥及衣物上都有虱子、跳蚤,招她身上痒痒的就是这些"小动物",大姑是怕张琳的大姐把它们带上床。

　　听张琳这么一说,秋倩就觉得瘆得慌,条件反射似的说:"我身上现在就有点痒痒了。"

　　说笑间,两人不知不觉地就进了村。

三十三、夫妻冷战

　　"张琳,有你的挂号信。"从收发室回来的邝老师抱着一摞报纸杂志和信件,边开资料室的门边喊道。邝老师是报社资料室的管理员,同时兼着机关工会报社支会的主席和报社内部的会计。她原在铁路子弟学校担任语文老师。1979 年,局原有的《铁道建筑报》复刊并成立报社,她就被调进了报社。因为报社的几个年轻编辑和记者曾经是她的学生,一直称呼她邝老师,所以就这样叫开了,后来调进来的人也跟着这么叫。

从武汉采访刚回报社的张琳应了一声,赶快跑过来。他估计,是他和秋倩在兰州拍的结婚照寄来了。果不其然,还没进门,就听有人说:"信封上写着'内装照片,勿折',里面肯定是照片,快拆开看看。"邝老师则劝阻:"这是人家的私人信件,你们不能拆。"看到张琳进来,赶忙把信封递给他。那几个人就起哄:"张琳,什么照片呀,就在这里拆开,让我们先睹为快。"

信封拆开,里面果然是一打照片,不等张琳观看,几个人纷纷伸手来抢。

这是张琳与秋倩在兰州照的。兰州是他们两人旅行结婚的第三站,虽说张琳的大姑、姑父早在张琳调到泚城之前就已经先后因病去世,但几个表姐、表弟依然热情地接待了他们,还把张琳上大学期间认识的几个河南老乡也叫了过来,其中就有那个开照相馆的,张琳称她"杨姨"。吃饭时,大家问起她照相馆的生意,杨姨兴奋地说,去年她新开了一项'拍摄彩色结婚组照'的业务,部分取景是在黄河铁桥、白塔山和五泉山,很受年轻人欢迎。听说张琳还没有拍结婚组照,杨姨连连叹息"太遗憾了",并在张琳和秋倩共同敬酒的时候,非要两人答应到她那里照一组结婚照,张琳说"时间来不及",杨姨则说"那就不到室外景点好了",直到张琳答应了,她才肯把喜酒喝了下去。第二天,张琳和秋倩来到位于酒泉路的照相馆,这位杨姨亲自给张琳和秋倩挑布景、化妆、打灯光,拍下了这组艳丽光鲜的结婚照。

收到这组结婚照片,张琳并没有立即拿回家给秋倩看,而是把它们放在了自己办公室的抽屉里。因为,这两天他与秋倩正在闹别扭,起因是张琳自作主张给他的父母寄钱,没有与秋倩商量。张琳认为,新年快到了,作为儿子,给生养自己的父母寄点钱去表达孝心,这也是作为人子的起码本分和应该尽的义务,无可非议,而且在结婚之前每年都是这样做的,从参加工作起已经坚持五六年了,说到天边也占理,自己并没有错。秋倩则说,给你爹妈寄钱我不反对,但要看我们自己小家的实际情况。我们结婚时,谁都没有给我们钱,包括公公婆婆和自己的娘家,这就把我们两人多年的积蓄花得所剩无几了。现在我已经怀有身孕,如不攒些钱,将来的日子可怎么过呀。张琳就说,我们平时对家人好一些,将来我们遇到困难的时候,他们自然不会眼睁睁地看着不管的。秋倩的经历与张琳不同,心里想的自然也就不一样。她的观念近似于农民说的"家中有粮、心里不慌",自己手里有钱,才能掌握主动权。如果将来遇到了难处而手里没有钱,到处张口或伸手向别人讨要而又不可得，哭都来不及。与其将来求人，不如从现在起把自己挣的工资攒起来，聚沙成塔、集腋成裘。想起自己被红云逼得几乎是"净身出户"，每月靠她给的那点生活费支撑，连来例假时所必需的卫生纸都得从手指缝里挤，那情景可是太可怕了。秋倩还是一个不愿多事、更不愿惹事的人，她任凭像蜗牛一样把自己曲卷在壳里，过自己的安稳日子，决不想与外界过多接触，以免招来是是非非。她说，如今既然有了自己的小家，一切就要以这个小家为核心，核心以外的事就要少管甚至可以不管。张琳则坚决反对她这种封闭的生活方式，觉得家人和亲戚是生活中不可或缺的元素，主张大家应该多联系、多走动，不断增加亲情，逢年过节大家聚聚，这样的生活才是最幸福和最有意义的。如果与家人和亲戚老死不相往来，只追求"关住门吃、打开门拉"的自私与狭隘的生活，那与行尸走肉何异？两个人就这样你一言我一句地各说各的理，谁都不造成对方的观点，谁也说服不了谁，而且当天没有达成一致，第二天接着争论，连头一天用过的锅碗瓢勺都不去洗。秋倩明明也知道洗涮是自己分内的事，但她赌气不去洗，拿起碗到楼下的食堂打来一份饭自顾自地吃起来。张琳看到秋倩只顾自己，就质问她"为什么不给我打饭？"秋倩则你反问他"你个大活人，自己没有长手？"两人的吵闹声传到了楼道，夫妻关系也弄得越来越缰，连夜晚上床就寝都是背靠背。

　　也真像人们说的那样："好事不出门，坏事传千里。"张琳与秋倩两人闹意见的事不仅传到了张琳大姐的耳朵里，也在报社引起了各种猜测和议论。

　　张琳的大姐了解弟弟的脾气和为人，觉得理在弟弟这边，要开导的当然是秋倩这个弟媳妇。她把秋倩叫到自己的办公室，倒上一杯开水递到她手里，也不问两人发生争执的原因，只是开导说："你们刚成家，小两口意见不一致，产生矛盾是正常的，就像上牙齿和下牙齿，既然是一起，哪有不磕磕碰碰的？因此，对你们俩谁对谁错我不做评判，只希望你们俩要相互理解，相互谅解。所谓'夫妻没有隔夜仇'，你们俩可不能相互怄气、不理不睬。"她还说："我不是当着你的面夸我弟弟，张琳是个很勤奋的人，也是一个有爱心的人，有些事你听他的，不会有错。"秋倩有心想说"为了我们这个家，我也没错！"但她看一眼平时经常关心自己、给自己送菜送馍的大姑子，把已经到嘴边的话咽了回去。

　　单位人议论的话可就没有这么好听了，尤其是杨帆。在报社，编辑记者中流传着四句很经典的话，叫"朱玉的腿，杨帆的嘴，秦岭的脑袋，黄江的裤带"，指的是采访部"四大活宝"身上各自的特点。"朱玉的腿"，是指朱玉个子虽然只有一米五,但两条腿走起路来"啪嗒啪嗒"倒腾得特别快,即便是个子大的人与他同行,如果不跨大步紧赶还真会被他落下。"杨帆的嘴",是指杨帆平时说话没个正型,别人讲话时他喜欢乱插嘴,说出的话不仅"黄"而且损,什么正经话从他的嘴里说出来就变了味。宣传部一位女同事到报社"串门",说自己的老公下海到深圳,前几天回来探亲,大家都关切地问带回了什么好东西,他却冷不丁地插了一句"千万别把艾滋病带回来",弄得这位女同事当即脸上红一阵白一阵,差点背过气去。"秦岭的脑袋",是指秦岭的头本来长得就很特别,远看像茄子,近观像葫芦,而且年纪轻轻就几乎掉光了头发,遇到问题爱争执,对总编都敢拍桌子,同事们常说他是头上没毛、无法无天的高人。"黄江的裤带",则是说黄江的身材明显上下不匀称,不管穿什么裤子,都必须把裤腰提得高高的,加上他戴的眼镜镜框偏大,整个压在了鼻翼上,还喜欢留长发,刘海儿经常遮盖了眼睛。为此,有好事者编了四句打油诗从上到下形容他:"头发搭到眉毛上,眼镜架到鼻梁上,领带垂到肚脐上,裤腰提到奶豆上。"

工间操时间,大家在走廊里做完第六套广播体操,几个女编辑钻到资料室,与邝老师谈论张琳与秋倩闹矛盾的事,杨帆进来还一本杂志时听到了,就忍不住插话,一副诸葛亮料事如神的口气:"这两人谈了五六个月就结婚,哪有什么基础,根本就是为了分到房子。这俩人的婚姻长不了,等不到秋倩的肚子挺起来就会吃散伙饭,你们信不信? 反正我信!"邝老师和女编辑们一听他如此说,齐声把他往外赶:"滚滚滚,就你这张臭嘴,啥时候都吐不出象牙来。"

此话传到了张琳的耳朵里,他嘴上骂杨帆损,但在内心也对与秋倩的这段婚姻没有底,即使知道秋倩的"好事"该来而没有来、到医院检查被告知已经怀孕以后,他仍然心里充满疑虑。原因在于,怀孕以后,秋倩不仅多疑,而且脾气更加喜怒无常,动不动就发火,即使是平时很正常的话和事,这期间她也难以接受。与张琳在一起,话说不到三句,她就会提高调门,发生争执。张琳认为她这是无事生非、无理取闹,实在受不了她,就拿过一本杂志或书翻阅,这时候秋倩就会将他手中的杂志或书一把夺过去丢在一边,意思是哪怕你觉得再无聊,也必须专心陪着我。有时候,张琳忍受不两人待在房间里令人窒息或者烦躁的气氛,就说些幽默的事或玩笑话,秋倩不理解张琳的用意,甚至对张琳发"最后通牒":"我不认为你的玩笑有多幽默,从今往后你不要跟我开玩笑!"弄得张琳恼羞成怒:"那你不如用刀把我杀了吧!"

三十四、孕期之痒

秋倩怀孕,除了情绪上变化无常,其他的妊娠反应并不强烈,胃口还特别好,吃什么都特别香,尤其是喜食酸和甜,无论是烧什么菜都要放些糖和醋。时下还在未出九的季节,寒风料峭,秋倩拉开那扇下面是木板上面是玻璃的门,走到阳台上,外面虽然阳光普照,但却感觉不到多少温暖。看张琳已经把洗好的衣服晾到楼顶平台的铁丝上,端着盆子回到房间,就对张琳说:"咱们上街吧。"张琳问她买什么东西,她说:"不买什么,就是想出去转转。"本来打算把一篇新闻稿突击出来的张琳,看到秋倩的目光里充盈着一种渴望,就不忍拒绝,陪她来到附近一个叫南关什字的地方。

南关什字是个商业区,据说之所以叫这个名字,是它位于这个城市的南面,并作为进城的关口,由此可通往东大街、西寺庄及北道镇。说是商业区,其实就是在这个十字路口集中了几家国营商店,最撑面子的是一座两层楼的百货商场和一家六层楼的宾馆,再就是一般的临街平房,有新华书店、邮电局、庐州烤鸭店和几家卖杂货的门市部。把这些店铺转了个遍,两个人还是两手空空,秋倩又拉着张琳来到街背后的农贸市场,看到菜摊上有绿油油的黄瓜,顶尖部位还挂着金黄色的小花,秋倩的双眼顿时发亮,询问菜农"这个季节怎么会有这么新鲜的黄瓜"。

菜农是个六十多岁、背有些驼的老婆婆,听到秋倩问话,就说:"听口气这位大姐是外地人吧?"

张琳怕当地的菜农欺生,向秋倩乱要价,就替秋倩回答:"我们是铁四局的,就在面粉厂的对面。"张琳从下乡到上大学再到参加工作,先后在西北生活了整整十年,说的虽然是普通话,但难免带有西北人的口音。结果,这个菜农把张琳说的"铁道建筑第四局"简称"铁四局"听成了"铁丝局",她马上显得很亲热:"那单位我听虾们说过,办公楼在那一片最高,看来你们把铁丝生意做得很大呀。"张琳和秋倩第一次听人把"铁四局"说成是做铁丝生意的"铁丝局",两个都忍俊不住笑了起来,把老婆婆笑得莫名其妙。旁边一位中年男子用当地话对她更正,她才恍然大悟,为自己的误解捂着嘴笑。还说:"你们两位大哥大姐莫笑我老太婆。你们看这黄瓜,又长又粗,刚摘下来的,小刺都扎手,是我家虾们在塑料大棚里培育的新品种,给你们巧卖了,可照?"看老婆婆热情厚道,秋倩又爱不释手,张琳就花两块钱买了两根。在那个商品紧俏、价格低廉的年代,这相当于花掉了他们两三天的伙食费。走在回家的路上,看张琳半天不说话,秋倩吃着黄瓜问道:"这钱花得你心疼了吧?"

张琳把另一根黄瓜夸张地扛到肩膀上,说:"黄瓜从你的嘴里吃进去,营养是被我儿子吸收的,我有啥心疼的!"

"你就那么想要个儿子,如果是女儿呢?"秋倩觉得张琳有重男轻女的观念。

"我当然一样高兴呀,不管是女儿还是儿子,我都是他们的爹,但最好还是儿子。"不等秋倩问,张琳就又解释道:"因为生女儿你要多操心,而生了儿子就由我来管,你当甩手掌柜就行了。"

张琳说完,又问起刚才老婆婆话语中所带的土话"虾们"、"巧"、"照"和刚才从身边走过两个醉鬼说的"连着矗了六七个"是什么意思。

秋倩给他翻译道:"淝城人说'虾'如同湖南的'芽'、广东的'仔',也就是你会宁同事赵银锁说的'碎娃',都是对小孩儿的称呼;'巧'是'便宜'的意思;'照'相当于'行',也就是你们河南人说的'中';而'连着矗了六七个'就是接连干了六七杯。"

听到这里,张琳恍然大悟:"淝城人说的'矗一个'就相当于兰州人说的'挖倒一个'。看来,淝城人和兰州人一样豪爽。"张琳还对秋倩说,中国面积广阔,民族众多,方言也很丰富、有趣。同样一个字,不同地方的人说出来,不仅读音不一样,意思也不一样。他还举例说,兰州人把"喝水"说成"喝肥",陕西人把"我们"说成"额们",河南人把"做饭"说成"揍饭",等等。

为了将来能生出个健康、活泼而又爱学习的宝宝,秋倩从胎教做起,天天活胳膊动腿听音乐。每当张琳要到报社加班写稿子的时候,秋倩就劝张琳"别走,在家里写",自己则坐在床边看着张琳写,看累了就起身在房间里踱步,还时不时地给张琳续点开水,这对于喜欢在清静中独立思考和写作的张琳来说很不习惯,思绪常常被秋倩不经意的一个动作或一点响动所打乱。于是,张琳就劝秋倩不要在自己跟前走来晃去的,要不就让秋倩到外面走廊里去散步,或者到走廊顶端的公共电视房里看电视。

张琳还喜欢看书。不写稿子的时候,他就会捧起一本书仔细阅读。房间小,没有办法放置床头柜,他看的书就堆放在枕头边上。一天晚上,张琳对秋倩讲述,犹太人的小孩一到牙牙学语的时候,其父母就会在一本书上抹点蜂蜜,然后拿到孩子面前。孩子闻到蜂蜜的甜味,就会把书抓过来,从而逐渐认知"读书是甜蜜的"。秋倩听后有点不相信,就问:"在书上涂抹蜂蜜,宝宝抓到手上,黏黏糊糊的。再说,那不把书也弄脏了吗?"张琳看到她的认真相,觉得秋倩既幼稚又可爱,没有直接去反驳,而只是说:"反正这种家长培养孩子对书籍兴趣的方法在以色列民族很普遍,历史也很久远,你就把它当做一个教子的童话或者传说吧。"

秋倩本来也喜欢看书,但自从结了婚,特别是怀孕之后,她就对看书的兴趣淡化了,而且还嗜睡。有时也想看看胎教或育婴方面的书,张琳就从报社的资料室给她借来,但她翻看不了几页困意就来了,甚至书还拿在手中人就打起酣来,并从此落下了拿起书就想睡的怪毛病。张琳说:"你这一辈子看来是学到头了,从此和床板最亲,而且书是你最好的催眠剂。"

三十五、男女之谜

秋倩怀孕的第七个月,突然感觉背部不自在,奇痒难忍,想挠痒手又够不着,只好趁人不注意在椅子的靠背上蹭一蹭,回到家里就让张琳把手伸进衣服里给她挠痒痒,都挠出了一道道的血印子,秋倩还是感到不解痒。第二天,她开始感到了疼痛,而且浑身无力,还有些发热,张琳觉得不对劲,就让她到局职工医院看一看,可秋倩怕遇到男医生,觉得难为情,张琳:"生病不忌医,耽误了可不好。"就把她生拉硬拽到了医院,并挂了个皮肤科的号。医生姓柳,很年轻,刚从省医学院毕业分配到局职工医院不到两年,已经谈了个对象,张琳听说还是经常给报社投稿的一个通讯员的妹妹,尚没有结婚。因为彼此都知道对方是机关里的人,所以走在路上碰到了就点头打个招呼,有时也喊一声"小柳医生"。在问了一些症状之后,小柳医生说需要看看痛痒的部位和症状,就让张琳撩起秋倩的衣服。看到秋倩的后背上已经出现了红疹,小柳医生肯定地说:"这是病毒性带状疱疹,已经'发'起来了,看样子面积还会扩大,明后天还可能出现水泡,我给你开些内服的和外用的药。"一听"病毒"两个字,还说要吃药,秋倩就显得忧心忡忡,忙问"会不会影响到我儿子?"

听到这一问,小柳医生瞪大了吃惊的眼睛,那眼神分明是在问:"你怎么就认定怀了个儿子呢?"

秋倩笑而不语,因为这里面有个小秘密,外加一个笑话。

小秘密是——结婚之后,秋倩问张琳想要个女儿还是儿子,张琳说生个女儿好,但有个儿子更好。听话听音儿,秋倩就知道张琳是希望要个胖大小子,而她自己姊妹三人没有兄弟,这给邵松阳和红雲留下了终生的遗憾。当得知大女儿生了个女儿后,邵松阳嘴上没说什么,心里却觉得又一个希望破灭了,就把新希望寄托到秋倩身上,不止一次地在秋倩和张琳面前念叨"啥时能让我抱上个带把儿的"。因此,秋倩的内心也偏向生个儿子,于是就从同事那里借了一本杂志,那上面有一个生男生女的计算方式:让你在一张纸上画一个长方形的框,再裁一个小于方框的长条纸,两者合在一起就是一把可以活动的计算尺子,然后将夫妻双方的出生年月、属相、血型、平时喜欢吃的食物、喜欢观看男孩或女孩照片,以及女性的排卵规律、分泌物呈酸性还是碱性等——分别标注在方框的上端、下端和纸条上,计算的时候把纸条在方框里水平拉动,找到夫妻双方共有的点或区域,在这个点或区域内夫妻二人同房并怀孕的话,生出的就是儿子;在其他的点或区域内同房怀孕,就生出的就是女儿。秋倩就是以此让张琳配合的,而且自己每次同房前都要用碱性药物清洗下身。所以,当得知自己就是在那段时间里怀的孕后,她就信心十足地对张琳说,你们张家肯定能续上香火了。

那个笑话是——机关有一名工程师,"反右"运动中受到冲击,被打成右派关进了"牛棚",他想干的事看管的人不允许他干,闲来无聊,就开始钻研麻衣人相。"文革"后期被解放出来后,他原来的一个徒弟已经升任副局长,就在单位给他安排了岗位,但因为他精神上受了刺激,思维经常紊乱,根本无法正常工作,部门领导知道他与局领导的关系,也就不指望他干出什么名堂,所以他平日里无所事事,就在机关大楼的各个办公室里串来走去,遇到年轻漂亮的女性员工,也不管人家愿不愿意,主动给人家看相算命。有一次串到秋倩的办公室,另外两名同事看到他进来连忙躲了出去,秋倩因为挺个大肚子,就坐在办公桌前没有动。他看秋倩身怀有孕,顿时情绪亢奋起来,非要给她算算怀的是男孩还是女孩。秋倩碍于面子,也觉得有点好玩,就半信半疑地把手伸给他。那两个跑出去的女同事一听他要给秋倩算这样的卦,也好奇地走进来看热闹。只见他正襟危坐,按"男左女右"的惯例让秋倩伸出右手,先把了一会儿脉,然后仔细地观看秋倩手上的纹路、询问怀孕的时间及预产的日期,还神神秘秘地掐指默算,他嘴里念念有词,在场的人却没有一个听得懂。最后,他煞有介事地告诉秋倩:"你怀的是男孩儿。"那口气很是斩钉截铁,让在场的每一个人都毋庸置疑。等他走后,李晶对秋倩说:"这人神经兮兮的,说话没个准,别信他。"秋倩也附和着说:"鬼才信他的呢。"

看到小柳医生看她的眼神,秋倩用一个微笑加以掩饰,说:"我这不是怕影响胎儿,着急嘛。"小柳医生也就认定她是真急,就给她解释:这种病就如同水痘,基本上每个人都会得,只是早与晚的问题,即使不治疗,正常情况下过个七八天也会痊愈的。如果用药治疗,最好不用抗病毒的药,因为这类药具有比较强烈的致畸性。但如果不用药,你会比较痛苦和难受,尤其是作为孕妇,吃不好也休息不好,免疫力就会下降,情绪也会很不稳定,喜怒无常,难以控制,那样对胎儿会影响更大。他最后说:"这样吧,我给你开些维生素片内服,主要是增强免疫力。再开一瓶炉甘石,你回到家里用棉球蘸着涂患处。别的,目前还没有什么更好的办法。"

听小柳医生这样说,张琳看看秋倩,秋倩说:"那就先这样吧。"

回到家里,张琳就给秋倩涂了一次药。到了晚上,看到秋倩因为疼痛睡不着,张琳很心疼,试着劝她吃一片止痛药缓解缓解,秋倩怕影响体内的胎儿,任凭忍着也坚决不吃。在此之前,秋倩也曾感冒过两次,但她拒绝打针和吃药,只是让张琳用生姜给她熬碗红糖水喝下发发汗,以此排除侵入体内的毒素。

五天后,一些被刺破和挤出毒水的水泡开始结痂。尽管医生说吃维生素、用炉甘石没有什么副作用,但秋倩心里还是忐忑不安,一个人悄悄到医院妇产科咨询,还做了 B 超,看到检查后的各项指标都正常,她才算真正放下心来。

国庆节到了,单位放假一天。眼看着秋倩的预产期越来越近,考虑到她生产后还在单身食堂吃饭跟不上营养,母亲也可能从河南老家来伺候秋倩坐月子,张琳就决定自己开伙。他把从原单位托运过来的铁铸炉子支起来,又找人借了一辆三轮车,到两公里外的煤厂买了一车煤球。从阳台上看丈夫满头大汗地蹬着三轮车进了单身宿舍大门,秋倩拿起洗衣用的搓板下了楼。开头,她只是帮着把煤球摆放到木板上,由张琳搬到四楼宿舍的阳台上。后来,看到丈夫一趟一趟地跑上跑下,汗水顺着他的脸颊、脖子往下流淌,就感到有些心疼,忍不住自己也搬了两趟,结果肚子就开始隐隐作痛,并伴有下坠的感觉。张琳怕她早产,随时准备送她到医院,所以睡觉连衣服都没有脱。第二天,他说什么也不让秋倩去上班,叫她在家休息,并说由自己替她请假。秋倩的科长是个接近退休的老妇人,一听自己的部下快要生产了,不仅满口答应、假条过后再补,还询问要不要去个人帮忙,这样的人情味让张琳放下电话后感动了半天。因为心里牵挂着秋倩,他不到下班时间就回了家,上到四楼拐向楼道,一眼就看到秋倩从水房里挺着大肚子出来,一手支撑着后腰,一手端着已经淘净了大米的铝锅,艰难地挪步走进他们的宿舍。虽然看到的是秋倩的背影,但这个背影就像一张冲洗出来的胶片,深深地印在了张琳的脑海里,并使他想起了中学时从课本里曾读到的朱自清写的《背影》,虽说二者没有必然的关联,妻子也没书中描写的那样凄惨和悲凉,但她已经背负着为张家繁衍后代的重担,而且心甘情愿地吃苦受累,甚至冒着由生产可能带来的任何危险。这一刻,张琳的心灵受到了震撼,眼睛也湿润了。他在心里暗暗发誓,一定要全心全意地爱眼前这个女人,用自己整个的身心对她负责到底,不离不弃,一辈子不动摇、不改变。

三十六、同学相聚

自从儿子考上了大学,张琳和秋倩就像是完成了一个重大的使命,显得特别清闲和轻松。一天,两个人晚饭后散步,走到一个路口,正要进一家超市,迎面走过来两个中年妇女,其中一个年纪稍大的大声喊道:"邵秋倩!"借着路灯仔细一瞅,原来是初中同学徐帆,惊喜得秋倩走到跟前,握住她的手,连珠炮似的询问徐帆的情况,竟忘记了张琳的存在。直到看到徐帆时不时用眼睛看张琳,秋倩这才想起拉过张琳给徐帆介绍:"这是我老公张琳,在报社工作。"徐帆也指着身边的另一个女性说:"这是我妹妹,她陪我一起逛超市。"秋倩连忙说:"我们刚散了一会儿步,也是到超市看看。"之后给徐帆相约:"明天晚上我订个地方,咱们几个中学的同学聚一聚。"

回家的路上,秋倩依然意犹未尽,说:"自从到了知青队,和这个徐帆就断了联系,一直没有见过面,转眼二十多年都过去了。"她还说:"徐帆原先就住在我们家对面的楼上,当年我家老太太怎么对待我、怎么辱骂我,她都一清二楚。有一次老太太打我,她同情我,第二天把我叫到她家做作业,老太太知道后找上门去闹,叫她们家'少管闲事',并威胁说'我要是知道了,你们家就不得安宁'。其实呀,不仅是她家,无论是谁,只要同情我的人好意叫我到他们家里,老太太就会找上门去闹,弄得整个大院的人都只能在心里同情我、怜悯我,却不敢出面照顾我、帮助我。"

第二天,秋倩做东,把徐帆和同住在一个城市却并不常相聚的乐辛、曹灿、闫芳、李艳等几位中学同学约到了"毛家饭店"。徐帆一进门不见张琳,就对秋倩说:"你怎么不把你家老公带来?"

秋倩说:"我倒是邀请了,人家说咱们同学相聚,他来了怕咱们说话不方便,就不掺和了。不过,他要我代他向各位敬一杯酒。"

刚开始大家还相互询问彼此相别以后的情况,说着说着就把话题偏到了秋倩这边,准确地说是秋倩的母亲红雲。徐帆首先提起了这个话题:"忆当年,我不能不说你妈。秋倩你还不知道吧,在咱们家属大院里,有三个女人是被公认的恶婆子,因为她们三人的名字都有一个'云'字,所以大家私底下称其为'乌云三朵',你妈就是其中的一个。哎呀秋倩,我这样说你不会生我的气吧?"

秋倩双手捂着茶杯专注地听着,说:"怎么会呢,她当年那样对待我也就算了,可时至今日她依然如故,我的心已经彻底冰凉了。"

"你妈当年骂你的话我到现在还记得。我都怀疑,她是不是你的亲妈,那些话怎么就能骂得出口?我们两家中间虽隔着一条人行道,可都听得清清楚楚,你当时才几岁啊!"

乐辛与秋倩碰干了杯中的红酒,说:"前几天走在路上碰到你妈,她主动走过来跟我说话,提到你爸住院费用的事,说让你们三个女儿每家摊一份,是你秋倩带头不同意。我倒是对她说了,你秋倩不是那样的人,她不理会我。又说她的钱一部分存了定期,一时半会儿取不出来;一部分投入了股市,要取现就得'割肉'。没有办法了,她只好到原单位借了一万元。"

"你说别的我可能还相信,可说她没钱打死我都不会相信。"闫芳抢过了话头。闫芳的家与红雲是一栋楼,整栋楼有三个门洞,闫芳住在中门,红雲住在西门。闫芳的父亲是局级干部,当年闫芳在班里是班长,秋倩是学习委员,一个泼辣,一个稳重,性格上虽然迥异得,但在做事上却得到互补,把老师交代的事做得有板有眼、井井有条,在生活中,两人也像一对小姐妹,有同学对秋倩稍有支吾,闫芳就会走过去训斥对方。有时开班委会迟了,她就不让秋倩到职工食堂打饭,而是拉到自己家里。后来秋倩住进了单身宿舍,闫芳每逢星期天就叫秋倩到家里吃顿饭,有时晚上还留下与自己住在一起。对此,红雲虽有所耳闻,但欺软怕硬的红雲看闫芳的爸爸是局级干部,丈夫又在其手下,所以也不敢去闹,但从此见到闫芳再也不"芳芳、芳芳"地叫了。闫芳对红雲本来很敬重,但自从知道她虐待秋倩,就再也没有好感,甚至对红雲产生了厌恶感,再也不愿理会这个"恶婆子",路上遇到红雲就会把头扭到一边,有时候远远地看见红雲,就有意识地走岔道躲开她。

闫芳说:"我一直生活在大院里,比你们几个都清楚。她妈生了三个女儿,三个女儿出生后两个送到了婆婆家、一个送到了娘家,没有一个是她带大的。后来三个女儿陆续出嫁,她没有管一个,连一床被子、一个脸盆都没有陪嫁。端午、中秋,大院里老人们都会把子女叫回家吃顿团圆饭,她妈从来就没有叫过秋倩她们姐妹。我是这么想的,作为父母,三个子女你们一个不管也就罢了,那攒起来的钱就自己花,也别去'啃子女'。你也不好意思呀!现在可好,当年他们不管子女,如今有了事情,要花钱了,即使是千把块钱,也要去找子女,脸皮也太厚了吧!"

看到闫芳说得咄咄逼人,曹灿怕秋倩面子上不好看,连忙向闫芳摆摆手叫她打住:"闫芳这话有点过了啊。"她指的是"啃子女"、"厚脸皮"之类的话。曹灿说:"你可能还没有明白秋倩的想法。秋倩,我这样说你看对不对啊,你妈你爸从小就不管你们姐妹三个,可以说攒了一辈子的钱,这钱就是他们养老和看病的。现在你爸有病了,你妈就应该把这钱拿出来看病用,可你妈不用自己的钱,却要你们姐妹三个人均摊,这就让人不理解了。你是不是在想,当爹当妈的钱存了定期、投入股市,要取出来就会有损失,那我的也不可能闲置呀。这么说来,爹妈的钱是钱,我们的钱就不是钱了?再说了,这看病会花去多少钱,花多少也都是单位报销绝大部分。用这一点钱他们都要叫三个女儿摊,既不合情也不合理。说句不好听的话,如果有朝一日她当妈当爸的得大病、做手术把钱花光了,真的有困难了,秋倩你不会眼睁睁地袖手旁观的,你一定会出手帮她们一把。秋倩你说,我说的可对?"

"知己啊曹灿,我就是这么想的。来,我单独敬你一杯!"说完,秋倩站起来与曹灿的杯子一碰,也不管曹灿喝不喝,自己把杯中的红酒喝了个底儿朝天,然后说:"我们家张琳说了,'有朝一日你爸妈的钱花干了,我第一个给他们出钱;有一天你爸妈把房子抵押出去了,如果还需要抵押房子的话,我张琳第一个抵押自己的房子!'"

闫芳把桌子一拍,惊得大家一齐把目光转向她,只见她竖起大拇指说:"这才是纯爷儿们,豪爽,气派,义气,我们为这样的纯爷儿们干一杯!"

"好,干杯!"在座的女士们全都站了起来,端起酒杯一饮而尽。

　　秋倩平时话不多,也很少喝酒。也许是今天遇到了多年不见的同学,也许是酒精开始起作用,走在回家的路上,秋倩的话明显多了起来。她说:"台湾有个民进党,自从马英九上台后,民进党就逢马必反。啥意思你们明白不明白?"乐辛的脑子没有转过弯,接过话茬就说:"我看电视了,明白。"闫芳却打了一下她的手,示意她让秋倩倒出心中的苦水:"我们不明白,你接着说。"秋倩打了一个酒嗝,又瞅一眼大家,接着说"那意思是,不管马英九政府说得错没错、做得对不对,只要是小马哥说的、做的,民进党一概不承认,统统群起而反对。我们家老太太就是这样走极端的人,她对我有偏见,现在对我老公,对我儿子,甚至张琳的大姐一家,也全都不待见。逢年过节也好,她过生日也罢,我们给买的东西,没有一次她看得上眼,更没有一次收到后说声'谢谢'。我当女儿的并不求父母的谢意,但她这样对待张琳就很不公平。徐帆你说,我说的可是这个理儿?"

　　徐帆想安慰秋倩,拉起秋倩的手说:"你说得不错,张琳夹在你和老太太中间肯定很不好受,也真难为他了。"

　　秋倩又把头转向闫芳:"平时我妈对张琳不理不睬,走在路上碰上都要躲开来,可遇到事她总是打电话找张琳,像使唤丫头一样,让张琳给她跑腿儿。五月份,我大姑和大姑父带着她们的小孙女从宁海老家来,我妈又是叫张琳开车接又是叫张琳陪着玩,连早餐都是张琳从'永和'买好打包送到老太太家,自己却回来啃馒头就咸菜。大姑她们来了七八天,我们姐妹三家轮流在饭店设宴款待,可我妈我爸却没有出过一次血,也没有叫我们到她家里陪大姑吃过一次饭。那天我们陪着逛包公祠、安徽名人馆,大姑说,'后天我们就要走了,你妈说明天包饺子,秋倩和张琳你们都过来,咱们一块吃顿团圆饭。'可我爸我妈当时都装聋作哑不吱声。第二天午饭后我们买好大包小包滁城的土特产送过去,她们正在吃饺子,大姑、姑父赶忙过来让我们进屋,可我爸我妈坐在饭桌前纹丝不动,根本就没有让我和张琳进屋的意思。闫芳你说,他们家我们以后还怎么进!江湖上讲'你不仁我不义',人家张琳从来都是以德报怨。结婚这么多年了,每逢过年过节,张琳把成包成箱的礼物买好送到他们家门口,她们从来没有说'到家里吃顿饭',连客气的话都没有,从来没有!可一旦遇到事了,我妈却总是第一个打电话给我们。我们要是有一次不办,她就到处说我们的坏话,还会到居委会去坏我们的名声。"

　　"你妈也好意思麻烦你们啊!"徐帆接了一句。

　　"有感情了,怎么着都行,没有感情还这样,连我都有被利用、被耍弄的感觉,他们老两口还真把秋倩和张琳当傻子了!"乐辛说。

秋倩感叹道:"我不只一次产生过一个念头,张琳的家人对我好,干脆就叫张琳在他的河南老家买套房子,退休以后不在这个城市住了。"

闫芳急了:"别介呀,秋倩。那样,我们老同学还怎么见面啊。"

三十七、母亲母亲

又到了初冬季节。2008 年的冬天好像比以往来得早一些,刚进入 10 月就接连阴雨,不见有放晴的征兆,凄凉的秋风把过早发黄的树叶吹落,卷到犄角旮旯的地方。26 日这天,依照与局下属单位宣传部门的约定,张琳打点好行囊,坐上了开往北方的列车。

车到蚌埠,早有宣传部的小唐等候在站台上,张琳一出车厢,立马接过他手中的拖箱,一边寒暄一边向站外走去。小唐还告诉他,转乘呼和浩特方向列车的车票已经买好,并征询他的意见:"我们先到公司逗留一会儿,同仁们陪您喝个小酒,然后咱们一起出发。"张琳应了一声"好",便登上了停在车站广场一角的面包车。

因为换乘列车中间的时间相隔比较短,又是周日休息,宣传部的同志就没有惊动公司的领导,只是叫了公司"两办"的科长和几个秘书。前几年在局行政办公室当科长时,张琳与他们几个都有业务上的联系,相互合作和配合得很默契,也建立起了感情和友谊。他们敬重张琳的人品和为人,平时也没有那么多的客套,有时尊称他为"老师",有时干脆直接称兄道弟,亲热得不得了,眼下又是他们自己的小圈子,所以张琳也就不顾忌什么,基本上是放开了酒量。在局内的酒场上有一个不成文的规矩,就是先由主家提议,大家共同向客人敬上三杯酒,之后开始主敬客、客谢主,这算是"规定动作";过了这样一轮之后,便进入"自由活动"。"自由活动"虽说有点打乱仗,但从中能够显示出相互之间关系的远近与感情的亲疏,这就应了人们常说的"感情深,一口闷;感情浅,舔一添;感情厚,喝不够;感情薄,喝不着;感情铁,喝出血"、"宁愿胃里喝个洞,不让感情留条缝"和"酒逢知己千杯少,能喝多少喝多少,喝得了的不相饶,喝不了就赶快跑"……

完成了"规定动作"后,酒店服务员已经往张琳的酒壶里续了两次酒。以每壶二两计,也就是说,张琳已经四两酒下肚了。对于这些同仁们的盛情,他打心眼里感激，于是他起身"打的"绕桌一周，又对弟兄们一一敬酒。看到张琳半天没有动筷子，党办的高主任连声劝他"吃菜吃菜"，但当发现张琳的酒壶又喝空了，就喊服务员过来倒酒，但此时服务员已不知跑到哪里去了，只好自己起身把酒瓶拿过来。他知道此时大家都喝得差不多了，就没有往酒壶里倒，而是开始只用小杯。他先把自己的小杯子倒满，然后又给张琳倒了大半杯，以示对老领导的敬重。这样一来，其他的兄弟也跟着效仿，"轮番轰炸"。很快，高主任手里的半瓶酒又见了底。

不知不觉，电视里中央台的"新闻联播"节目播送完了。就在小唐询问"上什么主食"的时候，张琳的手机响了。他从桌子上拿起来一看，是二姐夫从河南老家打来的。他起身边应着边向包厢外面走，当听到姐夫说"咱妈生了重病，已经住进了医院"时，本来已经有些醉意的张琳即刻酒醒了一半。他连珠炮似的询问得的什么病、送到了哪家医院、病情怎么样、有没有危险、现在状况如何。当听到"眼下仍然昏迷不醒，没有知觉"时，张琳马上想起奶奶突发脑出血去世的情景，心头掠过一种不祥的兆头。

毕竟，张琳的母亲已经是八十多岁的人了，具体地说今年已经八十五岁，再过一个多星期就是八十六岁生日了，何况早些年还中风过一次。那时候他打电话问候母亲，听得出来老人情绪低沉，思想悲观，他就鼓励母亲："妈你别灰心，现在医术很发达了，以后还会更发达，你的病现在不算啥了，肯定会治好的，我还要搀扶着您老人家一同跨越二十一世纪呢！"

仿佛是说话间，十多年过去了，母亲不仅挺过来了，而且身体恢复得很快也很好，不像有的老年人得了中风后命虽保住了，但却留下了比较严重的后遗症，不是偏瘫在床长卧不起，就是手不能抬、脚不能走，长年靠人在跟前服侍而不能离开半步。母亲病愈后虽说行走没有原先利索了，但生活完全可以自理，还能帮着父亲做些择菜、淘米、扫地之类的家务活。一段时间，父亲迷上了打麻将，房屋里时常只剩母亲一个人。张琳听说后，就打电话劝父亲抽时间多陪陪母亲，后来还买了一台录放机，并利用那次出差到浙江普陀山的机会买了几盘佛教音乐磁带，托人带回老家让母亲听，以至于平安地走到了今天。

也许是张琳在走廊里接电话时间太长，也许是有意无意地听到了通话的内容，陪同吃饭的弟兄们不约而同地来到走廊里，渐渐围在了他的身边。等张琳挂断了电话，大家七嘴八舌地劝他中断这次采访，从蚌埠直接回家看看老人。

当晚午夜时分，张琳乘上了开往西安方向的一趟列车。

　　躺在卧铺上，张琳翻来覆去睡不着，想起了自己与常人不一般的身世。张琳现有兄弟姐妹五人。说是现有，意思是原本有六个——上面两个姐姐、两个哥哥，下面一个弟弟，但第一个哥哥出生后不久就因为从座簊（中原一带用木头制做的一种长方形、四条腿的儿童座椅。——作者注）里摔出来得了破伤风而夭折。张琳出生时只有三斤多一点，身体异常虚弱，长到两岁还离不开母亲的怀抱。逢年过节赶庙会，大街小巷舞狮子、跑旱船、耍龙灯、踩高跷，无论如何热闹，张琳的脖子就像是没有骨头一样，头软绵绵地伏在母亲肩膀上，怎么逗他都不正眼看一会儿。为了让张琳能够活下来，他母亲到处求医无果，只好去找神婆看，神婆掐指算了算张琳的生辰八字，说张琳的命太软，必须找些硬的东西来支撑他、保佑他。按照神婆的指点，他母亲当即"请"了一副被赋予了魔力的"神坠"给张琳戴到耳朵上，之后又买了些点心水果作为供品，到老城边上拜一棵百年柏树为张琳的干爹，回到村里拜磨房里的石碾为干妈。从此以后直到张琳上学，每到张琳生日那天，他母亲就会带着张琳去拜祭，即使刮风下雨也雷打不动。

　　张琳记得在上初中的时候，一天发高烧，妈妈下工后回家看他躺在床上，摸摸他的额头烫手，顾不上做饭就领着他去村卫生所看病开药，晚上给他搅了一碗面疙瘩汤，还特意打了一个鸡蛋。给他喂了药以后，妈妈把湿毛巾蒙到他额头，就一直守护在他身边。等他半夜醒来，妈妈还在煤油灯下纺棉花。看到她花白的头发和眼角的皱纹，张琳顿时鼻子发酸，泪水流湿了枕头。他在心里呼唤："妈妈呀，您为儿女操劳几十年，却从来不知道爱惜自己的身体。"

　　参加工作后，妈妈对儿女们常说的一句话是："你们忙你们的事，别老萦记我。"她像她那个年代农村的母亲一样，虽然没有文化，但她通情达理，善解人意，办事实诚。她对儿女们鼓励的多、批评的少，表扬的多、抱怨的少，关心的多、索取的少。她更像天下所有的母亲一样，不论儿女中的哪一个，听说做出了成绩，她就高兴欢笑；听说遇到了困难，她就皱眉发愁；听说生病有灾，她就烧香祷告；听说平安顺达，她就感到无比幸福和快乐。眼下，尽管他不愿意往坏处去想，但总有一丝不祥像游丝一样挥不去、抹不掉，此刻的他并不知道，远在沘城的秋倩与大姐、大哥两家八九口人已经乘坐两部汽车，连夜赶往近千里之外的河南老家。

　　列车正点停靠在洛阳车站。张琳拉着行李箱走向出站口，军辉远远地向他招手，嘴里喊着"舅舅、舅舅！"他身边是他正上三年级的女儿涵涵。张琳一眼就看到军辉胳膊上戴的黑纱和涵涵头上扎的小白花，于是他明白了一切。

上了"狮跑"车,涵涵乖巧地依偎在张琳身边,一声不吭。他强忍着悲痛问军辉:"你外婆究竟得的什么病?"

军辉望着前方专注开车,只是轻言细语地说:"我也是刚从河南工地赶回来,具体情况我还没来得及问。"军辉在市电业局工作,他说的河南,指的是本市洛河以南一带。张琳的家乡就在邙山与嵩山之间,洛河从辖区内穿流东去,在巩义拐弯北上汇入滔滔黄河。

从洛阳到家里也就三十几公里的路程,平时说话间不知不觉也就到了,可今天张琳却觉得是那么的漫长。虽说是清晨时分,可车窗外暮霭弥漫,烟雾迷蒙,使车厢里更加沉闷和压抑,让他有些喘不过气来。

好不容易挨到了家。有人看到张琳下车,立刻燃放起一串鞭炮,这是告诉治丧人员:有人前来吊丧了。果然,立马从厅堂里出来了一群迎接人员,张琳也没有看都是哪些人,而是哭喊着"妈啊,我的亲妈呀"跌跌撞撞地直奔堂屋,因为他知道老家的习俗:下世的老人被穿好寿衣后都是停放在院落正屋的厅堂里。

张琳撕心裂肺的哭声使在场的守灵者和前来吊唁和帮忙的乡亲无不动容,也令守灵的姐姐、哥哥、弟弟,还有嫂子、弟媳们陷入悲痛之中,顿时厅堂哭声一片,加上架在屋顶上扩音大喇叭播放的哀乐,使整个村庄都沉浸在悲痛的氛围之中。

张琳一边哭一边述说对母亲的亲情和怀念,埋怨母亲为什么不等着与自己见上一面,让自己有机会与母亲说上几句话。在此之前,张琳总觉得来日方长,只要母亲健在,自己总有孝敬老人的机会。他想到过老人总有离世的这一天,但却没料到这一天来得这么急匆、这么突然。张琳在心中不知计划了多少次,要抽个时间专门回家一次,住上一段时间,好好陪陪年迈的母亲。

张琳从年长他十来岁的两个姐姐口中,零零星星地听说过母亲的过去——

母亲先有姐妹四人,后来好不容易有了一个弟弟,却在十来岁时因病夭折了。而在父亲这边,他原本有一个弟弟,出世不久便染上霍乱,不治而亡。父亲的爷爷奶奶请来一位巫婆,用十张白面烙饼换来了一剂"找个童养媳冲喜"的良方。于是,母亲八九岁就来到张家,当了一名童养媳。爷爷是一地道的农民,但做饭有些手艺,农闲时挑个担子到集市上去卖馄饨和汤圆,以此换些打油盐酱醋的钱。一年冬天,一个穿长袍马褂的顾主吃完馄饨后一摸口袋说"忘了带钱",爷爷看那人斯斯文文也不像个吃白食的主儿,就答应他明天再给。第二天下起了大雪,连下了三天。等天晴雪化爷爷再次来到原来的摊位,只见那人早早地已等在那里。爷爷没有想到这人为了一碗馄饨钱如此实诚,当即又给他下了一碗馄饨,并坚决不收这碗馄饨的钱,从此那人与爷爷结下了交情,并推举父亲到他亲家在西安开办的布匹行里当了一名学徒,从此父亲走上了一条从商的路,并在新中国成立后的公私联营政策中转为国家商业系统的一名干部。父亲也是个有事业心的人,总想干出点名堂,所以在西安的那些年,父亲与母亲过着牛郎织女般的分居生活。偶尔他也接母亲到西安小住几日,但因为母亲一要伺候公公婆婆,二要带我们这几个陆陆续续来到世上的孩子,大多时间母亲都是在一个叫高庄(据说是中国"三皇五帝"之"五帝"中帝喾高辛氏的故里。——作者注)的乡下过活。"文革"初期,爷爷得了"老烂腿"久治不愈,父亲为此才调回老家,直到二十世纪七十年代末奶奶爷爷相继去世、父亲在单位分了一套两居室的住房,母亲才与父亲真正地生活在一起。

　　不久父亲退休,但他却接过了机关老年活动室的管理工作。说是管理,其实就是尽义务、搞服务,每天早上到点开门,把象棋、麻将和扑克牌从柜子里拿出来放到桌子上,等休闲的人们起身走了,他把这些清点并收拾好,把地面清扫干净后就关门。刚开始他只是看别人打牌、下棋、摸麻将,后来有的桌子上三缺一,他就坐上去凑个数,久而久之就染上打麻将的癖好,每天除了三顿饭和睡觉时间,其他时间都是泡在活动室里,而大字不识一个、没有任何爱好的母亲,每日的大多时间都是做饭、洗衣、忙家务,偶尔也到二姐或小姨家串串门。后来母亲中了风,虽经中医的治疗调理能够生活自理,但却永远失去了健步行走和干家务活的能力。父亲每天要么去打麻将,要么去听保健品讲座,把母亲一个人丢在空荡荡的房屋内,她只能双目盯着天花板打发日子。他深知母亲晚年的孤单与寂寞,并为此与大姐一起共同做父亲的工作,但父亲不愿离开他自己的生活圈子,话说轻了不管用,说重了引起父亲的反感和恼怒,最终受气的还是母亲。

　　母亲晚年信仰佛祖,心态平和,与世无争。一次,大姐回去看望母亲,张琳把买来的录放机和几盒佛教音乐磁带回去,让母亲没事的时候到户外坐坐,看看人来鸟往,听听佛音梵乐,以此消遣和解闷。后来他听说,有一天母亲想听音乐,让父亲把录放机拿过来,并帮她放进磁带,急着出门去听保健品讲座和推销会的父亲不耐烦地使劲摁键,却怎么都打不开仓门,情急之下就用手去掰盒盖,只听"咔嚓"一声,硬生生地把盒盖给掰了下来。

　　还有一次,父亲从老干部活动室打完牌回到家里,说是午饭后要乘车到洛阳听保健知识讲座,让母亲帮他择菜。中风康复后的母亲当然没有健康人那么利索,当他把面条擀好后,却看到母亲还没有把菜择出来,立即表现出很不耐烦的样子,还把切面条的刀从案板上碰落,母亲顿时感觉胯部一阵麻木,刚开始以为是父亲踢了她一下,就没有在意,等父亲走出了家门,母亲这才感到火辣辣地痛,用手去摸满手是血,这才把张琳的二姐叫来,送到医院进行了包扎处理。事情到了这个份上,母亲也没有抱怨父亲,还再三交代张琳的二姐"千万别让你大(当地人有的家庭把父亲称作"大",音同"达"。——作者注)知道我曾去过医院"。

母亲晚年大彻大悟,与世无争,心境平静如水至此,其修身养性的功力与境界已经堪比出家之人。想到自己再也没有机会在病床前照顾她老人家,尽尽一个做儿子的孝道,哪怕是做上一顿饭、喂上一口水、递上一片母亲爱吃的点心,张琳更觉得愧对母亲,烦懑之情无以发泄,竟控制不住自己的情绪和感情,异常冲动地挥起巴掌,对自己的脸面左右开弓。家里所有的人都认为,老人从发病到去世实属突然,既然张琳没有来得及与母亲见上最后一面、说上最后一句话,就索性不愤不启,让他痛痛快快地哭上一阵,没承想会出现这样的景象。大家被张琳这一突如其来的举动惊呆了,继而一拥而上,顿时场面大乱。还是张琳的大姐和二姐反应快,一人拼命拉住他挥动的手臂,一人从后面死死地抱住他,大嫂、弟媳们也都停止了哭孝,七嘴八舌地劝说、解释,好不容易才使张琳从悲愤中解脱出来。

随后,大家又七手八脚地为张琳穿上孝衣,从头到脚一袭的白色,腰间还系了一根手工搓成的麻绳。虽然在电话中二姐夫大致告诉了他老人发病的过程,但张琳还是边给母亲扇着扇子边向二姐询问:"咱妈不是一直很扎实吗,怎么说老就老了?"

在当地,对老人的身体好不好,不说健康不健康,而是说扎实不扎实;对老人去世也不说死了,而是说老了或者下世了。

张琳的二姐把老人的寿衣整理了整理,向他叙述了那天发病的情景:农历十月初一,咱们这里每家都要给下世的先人烧纸。头一天下午,咱妈在家中与咱大一起"编箔"(就是把刷了金粉或银粉、呈正方形的粗麻纸折叠成元宝状,用于祭奠死去的先人时焚化。——作者注),将近结束的时候,咱妈突然觉得心口痛,咱大扶她躺在床上,然后给我打电话。我接到电话立刻赶过去,也就十来分钟的路程,到了家里,我发现咱妈眉头紧锁、嘴唇发紫,感觉情况严重,就马上打电话叫了急救车。应该说急救车来得也很及时,但医生到家做了生命体征检查后失望地说:

"人已经走了,不用送医院了,你们为老人准备后事吧。"

张琳的二姐还说:"咱妈走得很利索,也很安详,没有受一点罪,更没有给咱大和子女们留下任何负担,这也是咱们做子女的福气。"她抚摸着老人身上盖的一件金黄色袈裟帐子,接着说:"咱妈生前信佛,活得非常超脱,我给她准备送老衣时,她特意让我到白马寺给她请来了这件袈裟帐子,并反复交代我,在她百年之后,一定别忘了给她盖在身上。"张琳二姐的嗓子已经沙哑,说话也带着哭腔,张琳一边听着,一边止不住眼泪往下流,一次又一次地擦眼泪、擤鼻涕。

中午开饭之前,父亲领着张琳等兄弟三人,以孝子的身份与前来帮忙的村干部、同族兄弟和缝孝衣、做纸扎的乡亲们一一相见,对他们的相帮以磕头礼致谢。这时他才看清,母亲的遗体是放在哥哥家的堂屋里,屋里院外都是人。大门外靠墙一字排开,摆放着家人、亲戚们送的花圈,大门两边的墙上张贴着用白纸黑墨书写的挽联,一杆用白纸裁剪的长幡高高竖立,屋顶架设了两个扩音大喇叭,里面一遍又一遍地播放着哀乐。大门前平时停放拖拉机的地方垒起了两座"风草火",请来的厨师和同族的大嫂、弟妹们忙着给孝子贤孙和前来帮忙的人准备午饭。

二姐还告诉张琳,远在甘肃的三姑和姑父明天早上才能到。考虑到三姑和母亲交往深厚、情同姐妹,一定要等着她们回来,然后再把母亲送往火葬场火化。

张琳说:"你们想得很周到,一切就按照咱们当地的风俗习惯和你们事先商量好的程序办,我没有意见。"他还对一直以来精心照顾父母的二姐和三弟表示了深深的谢意。当晚,张琳坐在母亲的遗体旁守灵。他不停地挥动着手中的扇子,时而握住母亲的一只手,时而把自己的脸贴向母亲的面颊,嘴里喃喃地诉说着母亲生前给自己说过的话和为自己做的事,一句句、一件件都如同昨天,音犹在耳,历历在目。他感觉不到老人遗体的冰凉,反而觉得母亲只不过睡着了。母亲为子女们辛苦劳累了一生,也该松一口气、好好歇息歇息了。

在守灵的过程中,张琳、秋情和他们的儿子冬征等孝子贤孙们每隔一段时间,就要在老人的案头点上几炷香、焚烧一些纸钱,还要轮流哭丧,据说这样就能留住老人的灵魂而不至于远走。一天一夜下来,张琳的眼睛红肿了,嗓子也哭哑了,可他最终不得不承认一个严酷的事实:生养自己的母亲已经永远地离开了这个世界,再也唤不回来了。

火葬场坐落在伊河与洛河之间的一个山岗上。在把老人的遗体抬上灵车时,清晨的天气虽然阴沉,但远处呈现出的亮光让大家听信了天气预报,所以谁也没有想起去准备雨具。当车过了洛河，天就渐渐沥沥地下起了秋雨。张琳望着母亲的灵柩和灵柩上母亲的遗像，心里在想，母亲虽然是一个平凡的人，可也许是母亲的善良感动了上苍，所以禁不住动情地洒下了点点泪珠。说来也奇，当送行的队伍到达火葬场、要把老人的遗体从灵车上抬进火化间时，绵绵细雨却又停了下来。听到旁边一些人对无常天气的议论，张琳想起了《红楼梦》中"质本洁来还洁去"的诗句，也使他对"好人有好报"的箴言深信不疑。

　　推行火化政策的目的之一，是为了制止因土葬而使国家农用土地大幅减少的现象，同时减少尸体分解对地下水源的污染。但在当地，把死者骨灰存放何处、人们到哪里进行祭奠等问题并没有解决，与此相对应的配套措施也没有跟上，于是，人们只好把骨灰放到棺材里重新进行土葬。张琳母亲的骨灰也是这么"入乡随俗"的。尽管张琳感到当地政府应该在这方面加快完善有关措施，但在目前情况下他提不出变更和反对的理由，只好同意"从众"办理。当天下午，村西头张家的祖坟区内又隆起了一个新的坟墓。

三十八、儿子大了

　　秋倩与婆婆相处机会不多，时间也不长。早在与张琳谈对象时，张琳曾带着她到过老家。后来秋倩有了儿子冬征，婆婆还专门到当时她和张琳居住的单身宿舍来照看过她和孩子。虽说孩子一满月老人就走了，但秋倩还是感到了从济水来到亲生父母身边所从来没有享受过的"家庭温暖"。而且自从给张家生了这个宝贝儿子，秋倩更受到公公婆婆的厚爱，每次回到老家，公公婆婆总是支使前来看望他们的女儿干这干那，却从不让秋倩沾手。尤其是婆婆，常常把秋倩拉到身边坐下，握住她的手问长问短、说这说那。而公公呢，每当要做饭时，总是询问秋倩："倩，你想吃什么？"如果是连着吃了两顿面食，下一顿一定会做米饭。回老家多少次了，别说秋倩，就是张琳也没有起床做过早饭或买过早点。张琳的父亲有早起的习惯，不论春夏秋冬，每天早晨五点多钟就起床，外出走动走动，打打太极拳、练练太极剑，然后顺便把早点带回来。如果头天有剩下的馒头或烙饼之类，老人就会煮上一锅小米稀饭或玉米糁儿糊糊，再配上香油拌的咸菜丝或拍黄瓜，虽说简单了点，但却具有当地的特色，这让秋倩很感动，常常想起小时候在济水的甜蜜日子,并把这种日子与和邵松阳红雲在一起的日子相比较,感慨一个是天上一个是地下,大有云泥之别。

　　秋倩对自己的父母充满失望,但她对自己的儿子冬征却十分爱怜、充满希望。平时称呼儿子,她很少叫他的学名,连小名也不常叫,总是儿子长儿子短的。特别是对冬征的学习,她平时要求非常严格,家中有事很少让儿子请假,以免耽误他的学业。这次回河南奔丧,秋倩事先接到婆婆生病的消息,敏锐地感觉到有些不对头。这是因为,平时河南家里来电话都是张琳的二姐打的,这次却出人意料地是二姐夫,而且不是平时捎带一句"没有事儿、甭惦记",而是特意提醒她"冬征要是能回来也尽量回来一趟",这让她顿生疑虑。她马上给张琳打去电话,可张琳的电话却长时间处于"您拨打的电话正在通话中,请稍后再拨"状态。等到与张琳联系上,已经是晚上十点多钟了。当听张琳说他直接从蚌埠回家时,这边已经落实"老人于当天下午四点多去世了",就决定当晚由大姐夫开车,拉上大姐、秋倩一同到河南。

　　途中,秋倩想起应该给冬征打一个电话,就从包里拿出手机拨打号码。坐在旁边的大姐说:"太晚了,孩子都睡觉了,明天吧。"秋倩就说:"现在才十一点,他还在教室呢。"正说着,电话通了,一问,冬征果然还在教室里。秋倩把奶奶去世的消息告诉他,并说"你学业重要,可以不回老家",但冬征却说:"我耽误的学习时间可以补回来,但如果不回去送奶奶最后一程,机会错过了可是永远也挽不回了。"冬征还说,我回去送奶奶还只是一个方面,另一个方面是想陪陪爷爷。爷爷也是快九十岁的人了,身体再好也经不起这样的打击,我要回去陪陪爷爷,哪怕就坐在爷爷旁边,拉住爷爷的手,给他端一碗水,对爷爷也是一种温存和安慰。听到冬征十分坚决的口吻,秋倩突然觉得儿子长大了,懂事了,有他自己的想法和主张了。

　　在为婆婆治丧的日子里,秋倩留意到,冬征几乎在爷爷身旁寸步不离。每到吃饭,冬征先给爷爷把饭菜端到跟前,然后才去盛自己的;看到爷爷吃完了,就慌不迭地接过空碗,惹得老人不知道如何表达对这个孙子的爱怜,时常抚摸着他的头感叹不已。

　　在办完丧事的第二天,张琳一家三口就乘坐大姐夫的车返回了淝城。

　　一天,张琳和秋倩参加完一个朋友的聚会回到家,刚打开客厅的电灯,电话立马响了。他们二人并不知道,红雲为邵松阳看病的事闹心好几天了,她需要人帮忙,希望三个女儿中哪怕有一个打电话过来,连等了几天,可就是没有人打来电话,想来想去,远水解不了近渴,离得远的秋玲和秋瑾她也不愿麻烦,于是就想把这个棘手的事情交给秋倩和张琳。所以,吃完晚饭后,她打开电视机,心却不在电视里播出的节目上,而是站在窗户边时不时地眺望对面二女儿的家,但那边却一直没有亮灯,于是只好下楼与小景一同散步去了。等她散完步回到家中,邵松阳坐在沙发上看中央二套重播的《新闻联播》,她就穿过客厅再次向对面张望,只见秋倩家还是黑咕隆咚的,她骂了一句粗话正要转身离开,却见那边的灯亮了,就立即拨通了电话。张琳听到电话铃声,来不及穿上拖鞋,直接奔过去手抓起话筒,刚说了"你好"两个字,就听对方劈头说道:"你爸这几天连续发低烧,也不知是什么原因,我让他去医院看看,他死活也不去,我管不了了,你们来管管吧。"

张琳听出来对方是红雲,觉得应该秋倩来接这个电话,就表明"我是张琳",还没等他说出"我让秋倩来接电话",红雲就表现出了不耐烦:"我不管你是谁,反正你们得管。"

听红雲如此说,张琳心里很不爽,但又不便与自己的丈母娘计较,就说:"那我叫秋倩过去一下。"秋倩就在旁边听着,等张琳放下电话,秋倩已经走到了门口。张琳笑着揶揄她:"到底是自己的亲爹新娘,跑得比谁都快。"

秋倩走后,张琳接过秋倩洗了一半的锅碗筷勺,边洗边想,这次买新房,挑来挑去还是离不开他们的视线,就像孙悟空永远跳不出如来佛的手掌心。他不由地叹了一口气:"也许这就是天意!"

三十九、"三个代表"

1990 年机关建造了一批新房,张琳虽说属于无房户,但他调入机关的年限没有秋倩长,如以他的名义申请要房,打的分会比较低,按照这批新房的套数与需要住房的人数,就很难分到位置和楼层都比较理想的房子。于是,两人商量后决定,以秋倩的名义登记、排序、挑房,最终分得了三楼的一套一居两室新房。虽然使用面积不足 50 个平米,但毕竟有单独的卧室、厨房和卫生间,比起单身宿舍"做饭要到楼道里、洗衣要到水房里、方便要到公厕里"那可是强多了,而且离大姐住的也很近,相互来往十分方便。

张琳搬新房没多久,邵松阳也遇到一个调大房的机会,搬到了张琳对面的"处长楼",而且也是在三楼。两座楼相距不过百米,中间虽隔着一个小花园,但因张琳的这座楼房地势比较高,邵松阳从自家阳台望过来没有丝毫的障碍。当时,张琳觉得这样也挺好,岳父岳母有事在对面大声一喊都能听见,抬腿功夫就到了,既省时又便利。可自从听到岳母对同事说"张琳对我们好是图我们的财产"后,张琳觉得两家住得这么近已经不是方便而是别扭了。后来,张琳和秋倩都注意到,邵松阳有事没事总到阳台上往他们家张望。有几次,他们这边的灯一亮,那边就来电话,"你们到哪里去了","我那小外孙怎么样了","这几天又闯什么祸了没有",一个问题接着一个问题,刨根问底,没完没了。张琳与秋倩开玩笑说,我家对面住的哪是老丈人,就是个"克格勃",我们的一举一动都在他的监视之下。他还问秋倩:"你信不信?咱们家这一顿做的什么饭,他都能闻出味道来。你可以说不信,但我信。"虽说是一个玩笑话,秋倩却真的浑身有些不自在,于是动起了搬家的念头,尤其是当她一次又一次地发现邵松阳真的站在阳台上窥视他们时,这种搬家的想法就愈加强烈。

三年后,市里规划中的一条东西通道付诸实施,它把铁道建筑第四局局机关所在的区域一分为二,南北两区由新建的一座人行天桥所连接。因为南区的住宅多为近年来新建,原有老房子也经过了扩建和整修,加上局机关的办公大楼就坐落在南区,整体形象比北区显得高大、整洁、鲜亮,所以,大院里的人习惯地把北半部称为老区,而把南半部称为新区。在开辟新的通道时,局机关一并规划了南区住宅楼、景观亮化、绿地及健身区,同时兴建了三栋 18 层到 23 层不等的住宅楼。因为搬进这三栋高楼的基本都是局领导、副三总师(即副总工程师、副总经济师、副总会计师)和局机关处长以上的高中层干部,而且使用面积超大、外部装饰豪华,与其他住宅楼形成明显的反差,所以,人们把这三栋新楼戏称为"三个代表"。

正所谓"一个萝卜一个坑"。住房也是如此,既然有人搬进新楼,也就自然会有腾出旧房。听说老"专家楼"有腾空的房子,自尊心一向很强的红雲对邵松阳说:"你数过没有,现在'老区'还有几个处级干部?你不觉得寒碜,我还感到丢人呢。"邵松阳平生万事不求人,让他为换一套旧房子而去找比他年轻许多而又陌生的现任局领导,他非常不情愿,但他架不住红雲隔三差五地在跟前絮叨,甚至还发生了几次口角。

像以前与红雲出现争执和矛盾大都是他让步、退却一样,这一次最终败下阵来的还是邵松阳。现任的局长、书记都是与他不同年代的少壮派,他一个也不认识,也不知道他们在办公楼的哪个房间。这一天,邵松阳硬着头皮来到办公楼,一进大厅就被保安拦下了,他只好说"我是以前的行管处长",可保安是物业公司从社会上招聘来的,根本不清楚机关的机构变化和沿革,对他说:"我没有听说过机关还有一个行管处,也无法确定你是什么行管处长,你要找局领导,那得通过信访办。"

"我这是被当成上访闹事的人了!"邵松阳这样想着,心里就有些窝火,不耐烦地说:"那你给我找信访办的人。"保安打通信访办的电话,却没有人接听,就叫邵松阳站在桌子边上等候。看到大厅里来来往往的职工不时地打量和注视自己,邵松阳仿佛是被人扒光了衣服晾在那里,这很伤邵松阳的面子,顿时心狂跳、脸发烧,再也等不下去了,气哼哼地走出了办公大楼。

回到家里,憋了一肚子火的邵松阳同红雲大发雷霆。他吼道:"我活了大半辈子,还没丢过这么大的人,一世英名毁于今天啊!"

红雲看他脸色铁青,也没有与他答话,转身进厨房做饭去了。邵松阳从桌子上抓过半盒烟,抽出一支点上,手握打火机竟有些哆嗦。吃饭时,红雲讨好地把他几天前喝剩下的半瓶老酒放到他跟前。看见老酒,邵松阳的气消了一大半。多少年了,也许是生于斯、长于斯形成的习性,每天有事无事,也无论遇到喜事或是烦心事,只要一端起老酒,那感觉就活脱脱赛过天上的神仙,如果再点上一根香烟,使自己的意识处在醉醺醺、轻飘飘的境地,这时候叫自己做皇帝都不会干。在邵松阳这里,喜事也好,孬事也罢,几杯老酒下肚,一切皆化作袅袅轻烟、缥缈虚无,任天地间狂风暴雨、电闪雷鸣,人世间喜怒哀乐、悲欢离合,他都能充耳不闻、视而不见。然而,心中的烦恼与苦闷是不是真的在酒精的作用下随之化解只有他自己知道,也只有他自己担承。

次日,邵松阳在抽屉里翻找东西,无意中翻到一本早已过时的电话簿,并找到了前任老领导到北京后给他说的新住址和电话号码,这让他陡然产生了与老领导叙叙旧的想法。也不只是想叙叙旧,也想对老领导提一提调换房子的事,也许老领导能帮助自己解决这个难题。他怕红雲奚落他七八年不与老领导联系,遇到难处了才想起来,属于平时不烧香、临抱佛脚,也怕被老领导当即回绝,使他再也没有回旋的余地。趁这会儿红雲到股市去了,正好是个机会,即便是吃了闭门羹、伤了面子也没有人知道,于是就像做贼似的给老领导拨去电话。

电话拨通了,响了四五声却没有人接,正当他就要放下听筒的时候,传来了一个女性的声音："喂,请问您找谁?"这声音听起来像是个四五十岁的中年女人,而且带有安徽阜阳的口音,并不像是局长夫人的声音。邵松阳就试探着问:"这是张局长的家吗?"

对方没有回答他,而是叫了一声:"张老,是找您的。"

也不知为什么,邵松阳的心开始突突突地快跳,夹在指缝中的半截香烟也掉到了地上,他正要弯腰去拣,听筒里传来了他所熟悉的声音:"哪里?"

他赶忙回答:"老领导,我是淝城,是邵松阳啊!"

对方好像没听清,又问了一句:"啊,你是谁?"

邵松阳诚惶诚恐地又重复了一遍,对方"噢"了很长一声,说了句"你是小邵呀,太稀罕了",接着传来一阵很有磁性的爽朗笑声。在邵松阳听来,这笑声与十多年前离开局机关到铁道部上任时没有两样。

这个电话打了没有几天,邵松阳接到了现任局长打来的电话。这位二十世纪六十年代出生的局长还笑着嗔怪他:"您是老领导,这事您直接吩咐我就行了,用不着去劳驾部领导嘛!"

邵松阳心想,保安连楼都不许我上,我咋去找你?再说,我在位时,你不过是一个大学毕业刚分配到下面处段的见习生,来没来过局机关都不一定,你会认识我?还有,现在当了局长的人哪个还接办公室的电话,全都是专职秘书代接,我哪够得上吩咐你?你给我说这话,那不是生孩子而是下(吓)人了!

想归这么想,怨恨归怨恨,他却只能通过电话线不停地赔笑脸、做检讨,并请求局长高抬贵手给予照顾——尽管他打心眼里也很不情愿这样。不过呢,自从接了这个电话以后,调换房子的事倒是一路绿灯,不用他亲自出面就很快办妥了。

搬进了老"专家楼",四室二厅各有功用和分工,显得宽绰而又敞亮。再说,从门洞里出出进进、上上下下的都是正处级退休干部,再也看不到没有级别的平民百姓,对此邵松阳和红雲很有满足感。特别是红雲,与那些处长及夫人们碰面,自己的身价也显示出来了,比以前有面子多了。可是,这种优越感和满足感维持了没有多长时间,很快就又产生出一种"人走茶凉"、"今非昔比"的失落感和忌妒心理,因为他们住的对面就是"三个代表",那里面每户的面积都是二百平米上下,而且现任的局长下班回家都有办公室主任和专职秘书陪伴、专车相送。每当天黑时分,邵松阳站在客厅里向下有意无意地张望,经常会看到穿戴考究光亮的人提着大包小包鱼贯而入,而从那里面走出来的人,也是一个个气宇轩昂,举止不凡。每当挂着各地牌照的高级轿车来把这些领导接走，邵松阳就想，也许就像在电视剧里看到的那样，他们每人都有自己的"圈子"，不是进高级饭店，就是到高档歌厅、贵族会所；不是请宾客赴宴，就是被人宴请。

"奢侈啊！"

"腐败啊！"

邵松阳时常发出这样的感叹，认为当今世风日下，人心不古。他们名义上是为了企业的经营，可哪个不是在经营自己的仕途和前程？

两年后，他又开始经常站在电视房间向外张望，而且目光总是停留在对面高楼一单元的37021室，因为那是张琳和秋倩新搬进去入住的家。

说来也许就是张琳说的天意吧。选房的时候只是一味地注重楼层是否合适呀、阳光是否充足呀、客厅是否通透呀、外墙是否有防火通道呀等等，等张琳和秋倩搬进了新居，站在客厅飘窗前向外眺望时，这才意识到又"重复昨天的故事"了——如果拉开窗帘，家里的一切均会让邵松阳和红雲尽收眼底。尽管邵松阳和红雲并没有从内心深处要关心他们，就像他们从来不在乎三个女儿中的任何一个一样。几十年的流动和漂泊生活，使他们把自己看得很重，习惯于天马行空，唯我独尊，却把大家庭里的其他人看得很淡，无论是邵松阳的老家、红雲的娘家、拥有三个女儿的家，以及后来三个女儿各自成立的家，一既如此。年轻的时候，他们想出人头地，怀抱升迁的野心干自己的事业，无暇关心自己的父母和兄弟姐妹；有了女儿，他们把单位看得比小家重，认为把精力和时间都用在照看女儿身上太不值得，就将她们一个个地送到父母跟前，让老家的人代为养育；三个女儿相继出嫁，他们感到好不容易卸掉了身上的沉重包袱，虽说没有向任何一个亲家要过彩礼，却也没有给任何一个女儿置办像样的嫁妆；后来女儿们一个个地有了小孩，他们把外孙和外孙女当成自己放松和消遣的玩偶，兴致来了就逗着玩玩，兴致没了就立马轰走；如今年迈了，看到别人含饴弄孙，享受天伦之乐，他们既不羡慕也不嫉妒，因为他们根本找不到一丝"隔代亲"的感觉。逢年过节，女儿们带着外孙子、外孙女不请自到地来到家里，红雲最多也就是一两个小时的热乎劲，之后就会渐渐地表现出急躁和不耐烦，特别是看到外孙们在沙发上跳、在地下爬，把家里搞得零乱不堪，她就会感到脑子眼儿生疼，一吃完饭就催促他们各回各的家。有时候，女儿们还在厨房里刷锅洗碗，女婿们喝着茶水陪邵松阳聊天，红雲却等不及了，一会儿拿来扫帚扫地，一会儿拿来墩布拖地，弄得三个女婿和孩子们坐不得、站不得，不得不知趣地催促各自的老婆和孩子赶快离开。

虽说如此，但冥冥之中好像有一根无形的线牵着一样，只要是站在电视房里向外张望，邵松阳的目光就会停留在对面的大楼上，就会留意37021室的玻璃窗、窗帘和灯光……

四十、住院风波

秋倩出了门，儿子冬征也要跟着去，于是母子俩一起到了邵松阳红雲家。因为是自己打电话叫张琳来帮忙劝说邵松阳，红雲打开门，看到的却是平时自己最不待见的秋倩，心中便有些不悦，但毕竟是自己打这个电话起了作用，又有外孙在场，红雲就没有像往常那样给秋倩甩脸子，倒是对冬征这个外孙做出了客气的姿态，还把从旺旺超市买的香蕉给冬征吃。秋倩问邵松阳这两天身体有什么不适，邵松阳满不在乎地说："就是发低烧，没什么大不了的，你妈就会小题大做，芝麻粒儿大的事都被她说得吓人捣怪的。"红雲听他这么说，不乐意了："那你是说我多管闲事了？如果耽误了治疗，你躺到医院里，我可弄不了你。"秋倩见两人又打口水战，就对邵松阳说："我陪你现在就到医院去检查一下吧，这也是张琳的意思。"听说张琳也要他到医院，邵松阳不再说什么了，就起身往外走。

医院就在老专家楼的南面，直线距离不过两百米，由前后两栋楼组成，其中靠路边的那栋就是原来的单身宿舍改建的，一楼为门诊部，二楼为各种检查和化验，三至五楼为内科住院部。后楼则是外科的住院部及手术室。到了医院，值班医生与秋倩很熟悉，见她领着两老人一前一后走了进来，猜想可能是秋倩的家人，就让红雲坐到桌子旁边的凳子上，红雲说："不是我，是邵处长。"她有意把"处长"两个字说得很响亮。医生明白了，生病的是秋倩的爸爸。他想起这个邵处长当年曾担任过行管处的处长，医院是他分管的，就客气地说："老领导，您请坐。"先取过体温计让邵松阳夹到腋下，然后用听诊器在前胸和后背仔细听诊，又详细询问了邵松阳近几天来的症状。看过了体温计，他对秋倩说："不能再耽误了，你去给老领导办一下住院手续，我把检查的单子开好，明天一早做个全面检查。"秋倩说"好"，就把手伸向红雲，红雲明白那意思，两手一摊："我没带钱。"

当着医生面，秋倩不好说什么，就对冬征说："儿子，妈妈的钱包在餐桌上，你赶快回家取。"

看到儿子回来取钱包,张琳很纳闷:既然要到医院看病,红雲和邵松阳为何都不带钱呢?

两天之后,医院通知邵松阳:转到省立医院做进一步的检查。红雲又把电话打给秋倩,意思是"还得你们来陪着去"。因为是上班时间,又逢机关的报销日,秋倩忙得脱不了身,只好打电话让姐姐秋玲陪着去。

秋玲说:"没问题,妹妹。你和张琳对我们家宁静的上学、工作帮了不少忙,不为老头老太太,就为报答你和张琳,我也义无反顾。"

秋倩很感动,连声说"谢谢、谢谢"。

秋玲与秋倩虽生活在同一个城市,但却不是一个区,而且是一南一北,相距有二十多公里,坐公交车需要一个多小时。办好了住院手续,秋玲给秋倩打电话,告诉她住院手续已经办妥了,叫秋倩放心,其中还提到老头和老太太都忘了带钱,住院费是自己划银联卡垫付的,秋倩听后很无语,也后悔把这次住院检查托付给了姐姐。因为她意识到,这已经不是"忘记拿钱"这样简单的事,其背后肯定有耐人琢磨的缘故。

四十一、小景支招

秋倩判断的没错。原来,红雲平时与一个叫小景的女人走得很近,算起来有近三十年的交情了。这个女人虽然被红雲唤作小景,其实她年纪已经有六十七八了,退休前与红雲同在一个处,但却是在处下属的吉林材料厂工作。小景的父亲生前是局机关一个科室的科长,育有三子一女,三个儿子分别在局下属的三个单位上班,到了结婚的年龄都相继成了家。小景在家排行老不,也是他唯一的女儿,个子虽然不算高,但相貌也还说得过去,二十八岁那年曾处了一个对象,男孩姓岳名晓峰,比小景小一岁。岳晓峰的父母单位在广西地方的卫生局,虽说也是国家干部,但往上追溯一辈就是地地道道的农民,思想意识里还有很浓厚的封建思想,认为"女大一、夫受欺",就坚决不同意这门亲事,并硬生生把自己的儿子调回了原籍。

调到广西老家的岳晓峰刚开始还与小景保持着书信往来,半年后渐渐稀少,基本上是小景写去的多、对方回信少。一年后,岳晓峰干脆没有了任何声息,小景也就心灰意冷,从此对找对象失去了兴趣。后来,父母托人给她介绍了几个沘城地区的年轻职工,有叉车厂的、手表厂的,也有本局的,但"悲莫大于心死"的小景一个都看不上,彼此接触不过是走个过场、免得父母生气罢了。

那段时间,关于小景的事儿在单位可以说是无人不知、谁人不晓,红雲虽有同情怜悯之心,但也没有想过出手帮忙。后来红雲从材料科副科长转任财务科科长,处在了同一个财务行当,两人虽很少见面,但因为业务上的事,小景时常给红雲打电话请教、汇报,红雲与小景的隔空接触也就多了起来。小景的性格本来就内向,受到婚姻上的沉重打击后,逐渐变得孤僻、暴躁,处理事情也近于偏执、固执,常常因为业务上的事与人发生争吵。大家知道她在婚姻问题上遭受了挫折,备受打击,心境不好,性格上也有些扭曲,基本上都让她三分,这非但无益于她人生阅历的成熟,反而助长了她的火爆脾气,于是成了人人躲而避之的对象,红雲也不例外。所以,两人虽然相处多年,同事间的友谊却没有发展多少,因而也就谈不上有多么深厚的感情。

小景一直未嫁人,成了处里有名的"老姑娘"。1998 年他父亲因病去世,年迈的母亲身体倒是硬朗,不料"天有不测风云",一年冬天老太太到超市买菜,回家的路上被冲上路牙的电动车撞倒,经过抢救命虽保住了,但留下了终身偏瘫,一年四季离不开人照顾。因为早年与媳妇们处得不好,媳妇们隔三差五地来看一眼可以,要叫谁长期伺候却没有一个愿意,儿子们的工作都在外地,无法经常回来照顾母亲,于是就找到处领导,请求把小景从吉林调到沘城来,以便让他们安心工作。就这样,小景四十七岁回到了母亲身旁,住进了局机关大院。

起初,大院里的人听说小景还是个女儿身,有各种各样的猜测,以为她要么要求过高、对对方条件苛刻,要么性格怪僻、与人难以相处,要么生理上有什么难以启齿的缺陷、不能与人组成家庭。后来,人们从她单位的人那里听到了关于她年轻时的遭遇,这些猜测才渐渐消减。

小景的母亲年老了,对世事也看淡了,常对小景说:"人的一生就是那么回事,活得时间再长,年数再多,也不过是看日出日落、春夏秋冬。"还说:"人不管大小,全靠一天三顿饭维持,哪天吃不动了,人也就该升天了。"

母亲怎么说,小景既不劝解也不反驳,对哥哥嫂子来看母亲也没有过多的奢望,但她要求哥嫂们每月必须把各家应给母亲的生活费按时送过来。她对哥哥们说:"妈妈是我们大家的妈妈,我来做主,包括我在内,咱们兄妹四人均摊,哪个人不出这份钱,我就给谁翻脸!"三个哥哥平时都让着这个妹妹,嫂子们看她说的还算合理,又不用到跟前照顾,落的个一身清闲、家里清静,也就都同意了,一直到老人78岁驾鹤西归。

送走老人后,小景依照老人的交代,把父母留下的全部存款一分为三,分别给了三个哥哥,自己一分钱不要,条件是她仍然住在母亲那套单位上世纪七十年代中期修建的45平方米的两室一厅老屋里。这套房子与红雲搬迁到汜城住的第一套房子是同年建造的,只有五层,房顶还是斜坡的机瓦结构,最早被当做局机关的医院。后来真正的直属医院建成,这批房子就分给了职工。职工们从泥竹笆为墙、油毛毡为顶的工棚搬进这永久性的住房里,高兴得像过年,搬家那天家家都燃放鞭炮,还贴上了大红对联。按照当初的规划,这里地处机关大院北部,是家属区,南边则是办公区,所以周边基本上也都是那个年代建的瓦顶加水泥板的老式楼,与南区近几年兴建的水泥框架结构、高层加电梯的楼房相比,这里就显得破败、寒碜。加上这里居住的工人、老人居多,机关里有点身份的人都不愿在这个"老区"居住,就连新调入的双职工情愿在外面租房,也不愿每天生活在暮气沉沉的老人堆儿里。

小景就生活在这样的环境里,基本上也不与哥哥嫂嫂们来往,每日过着就像孔老夫子说的"一箪食,一瓢饮,在陋巷"的日子,生活虽说缺少生机,倒也自由自在,想逛街就逛街,想看电视就看电视。她还有一项活动内容一年四季雷打不动,那就是晚饭后到小区对面一所大学校园的大操场散步。也就是在这个大操场,她经常和红雲相遇,有话就相互聊一聊,无话就默默散步。久而久之,俩人虽没有约定,却彼此打成了默契:吃过晚饭就出家门,步散完了就各回各家。

红雲和小景散步时的话题,除了天气、股票、物价、退休待遇等日常关心的内容,基本上是两大板块:红雲主要讲三个女儿家的事,小景主要讲哥哥嫂子家的事,在彼此交流、互通信息的同时,还切磋攻防的手段和经验。

邵松阳看病时,红雲和邵松阳两人都故意不带钱的主意就出自小景。

红雲很担忧她和邵松阳如果哪天身体垮了会面临怎样的境况。那天晚上在校园的大操场散步,红雲又说起了三个女儿:"她仨一个来月都不打一个电话。老三还情有可原,儿子今年大学没考好,去复读了,算是家有考生,她要照顾孩子。老大内退了,女儿虽说上班了,可最近谈了个对象,听说正在商量什么时间办喜事；老二呢，孩子都上大三了，她人又在机关上班，轻轻松松，又住在我们家对面，要是有心来看望我们，一抬腿就到了。你说，我们都是七十多岁的人了，现在还是不是喘气，来问一声啊？都没有！"

见小景不接话，红雲又说："前几年还想起来给我们老两口过个生日什么的，现在倒好，连都不问了。"

小景有点疑惑："你这话有水分，昨天我还看见你老二女婿给你送鱼来着？"

"快别提了，也是不懂礼数的人。人走到我们家门口，按响门铃，把鱼递给老头子，转身就走了，门都不进。"那口气好像是刚被鱼刺扎了喉咙，很不耐烦。

"人家不是事情多，忙嘛！"小景觉得张琳是好意，红雲不应该抱怨他。

"什么呀，他是反感我，懒得见我。"

看红雲真的生气，小景就劝她："老姐姐"，她这样称呼红雲，接着说道："不管以前你对她们怎么样，做子女的都不能对自己的父母不好，因为是父母给了他们生命，他们才能够来到这个世界上，他们怎么能知恩不报呢？"

小景对红雲还说起了她的三个哥哥和三个嫂嫂："我觉得我的三个哥哥都还可以，所有的不好都在三个嫂子。她们毕竟是外姓人，与我们老李家根本不是一条心。"

"你的情况就不同了。"小景接着说："哪个女儿不是你亲生的，打断骨头还连着筋呢。"

"小景啊，你对我们家的情况还是不了解啊。"红雲叹了口气，脚步也慢了下来："当初把她们一个个地生出来，还一个个地养大，谁知道，到头来养出一群不知报恩的白眼狼。"

"咦？"小景扭过头看了一眼红雲，现出不明就里的眼神。

"这都是老二从中挑拨的。"虽说是猜测，但红雲却是肯定地、也是愤愤地说。

"我觉得秋倩不是这样的人。"小景这两天有点伤风感冒，抬手撸了一把鼻涕，然后掏出卫生纸擦了擦。

红雲看小景抡起胳膊甩鼻涕，有点腻歪地咽了一下口水，嘴上接着刚才的话题："小景你不知道，秋倩这人我太了解她了，表面上乐呵呵、傻乎乎的，可心里对什么事都有数，背后净出馊点子，阴着呐。"她把对秋玲和秋瑾的不满意也都归咎于秋倩一人。

"既然三个女儿这样，那以后你们老两口谁生了病，需要钱，就让她们三家三一三剩一地摊。"小景自以为很有经验地说:"我妈活着的时候,每次生病住院,花多少钱,我都让三个哥哥摊,我才不与嫂子们一个个地去费口舌,做不通老婆的思想,那只能说明他们当哥哥的没本事。但老姐姐你别忘了,男人们都要面子、都要名声。你们家三个女婿都有一官半职,都注意自己的形象和影响,不会不出钱的。"

之后小景就教了红雲一招:只要觉得身体不舒服,就给女儿们打电话,到医院看病的时候自己也不用带钱,叫上女儿一块儿去,这样就逼得她们没有退路,不出也得出。

小景出的这一招算不上高明,甚至可以说是损招,但却在不久之后邵松阳生病的时候果然被红雲用上了:到局直属医院和省立医院两次办住院手续,红雲都是捂紧自己的钱袋子,没有拿出一分钱。她要以此形成既定程序,以后全部照此办理。

四十二、母女斗法

听到秋玲在电话里提到红雲"空手"送邵松阳到省立医院办住院手续,使秋倩想起几天前自己与红雲一起带邵松阳到局直属医院看病也是"忘记"带钱的事,她感觉到,这不是一般的遗忘和失误,而是老太太有意而为之。当然,这也不是红雲一个人的事,而是红雲和邵松阳两个人共同设的"局"、做的"套"。她没有把自己的这个猜想告诉秋玲,而是静观事态下一步的发展。

秋瑾听到秋玲在电话里讲到此事,刚开始并不相信,她反问秋玲:"怎么会有这样的事? 作为相依为命的妻子,咱妈能这样心痛金钱而不心痛自己的老公? 过去听人说'夫妻本是同林鸟,大难来临各自飞',如今在咱们家变成现实了?"后来听秋玲又讲述了秋倩所遇到的同样的事情,她相信了。在她的心目中,二姐是最诚实的一个人,生来就不会说谎,也不会搬弄是非、从中挑拨。这样,红雲的做法也就招来了姐妹三人空前一致的非议和反感。她们不理解自己的母亲:为什么一辈子惜钱如命,现在竟到了认钱不认人的地步;她们也看不起自己的母亲,丈夫生病住院需要做手术,作为结发妻子怎么会这样吝啬、这样无情? 秋瑾甚至这样对秋玲和秋倩说:"这证明老太太德性不好,在做人的品质上存在问题。"

　　五天后，各种检查和化验的结果出来了，主治医生董主任对各种数值、指标进行比对，结合邵松阳以前关于前列腺的就诊医治记录和这次入院时询诊情况，最终确诊为输尿管发生病变而导致的右肾积水，而且已经比较严重，必须进行积极治疗。

　　上午例行查完病房后，董主任让助手小江把正在陪护的秋玲叫到了办公室，把邵松阳的病理做了介绍和分析，最后说道："春节快到了，我建议节前就把手术做了，一来这段时间做手术的人比较少，我可以亲自做；二来春节单位都放假，你们做子女的可在假期里轮流照看，大家都不累；三来听说你们单位的福利比较好，给职工们发各种各样过节的副食品，邵老先生不用多花钱就可以得到滋补，也减轻你们做子女的负担。"

　　秋玲听董主任如此说，也感到合情合理，但自己又不便做主，就问："那我回头与我父母和家人商量商量再给您回话，行不行，主任？"。

　　董主任点点头："可以，但要快，最好下午告诉我，我好安排做手术的具体时间。"

　　秋玲把董主任说的情况向邵松阳做了转述，让邵松阳征求一下红雲的意见，邵松阳想着，这与在局直属医院主治大夫的诊断结果和提出的治疗建议基本一致，就说："不用征求你妈的意见，她又不懂，就听医生的。"但秋玲觉得，就这样给医生回话，心里总有点不踏实，就给红雲打电话。红雲没有手机，只能打家里的座机，但却无人接听。

　　邵松阳知道秋玲是给红雲打电话，也知道红雲此时就在距医院不远的一个证券市场里，但他没有吱声。

　　那天把邵松阳送进医院住下，红雲说："不就是检查嘛，也没有多少事。秋玲啊，你就和秋倩、秋瑾你们三人轮流着陪你们的爸吧。"此后，她就像邵松阳没有住院这回事一样，仍然见天跑股市，日不错影，再也没有来过病房。秋瑾要给将要高考的儿子每天做三顿饭，虽然没有来探望，但她叫从成都建筑工地回公司开会的丈夫陆晓辉抽空到医院看望了一次。秋倩除了由张琳和冬征陪着一同去过一次外，自己还在上班不忙的时候"遛号"去过两次。

　　秋玲又来到走廊里，分别给秋倩和秋瑾两个妹妹打电话，告知了父亲要做手术的事。秋倩和秋瑾对父亲的病情已经有所了解，说是"长痛不如短痛，还是早做了的好。"

现在只剩下红雲的意见了。秋玲觉得既然老爸和两个妹妹都同意了，当妈的就不会不同意，于是就给值班大夫回了话，决定做手术。不一会儿，护士到病房通知：往"诊疗卡"上打进一万元钱。钱到了卡上，他们就做准备，然后安排做手术的具体时间。秋玲对邵松阳说："你打电话让我妈赶快把钱送过来，手续我来办。"

邵松阳正在翻看秋玲早上外出买早饭时给他带回来的几份报纸。办入院手续的时候，秋玲除了按医院的规定办了一张"记名诊疗卡"（也就是就诊卡）外，还顺便给邵松阳办了一张就餐卡，并预存了二百元。所以，邵松阳一日三餐由医院定时供应，而陪护他的秋玲、秋倩等人，都是自己到医院外面的店面或小摊上买着吃。一直以来，邵松阳每次生病住院，要么由红雲、秋倩把饭做好送到医院里，要么就在医院里就餐，对于照看和陪护他的人怎么解决吃饭问题，邵松阳从来没有过问过。眼看着陪护他的秋玲、胡大亮、秋倩、张琳等人为吃饭上上下下、来来回回地奔波，他熟视无睹，漠不关心。次数多了，时间久了，这似乎也就成了惯例。

此时，听到秋玲让他叫红雲送钱来，他像没有听到一样，依然低头看他的报纸。

秋玲以为邵松阳没有听见，就又重复了一遍，他头也不抬地说："你妈给我说过，家里的钱没法动。"

秋玲纳闷地看着他："怎么没法动？"

邵松阳这才把老花镜摘掉，揉了揉发涩的眼睛，却不看秋玲："家里的钱都让你妈投到股市里去了，每月打到卡上的退休金她也随手存成了定期，现在拿不出现金了。"

"那这手术还怎么做？"

"没有事，让你妈到单位借去。"

在此之前，红雲曾对邵松阳说："你和我的退休工资是我们养老的钱，不能动。这次做手术花多少钱，三一三剩一，让三个女儿各出一份，也算是给她们立一个规矩，以后再有这样的事也都按此办理。"

邵松阳毕竟是处级干部，爱面子，觉得向女儿们开不了这个口，当时他就说："三个女儿出嫁我们都没有陪过嫁妆，她们各家的事我们也基本都没有管过，这时候开口向她们要钱，我开不了这个口。"

"你是她们的爹，你做手术她们出钱，天经地义。"红雲理直气壮地说。

"话是这么说，理也是这么个理，但叫我伸手向孩子们要钱，我做不出来。"邵松阳还小声嘀咕："当年你爹看病、办后事,你不也没有出钱吗?"

红雲听了,顿时大发雷霆:"你放屁!他们把房子给了老大,所有值钱的东西也让鲁钦拿走了,我一分钱没得到,得到好处的那群人当然应该养活他们,我凭什么要给他钱?"

当年红雲父母活着的时候,住的是单位分配的公房。红雲的母亲去世后,父亲鲁骥民认为,自己身体也不好,百年以后还是要"叶落归根",就和同在济水市的老大和老二女儿商量要回河北清水老家。他还向单位打了个报告,单位领导说,你回老家可以,但单位分给你的房子要交回单位,这样,单位不仅照样发给你退休金,将来的丧葬费用单位也给报销;如果不把房子交给单位,除了支付退休工资,其他的事单位就一概不管了。

鲁骥民答应自己走后把房子交给单位,但却把办手续的事委托给了老大闺女红露的大儿子。等他从济水搬到了河北乡下住之后,已经成家三年还与父母及弟妹们等十几口住在一起的红露的大儿子就搬进了鲁骥民的房子,单位要他腾,他嘴上答应却一直拖着。那时正值"文化大革命",单位的头头们都热衷于"踢开党委闹革命",没有心思管这种事,房子也就一直由红露的大儿子一家住着。还有,鲁骥民回河北老家前,本来因为老伴卧病多年,花费了不少钱,没有多少积蓄,但还是分了一些给在身边伺候自己和老伴的红露和红霏,鲁钦见分钱没有自己的份,就趁着鲁骥民搬家的乱劲儿,挑了几件自己喜欢的物件如字画、唱机和唱片等。红雲当时远在浥城,没有得到任何东西,对此她曾写信与鲁骥民理论。鲁骥民觉得,一来红露和红霏在身边伺候照料他们老两口,花费了很多心血,每次到家里来还带这带那的;二来虽有心补偿她们,但最终并没有给红露红霏多少值钱的东西;三来你们姐妹三人毕竟是同胞,红雲的条件比两个姐姐还是要好一点,更何况我们还替你带大了秋情,你没有必要为这点东西争来争去,所以就写了一封信。鲁骥民心想,在信中给红雲解释一下,这事也就过去了。可是红雲却咽不下这口气,用红色圆珠笔给鲁骥民写了一封措词激烈的绝交信,直到鲁骥民去世也没有回过济水和清水。

现在邵松阳重提旧事,让红雲很恼火,愤愤发泄心中的怒气。见红雲真的生气了,邵松阳也就不再说什么,并且觉得红雲说的不是没有一点道理。他认为,虽说这样做对女儿们并不公平,但通过这一次给女儿们立一个规矩也好,把话说在明处,把事做在理上,省得以后扯皮,闹得大家都不痛快。所以,当红雲说就从这次住院开始实施她说的"办法"时,他一直沉默着,没有说一个"不"字。

今天,医院催促赶快把钱打到"诊疗卡"上,邵松阳还是不好意思开口让秋玲去与秋倩和秋瑾商量各自分摊一部分,就只好这么说。

想到这次住院邵松阳和红雲一分钱都未出,而自己已经拿出了一千多块钱,再垫还不知道什么数字是个底,秋玲也就顺着邵松阳的意思说:"那你就让我妈去单位借吧。"

这些天里秋玲也想过了,随着年龄的增长,红雲和邵松阳的身体会越来越差,进医院的次数也会越来越多,如果自己就这样贴下去,那就是个无底洞,换了谁也贴不起,何况自己还面临着女儿结婚、胡大亮哥哥、弟弟和妹妹的小孩也都陆续到了成家的年龄,以后用钱的地方多着呢,倒不如让邵松阳和红雲现在有病就花自己攒下的钱。若干年以后他们真有困难了,我做女儿的也度过了眼前的难关,到那时再出手相帮。

听说三个女儿对摊钱的事都不积极,红雲以为是女儿们不开窍,没有领会她的意图,就一个一个地给打电话,推销她"你们的爸病了,你们做女儿的应该管"的观念,但她却忽略了女儿们的感受,并让女儿们觉得,作为妻子的红雲,恰恰把自己当作了局外人。秋玲、秋瑾和秋倩对她所玩弄的手腕心知肚明,对她一贯把所有人都当傻子的做法也非常反感,但谁都不愿出面揭穿她、得罪她,于是就"集体装傻"。她们也已经猜测到红雲会坐不住的,一定还会一个个地"敲打",就各自想着招数应付她。

果然,红雲先给秋玲打电话,意思是让秋玲先带个头。秋玲说:"我女儿马上就要结婚了,得给她置办嫁妆,我总不能让我女儿像我一样净身出门吧?"很明显,秋玲指的是当年自己结婚,红雲和邵松阳没有给她陪送一样东西,语气中透露出耿耿于怀。红雲自知理亏,也想不出反驳的理由,悻悻地放下了电话。

给秋倩打电话,秋倩说:"妈,你当过财务科长,我和张琳挣的钱和最近花的钱都能够算得出来:我们买这套房子,加上装修加上买地下车库的车位,前后花了四五十万。冬征这几年上大学,学费书费生活费,加起来也不是个小数;就连前几年在政务新区给我儿子买的房子,到现在还在还贷呢。"秋倩还说:"从我和张琳结婚那天到现在,我们就像一个人打秋千——自蹬自起,张琳他们家可是一分钱都没有支援过我们。"红雲听出来了,秋倩前面的话是说自己现在手里没钱,后面的话是在埋怨在她们生活最困难的时候,作为父母的邵松阳和红雲从来没有接济过他们。

再打给秋瑾时，红雲原本已失去了信心，可还是心有不甘。因为她觉得，秋瑾知道自己最喜欢她，平时给她的帮助也最多，连秋瑾儿子均平的户口至今还在自己的户口本上，秋瑾应该与她站在一个立场上。令她没有料想到的是，秋瑾在电话里一张口就让她下不来台。秋瑾说："妈，你如果是来要钱的，那我告诉你，这个电话你就不应该打。为什么呢？你别怪我说话难听，但话糙理不糙。你和我爸这辈子没有为谁操过心，也没有在谁身上花过大钱，可以说是攒了一辈子钱。这钱你们谁也不要留，说句不好听也不该说的话，要是哪一天死了，你们一个子儿也带不走。所以说，你们就全部用在养老上吧。现在我爸要做手术了，你还舍不得取出来，那你要等到什么时候用？再说了，你们都是公费医疗，说是要花一万多块钱，但大部分都是要报销的，最后也就千把块钱，这点钱你都不愿出，还要我们三个姐妹给你摊，说出去你不怕别人笑话？"秋瑾说得像连珠炮，"突突突"地一长梭子，让红雲只有听的份，连个插嘴的缝隙都没有。

红雲气得直想跳起脚来骂人，但心里不得不承认，三个女儿说的都在理，她根本没有反驳的理由。最终结果是，红雲自己想为女儿们立的规矩没有立成，但她又不情愿忍气吞声就这么完事儿，便跑到自己的原单位找领导。

过去的"处"如今已经改制成为了局属下的子公司，领导也换了一茬又一茬，连原来的办公地点也换了。她找到新的办公楼，在楼下问了好几个人，才问清楚自己认识的一个领导办公室的房间号。门卫是本单位退休的老职工，与她面熟，就放她进了电梯。

进入领导办公室，秘书过来给她倒了一杯茶水。等到秘书退了出去，她便开始诉说丈夫生病要做手术、自己如何如何困难、三个女儿又如何如何撒手不管等等，一连说了一个多小时。领导看看前面墙上的电子钟说："我还有个会，已经到点了。咱们长话短说吧，你到底想让我做什么？"

"我想请您好好教育教育我那三个女儿和女婿。"

领导苦笑了一下说："阿姨，据我所知，您的三个女儿和三个女婿在单位都不错，尤其是三个女婿，在各自的单位不仅是业务上的骨干，而且都已经提拔为中层干部了。作为他们的岳母，您应该感到光荣和欣慰，更应该把他们作为亲儿子一样加以爱护，即使有什么缺点或做得不到的地方，您在家里怎么熊他们都行，对外还是要体现全家和睦和团结。所以，我认为您说的这些都属于家务事，我作为单位的负责人就不便插手了。再说,您的三个女儿有的在局机关,有的在别的公司,没有一个在咱们公司,我怎么管呀。但对于您经济上的困难,我是肯定要管的。"说着站起身来拿起桌子的本子和笔,边往外走边说:"这样好不好,您写个借款申请,我让财务上给您垫付一万块吧。"红雲见状,只好跟着领导出了门。

其实,红雲并不是拿不出这一万块钱,她就是要到单位恶心恶心三个女儿,把她们的名声搞坏,以出心头这口恶气。"文革"中丈夫邵松阳受到冲击和迫害,身背六七项罪名,被红卫兵和造反派打倒在地,好几年不得翻身,使她领教了名声的重要。当年秋玲刚参加工作,在对待宁海老家人的问题上与红雲发生争执,红雲就是直接跑到秋玲的工作单位闹了一通,把秋玲在家里的表现说得一无是处,结果,秋玲入团的事被她搅黄了。在那个突出政治的年代里,秋玲最终连共青团组织都没有加入。几十年过去了,在红雲的心灵深处,她依然认为,恶劣的名声可以毁掉一个人的所有前途。

今天,虽说是拿到了一万块钱,但红雲感觉到领导并不认可自己对待子女的做法,她也没有达到让领导出面教育批评甚至处罚三个女儿的目的。她有些迷惘:难道世事真的与先前不一样了?

拿着钱回到家里,红雲的心里像吃了苍蝇一样地不舒服。本来就为上次给三个女儿一个个地打电话碰了钉子而伤面子,今天找领导反被领导"好心"相劝,觉得自己是找上门去自取其辱,真算是倒霉透了。她越想越气愤,端起茶几上的一杯凉开水"咕咚咕咚"喝个精光。等她起身取过暖水瓶倒水时,无意识地扫了一眼电话机,发现显示屏上有外面打进来的电话,而且这个号码有点像股票市场的电话,于是她拿起听筒拨了过去。

听到电话里两声"喂喂",她便知道是秋玲,就后悔不该打这个电话,于是气呼呼地问:"又有什么事了?"

秋玲从声音里仿佛看到红雲倒竖的眉毛横肉的脸,也有点不高兴,就直截了当地说:"还能有什么事,医院决定给我爸做手术,让今天务必把钱打到卡上。"

一听到钱,红雲的气就不打一处来,顿时火冒三丈:"什么医院决定了,我还没同意呢!"之后在电话里训秋玲:"给你们的爸看病,你们一个个都不愿意出钱,要是我生病,还能指望你们哪一个?"她把所有的火都发在了秋玲身上。

秋玲也不示弱:"他是我们的爸,但也是你的丈夫。你丈夫生病了,要做手术了,你不该出钱吗,你给我发的哪门子火?"

两个人在电话里就这样吵起来。听到秋玲说"你丈夫生病了,要做手术了,你不该出钱吗"的话,红雲像是被人指着鼻子训斥。她还从来没有受过这样的气,尤其是作为大女儿的秋玲。她想,要是这次让步了,以后自己还怎么有权威?于是,她眉头一皱,计上心来,拿定了一个主意。

红雲说了句"你等着吧"就挂断了电话。她把钱放到一个只有她自己知道的地方,锁好防盗门下了楼,坐上108路公交车直奔医院。

与董主任谈过后,红雲嘟噜着的脸变得平展了,像换了个人似的进了病房,和颜悦色地对邵松阳说:"老邵啊,我把钱拿来了,但这个手术现在咱还做不了。"

看到邵松阳张口想问她,病房里也有人向她投来疑问的目光,她走过去把邵松阳扶起来靠床头坐着,又殷勤地帮他拉拉被角,现出无可奈何的样子:"是这样,我这眼睛白内胀更严重了,现在看什么东西都是模糊的,今天上午又去看了医生,医生要我做手术。虽说手术不大,也要不了几天,但我没有办法给你做饭呀,所以,刚才我已经去跟董主任说好了,你的手术等春节后再做。"她不容邵松阳和秋玲张口,转脸吩咐道:"秋玲,董主任在等着呢,你去办出院手续吧!"那口气软中带硬,不容置疑。

邵松阳出了院,红雲把那一万元钱存进了自己的银行账户,而她自己也并没有去做眼睛的白内胀手术。在所有的工作日里,她依然天天到那家证券公司为她在大户室指定的电脑前,浏览股市行情,分析各大板块的走向,关注平时自己所关注的股票流量,时不时地操作抛出和吸进。

时光如白驹过隙。还没觉得元旦过去多少天,就进入了农历的腊月。俗话说:"过了二十三,春节到眼前"。按照惯例,张琳和秋情为邵松阳、秋玲和秋瑾,以及自己的姐姐、哥嫂等每家都备了一份过年的礼物,包括白酒、红酒、水果、点心,还有当地特产"咸货",由张琳驾驶着自己的爱车分别给各家送去。大年三十清早,按照与鲁钦的约定,秋情和张琳、冬征一家三口由沚城出发,自驾车前往济水过年去了。

四十三、大玩失踪

春暖花开,桃红杏白,转眼石榴花又开了,红雲仍然没有再提为眼睛白内胀做手术的事。秋倩姐妹也渐渐明白,红雲那天在医院的那番言行,与其说是处心积虑地蒙人,不如说是做给外人看的"表演"。她说要做白内胀手术,那只不过是她觉得"既不愿出钱也不想出力"的想法实现不了了而使出的一个缓冲之计。可这样一来,邵松阳却成了她的牺牲品,进入春天后,他的肾病越发地严重起来。邵松阳的妹妹、妹夫与参加完高考的孙女从宁海到淝城游玩了一周,张琳陪他们去游览了包公祠、李鸿章故居、三国遗址公园及非物质文化遗产园,邵松阳和红雲也随同前往。不用说,所有开销还是张琳掏腰包。走的那天,张琳又开车送他们到车站。他们一家前脚刚走,邵松阳后脚就又开始腰疼,下体不适,继而小便尿血,并由局直属医院转到了省医学院的第一附属医院。

这一次还是秋玲陪着去的,入院手续还是秋玲办的,但因为有了上一次的经历和教训,在去之前,秋玲就在局直属医院的病房里提醒红雲:"妈,这里我来收拾,你回去取钱吧,把钱带上我们一起走。"对着病房里自己所熟识的医生、护士和病友,红雲没有任何话可说,只好嘴里应着"好好",回家取钱去了。

到省医一附院的路程并不远,出了局直属医院大门,绕过中国航天科技学院然后向左拐,前行千余米就到了,而红雲经常去的证券公司就在拐弯处一家"麦当劳"餐厅的旁边。

入院手续办得很顺利也很快,但接下来所有的事都不顺利,因为红雲在医院里对邵松阳说:"老邵呀,我也是七十多岁的人了,有一身的毛病,确实也跑不动了,以后所有的事就交给你的三个宝贝女儿了。"这等于是向秋玲并通过秋玲向秋倩和秋瑾三姐妹宣布:你们父亲的事,你们当女儿的管,别找我!

从医院回到家里以后,红雲就玩起了"失踪"。她没有手机,无论谁打家里的电话,她都一概不接。

一附院在省城算得上是高档医院,综合医术高超,但费用也相对昂贵。就说陪护吧,家属要租一个简易的临时床铺,一晚上就要收 10 元钱,而且中午不允许支,只能在晚上 10 点以后和次日七点钟之前这段时间。秋玲问:"钱怎么给你们?"

护士说:"你可以从就诊卡里扣,不用付现金。"

邵松阳一听就接过了话:"啊,还要从卡里扣呀?"

护士不明就里,给他解释"这样方便",可秋玲从邵松阳的话音里听出来了,卡里充的是他们夫妻的钱,从卡里扣就是用他们的钱,老爸心疼呀。

后来的日子里,无论是胡大亮或是张琳,谁晚上陪护,谁第二天早上就在邵松阳的床头柜上放上 10 元钱,上午护士来查房时就顺手收走,邵松阳对此看在眼里却并不客套,也不劝阻。在他看来,你们睡了医院的床你们出钱是应该的,就像你们来陪护我是应该的一样。

这次接诊的主治大夫姓谌,是省际医学界泌尿系统方面的专家,也是医学院的正教授,经常被邀请到医科大学、卫生学院讲课。他还是沚城、南京、武汉几所知名医学院的客座教授,近几年一直持续不断地带研究生,最多时一届招收过五人,在华东、中南地区享有较高的威望。通过初步的治疗,邵松阳的炎症基本消除。这一天,谌主任亲自来到病房对邵松阳进行了检查和询问,然后说:"现在你的炎症已经消除了,最近可以安排手术。"他指着身边一位 40 岁出头的中年医生说:"这是我的学生,叫经伟,是从美国回来的医学博士,是正宗的'海归派',在国内国外都有丰富的实践经验,这次手术就由他来做,你老就一百个放心吧。"

入院以来,领队查房的基本都是这个经伟,邵松阳还问过他是哪儿人,因为他还是第一次听说有'经'这个姓,有时他询问一些肾病方面的知识,有时了解一些经伟的经历,渐渐觉得经伟这个人不简单。现在谌主任说把手术交给经伟来做,虽然他内心里还是希望谌主任亲自来做,但既然谌主任让经博士做,就自有他的道理,邵松阳也不好意思当面表示反对。看邵松阳和秋玲没有异议,谌主任又说:"一些具体的细节,下来让经博士给你们交代。"说完,一行人到别的病房里去了。

下午,经伟一个人来到了病房。秋玲礼貌地从凳子上起身问:"做手术是不是还要病人签字?"

"那当然,这是医院与病人之间必须例行的手续。"

"家里的其他人可以吗?"邵松阳把话接了过来。

经伟说:"可以是可以,但做手术的人还要签一个委托书,需要的话我让护士一会儿就送来。"

"那就送一份我看看。"邵松阳说。

经伟还说:"你们卡里的钱还剩两千块,做手术是不够的,这两天再充进去一些。"

"多少?"没等秋玲开口,邵松阳抢先问道。

"一万到两万吧,最好充两万,反正是多退少补。"

经伟走后,秋玲对邵松阳说:"给我妈打一个电话吧。"

秋玲用手机给红雲打座机。电话拨通了,她把手机递给邵松阳,可是嘟嘟响着没人接。

"你妈去股市还没有回家吧。"邵松阳猜想到。

晚上再打,还是没人接。"我妈散步不可能这么长时间吧?"秋玲有点纳闷。

"明天再说吧。"邵松阳劝秋玲。

"明天她还不是要到股市里去,白天家里哪会有人?"秋玲急后生恼,愤愤地说。她心想,我的新娘呀,你可别再唱上次那出戏了,让我夹在中间作难。

第二天上午,秋情来接班,照例顺路给秋玲带了份早点,这一次是黑芝麻糯米团夹油条。秋玲感激地看了一眼秋情,本想交代让秋情再给红雲打电话联系,但话到嘴边又吞了回去,把拾元钱的床位费放到床头柜上,提起自己的包就出了病房。

秋玲没有直接回家,而是悄悄地来到红雲所去的证券大楼"侦察"。这个证券公司位于一座写字楼,规模并不算大,但把下面的三层全租了下来,其中一楼和二楼供股民炒股用,第三层楼作为公司的办公用。这时股市刚开盘不久,股民还不是很多,大多都站在电子屏幕前观看股情。秋玲在一楼大厅巡视了两遍,不见红雲的身影。她又来到二楼仔细地搜索。二楼也有电子屏幕,还有三四十个电话操作台,操作台旁坐满了人,没有了位置的人只好站在旁边,一边看别人操作一边等候,却还是不见红雲,这使她很扫兴。她正要转身下楼,忽然想起曾听人说,有的证券公司专门为炒股大户设立有操作室,于是穿过一个过道,果然里面是一排用石膏板之类隔开的一个个房间,基本上都没有关门。她逐个向里张望,在第四个房间里有一个人从背影看很像是红雲。秋玲又向前走了一点换了个角度去看,认定这个人就是红雲,她的心"扑通扑通"直跳,为自己的这个发现而激动不已。她没有走进去,而是记了一下门牌号,就悄悄地退了出来。

秋玲又气又恼。她想象不出自己的母亲怎么这样对待自己快要做手术的丈夫。这俩人还是一对夫妻吗? 她回到了医院,把这一情况告诉了邵松阳。邵松阳刚刚吊上一瓶药水,因为医生查房时再次催说了交钱和做手术的事,他觉得女儿们已经辛苦出力了,再让她们出钱,他有点于心不忍,所以他想抓住这个机会给红雲讲一讲,就说:"秋情,你把药瓶取下来,咱们一起去!"

"这可不行,还是把针打完再去吧!"秋情劝阻邵松阳。

秋玲也说:"你当这里是咱企业的医院呢,能这样随随便便就出医院的大门?

再说了,虽然距离没有多远,但谁知道会耽误多长时间,瓶子里的药打完了怎么办,发生危险怎么办,谁担得起这个责任呀!"

邵松阳看秋玲和秋倩姐妹俩都是真心关心自己,为自己着想,就没有再坚持。

话虽这样说,秋玲心里还是很着急,唯恐失去这个难得的机会,也没心思吃秋倩给她带的早点。等把瓶中的药水打完,已经是将近 11 点钟了。

为了减少病人连续打针而每次都要扎针的痛苦,医院常给病人推荐一种不用拔掉的特殊针头,药水打完了,只需要把输液管拔掉,针头就留在身上,下次输液时把输液管接上就可以了。邵松阳一直对打针比较恐惧,这次在护士推荐后也使用了这种针头,所以他手臂上的针头就没有拔下来。还有,因为已经决定近日做手术,护士昨天就给邵松阳安置上了导尿管,小便可以直接从生殖器流进一个袋子里。邵松阳就挂着这个导尿管和尿袋子,在秋倩的搀扶下走出了医院,往医院旁边的那家证券公司走去。

秋玲本没有打算跟着去。等邵松阳和秋倩下了楼,她想了一会儿,还是担心邵松阳和红雲在股市里当场吵起来,也就尾随着走了过去,前后之间相隔不到七八十米。等她上到了二楼,发现邵松阳已经把红雲叫到了门口,两人嘀嘀咕咕说着,是很平静的那种商量,没有一丝吵闹的迹象,期间邵松阳还扭头朝秋玲站的方向张望了一眼。秋玲见状,觉得钱的事应该谈妥了,就悄悄地退出了股市大厅。

可是,等她次日去接替秋倩后,问邵松阳"我妈是不是已经把钱送过来打进卡里了"时,邵松阳却摇头说"还没有"。秋玲奇怪了:"你和我妈昨天没有谈好吗?"

"当时她是答应下午就到银行取钱,今天一早就送过来,可到现在也没有来,再等等吧。"邵松阳说得不急不缓,慢条斯理。

一个上午过去了,红雲还是没有动静,打电话仍然是不接。适逢双休日,股市也休市,秋玲和秋倩都有些着急,可到哪里去找她呢? 只有邵松阳一副"稳坐钓鱼台"的样子。

"这样无休止地等下去恐怕不是办法呀!"就在秋倩感叹"山重水复疑无路"的时候,秋玲突然想起了红雲的"散步死党"小景。她从手提包里取出单位编印的电话号码簿,在机关本部住宅电话中一页一页地翻看、一个一个地查找,果然发现了尹小景的名字和其后面的电话号码。她拿起手机试着拨过去,里面很快就传来了问话:"喂,我是尹小景,请问你是谁?"

秋玲听到问话心里一阵激动,连忙回答:"尹阿姨你好,我是秋玲,是红雲的大女儿。"

秋玲唯恐小景放下电话，接着说："我爸住院了，后天就要做手术，我现在联系不上我妈，麻烦你转告我妈一声——"

"是催促你妈送钱吧？"不等秋玲说完，小景就把话接了过去。

秋玲顿时明白了，自己的判断没有错，尹小景什么都知道。

只听小景说："你们做女儿的也是，给你们的父亲看病，你们就不能把这钱出了，非要父母花自己那点退休金？"

面对小景的质问，秋玲真想把事情的整个过程原原本本地给小景说一说，但再一想，她与红雲是"闺蜜"，自己的解释未必她会相信。再说了，家里的这些事也不是什么光彩的事，家丑不可外扬嘛。她把已经到嘴边的话又咽了回去，只是说："这事我爸和我妈已经商量好了，麻烦你转告我妈一声，她要没时间，我陪我爸今天下午三点回去取钱。"

秋玲要陪邵松阳下午回家取钱是她临时想起的招数。她想，那天到股市里，她明明看到邵松阳和红雲一同商量，一直和颜悦色，并没有谈崩的迹象。现在来回想邵松阳一直不急不慌、不温不躁的样子，她分析，是邵松阳与红雲商量好了所采用的"拖"的战术。表面上看是他们自己愿意出钱，其实还是想用拖的办法"逼"女儿们把钱拿出来。

秋玲陪邵松阳按照事先约定的时间打的回家。邵松阳打开房门，只见红雲坐在客厅的沙发上，一边嗑着瓜子一边在看中央电视台八套播放的韩剧，看到秋玲也跟着进来，就怕秋玲与她理论，就先开口说："我和你爸的退休金，我每月都按"零存整取"存起来了，我手里没有那么多的机动钱，如果提前支取，定期利息变成了活期利息，那是会损失很多的。"

"自己的丈夫后天就要做手术了，你作为妻子不是想着赶快救治，而是打着小算盘算计损失多少利息，这是一个什么样的人？在这个世界上，还真有把钱看得比生命还重要的人，而且这个人不是别人，就是自己的母亲啊！"秋玲的心一会儿沸腾、一会儿冰冷。她压抑着自己心中升腾并且越来越烈的、如同火山一样就要喷发的情绪说："妈，我觉得还是给我爸治疗重要，如果你觉得这点利息是一个很大的损失，那损失的利息我来补偿给你，你看行吗？"

红雲把两手一摊："既然你出利息，那我还有什么可说的？走，取钱去！"仿佛她要的就是这句话似的，说完就走进卧室，出来时手上多了几张建行的定期存折。

建行在局机关大院设立有分理处。从银行里一出来,秋玲接过红雲取出来的两打钱,当即从其中的一打中抽出七佰元递给红雲:"我说话算数。你不是说会损失六佰多块吗? 这是七佰块,算是我付给你的,我会从家里拿七佰块把这打钱补齐的。"

四十四、姐妹相见

做手术的时间终于定下来了,但是在谁在《手术委托书》上签字的问题上又发生了分歧。医生来到病房时,正是秋倩在看护,邵松阳让她签,秋倩说:"我妈最能代表你,应该是我妈签。"

"你妈不是联系不上嘛!"

秋倩又说:"那我也不够资格。三姐妹中秋玲是老大,要签也是等我姐来了让她签。"

看秋倩还是那样胆小怕事,邵松阳就有点不高兴:"你这人就是一辈子出不了场、上不了台! 我委托你,让你签,你怕什么!"说着把《手术委托书》递过来。

秋倩接过来看了一眼又递过去,执拗地说:"你知道我妈最看不上我,我签了,她会认吗? 再说了,我妈不认可,到时找我的麻烦,你会替我说话吗? 我签的还不是照样变成一张废纸!"

邵松阳和秋倩两人你一句我一言地说着,这时秋玲来了,问明了是签字的事,她说:"我妈是你老婆,她最有权威性,理所当然由她签字,我这就去股市把我妈叫来。"

秋玲出去不到四十分钟,身后果然跟着红雲。红雲把《手术委托书》看了一遍,觉得无论谁来签,对谁都没有任何好处,有的只是责任和可能承担的后果。虽说这样的手术现在已经比较成熟,可谁也保不准没有一点风险,如果真的发生了意想不到的事情,签字的这个人就是首当其冲。

大家说来说去形不成一致的意见。邵松阳看到病房里所有的人都在望着他们,不愿事情这么僵下去,就不耐烦地说:"你们去找经博士,他叫谁签就谁签!"

红雲拿上那张委托书,三人一同来到经伟的办公室。红雲刚说了几句,经伟就明白了是怎么回事,微笑着对红雲说:"我给你们保证,这个手术可以说不存在任何风险,只是例行一下手续而已。简单点,只要老爷子本人在《手术委托书》上签个名就行了。现在既然他全权委托给了你们,你们就在这上面签吧。"说完,他把委托书放在办公桌上,把笔递给了红雲。

红雲听经伟说"你们",就想,反正每一个人都要签,谁先谁后已经无所谓了,就第一个签上了自己的名字。

红雲签完后,并没有把笔递给秋玲,而是直接放在了桌子上,秋玲和秋倩交换了一下眼色,还没有走过去,经伟就收起委托书说:"可以了。"

红雲瞪起了迷惑的眼睛,像是问经伟,又像是问秋玲、秋倩,也像是问自己:"她们俩不用签了呀?"

"有一个签就行了。"经伟示意她们可以走了,转身走向主任办公室。原来令人纠结的事,就这样被经伟在不经意间很简单地化解了,秋玲和秋倩为随了自己的心愿而显得轻松,本打算让女儿们承担风险的红雲却生出一些失望。

手术做得很顺利。考虑到手术后可有出现什么情况,当晚起,就由秋玲的丈夫胡大亮在病房照看。等秋倩到医院换班照看邵松阳的时候,邵松阳还处在昏睡状态。

望着深睡中的邵松阳,秋倩的思绪又回到了二十几年前。那是秋瑾被荷花和"闷鳖"送回家、接着到铁路子弟中学上学后不久,身在皖赣铁路建设工地的秋倩突然接到一封来自屯溪的信,打开一看,抬头"亲爱的妹妹"五个字让她先是发懵,接下来又是惊喜,特别是信中夹带的一张照片使她激动不已,忍不住跑去找水红。水红看秋倩眼泪汪汪的,以为是她家里出了什么事,就拉着她往驻地旁边的小河沿上走,谁知一出大门秋倩就把那封信和照片递给她,水红这才知道,秋倩从出生到今年十七岁从未见过自己的姐姐。

原来,秋玲在老家宁海读完了高中就被邵松阳所在的单位招工到了湘西的一个铁路施工工地。前不久那边撤点,秋玲是管财务的,作为第一批人员转战皖赣铁路线,她从父亲松阳那里打听到秋倩的单位和地址,就写了这封信,并寄了一张在工地照的相片。信中,秋玲除讲述了自己最近的工作、学习情况,还特别提到一个愿望,就是能早一天见到妹妹。

水红从秋倩口中得知,自打出生后,姐姐秋玲被红雲和松阳送到了宁海老家,而秋倩则被寄养在济水的姥姥姥爷那儿,一个在南方,一个在北方,两人只知道彼此有个姐姐、妹妹,却从来没有见过面,更不知对方长得什么模样。"五四"青年节,处电影队到驻地放映电影《小花》,电影一开始就是小花站在路边,从行进的队伍中寻找为躲避抓丁投奔革命的哥哥赵永生,背景中响起《妹妹找哥泪花流》的插曲:"妹妹找哥泪花流,不见哥哥心忧愁,望穿双眼盼亲人,花开花落几春秋……"令秋倩情不自禁地潸然泪下。特别是当看到赵永生和赵小花兄妹俩儿时玩耍的情景,以及兄妹俩失去父母后相依为命、在地主的磨坊里被人欺凌的情节,秋倩就想起自己的表哥鲁钦,仿佛她又拉住鲁钦的手,跟在他的身后当"小尾巴"。影片中的情节每向前推进一步,秋倩就忍不住哭一次,最后把手中的手绢都浸湿透了。秋倩想,在战火纷飞的年代,董红果和亲生父母董向坤和周医生能够相认,赵永生与赵小花也就是何翠姑也最终兄妹相认,如今是和平时期,自己与失去音讯的鲁钦、与从未见面的秋玲何时才能相见?

如今,终于有了姐姐的音讯,两人已不是远在天边而是近在眼前,这可是天大的喜事!水红立即拉着秋倩去找工程队长说明情况,队长也想不到一对亲姐妹竟然 17 年没有见过面,怎么着也得促成她们,就把烟头一丢,说:"秋倩,我给你三天假,明天你就去看看你的亲姐姐。"

照着秋玲信上注明的地址,秋倩先步行到县城乘坐汽车,到汪溪下车后又步行,边走边打听,几经周折,最终来到一段正在施工的路基上,只见十几个工人在一堆沙石料旁边有的装车、有的推车、有的抖灰,不远处还有几个在铲灰浆、砌片石。秋倩走近了问道:"请问你们是铁道建筑第四局的吗?"那些忙碌的人们见问,都停下手中的工具往这边看,其中几个回答说"是"。秋倩又问:"你们单位可有一个叫邵秋玲的女工?"一个人马上说:"有啊,刚才还在这里呢,这会儿怎么不见了?"另一个女工大声喊道:"邵秋玲,邵秋玲,有人找你……"

这边喊罢,只听浆砌片石那边有人应道:"我在这里。"

秋倩朝应声的方向望去,看到一个高挑身材的女子扛着一把铁锹走过来,她脑海里立即闪现出那张照片上身穿铁路制服、一手叉在腰间、面含微笑婷婷玉立的少女情影,却又胆怯地不敢马上相认。就在她趋步上前、犹豫不决的当儿,对面女子好像已经认定她是谁了,猛然丢下铁锹奔跑过来,边跑边喊:"秋倩、秋倩!"秋倩受到感染和鼓舞,也喊着"姐姐、姐姐"奔跑过去。高大的秋玲把秋倩一把抱起来,就地欢快地转起圈来。那些工友对眼前突发的情景惊呆了,有的跟着秋玲秋倩欢笑,有的小声询问,还有个老师傅手中的香烟已经燃尽竟忘记了丢弃,直到烧疼了手指才回过神来。

秋玲把抱起来的秋倩在空中轮了七八圈才放下来,接着摸摸秋倩的脸庞、理理秋倩的头发,又抻抻秋倩的衣服,情不自禁地再次把秋倩搂在怀中,生怕她跑掉似的。这时,有个女工忍不住地问:"这是你的同学还是朋友,多长时间没有见面了,这么亲热?"

秋玲把秋倩拉到众人面前介绍说:"这是我妹妹,我的亲妹妹,叫邵秋倩。"

有人不以为然地说:"原来是你妹妹,像从来没有见过面似的,太夸张了吧!"

秋玲赶忙解释:"你还真说对了,我妹妹从生下来到今天,我就没有见过一次面,整整十七年了!"

听了这话,又看到秋倩已经眼泪汪汪,在场的人无不为这对姐妹的传奇经历而惊奇得张大了嘴巴,久久合不拢。

就在众人议论、感叹的时候,屈水红提议:"秋玲,你赶快回队里吧,姐妹俩好好说说话、谈谈心,你的活我们大伙给你包了。"工友们齐声响应。

秋玲把秋倩领到自己住的工棚里,又是倒开水,又是递毛巾,之后相互诉说各自的经历,谈到了爷爷奶奶、姥姥姥爷,也谈到了松阳和红雲。开饭的时候,秋玲把自己所有的碗、盆、碟子、茶缸都拿出来,与秋倩一起到食堂打来各种饭菜,把用做餐桌的箱子盖摆放得满满当当。秋倩说:"咱俩哪能吃得完呀?"秋玲则说:"十七年了才第一次见面,咱们要最热烈、最隆重地庆祝庆祝。"说着以茶代酒,与秋倩"咚"的一声碰了一下茶缸。

"咚"! 耳边又是响亮的一声,把秋倩从回忆中惊醒。原来,熟睡中的邵松阳翻了个身,伸出来的手臂碰掉了床头柜上的杯子,吓了秋倩一跳。

邵松阳自己也醒了。看到秋倩坐在床边,就问:"胡大亮呢?"胡大亮是他的老大女婿,也就是秋玲的丈夫。手术后,邵松阳被送回病房,一直是胡大亮在陪护着他,已经三十多个小时了。

"我来替换他,他刚走了有半个小时吧。"

四十五、无人领养

手术已经五天了,红雲没有到医院来过一次。手术前,由她在《手术委托书》上签了字,事后仔细思想,她总觉得自己吃了个哑巴亏,让秋玲、秋倩占了便宜;又觉得自己当时犯了糊涂,怎么就轻易签了字,把所有风险都揽到了自己身上,反倒是秋玲和秋倩把一切都撇得干干净净;她还猜测是不是秋玲和秋倩事先商量好,设计了一个套让自己往里钻,或者是串通了经伟、共同挖个了坑让自己往下跳。再想想,她又开始怨恨邵松阳来:你个老东西,没有事你填那张委托书干吗,你直接让秋玲或秋倩在《手术委托书》上签字不就完了,害得老娘有气生却没处出。她发狠道:"你做你的手术,我才不会去看你呢。"于是像往常一样,她每天到医院附近的证券市场,观看大盘的走向,操心她所购买的股票。

在股市里几年,红雲练就了这样一种本领:她经常为家里的事发火,为女儿们的事烦恼,但只要进了股市,眼睛盯着不断滚动的股票行情,她就会把所有的火气和烦恼丢到九霄云外,而且不论国家出台什么政策,股市出现什么风浪,她都能做到泰然处之,平稳操作。一般说来,大盘泛绿的时候,她不会"割肉",减仓的时候也少,大多是在焦急和不安中观望和等待,瞅住机会就补仓,有时也会购进一些新股。几年下来,她先后投入股市里的钱达到了五六十万元,为此这个证券公司的工作人员把她请进了大户室,为她设立了带有电脑的"专位"和座椅,每天定时供她一个人使用,还定期赠送一些股市的资料给她。可从今年以来,眼看整个股市一直低迷,偶尔有一些飘红,但就像昙花一样转瞬即逝,让人永远拿捏不稳、把握不住。股市的前景虽不看好,但总有一条无形的线牵扯着红雲的心,每天都要到股市里坐上几个小时。

邵松阳上次在省立医院住院期间,一到中午时分,红雲就来到医院,那里有邵松阳给她留的"午餐"。原来,这个医院供应的早餐品种不多,特别是卤鸡蛋,邵松阳嫌它胆固醇含量高,馒头他也不喜欢吃,可他从来想不起来把这些给陪护他的秋玲和秋倩吃,只是觉得自己花钱买的东西不能就这样丢掉,于是就把它们放到床头柜的抽屉里。每次红雲来,他就拿出来给她吃,红雲倒也省得回家做饭,吃完就又到股市上去了。

这次局直属医院把邵松阳转到了一附院做手术,红雲所去的证券公司就在这个医院附近,刚开始每天她还来一趟,邵松阳照例把他不吃的鸡蛋和馒头留下来。后来红雲"玩失踪",积攒了几天的鸡蛋和馒头放满了一抽屉,有的都长出了白醭和茸毛,邵松阳也舍不得把它们扔掉。

从地上拣起并没有打破的杯子,秋倩重新倒上了开水,吹了几口气后,端到邵松阳面前:"爸,你喝点水。"

她把手伸到邵松阳的脖子底下,使劲往上抬了抬,另一只手把杯子送到邵松阳唇边。邵松阳先是咧一下嘴,然后张开嘴只抿了一小口,就示意秋倩放下。

　　"是不是伤口开始疼了?"秋倩关切地问道。

　　邵松阳"嗯"了一声,把被子掀起一个角,露出了帮助排尿的袋子,只见里面的尿水血红血红的。

　　早些年体检,邵松阳就被查出有前列腺肥大的问题,为此他曾告诉过张琳,张琳劝他到局直属医院门诊去看看,但一直没有引起他的重视,后来时而伴随有腰部或下腹部的不适和胀痛,渐渐地出现了排尿费力,尿线细、排尿后滴尿、夜尿增多等症状。有时很想小便,他急猴猴地跑进卫生间,掏出生殖器站半天却尿不出一滴;有时明明尿完了,把生殖器塞进裤子了却又流了出来;外出散步、买菜,之前他不敢喝水,即使是稀饭也不敢吃饱。有一次到阳光菜市场,回来途中刚进了机关大院的西门,他突然感到内急,难受得用一只手抵住腹部,进了楼道基本上就是捏住了生殖器。等他手忙脚乱地开了门,把菜往地板上一丢就直奔卫生间,但还是没有憋住,把一部分尿尿到了裤子上。

　　为治病,红雲也陪着他去看了西医,吊了两星期的水。也曾去看了中医,中成药和水煎药都吃过,疗效都不明显,病症时好时坏。由于泌尿系梗阻的存在,他反复出现泌尿感染。去年初冬,他发现自己尿色发红、发暗,有时还呈酱油色,就到局直属医院就诊,一查就被医生怀疑是肾积水。后来由局直属医院转到省立医院做进一步检查,最终被确诊为双肾积水,其中左肾已经出现了萎缩的症状。当时董主任对邵松阳说:"我看到你以前的病历上写有尿路结石,手术只是打出了较大的颗粒,一些微粒还残存在里面,这次就是输尿管结石引起出血所致,所以你要提高警惕。"针对左肾萎缩的现象,他建议邵松阳年前就把手术做了,以免时间长了引起肾功能出现衰竭。应该说当时是做手术的最佳时机,但因为女儿们识破了红雲的"计策",明确指出她经济上并不困难,让她自己出钱治疗,红雲便不干了,推说自己"眼睛有白内胀,不能做饭",那次就没有做手术。

　　这次手术,邵松阳的左肾被摘除了。为了让父亲早日康复,秋玲和秋倩除了悉心照料,还在加强营养上下工夫,轮流在家煲好黑鱼汤、甲鱼汤或老母鸡汤送到医院。邵松阳平时喜欢吃肉松,听经伟介绍肉松对长好刀口效果好,并说河南漯河出的"双汇"质量过硬,秋倩就到省城一家专门经销"双汇"品牌的超市购买了五六袋。每天早上医院营养部送来稀饭或面条,她们就在稀饭或面条碗里撒上一层肉松。看到邵松阳把这一层扒拉完了,就在稀饭或面条的表面再撒上一层,就这样直到邵松阳把一碗稀饭或面条吃完。平时邵松阳是不吃水果的,但秋玲和秋倩让邵松阳"把吃水果当做任务来完成",每顿正餐的中间,就给邵松阳吃些香蕉、苹果、冬梨等水果。半个月下来,邵松阳不仅刀口愈合得快,人也较过去胖了、白了,面色红润,很有光泽。经伟在给邵松阳又做了一次全面检查后,兴奋地拉起他的手说:"老爷子,多亏你女儿女婿对你用心照顾,伤口这么快就好了。"又指着护士说:"我让她们给算算账,办个手续,你明天就可以出院了。"

结算结果当天就出来了,卡里还剩有两千多元。秋玲被秋倩替换下来回到家,就把这一切打电话告诉了小景,并托小景转告红雲。红雲在晚上散完步后,把电话打到了秋玲的手机上,这也是自上次邵松阳在省立医院出院以来红雲第一次主动给秋玲打电话:"你爸平时就这不吃、那不喝,饮食方面挑剔太多,现在刚做过手术,我可伺候不了他。"

秋玲就劝她:"你和我爸生活大半辈子了,他的习惯你最了解,哪怕你给他烧一口水,他也会觉得温暖的。"

"你不用奉承我,不是那回事,我明天也不会过去的。"红雲断然放下了电话。

秋玲打电话把这一情况给秋倩说了。秋倩不想让邵松阳听到,就走出病房来到走廊上。她猜想着说:"老太太的意思是不是这样——你们谁爱把你们的爹接到谁家就接到谁家,我是彻底甩手了,不会去管的!"同时又怀疑说:"老太太会这样无情无义,把事情做得这样绝?"

因为秋倩第二天还要上班,秋玲一早七点钟就到了医院,临走出病房,秋倩对秋玲说:"你先把出院手续办妥了。我到办公室把手头上的事处理完了就过来。"秋玲想,只要秋倩过来,她也就不指望红雲了,可谁知过了十一点秋倩来电话,说是下面办事处一个员工的父亲昨晚突发脑出血去世了,她的科长要跟随部里的工会主席一同代表单位到阜阳去慰问其家属,她脱不开身出来了。这样一来,秋玲又把希望寄托到了红雲身上,希望她改变主意来医院接自己的丈夫回家,可一直等到上午十二点,也不见红雲的影子。

秋玲提出还到股市去找,邵松阳说:"你妈的脾气我知道,既然她已经说了今天不来,她还会到股市里让你找到她?"秋玲想想也是的。幸亏这个医院条件比较好,各类生活用品如开水壶、洗脸盆、大便器等都是租用的,吃饭用的碗筷是一次性的,用完就扔了,所以办出院手续时把租用的东西一一退还,所剩的也就是毛巾、茶杯之类的小东西。还有一部分张琳、胡大亮来探望时买的水果、零食等,秋玲都分送给了同病房里从霍山、舒城来的两个病友,真正要带回家里的东西也就不多了。于是，看到邵松阳起身拿上自己的病历、洗漱的袋子和喝水的杯子，与同病房的病友打过招呼后往外走，秋玲也就背上自己的背包、提上收拾好的几个袋子出了门。

外面是个大晴天，阳光灿烂，虽然还在四月里，空气中却已经充斥着丝丝的暖意，用手去开出租车的门，接触到的铁质也不再有冰冷刺骨的感觉。车子穿过高架桥，向右拐上了去小区的街道，秋玲突然问邵松阳："老爸，我妈不在家，你怎么进家呀？"

邵松阳拍拍外套的一个口袋，胸有成竹地说："我身上有钥匙。"

四十六、改不了了

一只手把钥匙插进锁眼，向逆时针方向扭了两圈，随着"咔嗒"一声，防盗门被打开了。看到门口脚垫上的皮鞋，红雲就知道是邵松阳回来了，她径直走向卧室，只见邵松阳正在睡觉，就走过去把他推醒："我说，你怎么就回来了？"

邵松阳揉了揉惺忪的眼睛，有点怪红雲把自己从睡梦中弄醒，也就没好气地说："我不回来，能到哪里去？"

"不是说好到闺女家去吗？"红雲有点不明白，事先设计好的方案，不论哪个女儿开口，只要她们叫邵松阳到她们家，邵松阳就顺着台阶下，跟着到她们家去休养一段时间。

"没有一个人开口，你让我到谁家去，睡到大马路上？再说，难道你让我厚着老脸求她们不成！"邵松阳是打心眼里生气了。

这是没有预料到的结局。红雲原来是这样打算的：邵松阳这次动手术，虽说没有先前在上海那次动手术复杂，也没有那次让人担惊受怕，但怎么着也是大伤元气，加上现在年纪也大了，自己行动也不方便了，由红雲一个人照料和伺候，她吃力费神不说，还把自己拴得死死的，连散步的时间恐怕都没有了，这会让她吃不消也受不了。所以，红雲在入院时就明确地对邵松阳说："这次做手术我可不去医院侍候你，就叫你的宝贝女儿好好尽尽义务吧。"她还交代邵松阳，出院时女儿们中不论哪一个，如果提出把邵松阳接回自己家，你可不要拒绝，就到女儿家住上十天半月，该吃的吃，该补的补，把身子彻底养好了你再回来。

当时邵松阳还有些不高兴:"你是我老婆,你把事情都推给女儿们,合适吗?"

红雲却说得振振有词,理直气壮:"有什么不合适! 我还是那句话,我们没有养她们,但我们生了她们,现在需要了,她们就应该尽这份心、出这份力。"

邵松阳还是心有顾虑:"你也推得太干净了。我倒无所谓,你就不怕女儿们埋怨你?"

红雲从沙发上站了起来:"她们凭什么埋怨我? 我把她们一个个养大,送她们一个个出嫁,我收过一分钱的彩礼吗? 现在我老了,她们给我过了几次生日? 今年春节连团圆饭也没有人张罗了。你不提还罢了,你一提我就来气!"

"前年过年,秋玲、秋瑾都回了婆婆家,只有秋倩在淝城,秋倩和张琳轮番打电话叫我们过去,还订好了饭店,是你拒绝人家的,说是'各过各的年'。"邵松阳替秋倩和张琳鸣不平。

"你说这话我不爱听,我跟他们一家吃的哪门子团圆饭? 再说,秋玲、秋瑾不在,那叫什么团圆?"

"去年呢,秋倩不在淝城,你还不是到秋瑾家里过年去了,还有秋玲他们两口子?"

"那是陆晓辉亲自到家里来请我的,我能不去吗,我能让他们面子上下不来吗?"

"那你就让秋倩和张琳的面子下不来呀?"邵松阳乜斜了她一眼。

"我就是对他们不感冒,我就是不想给他们面子,我就是要让他们难堪,你想怎么着吧!"

看到红雲二劲又上来了,邵松阳口气就软了下来:"王母娘娘第一你第二,我能把你怎么着? 我看你对秋倩和张琳的成见一辈子都改变不了了。"

"这你算是说对了,我改变不了了,到死也不会改变了。"红雲说过这话,释然地重新坐到了沙发上,并打开了电视机。

中央一套正在播"今日说法"。看到主持人邀请法律专家对案情进行司法解释,邵松阳就知道这个节目即将结束了,也就是说中午1点已经过了。再看看红雲,像没事人一样,就催促说:"你还不去做饭!"

红雲现出纳闷的样子:"我们不是说好了吗,你随便到哪个女儿家去都行。既然你脸皮薄,自己愿意回来,想吃什么就自己做去,反正我是不做!"

"你这个老太婆!"等了几分钟,看到红雲仍然没有去做饭的意思,邵松阳嘟噜了一声，起床穿上衣服走出了家门。

对红雲的"说到做到"，邵松阳拿她一点办法也没有。以前两个人每逢吵架生气的时候，红雲还把两个人的饭做好，然后自顾自地吃完就走开了，剩下邵松阳一个人独自吃饭，吃完自己动手收拾。这几年她变了，每次闹矛盾之后，她只做自己那口饭，邵松阳要想吃就得自己做。

"不就是一口饭嘛！"邵松阳懒得向红雲求情，又不愿为一口饭浪费时间，就自己烧开水，下一撮面条，再放几片青菜，凑合着吃一顿，久而久之便形成了习惯。一旦两个人闹别扭，邵松阳就得自己做饭，而要他自己做饭，十有八九就是下面条，偶尔把红雲没吃完的米饭用开水一冲，当做"泡饭"吃一顿。这一次也不例外，他虽说是走出了家门，却并不是到街上"下馆子"。一直以来，他就没有到饭馆或小摊上吃东西的习惯。早年还在工作的时候，遇到红雲"罢工"，他就拿起碗筷和饭票到职工食堂吃饭；后来职工食堂取缔了，被逼之下他学会了下面条；后来超市开得到处都是，他学会了逛超市，一边散心消遣，一边趔趄摸着买些方便的食品充饥。这不，不知不觉之中，他就走进了一家超市，转来转去挑选了两袋"巧奇"饼干、一袋猪肉松。此后几天，邵松阳就这样一顿面条、一顿饼干地对付着。所幸的是，冰箱里有妹妹和妹夫来浥城时带来的一些对虾干、鱿鱼条、黄酒腌泥螺，还有住院期间秋倩和张琳给他买的五香黄牛肉、咸鸭蛋等，就着这些海鲜和副食，再抿上一口老酒，每天所需的营养基本上也够了。

一天，邵松阳又到附近的一家超市买了两袋饼干，回家的途中遇到了正要去买菜的秋倩和张琳。夫妻俩与他打招呼，看到他手中拿的饼干，心中不免生疑：老头儿平时可是不吃饼干之类的零食特别是甜食的。邵松阳见张琳瞄他手里的饼干，连忙解释说："我没事，出来转一转，顺便买两包饼干，有时候你妈做饭不应时了，就垫一垫。"

秋倩和张琳压根儿不知道邵松阳出院以后红雲不给他做饭的事，但秋玲在她几天后给邵松阳打电话询问身体恢复的情况时却知道了，是邵松阳说着说着说漏了嘴。当时秋玲问他："我妈这几天都给你做了什么好吃的？"邵松阳顿时有一股怨气从心底直往上冒，忍不住说道："靠她给我做饭，我早就饿死了。"于是，秋玲料想老太太又把满肚子的不痛快撒到了老头儿身上。她怨恨红雲竟这样不通情理、近乎残忍地虐待邵松阳，又对邵松阳过分的忍让和屈从产生了像鲁迅对阿Q那样的"哀其不幸、怒其不争"。毕竟是女儿，她不忍心刚做过手术的邵松阳就这样饥一顿饱一顿地过活,就说:"爸,我妈不给你做就我来做,做好给你送过去。"听了此话,邵松阳心里很舒坦,但却顾虑被红雲发现又会骂出怎样难听的话来,就交代秋玲:"每次来之前最好先打个电话,瞅准你妈不在家的空。"从此,秋玲隔三岔五地做个菜、炖碗汤,趁红雲到股市不在家的时候,乘公交车送过来,看着邵松阳把菜吃完、把汤喝光,然后收拾干净才返回自己的家。

秋玲原先也想过,当年邵松阳在上海开刀动手术,自己在偏远的工地,没能抽出时间来照顾(其实根本就没有人告诉她),全靠红雲和秋倩,现在自己被单位"内退"(这是企业制定的减员增效"土政策",把到了一定年龄的职工清退回家,名曰"内部退养"。——作者注)了,按理说可以把邵松阳接到家里来伺候一段时间,一来尽尽做女儿的义务,二来也算还了以前欠下的债,三来还能替就在大院居住的秋倩和张琳减轻点负担。可又一想,自己已经同意了亲家提出的女儿结婚的日期,有好多事情需要筹划和办理,免不了东跑西颠的,如果把邵松阳接到家里,那就算把自己拴死了,外出办个事还得想着家里有一个人要伺候。再说,自己从小被红雲和邵松阳送回了宁海老家,是在农村的学校里读完了小学、初中。铁路上招工,她作为职工子弟优先被安排工作,入路十几年后当上了一名列车广播员,长年在皖赣铁路上跑车,休班的时间就住在单位的公寓。与胡大亮结婚时,红雲和邵松阳已经搬迁到了沘城,自己却一直在皖南的一个小县城里,从未与红雲和邵松阳生活在一起,而红雲和邵松阳又喜欢独处的生活,与自己在工棚、站场形成的大大咧咧和无拘无束的性格格格不入。在医院照看邵松阳时,为了解闷,她与邵松阳就说些闲话聊个天,两个人却时常为观点和看法的不一致而拌嘴,但邵松阳当时是病号,秋玲就让着他。一旦真的住进了自己的家里,按自己的脾气未必会一味地顺着他、让着他,到那时就会弄得鼻子不是鼻子脸不是脸,反倒有可能翻脸成了仇人。

在秋玲看来,她觉得三妹秋瑾与邵松阳和红雲还算合得来。早先秋瑾的儿子均平一出生,红雲就把这个外孙的户口落到了自己的户口本上,说是以后进局机关的幼儿园、上铁路子弟学校方便,而且还可以享受局机关子女的优惠待遇。后来均平果然以此顺理成章地进了机关的幼儿园,并在铁路子弟学校上了小学、中学,从周一到周六都住在姥姥和姥爷家里,只是星期天才回自己的家,直到高中才转到了市里的一所重点中学。即便如此,红雲以秋瑾经常上夜班为由,时常到三女儿家里帮助料理家务。过年过节单位为退休职工分的大米、绿豆、食用油,她也分出一份带到三女儿家，有时还倒贴钱给她们买蔬菜、鱼肉。依此理来论，秋瑾倒是应该把邵松阳接到自己家照料一段时间，可是却不行，因为均平正读高三，明年就要参加高考了，现在正是关键时期，秋瑾根本就无暇顾及邵松阳。即使是在邵松阳住院前后的一个多月里，秋瑾也只抽空去看过一次。

手术后的邵松阳实际成了一个烫手的山芋，谁也不敢接，谁也接不得。

"伺候老爸本来是光明正大的事，可我却要极力避免与老娘正面发生冲突，所以就像是做贼似的，又像是与自己的老娘打游击，她走我来，她退我进。"事后，秋玲与秋倩谈起此事时这样形容当时的无奈。

也许，这就是家中做老大的善良秉性，她（他）想把什么事都做得圆满些，让周围所有的都满意。她（他）认为无论做什么事，就应该对得起自己的良心，让自己问心无愧。她（他）还想用自己的实际行动，给下面的弟弟妹妹们甚至下一代做出一个好的榜样！

四十七、宁静兆喜

秋玲觉得，今年的夏天似乎比往年短一些，转眼的功夫就快国庆节了。俗话说，女儿是母亲的贴身小棉袄。秋玲的女儿宁静是在自己怀抱里长大的，自打出生起就始终没有离开过自己的视线。大学毕业后，宁静本来想到叔叔工作的海南去发展，但秋玲坚决不同意，非要把女儿留在家门口，最远不能超出省城的范围。为了达到这个目标，她自己到专卖店买了两瓶茅台酒，让胡大亮提着去找他工作上曾经的搭档、现在升任局人力资源部的刘副部长，最终在红雲曾经工作的那个单位为宁静安排了工作。

宁静继承了胡大亮和秋玲夫妻俩的优点，一米七八的个头，一双明亮的大眼睛，加上一头乌黑亮丽的长发，活脱一个强壮健美的体育明星，但性格却温顺得像一头小绵羊，对父母说的话几乎是百依百顺，很少与秋玲和胡大亮发生矛盾和争执。这么挺拔出众的女孩儿，在大学时少不了男孩子们追求，其中不乏让当今女孩儿心仪和动心的"官二代"、"高富帅"，但宁静遵循秋玲提出的"在学校绝对不能谈对象"的母训，远离交际，专心读书，使一个个追求者望而却步、敬而远之。到了工作的单位，虽说机关和基地均在浥城，但派驻到项目和工地的管理机构几乎遍布全国各地,连远在南美的安哥拉、委内瑞拉、埃塞俄比亚都设有材料供应站或工地材料厂。好在宁静这些子弟们从自己的爷爷辈起就是修路架桥的,还在娘胎里就跟着秋玲过着吉普赛人式的颠沛流离生活,从小学到高中,也不知道迁了多少个城市、转了多少次学校。没有一个稳定的住处,缺少一个安稳的环境,与地方上学校的孩子们相比,铁路子弟们的学习成绩大都相差一大截。因此,铁路工程单位的子弟很少有考上像清华、北大这样重点大学的。但铁路子弟东奔西走,见多识广,比较适应千变万化的社会,走上社会能够与各种各样的人打交道,而且交往广泛,手段老练,很容易成为行业里出类拔萃的人物。

铁道建筑第四局的下属单位流动性强,劳动强度大,在城市长大的女孩子很难适应这样的环境和生活节奏,而远离城镇的工地又给本来就单调的生活增添了几许孤独和寂寞,加上基层单位本来女职工就少,一旦分配或调进来一个女同志,尤其是未婚的女孩子,那些男职工的目光自然都跟着滴溜溜地转,特别是没有成家的光棍汉们,更是像苍蝇见了血一样,有女同志的地方肯定是最热闹的地方,女同志的办公室也是男职工有事没事经常光顾的处所。

宁静大学毕业适逢京沪高铁上马,这个局在南京经济开发区设立了工程指挥部,指挥部下面除了设置物资机械部,还专设了一个工地材料厂,宁静与另一个从兰州铁道大学毕业的蒲姓女生就同被分配到了这里,在华中交通大学学金融专业的宁静干起了统计,而学经济管理的小蒲则被分配到了厂综合办公室。厂长马锋为人处世相当老练,虽才四十出头,但已被提拔为公司副总经理,同时兼任京沪高铁工地材料厂的厂长。因为他头发掉得厉害,头顶碗口大的中心区已经毫发全无,有人便戏谑他"聪明绝顶"。话是好话,但他听着心里却不是滋味,在想办法医治的同时,也用心思进行补救。马锋让理发师把周边的头发留长,然后把这些长头发盘旋在头顶上,每次外出都喷上定型胶,使它们老老实实地贴在秃顶上。您还别说,还真起到了"地方支援中央"、显得年轻漂亮的效果。马锋还是个善于观察和重用人才的领导,通过工作实践,他认为宁静性格宽厚,待人热情,积极主动,交际能力比较强;小蒲沉稳持重,按部就班,领导叫干啥就干啥,很有执行力。一年后,马锋与项目书记伍伟商量,将宁静和小蒲两人的工作调了个个儿,把宁静调到办公室从事接待工作,而让小蒲到职能部门干具体的业务。起初伍书记还担心,两个人在各自的岗位上刚熟悉了程序,如果调换会不会影响整体工作。三个月后,伍书记打消了这个顾虑,他在全厂职工大会上讲到知人善用、人尽其才这个话题,把厂长马锋对宁静和小蒲二人的使用作为特别案例进行了一番分析,提出了全厂的人才培养计划和实施方案,受到职工的热烈鼓掌和赞同。这一下,宁静可在厂里出了名,都把她看做是比学的榜样、赶超的对象,年轻的小伙子们更是对宁静热情有加,更有别的工地上的仰慕者,明目张胆地对宁静展开了追求的攻势。宁静怕这种事影响自己的工作,曾向马锋反映过自己的想法和打算。马锋看到自己的这员女爱将得到了职工的认可,还吸引一群帅哥的仰慕和追求,心里十分高兴,就以一个长辈的身份劝说宁静:"我没有记错的话,你今年应该是二十七了吧,也不小了。男大当婚、女大当嫁,自古如此,天经地义。你要正确看待这件事,处理得好,对你也是一个动力。我历来主张,我们的职工不要当苦行僧,要把生活质量提高上去,既要工作好,也要生活好。"

　　马锋的一番话化解开了宁静心里的纠结和迷惘,她开始对这些追求者进行认真的考察和接触,爱情的天平渐渐地倾向于一个局内职工子弟。他叫魏兆喜,比宁静还小一岁,准确地说是小七十天,个子虽然也有一米七几,但俩人走在一起的话明显不占优势,但关键是他在宁静心中占据了绝对优势。他一副瓜子脸,面皮白净,说话斯文,身板不算魁梧,做起事来爷们儿气十足。他是父母跟前的独生子,这对魏家来说已经是三代单传,所以深受祖辈和父辈的宠爱。他自小受家庭的教育和影响,讲究孝道和感恩,是一个容易讨女孩子欢心和喜爱的那种。两个人原在一个大学里读书,却一个在老校区,一个在新校区,中间有一工业开发区相隔,虽说都是铁路建筑四局的子弟,双方父母都在局的下属单位,但随着局于上世纪七十年代搬迁到沘城,这个单位却从湖南搬迁到了当时有"安徽的西伯利亚"之称的阜阳,魏兆喜就是在阜阳上的学,也是从阜阳考上的大学。宁静与魏兆喜原先两人并不认识,进了大学后,局里的子弟在这所学校比较多,各自都有自己的小圈子,圈子与圈子之间也有交叉,于是两人也就认识了。准确地说并不是真正认识,充其量也就是面熟,并没有实际接触过。与宁静相同的是,魏兆喜的父母也提出了一条纪律:"在校期间专心学习,不准谈恋爱。"依自己所学的专业,魏兆喜知道自己十有八九会回到这个四海为家的单位,就遵从这一点,毕业时坐"11路"车(原意为用两条腿走路,这里指光棍、独身。——作者注)走出了校门。

　　早在大三那年,铁道建筑第四局到学校里举办就业招聘见面会,魏兆喜毫不犹豫报了名并签订了就业合同书。当天晚上他做了一个梦,梦见他到南京参加考试,自己座位左右两边都是美女,其中左边的一位还是局里的。考试中遇到了几道不会做的题,急得他抓耳挠腮,左边的美女见状,就把自己做好的卷子往他这边推一推,故意让他看到和抄袭,他非常感激,一出考场就去追她。明明那个女孩是从来的路往回返的,可路在他脚下却断了,是被雨水冲断的,连大树的根都露出来了,但并不泥泞和湿滑,他想爬上去,可浑身没有力气,怎么也爬不上去,他急呀,都有些疯了,就这么急醒了。后来毕业到所分配的单位报到,单位就是南京的这个工地材料厂,办公地点在临时租用的一个城市居民小区里,小区位于一个风景秀丽的山包上。他下了公交车往山包上走,本来是应走大路的,可他却鬼使神差地抄小路,不料小路被前几天下的暴雨冲断了,连路边几棵碗口粗的香樟树的根都冲了出来。他只得扭头返回,重新走上了大路,这时就忽然想起那个梦,他惊叹世界上竟有这么奇特的事,以往的梦境与眼前的现实如此惊人地相似,只是缺少了那个自己所追求的美女。他心想,这是否是冥冥之中对自己的一个指引呢?

　　魏兆喜来到单位,接待他报到的就是宁静,他才知道宁静也在这里。在宁静领他去见厂长和书记的路上,也不知道为什么,魏兆喜竟出现了心悸,小心脏激动得怦怦直跳。

　　"也许那个时候你就有贼心了吧?"与宁静谈恋爱后,魏兆喜把这个情况讲给宁静听,宁静这样问他。

四十八、卦定婚期

　　为了确定结婚的日期,魏兆喜的父亲老魏带着儿子和未来儿媳的生辰八字,特意回了一趟河南老家,请当地有名的算命先生以卦定夺。

　　魏兆喜的父亲叫魏木杈,很土的一个名字。据说生他那天,他母亲在麦场上干活觉得累了,就坐在一把翻晒麦草的木杈子上休息,忽然肚子下坠着疼,社员们赶紧把她送到村里的卫生所,由赤脚医生来接生。婆婆听说了儿媳妇的生产过程,就随意给孙子起了"木杈"这个名。魏木杈早年参军,从部队上复员的那年,焦作至柳州的铁路正在建设,修建单位缺人,就向铁道部所属的基建总局打报告,请求在当地招收一批工人,并分给县上200个名额。听说招收的这批工人是吃"皇粮"、端"铁饭碗",还可以享受坐火车不用掏钱买票的"待遇",魏木杈就动了心,并靠在部队练就的一副硬身板,被村里推荐给公社,又由公社报给了铁路建设单位,从此成为一名筑路职工。他自知文化水平不高,但懂得"打铁还得自身硬"的道理,就脚踏实地地干好领导分配的每一项工作。正是靠着对工作的认真负责和对朋友的广泛结交,他才一步步地走上了领导岗位。他是一名共产党员,但却不是一名真正的无神论者,这源于他从小受信奉佛教的母亲的影响。特别是担任领导职务后,每到一处寺、庙、观,他都会请上一炷香,为单位、为自己也为家人祈福,求佛祖和神灵保佑大家顺顺利利、平平安安。

去找的这位算命先生他从小就认识。那时,村里每当遇到什么难事,都会由村里的长者出面,请他算上一卦,这卦也大多应验,或避免了预知的灾祸,或实现了所求的愿望。魏木楞清楚地记得,文革时期,村里一个比他正好大一轮的复员军人,回村后当上了"八二五造反派"的头头。他看到这位算命先生常常收受别人的"好处",家里鸡蛋糕、麻饼、兰花根等点心不断,连抽的烟都是机制的纸烟,从来没有见过他动手自己卷烟,又眼红又忌恨,就纠集一帮造反派成员奔向算命先生常去的村头那座庙宇,打翻供桌,推倒神像,有的爬到房顶把砖雕的龙啊凤啊的全砸烂,还把算命先生用绳索五花大绑起来,戴上写着"牛鬼蛇神"的高帽子游街。游到村中央一棵挂着一口钟的歪脖子榆树旁,算命先生突然对造反派头头说:"你别斗我了,赶快回家吧,你小孩被大队的拖拉机压死了!"造反派头头以为这是诅咒自己,当即狠狠地扇了他两个耳光,并抬脚又踢又踹。一位中年造反派成员把头儿拉住,凑近他悄悄地说:"头儿,你还是回家看一下,没有这回事,回来再揍他也不迟。"等他进了家门,他被眼前的一幕惊骇了,只见老婆怀里抱着已经断气的儿子呼天抢地、号啕大哭。造反派头头不由得在心里暗暗惊叹:这个鳖孙算得还怪准哩!把儿子掩埋到后山根的第三天,这个造反派头头把算命先生请到县城的回民饭馆撮了一顿,从此奉若神明。

令魏木楞后来特别后悔的是,自己回去让他算这算那,却从来没有请他把自己的官运算一下,起码可以规避一下挫折和风险。这不,单位在华金市地铁施工时发生特大塌方事故,一下子埋进去了二十多个人,最终救出来十七个。事故在发生的当晚就从一条个人微博爆出,各大网站竞相转载,很快惊动了海内外,还上了中央台的"新闻1+1"和"焦点访谈"栏目,凤凰卫视中文台和资讯台也每天连续跟踪报道,中央领导很震惊,国务院副总理专门为此做出指示,责令国家安监总局组成联合调查组到现场进行深入调查。作为公司的党委书记,一时间魏木楞成了焦点人物,也成了众矢之的,被局党委撤销党内外职务、留党察看两年,并调局人才中心待分配工作,实际上就是被剥夺了一切权力,包括工作的权力。在被晾了大半年之后,局虽然为他安排了工作,但却是降级使用。他思前想后,把这归咎于自己平时对佛祖和神灵的懈怠。因为为企业生存和发展常年在外奔走的缘故,他没有时间时常到寺庙求签和跪拜,是自己没有尽到一个香客和施主的责任,得罪了佛祖和神灵,以至于受到了应有的惩罚。

单位出了这么大的事故,作为最高领导之一,他认为自己是有责任的,即使受了企业的处分,也难以面对死去的职工和活着的部下。时至今日他明白了,自己年龄大了,无论是事业和仕途都已经无所谓了。一千好一万好,不如把儿子的事情办好。为了不让自己的儿子和未来的儿媳妇因为自己的事而背上沉重的包袱,他先"屈身下嫁"调到上海一家城市道排工程公司在江苏设立的分公司,然后利用自己大半生维系的人脉,动用这些年来所建立起的关系,把魏兆喜和宁静调到这家公司的机关。他还拿出夫妻俩大半生的积蓄,在上海为魏兆喜和宁静购买了一套130平米的新房子。

如今,这位算命先生的年纪已经九十有一,魏木楞觉得更不能怠慢,花重金备了一份厚礼,亲自登门求见。看到老先生用颤抖的手歪歪扭扭写下几个字折起来,魏木楞恭恭敬敬地用双手接过来,如获至宝地揣进口袋里,倒退着出了门。回到浥城,他把算命先生掐算的日子通知给胡大亮和秋玲,几乎是不容商量地让亲家按这个时间准备婚礼。

听秋玲说起宁静结婚的事,邵松阳还在医院里住院。那天上午接替过秋情,秋玲告诉邵松阳,说"今晚上由张琳来照看你",邵松阳说"你们有事就忙你们的",还说"我现在能下地了,也别叫张琳来回跑了"。秋玲怕邵松阳误会,就明说道:"是参加单位领导公子的婚礼。这个领导与胡大亮是老乡,两人平时称兄道弟的,不去不行。"邵松阳就连连点头:"那得去,那得去。"之后像是想起了什么,就问:"你们家宁静谈了对象,最近进展怎么样,什么时候结婚?"

邵松阳平时很少问起宁静,这与他重男轻女的思想不无关系。按理说他都当了处长,不应该有这样的思想,但因为他没有儿子,看到别人家有"带把儿"的就羡慕。特别是自从有了冬征、均平,他心爱的天平就几乎全部倾向于这两个外孙了,这一点不仅宁静感到了,也让秋玲和胡大亮产生了失落感。

喜欢与被喜欢贵在发自内心。要是得不到、去力争,那就没多大意思了。现在听邵松阳问起宁静的事,秋玲当然高兴,就把亲家如何算日子、定在哪一天告诉了邵松阳,末了还问邵松阳:"老爸,这可是你唯一的外孙女结婚,你当姥爷的高兴吧?"邵松阳听到这个喜讯,着实高兴,连连说:"高兴,高兴。"秋玲半开玩笑地说:"那你和我妈还不得准备一个大大的红包?"

躺在病床上的邵松阳一听要他"准备一个大大的红包",蹦跳到嗓子眼的心顿时坠入谷底,惺忪的眼睛立即睁得像透明的大玻璃球儿,他猜不透秋玲说的"大"要大到什么程度,张大的嘴巴半天没有合拢。

四十九、缺席婚礼

宁静大喜的日子定在 9 月 28 日,也就是农历辛卯年的八月初二。宁静和魏兆喜虽然已经调到了上海,但婚礼还是按照原来算定的日子在沘城举行,新房就是魏兆喜父母原在公司总部机关大院居住的三室两厅两卫的居室。几乎一个夏天,秋玲都在忙着找婚庆公司、订婚宴饭店,连在婚礼上给客人们散发的喜糖也是她左挑右拣购买来的。这期间,秋玲要胡大亮向远在海南、湖南、湖北、山东、九江等地的本家亲属致电通告,并发出了到沘城参加婚礼的邀请,自己则亲自将这一喜讯告诉了秋倩和秋瑾。秋倩和张琳在接到电话的第二天吃过晚饭后,由张琳驾车来到秋玲家,将 6000 元的贺礼交到秋玲手上。秋玲说:"自家人,免了吧。"张琳接过胡大亮递过来的一杯清茶,随口回答说:"这是我们家宁静的终身大事,怎么能免了? 我还只怕少了呢!"捧着厚实的信封,秋玲就有些感动:"唉哟,这么多啊,这礼太重了!"张琳说:"只能是表一表我们的心意,祝宁静和魏兆喜新婚大喜,六六大顺。"不等张琳说完,秋倩接过了话茬:"还有早生贵子,百年好合!"伴随着一阵爽朗幸福的笑声,胡大亮端来了刚切开的大西瓜,秋倩伸手取过来一块:"这瓜一定很甜,我要抢着吃了。"一口咬下去,甜汁顺着嘴角流下来,张琳顺手抽出一张餐巾纸接住,才没有滴到地板上。

她们边吃西瓜边谈起宁静婚礼的筹备情况。张琳则想起了自己当年在报社当记者时争取到屯溪出差的机会、第一次见到宁静的情景。张琳说:"那时我还没有和你这个大姐见过面,只是从秋倩保存的一张照片上见过,下了火车到出站口,我一眼就认定那个站在护栏边的就是大姐,直向你挥手。"秋玲说:"是啊,这就叫'不是一家人、不进一个门'。"并说:"那时我们就一间平房,只好把你安排住在单位的招待所,委屈你了,妹夫!"

张琳摆摆手:"那时也就这个条件,已经很不错了。"想起当时没有见到胡大亮,就转脸问胡大亮:"我去的那年你还没有调到泚城吧?"

胡大亮点点头:"还没有,你那次去屯溪,我到九江出差了,回来才听你大姐说的。"

张琳说:"给我印象最深的有两个:一个是第二天早上宁静去招待所喊我吃饭,她推不开门,就爬到窗台上,用小手把窗户纸抠了个洞往屋里瞅,嘴里喊着'姨夫、姨夫',我嘴里应着,心里那叫个甜。第二个是大姐下面条,煮一会儿就挑起一根面条往墙上甩,以能不能粘到墙上来检验面条是不是熟了。我觉得特别奇特,还是第一次知道用这种方法来检验面条熟不熟的。"说着忍不住又笑了起来。

临出门,秋倩还问秋玲:"宁静结婚的事你给老头儿和老太太说了吗?"

秋玲说:"在老头儿住院时告诉过他,但在哪个酒楼办,还没有正式通知他们,反正也不需要他们做什么,到跟前再给他们说吧。"

就是因为秋玲把宁静结婚的事先于红雲告诉了秋倩和秋瑾,对外常说"从来不讲规矩"的红雲从秋瑾口中听说后,她问邵松阳:"宁静结婚的事你知道不知道?"邵松阳不明就里,答道:"知道。"红雲又问:"那什么时候结、在哪里结你知道吗?"邵松阳更不明白了,照实说:"不知道。"这下红雲抓住理了:"看看,看看,我就知道老大他们没有把我们当姥姥姥爷的放在眼里。"等邵松阳明白了是怎么一回事,也感到有伤面子,并为此而耿耿于怀。后来,当秋玲打电话说"想去看望你和我妈"时,邵松阳便警觉秋玲是"无事不登三宝殿",张口就问:"啥意思?"这一问把秋玲问得莫名其妙,随口解释道:"就是邀请你和我妈9月28号参加宁静婚礼的意思。"

放下电话,秋玲把邵松阳说的话向胡大亮一学,胡大亮说:"咱爸当惯了领导,喜欢让人请示、汇报,你光打一个电话怎么行?他这是叫我们俩亲自登门去向他报告。"

秋玲有点不相信:"对我这个女儿和你这个女婿他也摆谱儿?"

胡大亮没有正面回答她的问话,而是建议说:"我看还是再打一个电话,与爸妈约个时间,咱们亲自去一趟吧。"秋玲想想也是,就当即把电话打过去。

在电话的那头,邵松阳和红雲也在生闷气,明知道这个电话肯定是秋玲打来的,却都不去接。第二天、第三天也是如此。秋玲虽说心里还是想着这是一道必须走的程序,但由于本来属于男方筹办的事,亲家全都委托给了她和胡大亮,而胡大亮还要上班甚至出差,实际上所有的事都落在了秋玲一个人身上,把秋玲忙得晕头转向。后来,虽说电话打通了,也说了要亲自登门邀请他们老两口参加宁静婚礼的意思,但邵松阳说:"知道了,你们也不用专门跑过来了!"口气很坚决,同时也包含着一些不快。这些不快,让相当较真和计较的邵松阳和红雲最终也没有去参加他们唯一一个外孙女的结婚庆典。

后来,当有人问起这件事时,红雲不无埋怨地说:"孩子结婚这么大的事,老大他们先告诉秋倩、秋瑾,把我们老两口晾到了一边,到跟前了才打电话通知我们,叫我们连准备的时间都没有。再说,我和老邵这么大年纪了,他们也不派车来接我们啊,怎么去? 有她秋玲这样做事的吗?"

五十、宁静出嫁

9 月 28 日,农历八月初二,宁静和魏兆喜结婚的日子。秋倩和秋瑾向单位请了假,一大早就分别从城南打的到位于城北的秋玲家。屋子里已经来了不少人,有从济水来的胡大亮的大哥大嫂,有从海口来的胡大亮的三弟媳妇和她们的小孩,有从岳阳老家来的胡大亮的妹妹和外甥女,还有从武汉赶来的二弟媳妇和侄子,这些亲戚秋倩和秋瑾大多听说过,但几乎都未见过面,所以胡大亮指着他们一一给秋倩和秋瑾分别做了介绍,秋倩也热情地向他们一一示意,大家互致问候。还有一些人,是前来帮忙的秋玲的同事和朋友,秋倩也主动与她们打招呼。

宁静被魏兆喜接到婚庆公司所属的美容美发店做头化妆还没有回来。看到秋玲还没有换参加婚礼的新衣服,秋倩就拉着秋玲走进她的卧室,让秋玲把新衣服从大衣柜里取出来,帮她一一穿在身上,然后又拉着秋玲走到穿衣镜前,夸道:"姐姐这套衣服式样真好,既端庄又洋气,还很有喜庆的味道。"

秋玲说:"就是人老了,你看这满脸的皱褶,脖子下面的肉都松了,已经是一个十足的老太太了。"

秋倩感叹道:"你是八九年从屯溪调到浥城的吧? 那时宁静还没有上学,秋瑾还在谈朋友,应该是咱姐妹工作以来的第一次见面。好像是一转眼,现在连宁静都结婚成家了,时间过得怎么能不快呢?"又问道:"你把举办婚庆的地方给咱家老头儿老太太说清楚了吧?"

秋玲回答说:"说清楚了。"想到期间打了那么多次电话邵松阳和红雲都不接,后来虽然接了,但却很不情愿,秋玲不免有些郁闷和不安。秋情正想张口劝解,忽听楼下传来汽车喇叭声,两人走到窗前,只见16辆清一色的新奥迪迎新车队开到了楼下。在一阵激越欢快的鞭炮声中,由新郎率领的十多人组成的迎新队伍陆续下了车,摄影、摄像人员一会儿跑前一会儿随后,魏兆喜手捧鲜花走在最前面。

一行人乘坐电梯直上11楼,但见宁静家的大门紧闭,门上的"猫眼"被临时拆卸掉了,从里面传出声音:"要想让我们打开门,就把红包从猫眼里塞进来。"

这是婚礼中的一个环节:为了不让男方轻易把新娘接走,女方特意挑选几个与宁静要好的发小、同学或堂兄弟、表兄弟之类的人把门,让男方从门缝里塞红包,一来显示新娘的高贵,让男方来求请,二来让他们留下"进门钱",同时也烘托一下喜庆的气氛,俗称"挤门"。婚礼执事小金早有准备,把一张拾元卷成一个小卷塞进去,里面的人抽出一看,大喊:"哎哟,太少了,给票面大的!"小金又塞进去一张贰拾元的,里面的人说:"不行,打发叫花子呀!"魏兆喜就悄悄说:"小金,塞两张佰元的。"里面的人抽走后又起哄:"才两张,继续!"就这样,里面的人不知足,得寸进尺,不停地喊叫;外面的人急不可耐,使劲敲门,又不得不一点点地添加。"拉锯战"打了有一刻钟,当丈母娘的秋玲不忍心了,对把门的人说:"闹得差不多了,开门吧!"外面的小金大喊:"丈母娘心疼女婿了,快开门吧!"里面的人还不满足,跟着叫劲:"把宁静就这么送给他们,哥们姐们说行不行?"马上就有人响应:"不行,再多给红包!"

看看时间不早了,小金急中生智,编了个谎话央求说:"里面的哥们姐们,酒店的客人到齐了,婚庆公司的人已经催了好几次了,快开门吧!"他这么一说还真管用,胡大亮从沙发上站起来,走到门口小声说:"你们几个把人家'宰'够了吧,该去喝喜酒了。"听他这么一说,那帮兄弟姐妹们才罢休。见门把一动,外面的人乘机挤了进去。

魏兆喜向新娘献了鲜花,向岳父岳母行了跪拜礼、敬了改口茶,岳父岳母也给姑爷递送了红包,新郎官就要挽起宁静往外走,宁静的哥们姐们不干了,其中宁静的小学同学欧阳世龙领头大喊:"我提议,让新郎把新娘背下楼,大家说好不好!"屋里所有的娘家人鼓掌响应:"好!"于是,在众人的叫喊声中,魏兆喜乖乖地蹲下身子,等着宁静爬上去,而宁静却现出羞涩,扭捏不肯,欧阳世龙就走过去,把宁静推到魏兆喜背后,魏兆喜就势背起宁静走向电梯。

婚庆车队浩浩荡荡地开上了大街,沿着泗城市的徽州大道向南,威风地从市中心穿过,驶向位于城南的"新房",沿途招来众多的行人驻足观看。作为娘家人随车送行的秋倩和秋瑾看到这种情景,心中感慨姐姐秋玲、姐夫胡大亮抚养女儿的不易,也为宁静冬征他们这一代人能赶上富足的盛世、享受到和谐社会和城市化建设的成果而生出些许的庆幸和欣慰。想到自己幼年在姥姥家像生活在蜜糖罐里、童年在父母跟前像生活在地狱里、结婚生子后像生活在温馨的暖房里,秋倩百感交集,忍不住就鼻子发酸,泪水泅泅地涌出了眼眶。她怕秋瑾看出自己的心事,故作看景似的把头扭向车窗一侧。

宁静和魏兆喜的新房就是魏兆喜父母原来住的房子。魏兆喜的母亲在丈夫魏木楞调离原单位不久也跟着到了江苏,这套三室两厅两卫的房子就一直空着,前段时间魏兆喜和宁静回到泗城筹备结婚事宜,白天两人忙着照婚纱照、采购结婚用品,晚上就在这里休息。这套房子位于公司总部机关大院家属区的西北侧、也就是邵松阳所居楼房的北面,两座楼房相距不过五十米。有几次宁静和魏兆喜外出逛街或从街上回来,邵松阳曾碰到过他们,但两个热恋的年轻人只顾走路、谈笑风生,并不注意从身边走过的人,即使是自己的父母也不会留意。邵松阳回到家里,把见到宁静而宁静又视若不见、不打招呼的事说给红雲听,红雲就以为宁静是故意不理他这个姥爷,不理邵松阳也就相当于不理她这个姥姥,加上秋玲和胡大亮没有亲自登门来通告和邀请,两个人在宁静结婚的事情上达成了空前的默契和一致。红雲甚至对邵松阳说了"三个不去":宁静和魏兆喜不亲自登门来邀请不去,秋玲和胡大亮不给买一套参加婚礼的新衣服不去,结婚当天不派专车接送不去。

就在宁静要结婚的前一天,看到秋玲那边真的没有什么动静,邵松阳就提醒红雲:"秋玲和胡大亮为女儿结婚的事忙得顾不上来,咱们就别给他们小辈们计较了,打电话确定是哪家酒店,我们自己去不就行了?"红雲却不愿做出让步,口气依然很硬:"再忙也不能忘了生养自己的爹妈吧。"

邵松阳见劝不动红雲,就提出给张琳打个电话问问,如果张琳和秋倩开车去参加婚礼,就坐张琳的车一道去。红雲当即就回绝了他:"我宁愿步行,也不会坐他们的车去!"

秋倩一大早去当娘家人陪送宁静之前,张琳问秋倩:"要不要给老头儿和老太太打个电话,约他们坐车一道走?"秋倩自信地说:"这事不用你操心,大姐和姐夫肯定都安排好了,你就不用显摆自己是'有车一族'了。"

当宁静和魏兆喜的婚庆车队开进了大院,鞭炮声立刻响起,引得行人纷纷驻足观看,有些住在楼房里的人还好奇地打开玻璃窗向下俯瞰。一直在家里静坐等候的邵松阳把烟灰弹到烟灰缸里,走到书房的窗前向外望去,看到车队停在了自家大楼对面的 53 号楼下,猜想着又是哪家的小孩结婚办喜事了,就忍不住走下楼去,站在路边的人群里看热闹,他的身影恰恰被坐在车里的秋倩看到了。

"你看,那不是咱家老头儿?"秋倩拉了一下正要下车的秋瑾说道。秋瑾顺着秋倩手指的方向隔窗望去,果然看到邵松阳挤在人群的夹缝里,向车头披挂着鲜花、前后张贴着大红喜字的婚车张望。而恰在此时,只见邵松阳调头走进了楼道,显然,他已经看清新娘正是自己的外孙女宁静。

婚礼在老火车站附近的一家豪华大酒店举行。在现场,秋倩、秋瑾分别与她们的丈夫张琳、陆晓辉聚首,因为两家的小孩都在学校,冬征在上大学,均平在上高三、准备参加次年的高考,所以没有来。

在饭店的入口处,张琳与新娘宁静和新郎魏兆喜见面并握手道喜,然后进入宴会大厅。大厅里熙熙攘攘、人头攒动,张琳一面与他熟悉的领导、朋友和亲戚打招呼,一面寻找女方客人的席位,而秋倩却在不停地巡视着大厅的各个区域,希望能找到邵松阳和红雲。正当秋倩想问秋瑾看没看到邵松阳和红雲时,猛听大厅外有人高喊:"所有的女方客人请马上到大厅外,与新郎新娘照'全家福'!"于是,秋倩叫上秋瑾和张琳、陆晓辉来到大厅外面,二三十号人按照操办人的招呼排列、站位,并随着一个操办人举起右手喊了一声"茄子"而展现出自己开心、幸福的笑容,只见闪光灯频频闪耀,几架照相机接二连三地发出"咔嚓、咔嚓"的声音,把整个大家庭所有的祝福和喜悦都装入了数码相机的 Compact Flash Card(简称 CF)卡里。

过后察看结婚当天所拍的照片,宁静无意中发现,照片上没有自己的姥爷和姥姥,就像当年妈妈和爸爸结婚时他们没有出现一样。也就是那么一瞬,她的心里有些不是滋味。

五十一、秋玲伤心

姥爷和姥姥没有参加自己的结婚典礼,对于宁静来说除了有一些遗憾,她也没有过多地去想其中的缘由。毕竟,现在的年经人与他们的父辈本来就存在着代沟,与爷爷奶奶辈就更不用说了。尤其是独生子女,做事比较注重以我为中心,只要自己高兴,其他人有什么看法和感受,他们参与不参与,对他们来说根本就不是事儿,更不会放在心上去斤斤计较。

但对于秋玲就不同了。自己当年与胡大亮结婚并不是自由恋爱,而是有人登门找到邵松阳和红雲说媒,得知对方就是一个湖南工友的儿子,彼此虽说不在一个工程段,也说不上特别了解,但平时在施工时经常见面,印象里觉得能够靠得住,也就随口答应了这门亲事。后来秋玲和胡大亮两人决定结婚,到工程队开结婚登记证明,队长对胡大亮说:"现在施工比较紧张,正缺人手,你是我手下的干将,请假走了我好多事就办不成。再说,你对象又是列车上的广播员,也不好找人代替。要不这样吧,你们就在工地来个革命化的婚礼,婚礼我来替你们操办。"他随手翻看办公桌上的台历,周末是七月初七,就说:"正好,这一天还是咱中国传统的鹊桥会哩,就定在周末吧。"老实巴交的胡大亮听到队长给他们操办婚事,很有点受宠若惊,也就没有想到去与秋玲商量商量,就当即答应了。于是,队长吩咐办公室给他们腾出一间工棚做新房,买了两本塑料皮的日记本、两个铝皮的开水瓶和一对鸳鸯绣花枕巾,又交代工地食堂的大师傅在周末晚上备了一桌子菜。所谓一桌子菜,就是用招待上级工作人员用的大号搪瓷碗打了几样大锅菜、单炒了几个小炒,再配上几样食堂自己制作的卤菜和泡菜。仪式相当简单,由队长亲自主持,书记站起来讲了几句表扬和祝贺的话,然后大家就开吃开喝。一个小时后,队长对胡大亮和秋玲说:"你们入洞房吧,我与这些兄弟再猜几拳。"据说,那天晚上所有留下的人全都喝醉了,包括队长和书记。

每当想起这些往事,秋玲就觉得自己的过去不足为惜,女儿才是自己终生的寄托,不管以后她对自己会怎样,现在自己是会好好待她,容不得她受半点的苦难和委屈,能忍让的就忍让,能过去的就过去,即使是女儿为一些话、一些事伤害了她,而她也只会数落她几句,但在身体上、精神上、心理上决不会伤害她,更不会像红雲那样变着法儿地虐待自己的亲生骨肉。如今女儿结婚,她就是要追求十全十美、大吉大利,举自己所能,把宁静的婚事办得风光一些、体面一些,尽量不留下任何的缺欠和遗憾。在邵松阳住院期间,即使邵松阳情绪不好时冲自己发一些无名之火,她都克制自己,尽力忍让,甚至在红雲提出提前支付定期存款而让她赔付所损失的利息这种蛮横无理的要求时,她都委曲求全地答应了,为的就是营造一种平静、宽松、和气、和谐的氛围。可是在女儿结婚那天，邵松阳和红雲竟连个招呼也不打，不吭不哈地就不来了，这也太无理、太绝情了！当时，秋玲表面上故作平静，其实内心里乌云密布，翻江倒海。

隔壁邻居家的电视传来毛宁唱的《涛声依旧》，听到"月落乌啼总是千年的风霜，涛声依旧不见当初的夜晚，今天的你我怎样重复昨天的故事，这一张旧船票能否登上你的客船"的歌声，秋玲不禁心潮起伏，泪如泉涌。她伤感于父母对自己的漠视和冷淡，也感叹自己的女儿重复了自己曾经迷茫过的怪圈。邵松阳和红雲不来出席女儿的婚礼，使主桌上原本紧凑的安排显得稀拉零落，她和大亮不得不把张琳和晓辉拉过来补缺，以免让亲家感到尴尬和冷落。

秋玲还考虑，自己的女儿结婚，胡大亮的家人不远千里从海南、湖南、湖北和山东赶来，而同在洇城市区的自己的父母却不来参加，这让亲家和亲戚们会怎么想，所来的同事朋友们会做出怎样的猜测？她甚至气恼地想，如果这老两口真的死了也就算罢了，可他们明明活得好好的，为什么不出席自己外孙女的婚礼？再说，对小时候的事自己并没有太在乎，尤其是调到洇城这二十多年来，自己一直在努力补回年轻时对他们亏欠的关心的体贴，而且也确实对他们不薄，他们怎么还就如此地薄情绝义？秋玲百思细想，却怎么也找不到答案。

五十二、"回门"之俗

按照汉民族婚姻风俗，成婚后三、六、七、九、十日或满月，女婿要携礼品，随新娘返回娘家，拜谒妻子的父母及亲属，这叫"回门"。据说此俗起于上古，后世几经演变，各代叫法不一，各地礼仪也有所不同，宋代称"拜门"，清代北方称"双回门"，南方称"会亲"，河北某些地区称"唤姑爷"，杭州则称为"回郎"。宋吴自牧《梦粱录·嫁娶》里这样记载："其两新人于三日或七朝、九日，往女家行拜门礼，女亲家广设华宴，款待新婚，名曰会郎。"

在河南，出嫁的闺女通常是在新婚后的第三天回娘家，所以又称"三朝回门"。此为婚礼的最后一项仪式，新娘新郎结伴省亲，有女儿不忘父母养育之恩赐、女婿感谢岳父母及新婚夫妇恩爱和美等意义。张琳记得小时候曾有的经历：自己有位远房的堂姐新婚后回门，他们几个堂兄堂弟凑在一起，变着法地与新姐夫逗乐，让新姐夫给他们小兄弟们端水倒茶,让原本不会唱歌的新姐夫唱革命歌曲,还把新姐夫的帽子、鞋子、围巾以及所骑自行车的铃铛摘下来,逼迫新姐夫用糖果、香烟或零钱来换取,直逗得的新姐夫连连告饶。

张琳小时候见过,新娘新郎回门,女方家里是要设酒席款待的,新女婿入席上座,由女方的父母、叔伯陪饮。如果新女婿的家里比较有地位、新女婿的身份较高,女方的父母还会邀请同族中的尊长来陪同。宁静的公公是处级干部,张琳又与他有二十多年的交情,就向胡大亮和秋玲建议,宁静回门那天的招待一定要隆重热烈,营造出喜庆的气氛,再掀一个高潮。

在婚礼宴会上,张琳敬酒时曾热情挽留远道而来的宁静的姑奶姑爷、大伯、伯母和姑姑婶婶们多住几日,一来可以到淝城附近的景点看看,二来等到宁静和魏兆喜"回门"那天再热闹热闹,可他们大都是请假而来,以工作繁忙或以家里事多而婉言谢绝了他。于是,他与胡大亮和秋玲商定,就在宁静结婚的当晚,由自己做东,宴请这些远道而来的客人们,以此略表他的地主之谊。

晚宴进行中,宁静打来电话,说他和魏兆喜到港澳旅游的机票送来了,时间比原来的计划提前了,不得不压缩既定的日程,把三天后的"回门"改在明天进行。本来就打算次日下午陆续返程的客人们,为意外地赶上参加回门的盛宴而高兴不已。

送走了各路客人,女儿和女婿也如期前往港澳旅游,偌大的房屋里只剩下胡大亮和秋玲两个人,连衣柜里也没有了宁静花花绿绿的衣服,这使他俩倍感冷落,特别是胡大亮上班一走,秋玲就不由自主地想女儿。她把女儿的房间用笤帚扫一扫、用墩布拖一拖,要不就是把女儿的床铺这儿抻抻、那儿拉拉,再不就是打开女儿的衣柜,把已经归整好的衣物都抱到床上,一件件地重新再归整一遍,然后摆放到衣柜里。还有就是,那些要好的姐妹们,过去打电话叫她去打牌,她常会以"要去买菜了"、"要上网看股市行情和股评了"等推辞,而现在只要姐妹们一叫,她就立马锁门走人,直打到别人提出来散摊了方才离开桌子。

还有一件她自认为应该尽心做的事情,就是为还是"上班一族"的胡大亮做好每天的三顿饭。这天,她把晚饭端上了桌,刚夹了几片青菜便没有了胃口,就放下饭碗对胡大亮说:"你去给我倒杯黄酒来。"正夹了一块糖醋排骨往嘴里送的胡大亮心里一惊,手哆嗦了一下,糖醋排骨"啪嗒"一声掉在了饭桌上,两眼直勾勾地望着秋玲。秋玲把筷子"啪嗒"一声拍到桌子上,没好气地问:"干吗这样看我?"胡大亮就赔着笑脸地问:"你这是唱的哪出戏啊,怎么想起喝酒来了?"秋玲搓搓两腮说:"我牙疼。"胡大亮就更不明白了:"我还真没听说过黄酒可以治牙疼。"又问:"你是左边的牙疼还是右边的牙疼?"这时,秋玲也为自己荒诞的借口而忍不住"扑哧"一声笑了,但嘴上却不饶人:"我满嘴的牙都疼!"胡大亮猜到她是为什么,就没再说什么,起身到电视机旁边的酒柜里找黄酒。

拿来了只有半瓶的"女儿红"和两个酒杯,胡大亮给秋玲倒上递过去,然后也给自己倒了一杯,等他要给秋玲碰杯时,秋玲那边已经喝光把酒杯放下了。

"何以解忧,唯有老酒。"胡大亮试图以调侃来打破饭桌上的沉闷。他问秋玲:"你从小在宁海老家就开始沾上了黄酒,可你对黄酒知识的了解不一定比我多。"

秋玲接过他递过来的又一杯黄酒抿了一口,漫不经心地说:"说来听听。"

胡大亮就开始大谈他所知道的"黄酒经":黄酒是我国的民族特产,也称为米酒,属于酿造酒,在世界三大酿造酒(黄酒、葡萄酒和啤酒)中占有重要的一席,酿酒技术独树一帜,堪称东方酿造界的典型代表和楷模。他问秋玲:"黄酒有三大系列,你知道是哪三大系列吗?"看到秋玲摇头,他自揭谜底:一是以浙江绍兴黄酒为代表的麦曲稻米酒,这是黄酒历史最悠久、最有代表性的产品;二是山东即墨老酒,这是北方粟米黄酒的典型代表;三是福建龙岩的沉缸酒,应该是红曲稻米黄酒的典型代表。

秋玲起身上卫生间,没有关门,所以胡大亮的话也就没有停止,只是调高了嗓音,明显地有"掉书袋"的意味:"黄酒是世界上最古老的酒类之一,源于中国,且唯中国有之。大约在三千多年前的商周时代,中国人独创酒曲复式发酵法,开始大量酿制黄酒。黄酒产地较广,品种很多,且听我对你一一道来:著名的有浙江花雕酒、状元红、上海老酒、绍兴加饭酒、福建老酒、江西九江封缸酒、江苏丹阳封缸酒、无锡惠泉酒、广东珍珠红酒、山东即墨老酒等。但是在国际国内市场最受欢迎的且最具中国特色的,首推绍兴酒。黄酒含有 21 种氨基酸,故被誉为'液体蛋糕'。你家老头儿身体那么好,我估计与他长年饮用黄酒有很大的关系。"

从卫生间出来的秋玲,听到胡大亮提到"你家老头儿",像是忽然想起了什么,说:"你别絮叨了,收拾碗筷吧,我去给老家打个电话。"说着走向客厅沙发旁边的固定电话。

五十三、突患绝症

秋玲把电话打给了在宁海的大姑,但电话却是大姑父接的。秋玲问:"是姑父呀,你和大姑都好吗?"

姑父在电话那头说:"我很好,就是你大姑不太好。"然后还叹了一口气。

秋玲有点急切地问:"我大姑怎么了?"

姑父没有马上回答,秋玲听到电话里传来"咔嗒"一声,像是关门的声音,估计是姑父走出了房屋,之后她听到姑父说:"我现在就在医院里,上个月医院检查出你大姑是肺癌。我还不敢让她本人知道,现在我从病房出来了,在走廊里给你说话的。"

秋玲有点不相信:"我大姑身体一直都很好,怎么会得肺癌呢,是不是医院误诊呀!"

"起初我也不相信,还请求医院的医生与上海华山医院的专家进行远程会诊,最后还是确诊为肺癌。"

秋玲曾听原给局领导当秘书的张琳说过,他曾陪同一位局领导到上海的这家医院检查过,上海华山医院是全国知名的诊治肿瘤的权威,既然华山医院的专家已经下了结论,就应该不会有误。于是秋玲就问医院下一步准备怎么医疗、有什么事需要帮忙、要不要自己回去照顾等。

在厨房忙乎着的胡大亮手在刷锅洗碗,耳朵也听到了秋玲说话的大致内容,等秋玲放下电话,两人一同陷入了沉默。

几天后,秋玲分别给秋倩和秋瑾打电话,把这一不幸消息告诉她们两人,大家无不感到突然和震惊:大姑六月份和大姑父带着刚参加完高考的外孙女到淝城玩了一周,这才走了几个月,就得了这样的绝症,使之成了告别之旅,确实令人扼腕叹息。

秋玲与秋瑾从小在宁海长大,得到了大姑的不少照顾,觉得应该知恩图报,就商量是不是抽空回老家看望一下大姑。秋倩和张琳周末到秋玲家串门,听说她们有此打算,特意给秋玲留下了一千元钱,托她带去自己的关心和问候。

秋倩还问秋玲:"咱家的老头儿和老太太是不是也知道了这个消息?"秋玲说:"他们已经知道了。"并说:"在老头儿的四个妹妹中,要数大姑对老头儿最好,还来淝城几趟看望他。我觉得他知道大姑得了绝症,一定会马上回去的,可这都过去两个星期了,他也没有动静。"

秋倩想,这老两口,对谁都那样,少心没肺的,像是冷血动物,一辈子没关心过什么人,嘴上却说:"也许他们已经去了,只是没有告诉你。"

秋玲就感慨:"也就是你心肠软,心地善,把他们想得那么好,其实他们对谁都没有倾注过浓厚的情意,忒冷漠。"

秋倩暗自笑一笑:真是心有灵犀,你说的和我想的怎么一模一样!

秋玲和秋瑾两人是利用周六和周日的双休日到宁海去看望病中大姑的。当时大姑已经动过了手术,并且进行了两次化疗。姐妹俩本打算背着大姑,向姑父详细问一问大姑的病情,但大姑看出了她俩的心思,说:"小玲、小瑾,我知道自己的情况,你们没有必要背着我了。"姑父就苦笑了一下,点点头。大姑说:"说不怕死那是假话,但我这人开朗,也知足,起码我在我的有生之年去了几趟溮城,见了你们的爸妈,也见了你们和你们的丈夫和孩子。看到你们每家生活得都很幸福,我也就放心了。"

临别时,她拉着秋玲和秋瑾的手不肯放开,再三说:"我哥嫂这两个人的脾性都比较古怪,使起性子来还真叫人难以接受,但他们毕竟是你们的爸和妈妈,有啥对不起你们的地方,你们做子女的就原谅他们,别和他们计较,有时间了就去看看他们。我知道你们各自成家的时候,他们没有给你们置办什么嫁妆,平时也很少关心和过问你们。他们独惯了,也把钱看得特别重,这我都知道,但现在你们各家的经济条件都还好,他们也老了,能给他们买点吃的穿的就买些。我知道,他们并不是不在乎,只是个性太强,对谁都抹不开面子说软话。"看到姑姑凝重的神色和近乎企求的目光,秋玲和秋瑾连连答应:"好,好,大姑,你就放心吧。"最后她还特别嘱咐秋玲和秋瑾:"秋倩和张琳他们全家的心意我领了,我这辈子可能见不到他们了,你们代我当面谢谢他们!"直说得秋玲和秋瑾泪水涟涟,不忍再看大姑那张清癯的脸面和深陷的两个眼窝。

回到溮城后,秋玲给邵松阳打电话,详细述说了大姑的病情,讲明大姑在世的时间已经不多了,希望他这位兄长能到宁海看看她,也让她在自己的有生之年体味到邱家人的亲情,享受到天伦的快乐。可邵松阳却说:"我现在回去了,她哪天死了我不还得再回去一趟?"

听邵松阳如此说,秋玲心里便有了不悦:"大姑死了你回去,那是做给外人看的,你何不趁她还活着的时候去看望一下她?这对大姑可是最大的安慰。四个姑姑中就数大姑对你最关心也最体贴,现在你不回去看她,那我大姑真是妄对你那么好了。如果你真要在她活着回去或者死后回去这两者之间选择其一的话,我劝你还是在她活着的时候去看看为好!"说完,便"啪"地放下了电话。不是秋玲给邵松阳使性子,她觉得这哪像亲哥哥说的话,她感到气愤,但更多的是难受、难过,要不放下电话,她会控制不住自己的。

秋玲对邵松阳的行为难以理喻。换了别人,她可能会大骂其忘恩负义,是无耻的小人,可这是她的父亲呀。她也真不敢相信,电话那头说话的就是小时候教自己学走路、学说话的父亲,就是在工作后常常教导自己要堂堂做人、善待同志、知恩图报的家长,就是一个曾经在讲台上对机关干部、广大党员和职工大讲提倡社会文明、尊老爱幼、家庭和睦的处长!

秋玲从心底憎恨这样的父亲,可也在心里希望邵松阳后悔自己想得不周,知错而改,与红雲一道或者是独自一人回去探望探望大姑。她隔三差五地给秋倩打电话询问,可是每次反馈给她的信息都是夫妻俩"人在家中"、"按兵不动"。

五十四、无理取闹

11 月 21 日,也就是在入院接受手术和化疗后的整整一百天,秋玲的大姑在医院溘然长逝。接到大妹夫打来的报丧电话,虽说在意料之中,但还是让邵松阳感觉到很突然,也为自己未能回去探望这个妹妹而羞愧。他把这一消息告诉秋倩,同时叫秋倩为他买两张到宁海的火车票,至于秋玲三姐妹是不是回去,他既没有考虑,也没有过问,更无心去张罗。

秋玲接到大姑父的电话后,倒是给秋瑾通了气。这姐妹俩认为自己是在宁海长大的,与爷爷奶奶这边的关系亲近,平时也保持着较为密切的联系,而秋倩是在济水长大的,与姥姥姥爷那边走得亲近,而对宁海这边相对陌生和疏远,现在大姑去世了,她们俩没有什么说的,理应回去为大姑送最后一程。秋玲还特意向秋瑾提到:"上次回去,秋倩托我们给大姑带去了一千元的慰问金,心意已经尽到了,这次就别让秋倩再花钱了,由我们回去代为问候就行了。"于是,她们没有再给秋倩打电话就定下了两人到宁海的日子和车次。

大姑去世的消息没有人通知张琳,但张琳从秋倩那里得知了这一噩耗。张琳说:"大姑父不通知我们,主要是体谅我们,既然现在我们知道了,就该给大姑父打个电话,问候问候,让他节哀。"他当即给大姑父拨通了电话,诉说自己和秋倩的悲痛之情,对大姑的不幸去世表示哀悼,向大姑父及其全家表示慰问,并询问大姑父有什么事情需要自己做。看到秋倩在旁边也想给大姑父说话,张琳就把手机递给了她。

听到大姑父说"希望你们能来一趟",秋倩就说:"张琳单位事情多,就由我代表他去吧。"

大姑父听到是秋倩的声音,就显得有些激动:"你一定来,一定要来啊!"

放下电话,张琳说:"大姑病中咱们没有去探望,现在她去世了,你就代表我们全家去一趟吧。"

当天下午,秋倩把通过"黄牛"买到的两张车票给了邵松阳,顺便提到了自己也要去宁海吊唁的事,邵松阳以为秋倩这个女儿还是很懂事、识大体的,关键时候也为自己撑了脸面,就说:"好,我们一道走。"谁知他回家给红雲一说,红雲却不干了,一下子从沙发上跳起来,指责道:"与她有什么关系,也往跟前凑,谁叫她去的?"

邵松阳赶紧洗刷自己:"对天发誓,我可没有叫秋倩去!"

"你没有叫她去,那谁会叫她? 她是在济水长大的,从来没有到过宁海,她凭什么要去?"红雲继续叫嚷。

邵松阳想打圆场:"她姑死了,她想去送送呗。"

"她去,那我就不去了,你一个人走吧!"说完,像是下定了决心似的,一屁股坐在了沙发上。

这下反倒令邵松阳着急了。因为如果红雲真的不去了,他一个人出现在弟弟妹妹们面前,大家会怎么想? 就是真的相信红雲有事去不了,他一个孤家寡人多没脸面啊! 于是他说:"我过去劝劝,叫她别去了。"

"你自己看着办吧。"红雲也不正眼看他,把头扭向了一边。

邵松阳给秋倩办公室打了个电话,说有事找她商量,叫秋倩立刻回家一趟。

秋倩问:"有什么事这么急,你就在电话里说吧。"

邵松阳现出为难的样子:"一句两句说不清,你还是回家吧。"

"那好吧。"秋倩猜想是不是与她商量为大姑办丧事的事,就同意了。

坐在了沙发上,邵松阳点上了秋倩递过来的一支烟,却一言不发。秋倩又去倒水,邵松阳摆摆手阻止了,让秋倩也坐下。

看邵松阳半天不说话,秋倩就催促他:"到底是什么事呀,你说吧。"

　　邵松阳叹了口气说："我也知道这话没道理,也不该说,但我也没有办法。"

　　秋倩觉得事情复杂了,现出迷惑的神情。

　　看秋倩望着他,邵松阳反倒低下了头,把烟蒂摁到烟灰缸里,像是下了很大的决心似的说:"你把车票退了吧。"

　　秋倩顿时愣住了,像是问邵松阳又像是问自己:"为什么?"

　　邵松阳摇摇头:"你别问为什么,把票退了就行了。"

　　这回秋倩不干了:"你不把话说清楚,我就不退。"

　　看到秋倩态度很坚决,邵松阳不得不把话讲明:"是你妈不叫你去!"

　　一提到"你妈"两个字,秋倩的两条腿就有点打哆嗦,心跳也加速了,过了好一会儿才平静下来,问道:"我妈为什么不叫我去,理由是什么?"

　　邵松阳显得很无奈:"没有理由,就是不叫你去。"

　　秋倩坐不住了,"噌"地站了起来:"那你们得给个理由,要不在张琳那里我没法交代。"

　　"你编个理由吧,反正你不要去,我走了。"邵松阳说着站起身,走出了秋倩的家门。

　　想了半天,秋倩也想不出个堂而皇之而又能让张琳接受的理由,觉得还是与张琳商量商量比较妥当,于是就拨通了张琳办公室的电话。

　　电话那头,张琳听秋倩一说,也为岳父岳母的荒唐举动感到莫名其妙。他觉得,让秋倩到宁海,尽我们的心意那只是其一,其二也是为你们邵家在村里撑面子,另外也显得你们做父母的教育有方、子女懂事,对你们有百益而无一害,你们应该高兴才是,怎么还会设障碍、下绊子? 两个人还在猜想这是为什么,张琳听到电话里传来门铃的音乐声,可能是看到了视频里的图像,张琳听到秋倩在电话里说:"老头儿又来了,我挂了。"

　　原来,回到家里,邵松阳把对秋倩说的话大致讲了一遍,红雲听到最后,也只是觉得秋倩要与张琳商量商量,并没有听出秋倩已经答应不去宁海的意思,就说:"她这是抬出张琳吓唬我,我才不吃她这一套。"想了想又说:"我可告诉你姓邵的,我跟你到宁海那是看你妹妹和妹夫的面子,如果到宁海下了火车看到秋倩,我扭头就回来,到那时你可别怪我给你下不来台!"

　　一听这话,邵松阳心里又没有底了。他非常明白,与她生活了大半辈子,这个老太太可是个说得出也做得出的人,如果秋倩没有接受他的劝告,真的在车站遇到了,在大庭广众之下出现让人尴尬的一幕,那可就乱了套了、丢尽人了。他不敢想像,在为大妹妹办丧事的时候,红雲和秋倩这两个冤家聚首时会发生怎样的事情。如果红雲还像当年那样泼妇似的歇斯底里耍无赖,他不知道去怎么劝解、又会怎样收场。想来想去,他硬着头皮又下楼去按响了秋倩家的门铃。

五十五、当仁不让

听到秋倩说"老头儿来了"便挂断了电话,张琳就感觉到本来很简单的事情现在变复杂了。以他的了解,邵松阳不会太为难秋倩,但他知道岳母的脾气和德性,不随她的意,她都会火冒三丈、大发雷霆,更不用说让秋倩与她公开叫板了,那她还不怒冲九霄,发疯发狂!他不能容忍邵松阳在自己老婆面前无原则的软弱和退让,也不愿秋倩再直接或间接地受到红雲无端的数落和责骂,觉得有必要出面讲明事理,有所担当!于是,他毅然决然地走出办公室回了家。

打开家门,张琳并没有看到邵松阳与秋倩发生争执,但沉闷的气氛显示,邵松阳已经向秋倩发难,场面很是压抑和窒息。张琳开口问道:"究竟是怎么回事?"

问这话时,他眼睛看的是秋倩,其实他是让岳父邵松阳来回答。但邵松阳却不吱声,回答的是秋倩:"爸还是让咱们把车票退了。"

"为什么?"张琳这才把脸转向邵松阳,两眼直直地盯过去,不再是以往那种客气的口吻。

坐在沙发上的邵松阳这时也抬起头,把两手一摊,答非所问:"我也不知道你妈搭错了哪根神经。"

"那我倒想问问,我妈这样做对还是不对?"张琳双目盯着邵松阳。

邵松阳避开张琳锋芒似的目光:"肯定是你妈不对。"

"既然知道我妈不对,你为什么不劝说、不制止?"张琳压不住心中的怨气,口吻已经有点不太礼貌。

邵松阳也有些激动,从沙发上站起来,在客厅里来回地走:"她不听我的,你让我怎么办,我能和她天天吵架?"

张琳的嗓门也大了起来:"你们吵不吵架我管不了,但我说句也许是不该说的话,你一直以来在家庭的问题上、在子女的问题上就没有原则,在我妈面前从来不辨是非,只是一味地忍让、退缩,任由着我妈欺负秋倩。我今天对你说清楚,当然你也可以把这话带给我妈:我与秋倩结婚之前,你们怎么对待秋倩我管不着。我们结婚以后,秋倩是我的老婆,我就容不得她再受委屈。从今天起,我把话放在这里,有谁再欺负秋倩,我张琳坚决不答应!"

也许是说出了结婚以来总想说而不便说、也抹不开面子说的话,也许是道出了多年来聚焦在心中的哀伤和积怨,张琳顿时觉得胸腔打开了、敞亮了,浑身上下也轻松了许多。

见邵松阳没有接话,张琳又说:"这次到宁海,秋倩是大姑父邀请她去的,也是代表我和冬征去的,我们当仁不让。我妈要是和我们讲明事理,也许还有商量的余地。现在既然你们俩合着伙来压我们,那我就明确地告诉你们:秋倩这次是去定了,谁也甭想拦得住。我妈说在宁海车站看到秋倩扭头就走,那是她的事,与我们无关。"停顿了一下,张琳缓和了口气:"本来我是要开车送你们一道去车站的,现在都这样子了,那就各走各的吧。"说完,张琳走进了自己的卧室。他不想再与邵松阳多说什么了。等他缓了几口气走出来,邵松阳已经出门乘电梯下楼了。

吃过晚饭,秋倩开始收拾行李,张琳想来想去还是很不放心。红雲历来把欺负秋倩当做家常便饭,他唯恐秋倩在下车后与红雲碰面,红雲当众向秋倩发难,于是就给秋玲打手机,话筒里却传来"您所拨打的电话无法接通,请稍后再拨"的回声。再打秋瑾的手机,传来的却是"对不起,您所拨打的电话已经关机。"

张琳并不知道,此时的秋玲和秋瑾坐上了由淝城开往宁海的火车,已经进入上海市界了。

接到大姑去世的消息,她俩约定了结伴回宁海老家为大姑送最后一程的日期,却因为秋瑾当时还在霍山一所中学为即将高考的儿子陪读,并没有定下乘哪个车次,也没有购买火车票,是秋瑾今天一早回到淝城、见到秋玲后,才决定乘坐当天中午开往宁海的一趟火车。最近以来由淝城前往各地的火车票比较紧张,本来是碰运气的,没想到还真买到了这趟车的车票。坐上了车,秋瑾想起应该给秋倩打个电话,这才发现手机快没电了,就让秋玲给秋倩拨电话,秋玲却告诉她,自己手机里的 SIM 卡在宁静回淝城筹办婚礼时借给宁静了,宁静回上海却忘记给她,所以手机就没有带在身上。眼看手机屏幕上闪动着电量将尽的标识,秋瑾怕宁海方面打来电话,要是手机彻底没电了,那可能会误了大事,就把手机给关了,以便让手机在停机状态下恢复一些电量。

想着这并不是一个最好的办法,秋瑾就在座位周边和车厢两头仔细察看,试图找到充电的电源插座,可是没有找到。后来见列车员走进来,就上前询问,这才知道电源插座只有卫生间里才有,秋瑾就把手机关掉,拿到卫生间去充电了。这就是张琳拨打秋玲的电话、秋玲的手机一直"无法接通",给秋瑾打电话、秋瑾的手机则显示"已经关机"的原因。

沘城台的"晚间新闻"一结束,张琳关了电视,开车把秋倩送到车站。临进站前张琳对秋倩交代:"你在家不是已经洗过脸、刷过牙了嘛,上车后你就躺到卧铺上休息,别的什么都不要想、不要管。"秋倩感激地看一眼张琳,说了声"知道了",就随着人流走向检票口。

回家的途中,张琳边开车边给陆晓辉拨手机,问陆晓辉"秋瑾是不是手机换新号了",陆晓辉告诉他"没有换",并说"我自己给她打电话也是关机"。张琳挂了陆晓辉的电话,嘟囔着"在这个节骨眼上怎么还关机",再次给秋瑾拨手机,心想可不要还是"你所拨打的电话已经关机",想不到这次竟然通了,里面传来秋瑾的声音:"啊哟,你们都有什么事呀,一个个地打个不停?我这刚充完电开机,就显示有十来个未接电话。"

"原来如此。"张琳知道了其中的原因,便不再说什么,而是直截了当地对秋瑾说:"我就交代你一件事,好好保护好你二姐。明天早上你亲自去车站接她,不要让咱妈和你二姐直接接触,以防她们二人发生冲突。明天一天你都要陪着你二姐,做到形影不离。还有,你二姐也是买的明天晚上的返程票,与你和大姐是一趟车。"张琳一口气说了这许多,最后不忘叮咛一句:"秋瑾,你二姐的安全就拜托你了!"秋瑾马上明白了是怎么一回事,满口答应:"二姐夫,我一定照顾好二姐。我一个人不够,还有大姐呢,你就一百个放心吧!"

到了这时,张琳才算彻底松了口气。

五十六、形同陌路

与张琳和秋瑾通话几乎是同一时刻,已经走进车厢的秋倩却并不轻松,相反还感到十分伤心。

秋倩并没有告诉张琳。当拿到车票的那一刻,她就感到真是"不是冤家不聚首"。给邵松阳、红雲买票和给自己买票并不是同一天,前后相差三十多个小时,巧的是所买到的车票竟然是同一个卧铺车厢,根本就不愿碰面的三个人却不得不存在于同一个狭小的空间里,这使得彼此成了真正意义上的"低头不见抬头见"。红雲可以享受秋倩掏钱为她购买来的卧铺的清静和安逸,从而免受硬座车厢的拥挤和嘈杂,却对明知就在不远处的女儿满腹积怨,懒得理睬。邵松阳把红雲安顿到卧铺上,讨好般接过她脱下来的外套,还殷勤地为她打开水、递毛巾,并把红雲平时最爱吃的"恰恰牌"葵花籽撕开一个口子递到她手里。看到对面走过来的秋倩,他心里暗暗叫苦,唯恐秋倩主动过来打招呼,就远远地向女儿摆手示意,意思是不要给他说话,并指指红雲所睡的卧铺,叫她别去跟红雲打招呼,以免惹出什么麻烦来。

躺在卧铺上,虽说张琳已经交代自己"什么都不要想、不要做",让她"马上休息",可她却怎么也睡不着,翻来覆去,如卧针毡。刚才看到邵松阳对她又是皱眉又是摆手,生怕秋倩被红雲发现而叫他夹在中间受气似的,秋倩就想,这个人也不知在红雲面前唱了一出什么戏,他所扮演的是红脸还是白脸。秋倩也想象不出,红雲既然同意与邵松阳一同前往宁海,作为丈夫、作为父亲,邵松阳都做出了怎样的妥协和让步。

车到宁海是早上六点二十分,时值冬季,天还没有完全明亮,但车站前高大的灯柱上所发出的光芒,把偌大的广场照得如同白昼,一切都是那样地清晰。秋倩看车厢里的人走得差不多了才下铺收拾好行李,随着人流走出车站,来到秋瑾告诉她的广场东北角,并没有看到前来接她的秋玲、秋瑾和车子,就打电话联系,秋瑾告诉她:"已经在路上了,大约十来分钟就到。"

出站的旅客走了一批又过来一批,络绎不绝,通道上始终有七八辆前来接人的出租车和私家车。正在这时,邵松阳和红雲来到了通道口,不时地东张西望。他们显然已经看到了站在那里的秋倩,却并不上前理会她。看到一个二十来岁的年轻人从一辆黑色轿车走下来向他们招手,邵松阳就认出那是他弟弟的小孩阿宝,于是也举起手臂示意,搀扶着红雲从秋倩面前径直地走过去。阿宝接过红雲手里只装了洗漱用品的手提袋,拉开车门让他们俩上了车,并望着通道口这边,好像是询问着什么,邵松阳和红雲都向他摆摆手,阿宝于是拉上车门坐进了驾驶室,发动车子绝尘而去。

秋倩知道小叔的儿子叫阿宝,却从未与阿宝谋面,所以两人并不认识。她猜想,阿宝应该听说了大伯与伯母和秋倩姐乘坐的是同一趟车,询问的意思肯定是问邵松阳和红雲"我秋倩姐呢",可他俩却无情地摆摆手,表示"根本就没有看到你秋倩姐"或"就我们两个,没有别的什么人了"。看到邵松阳和红雲旁若无人且昂首挺胸地从她面前走过,把她一个人孤零零地晾在哪里,就像是丢下了一只自己很不喜欢的小猫小狗,秋倩的泪水不由地涌出了眼眶。尽管她有心理上的准备,尽管她也知道会是这样的结果,但她还是从感情上、从血缘上接受不了这样的现实。她的心在滴血,默默地问自己:走过面前的这两个熟悉、高傲而又冷漠的人,的确是我的父亲和母亲吗?

红雲明明是看到了秋倩的,她就是不理会秋倩,就是要气势汹汹地从秋倩面前走过,就是要对秋倩示威,即使是阿宝询问"我秋倩姐不是和你们坐的一趟车吗,她人呢"的时候,她很肯定地向阿宝摆摆手,嘴上连声说:"没有看见她,我们走吧。"于是阿宝才发动了车子。

阿宝驾车走后不到五分钟,前来迎接秋倩的秋瑾和秋玲乘车来到了通道口,并大老远就看到了孤身一人站在那里、好像还在抹眼泪的秋倩,所以不等车停稳,秋玲就打开车窗喊:"秋倩,秋倩!"还没等她走到跟前,满腹屈辱的秋倩就扑进了秋玲的怀里痛哭起来。秋玲以为秋倩是为大姑的不幸病逝而悲痛地哭,就轻轻地拍打着秋倩的后背安慰她:"你别太难过了,大姑人已经走了,你还是要多保重自己的身子啊。"

五十七、从此解脱

将逝者火化,当地人讲究"第一炉",也就是在火化这天如果第一个赶早进炉的,他(她)前无遮后无挡地走向坦途,周围一片光明,会为其家人和亲朋好友带来好运。所以,大姑父交代子女们提前与火葬场联系。火葬场收到红包后也讲究信用,很快就通知家属:明天清晨六点钟在"松鹤厅"举行遗体告别仪式。由于时间较早,前去接邵松阳、红雲和秋倩的阿宝、秋玲和秋瑾都是在参加了告别仪式以后才赶到火车站的,所以邵松阳并没有赶上与他的妹妹见上最后一面,秋倩也没能向姑姑做最后的道别,而是从火车站乘车直接去了墓地。

车子出了市区,驶上了宁海绕城高速公路。时值大清早,路上的车辆还不是很多,司机把车子开得飞快,秋倩感到还没有多长时间就拐下匝道、出了收费站,然后沿着一条通向山岳的乡村公路继续前行。看到路边上竖立的"金山公墓"的指示牌,司机一打方向盘,拐进通向山岗的小路,前行大约二十分钟,进入宝塔形状的大门,穿过两边种植着密密匝匝苍松翠柏的林荫道,车子在佩戴着黑纱的一群人跟前停了下来。他们正是前来安葬大姑的家人和亲戚朋友。

秋倩走下车,从人群中注意到一个人。这个人无论身材、个头和相貌,都与大姑很相像,要不是面相年轻,活脱脱就是大姑在世。秋倩猜想,这个人应该是她不曾见过面的二姑了。她悄悄地问秋玲,秋玲点头称是,并伸手拉着秋倩,走过去和亲戚们相见。当经过邵松阳和红云跟前时,他们两人都往后退了一步,并把脸扭向了一边与别人搭话,秋玲和秋倩也就径直越过他们,与大姑父及二姑、小叔、小姑及他们的子女们一一相认并互致问候。不多时,大姑的儿子抱着他母亲的骨灰盒走过来,只听有人招呼了一声,大家就跟随着前行。一路上,秋玲一直挽着秋倩,旁边就是秋瑾,姐妹三人几乎是肩并肩,一边走一边说着别人听不到的悄悄话。这一切都被秋倩的大姑父看在眼里,不由地皱紧了眉头。

虽说是为病逝的人办丧事,但对老邵家来说也是一次难得的团聚,只是气氛低调而沉闷,彼此都掩饰着久别后的激动和欣慰。

把大姑的骨灰掩埋入墓穴,在坟头前摆放上供品、点燃起香火,秋倩和众人一齐向入土为安的大姑三鞠躬。想到与结发妻子阴阳两隔、今生今世再也见不到自己的另一半了,秋倩的大姑父百感交集,悲从中来,再也控制不住自己的感情,一下子扑倒在妻子的坟头上号啕大哭,他的子女们受其感染,也一齐跪倒在坟前落泪和哭诉。秋倩和秋玲走过去搀扶起大姑父,一边跟着垂泪一边劝说他节哀,也有人上前把他的子女们接连拉起。

午饭是在大姑父所在自然村村委会的食堂吃的。说是村庄,其实那种砖墙青瓦的平房、阁楼已经很少见了,取而代之的是一座座独门独户的四合小院或镶有瓷砖、抹着涂料的单体楼房,其间还不乏建有车库、游泳池及健身房的尖顶的洋楼。另一个让秋倩印象深刻的是,这里几乎每家都有自己的产业,加工厂、小作坊林林总总,数不胜数。虽说经济发展了,这一方乡里依然绵延传承着敬重老人的传统。据说在上世纪末,凡六十岁以上的老人,村里每年发放二佰元的老人补贴,七十岁以上发放五佰元,八十岁以上发放一仟元;每年组织六十岁以上老人到外地免费旅游一次,而且可以由一位亲属陪同。不少村子还有一个不成文的规定,无论谁家的老人过世，都由村委会出面张罗、筹办，其家人和远道而来的客人，在办事的当天也由村委会招待住宿和就餐，所发生的直接费用全部由村委会支出。

　　吃完午饭，大家就在村委会的招待所里稍事休息。说是休息，其实谁都没有午睡，大体上是长辈和晚辈分成两拨儿，凑在一起在房间里聊天。因为邵松阳和红雲下午要到邵家祖坟去看看，秋玲、秋倩和秋瑾晚上就要回泗城，大姑父的儿子就想与泗城来的舅父舅母和表姐们合影留念，于是回家取来相机，并充当起了召集人，到各个房间把人叫到院子里。他先把父辈们召集在一起合影，又把在宁海的每一个小家与舅父邵松阳和舅母红雲拉在一起合影，之后让各家的兄弟姐妹们和秋玲、秋倩和秋瑾姐妹三人合影。阿宝在与秋玲、秋倩和秋瑾合影后，让他的妻子、小孩和秋玲、秋倩、秋瑾站在原地别离开，自己出列去邀请大伯邵松阳和伯母红雲，说是要与从泗城来的大伯全家合个影。秋玲姐妹三人齐刷刷地把目光转身邵松阳和红雲，邵松阳没有说什么，向前走了两步，红雲却挡开了阿宝伸过来要拉她的手，说："我有点头晕，不照了。"阿宝还想坚持，见邵松阳已经退了回来，就松开了红雲的胳膊不再勉强，而本来打算最后还要召集全体人员照个"全家福"的大姑的儿子，看到这种情景，也只好放弃了原来的想法，收起了已经打开的三脚架。

　　头晕的红雲下午依照原来的计划去了邵家的祖坟。别人也许不明就里，可秋倩再明白不过，红雲说头晕是假，不愿意和自己一起照相才是真。秋倩认定，红雲已经把她看成了水火不相容的死对头！

　　回到泗城，秋玲和秋瑾不约而同地给张琳打了电话，秋玲说："妹夫，我完成了你交给我的安保任务。"秋瑾则开玩笑说："姐夫，我可是把我二姐完好无损地交到了你手里，你千万别说要请我吃饭噢。"已经从秋倩嘴里知道了宁海之行全部过程的张琳，对秋玲和秋瑾的合力护卫和悉心照顾给予了高度评价，向遵守诺言、说到做到的大姨子、小姨子表达了由衷的感谢，并说："哪天抽个空我请你们吃饭，真的要好好谢谢你们！"

　　在大妹夫的一再挽留下，邵松阳和红雲在老家多住了几天，给大妹妹过了"头七"后才返回泗城。早晨七点到家，上午九点钟邵松阳就把电话打到了秋倩的办公室。听口气，邵松阳像是要解释一下当初叫她退票的事情，秋倩看一眼在电脑上做表格的科长，就故意用别的话打断了他。秋倩说："爸，你们回来了？噢，是早上到的啊。我挺好的，就是为大姑这么年轻就去世感到痛惜和伤心。"科长听出秋倩在与她爸爸通电话，善解人意地停下手头的工作，借故去了隔壁的办公室，临走还带上了门。

　　办公室里只留下秋倩一个人,这时她才说:"爸,您不用解释什么,我也不想知道其中的原因。几十年了,每次遭受我妈的百般刁难和无理取闹,我的心灵就受一次打击,都会伤心难过好些天。过一些日子,我受伤的心好不容易抚平了、结痂了,还与当初一样善待我妈,因为我念她是我妈,毕竟生了我,让我来到了这个世界上,就不与她计较,也不与她记仇,主动与她修好,但她却从来不顾我的感受,又会找茬来伤害我。她的心肠我领教够了,这样悲惨的日子我再也不想过了!"她忍住盈眶的眼泪不让它流出来,接着说:"爸,我问我妈了许多次。那次她住院护理她,我也和她深谈过,她承认我确实是她亲生的,也不承认对我有偏见,但她就是要一而再、再而三、无休止地伤害我、欺侮我,你能告诉我哪天才是个头吗?"说到这里,秋倩的眼泪再也忍不住,像断了线的珠子一样滚落下来,滴到了办公室的桌面上。她从抽屉里拿出圈纸扯下几段,边擦拭着泪水边说:"你不是说你总是夹在我们母女俩中间为难吗? 你不是说不能为我的事和我妈天天拌嘴吵架吗? 你不是说这样的女人你管不了吗? 我今天就告诉你,我已经决定了,从今往后我们各走各的路、各过各的日子,谁也不要打搅谁。你和我妈甚至可以以为我死了,世界上没有我秋倩这个女儿了。我再也不让你这么为难下去了,你也可以彻底解脱了。"

　　邵松阳直到这时才插进了一句:"秋倩,你可别这么说。"

　　秋倩已经看透了邵松阳虚伪的面孔——尽管秋瑾早在二十年前就给邵松阳下过"虚伪处长"的结论。她再也听不进他虚头巴脑的劝告,坚定地说:"从今往后,我也再不会去打搅你们的生活。希望你和我妈不要为了我秋倩再去争吵,伤了你们夫妻之间的感情。我希望你们好好过日子,也衷心祝愿你们身体健康,长命百岁。就这样吧,有事来电话。"说完,她不等邵松阳再说什么,毫不犹豫地挂断下了电话。

五十八、怎么过年

　　打过了这个电话以后,秋倩像是放下了一个背负已久的沉重包袱,又像是长期压在心头的一块大石头落了地,浑身上下顿时轻松了许多,心灵也得到了空前的解放,每一个毛孔都是舒张的,每一个细胞都是活跃的,快活得像一只无牵无挂、无忧无虑的小鸟。往日，晚饭后总是张琳强制性地关掉电视，拉着她到楼下，或围绕着绿色园林散步，或到休闲广场跳舞，现在呢，她再也不留恋那些哭哭笑笑、打打闹闹、最终和好的韩剧和胡编又乱造、出拳就躺倒、枪响死悄悄的抗日剧，把厨房收拾利索后，就催促张琳换衣出门。往常散步，秋倩两眼常常注意身前背后散步的人，生怕遇到红雲不打招呼而招惹她生气和怨恨，如今她才不管这些呢，只管和张琳"呼呼呼"地快步行走，说是"只有快走才能收到减肥和健身的效果"。往年，越接近年关秋倩越发愁，老想着春节给老头老太买什么年货、除夕请老头老太到哪家饭店吃年夜饭、大年初二回娘家又要带什么礼物，邵松阳和红雲才能满意、才能有个笑脸、才能不在外面说他们的坏话，今年，秋倩提前询问张琳"在哪里过年"？张琳说，今年"五一"参加了侄儿的婚礼，国庆又给母亲筹办了过世三周年大典，我们已经回河南老家两次了，今年春节就哪儿也不去了，安安稳稳地在沘城过个自由自在的年下吧。秋倩听后点头称是，并早早地就开始逛超市，跑菜市，还往举办"沘城大型年货交易会"的国际会展中心跑了两趟，每样年货都是成袋成袋地买，有的还是双份，连节日期间放的鞭炮和礼花都挑最大的、最贵的。她还给张琳的姐姐、秋玲和秋瑾每家买了知名品牌的白酒、红酒，加上给张琳和儿子分别购买的衣服，估算下来总的支出有上万块钱呢。张琳与她开玩笑说："你这钱花得我肝儿疼。"她却朝张琳做个鬼脸，又抛了个媚眼："这钱你老婆我花得高兴。"

干燥了一个冬天，临近年关了却下起了雨，继而转为小雪和中雪，给要回家过年的人带来了许多不便，但人们的脸上还是挂着过年的喜悦，这种喜悦足以让人们忘却与他人发生的矛盾和不快，冲淡与宿敌固有的仇恨和恩怨，也能够唤醒人们心底与生俱来的善良和怜悯。看到各家电视台春节联欢晚会宣传广告纷纷打出的"企盼团圆、回家过年"的主题，从成都回到沘城的陆晓辉一根接一根地抽烟，最终还是把电话打给了张琳。

听到听筒里传来一声"哥"，张琳便知道是陆晓辉。这不只是因为陆晓辉那带有磁性的声音比较特别，也是因为从与秋瑾谈恋爱到结婚直到今天，陆晓辉一直按霍山老家的叫法，把"姐夫"唤作"哥"，他感到亲近和温暖。

张琳看了一眼墙上的闹钟，已经是上午十点半了，显得有点迫不及待："你可回来了，今天到的？"

"八点多到的，司机开了一个通宵才赶到沘城的。"

张琳就有些心疼："从成都到沘城有上千公里的吧，那你还不抓紧时间睡一觉?"

"睡不着啊,哥,我都不知道这春节该怎么过。"陆晓辉又叹了一口气。

"我也正想和你商量商量。"

知道了红雲粗暴干涉和阻挠秋倩参加大姑葬礼的事情原委,秋玲、秋瑾从宁海回来后都非常气愤,一直没有给邵松阳和红雲打电话,以此抗议他们的无理行为。秋倩呢,自从接了邵松阳打来的那个电话、表明了自己的心迹,就再也没有与邵松阳和红雲来往过,即使走在路上与红雲碰面,要么走到马路的另一侧,要么绕行避开。这也许就是古人说的"哀莫大于心死"吧。姐妹三人虽没有商量过,但思想上却达到了空前的默契和一致:谁都不愿主动给邵松阳和红雲打电话,谁也不愿出面再邀请他们吃新年团圆饭。

三姐妹的心情可以理解,想法也情有可原,但对她们的做法,胡大亮、张琳和陆晓辉这三个做女婿的却并不认同,可又不便、也不能与各自的老婆拗着来、对着干,那样会连自己这个小家的年都过不好。所以,这三个大男人,说起来在各自单位都是中层领导了,但对家里的这点事却不能自作主张,一时间竟不知如何是好。

接到陆晓辉的电话,张琳如同盼来了救星,忙问:"你是什么想法和打算?"

陆晓辉在电话里说:"老头儿和老太太确实有错,把他们孤立一段时间,让他们好好反思反思也是应该的,但现在马上要过年了,大家都不理睬他们,左邻右舍知道了反倒会说我们做子女的不懂事,影响咱们的形象和声誉。再说了,于情于理也有些过不去啊!"接着,陆晓辉向他"汇报"了他的想法:"我们霍山老家春节期间有小孩回家给祖先磕头的习俗,这个老规矩不好破,我就除夕带着秋瑾和儿子回家一趟,拜见拜见爷爷奶奶,中午与家人吃顿饭,下午就返回。因为有车,我还想顺便把老头儿和老太太也带上。"最后,陆晓辉还特别强调这是郑重"征求"他的意见。

张琳听着,觉得陆晓辉虽然用了"汇报"和"征求意见"之类的字眼,但绝没有打官腔的意味,于是就很是感慨:"我与你有同感呀,晓辉。但就像人们常说的'爱屋及乌',老头儿和老太太对我已经是'恨屋及乌'了,我没招了。晓辉,你与老头儿老太太没有过利害冲突,也只有你与他们能说上话,你想怎么做,我都理解,也完全赞成。"最后还补充道:"我是请不动这两个年岁大的活宝了。这样吧,我马上先预订一个酒店包厢,也给胡大亮哥打个电话约一下。你从家里往回返的时候,给我发个信息,除夕我们三家聚一聚吧,"听张琳这样提议,陆晓辉反倒感动了:"哥你太客气了。"张琳打断他的话说:"晓辉,你照顾爸妈已经是帮了我和胡大亮的大忙了,我感谢还来不及呢。再说,你常年在外,我们兄弟仨难得相聚,就这么定了。"

接着,陆晓辉也给胡大亮打了电话,说了给张琳说的同样的话,胡大亮也理所当然地没有表示反对。最后,陆晓辉就拨通了岳父岳母家的座机。电话是邵松阳接的,一听陆晓辉邀请他和红雲一同到霍山,冷落之中碰到了一个赏脸的机会,当即就答应:"我看这样安排可以,就这么办吧。"并说:"你妈去股市还没有回来,这事不用与她商量,她会同意的,我做得了这个主。"其实,在接电话的时候,红雲就坐在沙发上,而电话机就在沙发旁边,邵松阳与陆晓辉的对话她听得一清二楚,而且是对陆晓辉的邀请先点了头的。要是往常,她才不会去那个"羊肠小道、走路崴脚、鸡飞狗叫、鼠窜兔跳、遍地粪便、无处下脚、放眼望去、满目荒草"的边远乡下呢。

放下电话前,邵松阳还未忘记表扬了一句三女婿:"晓辉呀,还是你理解我们老两口的处境,想得周到啊。"

壬辰年没有大年三十,腊月二十九便是除夕了。因为怕雪后路面结冰,陆晓辉次日早早就把车开到邵松阳楼下,接上邵松阳和红雲一块儿去了霍山。

五十九、秋倩生日

秋倩的生日很容易记,是正月十七,元宵节过后第二天就是。今年正值秋倩的五十岁寿辰,张琳早就打算给妻子办一个有意义的庆生,提前在泚城一家豪华酒店订了一间可容纳十五人的包厢,然后分别给大姐、外甥还有秋玲、秋瑾等打电话,邀请她们晚上聚餐。尽管他并没有说明是为秋倩庆生,但这几位被邀请的亲人还是猜想到了张琳的用心。特别是两个外甥,更是对自己的这个舅舅和舅妈心存感激。无论是他们早些年上高中、大学,或是近几年在外地的项目工地上,每逢他们的母亲生日,都是舅舅和舅妈代替他们张罗和操办的。于是哥儿俩商量,一个去给舅妈买衣服,一个去花店订购花篮。

秋玲也深知张琳是个热心肠的人。每当端午、中秋或国庆等过节,只要张琳不出差,总会把她和秋瑾撮合到老头老太太家一起乐和乐和。后来红雲对人说张琳"图她们的财产",张琳就渐渐地与老丈人与丈母娘疏远了,加上红雲对她们购买的礼物说三道四,有时甚至把礼物退回商店再兑换成现金,还在她们三姐妹之间搬弄是非,她和秋瑾也就"无事不登三宝殿"了。接到张琳的电话,她与胡大亮很快就猜到了缘由。胡大亮说,你妹妹和张琳对咱女儿不薄,要不咱也封个红包?秋玲却说这样做太俗,不如上街去给我妹妹买个有纪念意义的物件。他们最终在一家专卖店购买了一个高档的坤包,打了八折后还划掉了春节前下属单位送给胡大亮的两张购物卡。

看到这几拨人一进门就纷纷奔向自己祝贺生日,还一一送上各自的礼物,感动得秋倩满脸笑容,几乎是扑上前去与他们热情拥抱。记者出身的张琳自然要发挥自己的看家本领,举起相机"咔咔咔"地拍个不停,把这动人的画面几乎全程地记录了下来。

看到时间到了晚上七点,张琳热情招呼大家一一落座。他把"寿星"秋倩安排在主宾的座位上,让自己的大姐和秋玲分别坐在她左右两侧,而他自己则按北方的规矩坐在背对门口的"主陪"位置上。

散席后送走了各路客人,自己是怎么回到家的,张琳第二天醒来无论如何也想不起来,就问儿子冬征。冬征说:"你昨晚醉的那个惨状,我都找不到恰当的词汇来形容。"并且说:"结账时还要硬多给吧台服务员两百元钱,说是要凑个整数、图个吉利,我真搞不懂,酒渴多了就是这个样子?"张琳不理他,取过昨天挎的包翻看,发现钱包还在,里面的几包"软中华"却不见了,转脸又问冬征,结果又给了冬征揶揄他的话题:"你还好意思问。昨晚结束后,大家都要各回各家,你却硬拉着人家到家里喝你的功夫茶,把茶叶都倒在了茶壶外面。还有,姑父、姨父和哥哥手里的烟还没抽几口,你就又掏出烟一个劲地往每个人手里塞,姑父和姨父不接,你就把烟夹到人家耳朵里,可笑死了。"张琳听着却一脸的茫然,因为他对此一点儿印象都没有。

秋倩心疼丈夫,却没有插嘴说什么,只是在厨房里默默地为丈夫熬制小米粥。

接下来的好几天,秋倩还都沉浸在丈夫为自己筹办的这次盛大庆生宴的回味和感激之中,直到有一天接到鲁钦打来电话,说女儿"五一"要从新西兰回来举办婚礼,特别邀请她和张琳还有冬征一同到山东参加婚礼,她才回过神来,与张琳开始商量去济水的行程。

农历壬辰年,桃红梨白、蜂舞采蜜的季节。一辆起亚·福瑞迪向北行驶在 G3 国道上,驾驶员是一位五十出头的中年男子,西装革履,白底蓝条纹衬衣配上一条红底褐花的领带,显得既庄重又雅致,刚吹过的定型发一丝不乱,还散发着阵阵清

香。旁边副驾驶座位上,坐着一位端庄秀丽的女子,瓜子脸,柳叶眉,面目轮廓与
旁边的男子很相似,乍一看俨然是兄妹俩。车窗外是一望无际的平原,远处一片
片怒放的油菜花淹没了阡陌,路边一排排的杨树经过一个冬天孕育发出了新枝嫩
叶,在阳光的照耀下反射出点点光辉,焕发出勃勃生机。也许是这些光亮有点刺
眼,那位女子从后面的座位上取过挎包,从中掏出一幅"暴龙"墨镜戴上。从眼睛
的余光里看到她戴上了墨镜,男子也腾出原本把握方向盘的一只手,把车棚上方
的挡光板放了下来。

　　这一男一女正是张琳和秋倩,两人正从江淮平原赶往济水。考虑到鲁钦也许
需要搭把手帮一下什么忙,按照张琳的提议,秋倩特意请了四天季度假,提前去济
水参加外甥女杰茜的婚礼。

六十、杰茜麦瑞

　　鲁钦的家原来位于济水的西北部,七八年前张琳与秋倩曾经去过一次。那
时,鲁钦费尽周折联系到了张琳和秋倩,夫妻俩接受鲁钦一家的盛情邀请,带着四
岁的儿子冬征到济水过年,这也是秋倩与久别后的济水亲人过的第一个春节。几
天里,在鲁钦的带领下,秋倩拜见了大姨、二姨,拜见了鲁钦的亲生父亲及继父,还
走访了鲁钦同母异父的兄弟及九梅,所到之处无不受到高接远送的礼遇和高档酒
店宴请的款待。也就是在那次见面中,张琳和秋倩才知道,鲁钦与红雲的联系几
乎一直没有间断,但红雲却对秋倩封锁消息,包括她自己的父母去世,红雲自己拒
绝回去送父母最后一程,她当然也就不会让秋倩知道,更不会叫秋倩回去。每次
鲁钦问起秋倩,邵松阳和红雲要么轻描淡写地说两句,要么以"流动"、"偏僻"、
"不详"的理由拒绝告诉秋倩的单位和通讯地址。有一次,邵松阳无意中说出秋倩
已经成家、丈夫在《铁道建筑报》社,鲁钦如获至宝地问他家里的电话号码,邵松阳
却说"张琳不够公费安装家庭电话的资格";鲁钦又问办公室电话,电话号码簿就
在邵松阳手边,他却还是说"不知道",并很快挂了机。无奈,鲁钦只好通过一个济
水铁路局的朋友把电话打到上海铁路局,由上海铁路局通过属下分局转接给铁道
建筑第四局的总机,再由总机转接到铁道建筑报社,鲁钦这才与张琳、最终与秋倩
在相隔近二十年后联系上,并实现了那次春节的济水之行。

　　鲁钦与悦楠的住房虽说是二十世纪八十年代建的,面积不算宽畅,客厅也小了点,还没有电梯,但在小区里位置优越,楼层适中,加上鲁钦资金雄厚、意识超前,装修装饰考究,生活设施及小家电一应俱全,生活起来还是很舒适惬意的。自打北部绕城高速公路建成通车并与高架桥连通以后,开车进入城市中心区的泉城广场也就半小时的路程,即便是乘坐公交也相当方便,只是距离火车站稍嫌远了点儿。三年前,省城四大班子换届,新任市长得知他们局参与省城输电资源开发中还有几千万元的资金没有结算,就提出了用土地置换的方案,并特意把他们单位的主要领导找去协商。他们单位虽说人称"电老虎",但"强龙不压地头蛇",哪敢得罪父母官?所幸置换的这块土地位置不错,单位为此专门成立了一个房地产开发公司进行运作,还引进天津、上海、杭州等地的专业设计院参与这块土地的规划和设计。在写字楼与商品房两个方案的比选中,局总经理怕前者再遇到资金回笼问题,最终选定了后者,因为商品房开发先期可以搞预售,把预售房屋所收到的这部分现款投放建房,既可以减少单位自有资金投入方面的压力,也能够规避巨额贷款所存在的潜在风险。开发工作启动后,局里制定了对外对内两套销售方案。当时,全国的房地产市场还没有真正火起来,而局里有一部分厂长经理和一线项目管理层的腰包已经鼓起来了,于是就用折扣优惠来吸引内部职工购房。当时房地产公司有一个副总工曾与鲁钦在项目上做过搭档,两人私交也不错,一次喝酒中他告诉在场的鲁钦等几个哥儿们:本公司职工买房,除了可以享受局里定的折扣价,还在安装防盗门窗、封阳台及煤气管道引入等方面享有一定比例的暗补。这种暗补待遇,公司班子主要成员每个人手里有 10 个名额,像他这样的副职减半,只有 5 个,打算购买的告诉我一声。他还开玩笑说:"咱哥儿们不吃回扣,谁买谁请我喝顿酒就成。"鲁钦虽说不缺房子住,但他对商品房市场的前景看好,当时虽也附合其他喝多了的人大着舌头说"价格定得那么高,傻子才会把裤兜里的真金白银砸到房子上",并且唉声叹气道:"我老婆的肚子不争气,也没有给我生个带把儿的,我要房子干球。"可第二天他就用 BB 机呼那位副总工,要他把自己的名字登记上。选房时,别人都嫌靠近小区大门的那栋车来人往,声音嘈杂、也不安全,抢着要僻静地方的楼房,鲁钦却与众不同,专门要了大门口那栋楼房,而且还是一楼。换了别人根本不明就里,他夫人江悦楠却知道他心里打的小算盘:短期说,在装修时,一楼可以省去各种材料的搬运费;长期说,可以省去二次上水附加费、电梯费,以后年纪大了、腿脚不灵活时,也不用为电梯停电而发愁。最让他看重的是,所有一楼的住户,还有一间开发商"免费赠送"的地下储藏室。

康馨小区的这套房子的确不错,结构合理,客厅宽畅,经鲁钦装修装饰后再摆放上他喜欢的那些古董、酒具和摆设,显得高雅富贵、气派堂皇。就在鲁钦和江悦楠搬迁进去的第二年,张琳和秋倩接受邀请,到这里过了一个春节。

车下高速,进入济水北收费站,张琳交费的时候,秋倩已经看到了在路边停靠的一辆黑色轿车旁等候的表哥鲁钦和表嫂江悦楠。

鲁钦的女儿叫杰茜,比冬征大五岁。秋倩曾问过表嫂,当初怎么给女儿取这么个听起来像外国人的名字。表嫂看看旁边的鲁钦说:"这得问你哥。"秋倩转脸看着鲁钦,鲁钦却笑而不答,把话题给岔开了。秋倩想,这分明是顾左右而言他,其中肯定有缘由,包含一个耐人寻味或浪漫曲折的故事也说不定。

不过,杰茜这个名字倒与她到新西兰后找的对象、准确地说已经是老公(两人去年圣诞节期间在当地教堂已经举行过婚礼了)很相配。原来,杰茜找的这个人也是移民到新西兰的,叫麦瑞,乍一听像是外国人,其实也是华人,只不过家在香港。麦瑞有个姑姑,长大成人后嫁给一个商家老板的小儿子。这个老板除了在香港开有公司,还在中国内地的深圳和新西兰的奥克兰开设了分公司,其中奥克兰分公司由老板的大儿子经营。自小儿子成家后,老板有意培养他,就把大儿子调往深圳分公司,而由小儿子接管奥克兰分公司,并特意委派一个跟随他多年的亲信作为副手来辅佐他,姑姑也就跟着到了新西兰。经过几年的打拼,公司虽说发展规模上不是很大,但也没有在欧洲所暴发的金融风暴中大起大落,并且有了八位数的资本积累,加上老板在遗嘱中明确把这个分公司划归了麦瑞的姑父和姑姑,姑父姑姑也就定居在了新西兰。如今,姑姑和姑父均已年过半百,膝下无子,事业将来无人继承,却又不情愿让外人主政,就与哥哥商量,把家里排行第二的侄儿麦瑞移民过来加以培养,虽没有明说是"过继",也没有明确将来一定会把这份产业交给麦瑞,但姑姑和姑父却是真心对待和培养这位侄儿。

麦瑞的父亲是浙江温州人,小时候就跟随父母到了香港,母亲则是祖上从河南迁徙到福建的客家人。前年的感恩节,麦瑞征得父母的同意,带着杰茜到香港登门拜访,杰茜给他们夫妇留下了不错的印象。此后又经过电话沟通和视频交流,感到杰茜是个可以信赖的女孩,也就对儿子的这桩婚事表示了认同。当然,他们也征求了妹妹和妹夫的意见,麦瑞的姑姑和姑父不但没有异议,还建议就在当年把麦瑞的婚事办了,并且代表哥嫂参加了圣诞节在奥克兰教堂举办的婚礼。

因为不习惯外国的仪式,当时鲁钦与江悦楠合计后提出,虽不到新西兰参加洋式婚礼,但我们只有杰茜一个女儿,老家这边也还有一大帮亲戚和朋友,女儿和女婿一定要回来同大家见见面,敬这些人一杯喜酒。

其实,这种说法和理由只是一个方面。还有一个原因就是,近几年请客送礼之风在大陆越刮越盛,婚礼、祝寿、吃满月面,贺学子考上大学,名义越来越多,场子越来越大,档次越来越高,红包里的人民币也越装越厚。仅这两三年,鲁钦和江悦楠的领导、同事、同学的子女结婚、生子、上大学,还有为他们庆生,为他们的老人祝寿,甚至参加一些故旧老人的遗体告别仪式,一次少则几百,多则上千过万,所出的礼金估算下来大约有二三十万元。去年,江悦楠到了单位内定的年龄“内退”回家,真是不比不知道,把内退工资与在岗工作一对照,那差距大了去了,仅大数一年就少了十来万,这还不包括逢年过节所接收下属单位、民工老板送的红包和会员卡、购物卡。

常言说:“光出不进是傻子”。仔细想想也是,以前是东跑西颠地参加别人的婚礼、寿宴,总想着一百两百太少拿不出手,三百四百要么是单数、要么与“死”谐音不吉利,而要往上就只有六、八、十了,于是票子“哗哗哗”地往外数。现在好不容易有了“收账”的机会,错过了这个村可就没有了那个店了。夫妻俩认为,咱们不图借这个机会聚金收银,把花出去的钱超值地收回来,赚个盆满钵满,起码也取得个“收支平衡”呗。再说了,当年自己带头执行国家的计划生育政策,领了“独生子女光荣证”,只有这一个女儿,不办得风风光光的,也对不起咱那宝贝女儿啊!

理是这么个理。但当鲁钦与江悦楠谈论起这样的想法时,话说出了口却总觉得不是那个味儿,甚至觉着自己做人是不是有点儿不地道。其实,像他们这样看待这件事的人多了去了,话糙理不糙,不办白不办,办了也自然。

六十一、拿到“绿卡”

江悦楠的祖籍在江苏的南通。她和秋倩的情况相似,出生后跟随在南通的姥姥姥爷,到了上学的年龄才来到济水,与父母生活在一起,所不同的是她父母把唯一的儿子留在了老家,却把三个女儿都带到了济水,而且因为江悦楠大眼睛、小嘴巴、头发有点发黄还是“自来卷”,长得像个洋娃娃,所以最受疼爱。然而好景不长,父母由于出身成分高,被单位的红卫兵、造反派作为"牛鬼蛇神",时不时地戴上高帽子游街、批斗,身心受到极大的伤害,在江悦楠上小学四年级那年相继病逝。后来江悦楠就依靠两个姐姐照顾。初中毕业后,她被安排到一家建筑公司当了一名晒图员。

"文革"中的鲁钦没有像同龄人那样参加红卫兵或造反派,也没有疯了似的到处搞串联,而是怀揣着鲁骥民写给部下的一封信,扒上一列开往乌鲁木齐的火车到达新疆,找到鲁骥民认识的那个副军长当了兵,四年后从部队复员回到济水。因为想找一个理想的单位,鲁钦时常往所在区的武装部跑,与工作人员套近乎。一天,他又来到武装部,坐在办公室里与工作人员侃大山,还拿出鲁骥民当年在市政府招待所与那位副军长一起合影的照片炫耀,正被在门口路过的部长看到,就当即把鲁钦叫到自己的办公室细问端详。鲁钦这才知道,这位部长曾是新疆那个副军长的一个通讯员。不经意间遇到了贵人,鲁钦自然认定是捞到了决定自己命运的"救命稻草",所以拼命抓住,死不放手。听说这位部长爱好音乐,他把鲁骥民生前使用的一台电唱机连同十几张唱片送给了部长,还在星期天提了两瓶"泉城特曲"到部长家海喝胡吹了大半宿,最终被安排进了省城的电业局。

这是标准的国营单位,规模大、人员多、机构齐全,很多与发电、用电或建设电厂有关的中小企业都与之有业务往来。一次,江悦楠骑自行车来电业局机关的办公楼晒图纸,在走廊里被鲁钦碰到,本来已经办完事的鲁钦动心了,他没有出大楼,而是尾随着进了晒图室。

接下来所发生的故事,与一般男人追女人、谈恋爱、结婚生子的过程没有什么两样,但鲁钦与江悦楠的结合印证了卡尔·皮尔逊的优生理论和学说,两人所生产的杰茜,从长相、脾性及智力上均继承了他们两人的特点。小时候的杰茜与冬征一样,脑瓜子聪明灵活,爱好广泛且多样,但却又十分好动和顽皮,无论做任何事都没有常性,头脑热得快冷得也快,干起事情来热情有余、专注不足,而且缺失坚持,仅停留在蜻蜓点水,很难持之以恒,更不用说要干出一个名堂出来。高三期末考试后,鲁钦专程到杰茜所在的学校问了班主任和语数外三门课的任课老师,班主任及三位任课老师异口同声地告诉鲁钦,杰茜参加高考,要考上大学根本没有什么指望,考取一般大专院校也不是有十分的把握,与其在国内上个中专,不如花点钱到国外去,那里宽进严出,要拿个本科学历不是难事。杰茜小时候的几个发小,初中毕业后就到美国、新西兰、英国及日本读书,基础与杰茜相比那差远了,可两三年后还真一个个取得了本科学历，每次回国不仅派头十足，思想观念也发生了根本的转变，这让杰茜羡慕，也让鲁钦动心。加上那些家长时常神采奕奕地在鲁钦面前嘚吧、怂恿，其中一位儿子在新西兰的家长还信誓旦旦说"让我家儿子给你女儿做担保，保准搞定"，鲁钦也就把跟随自己多年的几个小老板所进的"贡"打了过去，让杰茜去了国外。

杰茜到了新西兰，一切都觉得那么新奇、新鲜，也触动了她心底那根上进争强的神经，在学校发奋学习，即使身边有中国、越南、香港甚至美国的男生追求，她也一一把他们拒之门外，直到拿到了"绿卡"才开始考虑个人问题。

六十二、喜庆红楼

婚礼在济水市商业区著名的"红楼"举行。名为红楼，其实只有两层，但所占的地块很大，从大门进入可以通往左中右及二楼多个方向，而每个方向又分为不同的区，通过走廊再走向各个大厅和包厢。鲁钦自小在济水长大，为人仗义，又喜欢结交朋友，在济水这个地面上自然有许多兄弟，黑道的白道的都有。这些人听说鲁钦要嫁女儿，蜂拥般跑来帮忙，找饭店、租车辆、采购糖烟酒，根本不用鲁钦亲自出面，就把所有的事办得停停贴贴、一件不落。在北方，嫁闺女一般抵不上娶媳妇风光、热闹，可鲁钦不一样，他把办酒席的规模一定、范围一圈，喜帖就有人负责给他撒出去。当张琳和秋情乘车来到红楼前，只见大门外竖起一座充气式的大红彩门，拱门上方左边是金龙、右边是银凤，中间是一个大红喜字，圆拱正面粘贴着"鲁钦江悦楠为女儿杰茜女婿麦瑞举办婚庆喜宴"的金色大字，通道两边各六个氢气球腾空而起，随风飘动，一条大红迎宾地毯从饭店门口一直铺设到大马路边上。走进门厅，正中的壁挂电视里反复播放着杰茜与麦瑞在新西兰拍摄的室外婚纱录像片，两边墙壁上悬挂了多张两人的巨幅婚纱照，最前面的两张各写着"杰茜、麦瑞，我们结婚了"和"杰茜、麦瑞喜结连理"，靠墙则各摆放了两张用红丝绒布装饰过的桌子，上面摆放着签到簿和签字笔，只要有参加婚宴的客人进入大厅，马上就有人迎上前去招乎、指引。

过了门厅，直接对面的就是一个豪华大厅，面积比半个足球场小不了多少，净空有两层楼那么高，数十盏坠式吊灯把整个大厅映照得金碧辉煌，如同白昼；婚礼背景墙用白色和粉色两种轻纱装饰,台上两边被大红绒布罩着的方桌上,一边放着月亮造型的玻璃灯饰和由高脚酒杯搭起的杯塔,一边放着由两个心状彩玻、交错放置的蜡烛台座,婚礼墙的对面临时搭起了一座闺房,当新娘走进去以后,在灯光的映衬下,人们可以看到她线条清晰、黑白分明的剪影。

看到秋倩和张琳走进婚礼大厅,正在迎客的鲁钦连忙走过来,没有说什么客套的话,而是把他们俩领到与主桌相邻的一张桌子旁。秋倩明白,鲁钦这是把自己和张琳当做贵客对待了。她的本意是不愿坐在这样一个显要位置,但鲁钦说,这里还有大姨家的几个孩子。秋倩正要问个究竟,只听从门口飘进来一串笑声。鲁钦闻声,一边大喊一边招手让她们到这边来,且不等她们走到跟前,就拉着秋倩与她们一一相见,弄得秋倩应接不暇。等她们一一坐定,秋倩这才定下神来询问她们的近况,并仔细地打量她们,从脸面、眼睛、鼻子、下巴等部位的细微之处,以求找寻出孩提时代留在脑海里的一些模糊印记。

秋倩的大姨叫红露,嫁的丈夫是一家百货商店的售货员,生有两男七女共九个孩子。小时候,秋倩与排行第九的小梅玩得最好。也许是因为她排行第九,姥姥姥爷从不叫她小梅,而是叫她九梅,所以秋倩也跟着叫她九梅,而不叫她梅姐姐,为此姥爷没少训她"没大没小"。所以,当秋倩叫了一声"九梅"而九梅马上说她"没大没小"时,她立刻转过身去亲热地抱住了九梅,搭在九梅后背的那只手还轻轻地拍打了几下以示歉意。

姐妹几个正说得热闹,大厅里播放的音乐戛然而止,于是众人都把目光投入了婚礼台。

婚礼主持人由省城交通广播电台的一位节目主持人担任。当他用雄浑圆润、富有磁性的声音宣布"鲁钦先生、江悦楠女士为他们的女儿杰茜、女婿麦瑞举办的婚庆喜宴正式开始"后,全场爆发出经久不息的热烈掌声,门外也燃放起响声震天的鞭炮和五彩缤纷的礼花。之后,在庄重甜美的"婚礼进行曲"中,新郎麦瑞从鲁钦手中接过杰茜,由杰茜挽起他虽不粗壮但结实有力的胳膊,昂首挺胸地缓缓走向灿烂华丽、众人注目的婚礼看台。此时此刻秋倩注意到,在把女儿交到女婿手中之后,鲁钦走下通道时步履蹒跚,显得有些失意、落魄,就像是自己的一件心爱宝物被人拿走了一样,很不情愿却又无可奈何,秋倩的心仿佛被针刺了一下,忍不住鼻子有点发酸。她不敢相信,眼前的这个人就是从小与自己一起戏耍的哥哥,就是那个天马行空、敢做敢当、无忧无虑的兄长,就是一直以来在她心目中高大挺拔、永远也不会老的鲁钦。

这时,台上出现了一个令她欣慰的环节:主持人宣布,由新郎新娘为父母送上礼物、行拜见大礼。只见鲁钦和江悦楠在工作人员的引领下走上台子,分别端坐在两把靠背椅子上,杰茜和麦瑞则从工作人员端着的托盘中取过一条丝巾和一条领带,分别系在两人的脖子上,并深情地相互拥抱和致谢。秋倩分明看见,鲁钦和江悦楠的眼睛里闪动着泪花,并最终冲溢出眼睑的堤坝,直泻而下……顿时,全场掌声再次热烈响起,久久不能停息。

婚礼的最后,主持人还别出心裁地安排了一个秋倩在别的婚礼从未看到过的环节:"有意愿与新郎新娘及其父母合影的来宾请上台来,由专门的摄影师为你们合影,永久留下美好的记忆。"话音一落,人们争先恐后涌上台子,弄得摄影师也不知该给谁先照为好,只得求助主持人及工作人员过来排列出次序,一一满足大家的愿望。

六十三、清水之行

"要是我姨还活着的话,真不知道她老人家该有多高兴呢!"秋倩把张琳在婚礼上拍的照片通过 QQ 发给鲁钦后,她在留言栏里这样写道。当手指就要敲在 Enter 键上把这条留言发出去的时候,她却突然停了下来,以至于右手像弹钢琴而没有落到琴键上一样悬在半空中,好一会儿才在她的一声叹息中垂了下去。她想到,宁静的姥姥姥爷也就是自己的爸妈倒是还活着,而且近在咫尺,他们不就没有参加宁静和魏兆喜也就是外孙女、外孙女婿的婚礼吗?"说了反倒会引起哥哥伤心,还是算了吧。"秋倩嘴里呢喃着,把已写好的留言又删掉了。

鲁钦本姓董,只因他姓董的父亲在反右运动中经不起批斗和毒打,反过来揭发自己的上级领导和身边的同事,结果还是被扣上了右派的帽子并关进了牛棚,最终因患上疟疾死在了外地。身为军人的红霏看不起自己的丈夫是个软骨头,还得罪了单位领导不说,还在自己中朋友到处树敌,就在儿子出生后直接姓了自己的鲁姓。后来虽然经不起战友的相劝和介绍,与一姓吴的财政局干部成了家,并生有一女两男,但她坚决不让鲁钦随后夫的吴姓。在父母去世时,鲁钦还未成家,但红霏叫鲁钦以孙子的身份为两位老人披麻戴孝、打幡甩盆送了终。正因为如此,她们母子赢得了左邻右舍和亲戚朋友的好感和尊敬。红露和红雲两姐妹家里有什么事,也总会找红霏、其实最终都是鲁钦帮忙解决。所以,鲁骥民去世后,大家在背后都说他这一脉已经成了"绝户头",但在桌面上又不得不承认鲁钦是鲁家血脉的延续,并且视他为处理家族矛盾和生活困难的顶梁柱。这些年来,为鲁骥民遗产分割的事,为红露子女找工作的事,为协调红露与红雲她们姊妹间矛盾纠纷的事,还有为寻找失去联系多年的秋倩的事,鲁钦可是没少奔波和操劳。

这不,把杰茜和麦瑞的婚事办完、送他们小夫妇乘机返回新西兰后,鲁钦便开始了满足秋倩"想到姥姥姥爷和二姨坟头看一眼"的愿望的行程。

吃过早饭,鲁钦跨上自己刚购买不久的大众途锐 V6 越野车,让江悦楠和秋倩坐在后排,说是"她们姑嫂俩坐一起好说话",而叫张琳坐到副驾驶座位上。看到鲁钦朝他挤眼睛,张琳就明白了这位老哥的真正用意。大凡男人们开车,如果老婆坐在副驾驶座位上,她们大都会当仁不让地充当起教练或交警的角色,要么指导你应该这样开、应该那样拐,要么批评你不该这样拐、不该那样开,尽管她们并没有驾照,或者拥有驾照却不经常开车。好烦人哟。

车子出了康馨小区,先是驶上北环绕城高架桥,过了济水北收费站岔入京台高速,向前行驶六七公里后再拐向一条通往河北的省道。

一路上,江悦楠和秋倩在后排叽叽咕咕说个不停,鲁钦与张琳则时不时地聊聊工作上的事。鲁钦说起张琳被提拔为处级干部的事,正在与江悦楠说话的秋倩立即搭话过来:"这事老公你可得好好谢谢我哥。"江悦楠问:"这是人家张琳自己努力奋斗来的,你哥有什么功劳?"秋倩说:"为了他进步,我哥经常指点他,陪他们领导吃饭喝酒,没少在他们领导面前说他好话呢。"

看到鲁钦点上一支烟嘿嘿地笑,张琳扭头对江悦楠说:"秋倩说得对。嫂子你不记得了?前几年我给一位局领导当秘书,跟着领导来了好几趟济水,主要就是拜见济水铁路局管基建的副局长,还有省建设厅、公路局等一些地方官员。每次来我都是先给我哥通报,如果我哥在济水,他就会到我们下榻的宾馆来看望,还请我们领导吃了几次饭,其中有一次就安排在济水的万佛山,晚上还到泉城公园观赏了水幕电影呢。"

"这位领导提拔了你,说明你给他服务得好,也说明你政治过硬、业绩突出、有真本事,我只是在一边敲了下边鼓、帮了点小忙,不足言谢。"

"这么说来,我们家又多了一个成功人士。"江悦楠兴奋地说。

张琳感叹道："干了这么多年，头发都花白了，才混了个副处，我算什么成功人士？不过话又说回来，我在这个单位无根无底，没有靠山，能有今天，还真多亏了有高人指点、贵人相助哩。"

"外加上'神人保佑、小人监督'。"鲁钦补充说。

听到鲁钦如此说，江悦楠感慨道："你哥说起官场上的话一套一套的，连成功人士的四大秘诀他都记得这么全，可就是自己上不去。"

鲁钦对老婆的话不以为然："当官干什么，咱有钱不就行了？再说，我对当官也没有兴趣。要真想当官，我不是吹牛，你江悦楠早就是局长太太了！"

这下秋倩来情绪了："那是，我哥是谁呀，什么事办不成？"

鲁钦没有接秋倩的话，反倒是像想起了什么，转脸问张琳："刚才你说你在这个单位无根无底，没有靠山，我姨父不是当过行管处长吗，有一次我还听姨说差一点当上副局长，这么好的梯子怎么没有利用一下？"

不等张琳回答，秋倩抢先"哼"了一声，道："你不说你这个姨、姨父还好，提起他们我就生气，要不是他们在机关里名声狼藉，也许早些年张琳就上来了。"接着，秋倩列举了邵松阳在位时明哲保身、不近人情的办事风格和红云到处坏她和张琳名声的事，直听得鲁钦和江悦楠瞪眼咋舌。

大家说着话，车子也不知不觉由省道进入河北清水的乡村公路。尽管各省都按照国家的"村村通"政策加快农村道路建设，但河北的乡村公路与山东的相比明显档次低，不仅道路窄、平整度差，而且弯道多，转弯半径小，加上路上农用三轮车多，走一段就有农民在道路边堆积的秸秆、杂草及菜根菜叶，弄得鲁钦虽然明显放慢了速度却又时常来个急刹车，甩得坐在后排座位上的江悦楠和秋倩东倒西歪，两人几乎同时向鲁钦表达不满："司机先生，请开稳点儿！"

"稳不了，你们看前面——"江悦楠和秋倩从后排伸长脖子往前看，只见通向前面村子的是一条坑洼不平、不见一粒石砟的土质机耕道上，一辆摩托车从对面开过来，扬起的黄色尘灰被风卷向东侧，正在下风头麦田里锄草的农民顿时被笼罩在尘埃中。会车的时候，尽管鲁钦已经把自己的车停在了道路的最边缘，摩托车要想过去只能"擦肩而过"，但摩托车司机好像已经习惯了这种情况，他并不因鲁钦的喇叭声而减速，只是在距离汽车七八米处突然拐进麦田，绕过汽车后又冲上道路。这有点像电影电视里才有的飞车镜头，看得秋倩和江悦楠目瞪口呆。

车子进了村，一看就知道既贫穷又落后，没有进行过统一规划，破旧的土坯房居多,有一部分砖砌的房屋也是青瓦顶、木窗户,村中央最高的一根电线杆上架着四个分别朝着东西南北方向的高音喇叭,村边上几户崭新的四合院里面倒是树立着三层高的楼房,外墙贴着瓷砖,窗户也是塑钢的,屋顶上架着接收电视信号的"大锅",还安装有太阳能热水装置。张琳看得出,这是在刚划出的宅基地上盖的,它们的主人不是开厂子的小老板,就是买了车跑运输的暴发户。

鲁钦在一个胡同口把车停了下来,说:"里面无法停车,就在这里下吧,他家就在里面。"

鲁钦说的他,指的是鲁骥民哥哥的儿子,也就是他的侄子,叫大奎,论辈分鲁钦和秋倩得管他叫舅舅。即使鲁钦以鲁家人自居,那也得管大奎叫叔叔。大奎他娘在连生两个女儿后得了习惯性流产,后来多次怀孕都没有保住,直到六年之后,才好不容易为鲁家保下来大奎这唯一的种。在实行集体制的年代,因为家里没有挣高工分的劳力,生产队分的粮食大部分交了公粮,全家一年到头吃的都是玉米、高粱、红薯还有干菜之类,平时购买油盐酱醋的钱只能从圈养的几只母鸡屁眼里抠。17岁那年,爹带着大奎跨省来到济水找鲁骥民,鲁骥民领他们爷儿俩下了一次馆子,然后把家里所有穿不着的旧衣服和旧帽子、旧手套等装了一包袱,又从粮本上买了三个月的口粮,分粗细分开装进两个布袋里让他们带着。临送上长途公共汽车,鲁骥民又掏出二十块钱塞到了侄子衣兜里。从那时起,大奎知道城里就是比乡下富裕,口袋里随时都有钱。以后每年他都会到济水来一次,鲁骥民照例把一些旧衣物和吃不完的口粮取出来接济他们。后来,大奎成家生子,老人先后病故,少则半年一年,多也不过两三年,大奎还是会来看望他的叔和婶,这种看望已经不再是求助于鲁骥民,而是出于一种敬重、一种感恩、一种报答,以至于鲁骥民在老伴去世后提出要落叶归根,大奎二话没说,在老屋里搭了一个床铺,并与自己同在一个锅里吃饭,直到鲁骥民偶发不适、无疾而终。当时,大奎还跑到学校,请村里一位教书的老师写了一副挽联:"手足情笃几度生死难舍骨肉情,脏腑言箴多少荣辱不改故乡音",以表达自己对这位长辈的敬慕和留恋之情。

"胡同里的最后一户就是大奎家。"鲁钦说着,打开汽车后备厢,取出备好的礼物让张琳和江悦楠提着,秋倩则取出从特意安徽带来的一箱蒙城卤牛肉、两盒"黄山毛峰"茶叶。一行人顺着胡同往里走,远远看到大奎家也是土坯垒起的院墙,老式的双扇木门因为年代久远而开裂、变形。因为当地时兴大门内迎头垒砌影壁墙,所以从大门外面看不到院子里面,但从院墙的陈旧和门楼的破败就能想象到大奎家经济状况不怎么景气。

走到门口，鲁钦大声叫道："大奎，大奎，开门啦，我是鲁钦！"

秋倩用胳膊肘儿捅捅鲁钦："你怎么不叫人家舅舅，还是大奎大奎地叫？"

江悦楠也嗔怪他："你哥啥时候都是没大没小。"

鲁钦嘿嘿笑笑："我习惯了，他们也习惯了。"

六十四、跪哭坟头

进入大奎居住的老屋，只见大奎坐在床沿上，像是刚起床不久，目光惺忪而呆滞，看着进来的人却并没有站起来相迎。他媳妇解释说："春上有一天到茅厕解手，蹲得腿麻，起身时跌了一跤，把左腿膝盖骨摔骨折了，至今起床、走路还很不得劲儿。"看着众人问候大奎、大奎却不答话，他媳妇又说："这些年脑子还不好使了，你出门前给他交代一个活儿，回到家那活儿还扔在那里，指望不上他。"

鲁钦走到跟前拍拍大奎的肩膀，大声说："大奎，你看看我是谁？"大奎嘿嘿笑笑："你甭那么大声，我耳朵不背，听得见，你是鲁钦。"又指指江悦楠："这是你媳妇，来过俺家哩。"再看看江悦楠身边的秋倩，眨巴眨巴昏花的眼睛问："这是谁，我不认识。"鲁钦把秋倩推到他跟前说："她你保准认识，再仔细看看。"众人都盯着大奎那仔细辨认的眼神，可那眼睛里透出的却是迷惘和失望。秋倩弯下腰对大奎说："大奎舅，我是小倩，是小倩啊。"大奎把成条的眉毛皱成了疙瘩："你是小倩？你会是那个在俺叔俺婶跟前成天撒娇耍赖的小倩？"一句话把秋倩说得鼻子发酸，眼泪汪汪的。

从见到大奎抬头往门口瞅的那一刻，秋倩就觉得眼前这个人与印象里的姥爷极为相似：脸面黝黑，胡子拉碴，浓眉大眼，威严中透出亲近与和善。屈指推算，三十多年过去了，当年姥爷的音容笑貌依然在她脑海里挥不去、抹不掉。与大奎不同的是，姥爷在他这样的年纪仍然头脑清晰、腿脚利索，除了把姥姥伺候得周周到到、妥妥帖帖，还把家里家外收拾得干干净净、利利落落。而眼前的大奎，从面色到身子骨都比他的实际年纪要衰老得多，根本看不到当年他去姥姥姥爷家时背起大包袱健步出门的影子。

在鲁钦与大奎聊天的当儿，秋倩把老屋环视了一下，这座老屋纯粹是过去那种老式建筑，上有三跨大梁支撑，因为没有顶棚，还能看见细椽子上铺的麦秸，四壁被烟火熏得黢黑，原本固定在墙上的电线有几段脱落下垂，厚厚的灰尘遮掩了它原本的颜色。门口有一座土坯垒就的煤火，此时并没有生着，大概是冬天用来取暖的；南墙上有一扇木质窗棂，靠里的一面蒙了一层塑料布，以此挡风；床上的被子没有叠起，被头上油腻腻的，像是一两年不曾洗过；床头旁堆摞着几个没有油漆过的立柜、板箱，最上层像是一个针线筐；再往里就是粮仓米柜，因为上面贴有"丰衣足食"、"粮食满仓"的红纸。

看看时已近午，鲁钦提出"我们到坟上烧烧"，于是众人带上供品、香火、鞭炮，出门往祖坟走去。

鲁家的祖坟在村外东北角的麦地里，现存的有六七个，没有墓碑，坟头也不大，上面长满了荒草。大奎腿脚不灵，鲁钦就没有让他来。大奎的媳妇指着一个个坟头，介绍下面埋葬着的鲁家先人；大奎的大儿子用铁锹清除墓前的杂草，大奎的女儿从竹篮里端出用碗盛着的丸子、肉条、油炸豆腐等吃食分别摆放在每个坟头前，还在每只碗上放上一双筷子；江悦楠和秋倩也把自己带来的麻饼、蛋糕、苹果、香蕉等供品摆放在跟前，并把包装袋一个个撕开；张琳帮鲁钦把一盘鞭炮在麦地里展开，由大奎的大儿子用烟头引燃。一阵噼里啪啦的鞭炮燃放过后，大家有的上香，有的烧纸，然后站成两排，男的在前、女的在后，一齐向墓下的逝者行跪拜大礼。秋倩和江悦楠两人还特意把蛋糕和麻饼掰开、搓碎，一点点地撒在姥爷和姥姥的坟头，祷告老人在那边相互照应，该吃吃、该花花，尽情享受天堂里的快乐。

就在大家收拾好东西迈步返回时，鲁钦说了句："姥姥，姥爷，小倩这次特意回来祭拜你们，以后可能再也不能回来了。"

听到这话，本来就强忍泪水不让流出来的秋倩，再也控制不住自己的悲伤，"扑通"一下又跪了下去，哇哇大哭起来。

大家被秋倩的这一突然的举动惊呆了，一时竟不知如何是好。倒是江悦楠明白是怎么一回事，一边埋怨鲁钦哪壶不开提哪壶，一边劝说秋倩："好了秋倩，你与张琳这次专程过来祭拜姥姥姥爷，他们的在天之灵已经非常满意和欣慰了，你可不要哭坏了自己的身子。"张琳对秋倩此时的所思所想感同身受，反倒劝起江悦楠来："嫂子，你就让她痛痛快快地哭一会场吧，把憋在心中的悲伤和委屈都哭出来。"张琳还转身对大奎的媳妇说："姥姥姥爷从小对她的恩情最多、也最重。姥姥和姥爷去世，我岳父和岳母都对她封锁消息，连她最后看一眼姥姥姥爷的机会都剥夺了,这让她后悔了一辈子。"

在大家的轮番劝说和拉扯下,秋倩终于停止了哭泣。张琳给她递上一片湿纸巾,并替她把裤子上的尘土拍打干净,这才跟随着众人返回大奎家中。

本来在路上商量好不在大奎家里吃饭的,可大奎的二儿子骑摩托车从集市上买好了鱼肉菜蔬,她媳妇在家把饭菜也做得差不多了,加上一家人极力挽留,再推辞就有嫌弃人家的意味了,于是,鲁钦看了张琳和秋倩一眼,不等两人点头就作主答应了下来。

在返回济水的车上,秋倩一直反胃,却又不敢喝水,生怕把中午吃的食物呕吐出来。张琳明白,不是大奎家的饭菜做得不好,而是嫌他家的案板灶具还有碗碟盘子太肮脏,连他这个曾在农村插过队的人都是强咽下去的。

车过济水黄河大桥,秋倩说要下去透透气,鲁钦就把车停在了大桥的桥头。放眼远望西边滚滚而来又向东边滚滚而去的黄河之水,大家的话题却依然是围绕着大奎,叹息岁月的无情和命运的不公。几十年过去了,大奎如今已经年过七旬、儿孙满堂,除了光阴在他脸上刻下了一道道深深的皱纹,满头青丝变成了华发,还有门口台案上那部鲁钦从济水带给他的电话机外,他的生活几乎没有发生怎样的变化——住的依然是被灶烟熏黑的老屋,睡的依然是那张两条板凳支起的床铺,照的依然是他结婚时老婆娘家陪嫁的那面印着现代芭蕾舞剧《红色娘子军》剧照的镜子,连洗脸用的都还是当年那口生铁铸成的脸盆。

这就是命运。一个人的命运,如果没有外界的推力,靠自身的力量很难改变它,况且大奎是个老实巴交的庄稼汉,一生就会在黄土地里刨食,没有野心,没有志向,一味地遵循老祖宗的训导,与世无争,顺其自然。值得庆幸的是,他的后代没有追随父辈的足迹,而是尝试着走出去闹世界:大儿子一到农闲时就联系邻村的包工头,到县城的建筑工地上当小工;小儿子则跳出庄稼地,跟人合伙购车跑运输;就连出嫁多年的二女儿,也不甘守着锅台鸡窝转,几年来连续在常州一家电子元件厂打工,现在已成为流水生产线上一名熟练的操作工。手中有了钱,两个儿子都把自己结婚时的房屋翻盖一新,而大奎夫妇则用女儿孝敬的钱,把自来水引进了自家的院子。

红霏去世后,鲁钦花了5·8万元在济水郊外的小佛山公墓买了个穴位。原先秋倩和张琳还认为济水公墓的价钱超昂贵,到了那地方一看,就觉得物有所值——山前有湖泊,山后是良田,公墓大门用花岗岩砌成,围墙白灰黛瓦,进口处假山耸立,远远朝山上望去,苍松翠柏遮天蔽日,水泥板路在林间蜿蜒穿行、通达山顶,墓穴、石碑呈阶梯状排列,层层叠叠,错落有致,便感到这确实是一块风水宝地,二姨能在这里安息是她百年修来的福分。烧了纸钱香火,秋倩少不了又是百感交集,泪光涟涟,只是碍于有不少管理人员在周围游走,似在监督前来祭奠的人们不能燃放鞭炮、以防引燃山火,秋倩才没有放声号啕大哭。

六十五、怪异梦境

"咣当",熟睡中的秋玲被惊醒,她揉揉惺忪的眼睛,推醒身边的胡大亮:"什么动静?好像是在客厅里,该不是小偷进来了吧,你快去看看!"一听说有小偷,胡大亮打个激灵,翻身下床,趿拉着拖鞋就往客厅冲。秋玲小声叫住他:"到阳台拿上晾衣竿。"胡大亮又折回到阳台上,把晾衣竿拿在手里,这才悄悄打开卧室的门并猛然打开客厅的灯,举起晾衣竿大吼一声:"什么人,快出来!"他目光炯炯地搜寻着每一个可疑的方位,并随时准备棒打从某个角落里窜出来的小偷,可是半天听不到任何动静。胡大亮谨慎地挪步向前,先看大门——大门紧锁,门口地下没发现脚印;又走向厨房、储藏室——门不像有人拉动过;再上前揭开飘窗的窗帘——窗户扣得死死的。

确定了没有人进入房间,胡大亮这才放松了一些,秋玲也过来仔细察看客厅的每一个角落,终于发现,原来是墙上的挂钟跌落了下来。

"真是邪门了,这钟表挂在墙上一直好好的,怎么半夜三更就掉下来了呢?"秋玲叹了口气,说道。

回到卧室,胡大亮也没有了睡意,黑暗中盯着天花板,苦苦思索着。

"哎呀!"秋玲像意识到了什么,忽然坐了起来。胡大亮也条件反射似的跟着她坐了起来,并随手打开了电灯,看着她讲解下文。

秋玲说道:"过两天就是你弟弟的忌日了吧,你弟弟这是在提醒我们呢,我得去买些纸钱香火给他烧烧。"

听秋玲这么一说,胡大亮虽半信半疑,但也有些彻悟:可不是嘛,这钟表是弟弟那年春运加班跑蚌埠到广州的一趟临时客车时,特意从广州给他带回来的。

胡大亮的弟弟叫大河,比他小半轮,因为父亲早年在西北干线局工作,后来转战东南沿海，弟弟就是那时候出生的。上世纪七十年代初修建枝(城)柳(州)铁路时离休，回到湖南岳阳定居，就把弟弟带回到老家上学。每到星期天，那些铁路子弟时常穿上父辈的铁路制服，蹭上火车东游西荡，学习成绩好不了，所以混到了高中毕业，大河就被招工到了铁路建筑单位，兄弟俩同在一个局，并一道参加了淮南(即安徽境内的淮南到长江边上的裕溪口)铁路建设。建成通车后，胡大亮跟随单位转战九江修建大沙(即湖北大冶到江西沙河街)铁路线，大河则在淮南线交付运营的时候落了段，从此成了上海铁路局跑客运列车的一名乘务员。那年胡大亮从皖南调到位于泚城的机关工作，没多久就分到了一套两居室的新房。听说年后就要搬新房，大河为哥嫂从此也有了一个固定的家而感到高兴，诚心实意地问胡大亮需要什么东西，并对秋玲开玩笑说："哪怕是送个板凳，也算是做弟弟的给哥嫂家添了件家具。"

大河住在淮南，上班却要跑到列车始发的泚城或蚌埠，胡大亮家成了他歇脚的"中转站"。几年下来，秋玲虽没有给他做过什么大餐，但也从没有让这个小叔子饿过肚子，为此大河在内心里也感激秋玲这个嫂子。后来听秋玲说妹妹秋倩和妹夫张琳也在泚城，天生爱好结交朋友的大河还专程登门拜访，并与张琳这个同龄人成了莫逆之交。张琳也喜欢大河的直率、豪爽，每当外出采访，只要有可能，他都会提前给大河打电话，尽量赶乘大河值乘的那趟车，两人可以在一起喝点小酒、拉拉家常，也减少旅途的无聊和寂寞。

就在宁静考上大学那年的春运期间，大河加班跑车，在值乘蚌埠到北京的一趟临时客车途中突发脑出血，半夜车到济水，大河被同伴抬下车，紧急送到济水铁路医院抢救。等接到通知的胡大亮、秋玲和大河的妻子赶到济水时，大河已经过世了，享年还不到五十岁。按照国家规定，职工去世必须在当地火化，可突然失去丈夫的弟媳说什么也不同意把丈夫丢弃在异国他乡。为了满足弟媳的心愿，胡大亮找到在济水铁路局纪委当领导的同学出面，找了一辆私家医院的急救车，以"危急病人需要转院"的名义，连夜把大河的遗体运回了淮南。

和秋玲赶往济水的火车上，胡大亮接到张琳邀请他周末去钓鱼的电话，他就说了大河犯病的事。张琳得知大河还在抢救，心里虽然着急却没有办法相助，就委托胡大亮先垫付一千元钱给大河的媳妇，并嘱咐一定要尽最大努力保住大河的命。可是仅过了十几个小时，胡大亮就从医院打电话告诉他，医院已开具了"死亡通知书"。

事情虽已经过去好些年了,但胡大亮和张琳两家人坐在一起,还是会时常提起大河。张琳本来不相信鬼神,听了挂钟半夜无端掉落的事,就觉得这不过是一种巧合,未必真的是大河惦念哥嫂而灵魂找上门了。可是,前不久秋玲又在电话聊天中给秋倩说了一件事,秋倩在散步的时候就说给张琳听——

原来,大河给秋玲家买的那座挂钟前些天停摆了,时间就是大河生日的前一天。秋玲发现后对胡大亮说:"你弟弟又来闹了。"两人赶快去买了些纸钱香火,对着弟弟居住的淮南方向烧了,但在心里,胡大亮宁愿相信是电池没有电量所致,但回到家里,他搬了凳子就要取下钟表换新电池时,却发现那座钟还在走字,而且直到今天都未换电池,还走得十分准。张琳对此无法给予科学合理而又令人信服的解释,却又不能肯定"又是一次巧合",只是感叹说:"这事儿真的是有点儿邪门。"

秋倩天生胆子小,加上在知青队时听老工人讲"一只绣花鞋"、"梅花党"之类的怪异故事,对鬼神的存在一直半信半疑。有一年秋天,一个祖籍河南的班长回家给奶奶过三周年,回来后给大家讲了两件发生在他家里的事情。

一件事情是:他奶奶得脑出血去世,死得非常突然,好多后事都没有来得及给家人交代。他与家人在堂屋里守灵,忽听院子里一阵骚动,说是奶奶把魂儿傅在了他姨的身上。他跑到隔壁屋子里,只见他姨躺在床上,像喝了迷魂汤似的不省人事,却又十分准确地回答着旁边人的问话,把生前谁谁谁向她要了多少钱、谁谁谁向她借了几次粮、谁谁谁欠她多少鸡蛋都一一说了出来,从说话的腔调到日常的口头语禅都极像他的奶奶。后来村里的赤脚医生来了,给他姨扎了针灸,他姨醒了过来,但对刚才发生的一切一无所知。料理完奶奶的后事,他母亲试着去问那些欠账的人家,他们大都承认确有其事,也把所借的钱、粮、鸡蛋归还了,可其中有个邻居大婶,对从他奶奶手里借走百十斤粮食不认账,他母亲说"我有证人",那位大婶思索半天,承认说"借是借了,但已经还过了",还当场指天赌咒说"要有瞎话不得好死",这下他母亲没辙了,只好作罢。有一天晚上,一位邻家大娘来串门,说隔壁那婆娘"确实向你婆婆借过好几十斤粮食,而且根本就没有还,她这么昧良心,难怪经常生病"。她还说,亲眼看到那婆娘晚上偷偷去烧纸磕头,央求老太太不要再惩罚她了。这次他回家,听说那个婶子已经生病死了。有人说,她是被昧良心的心病折磨死的。也有人说,她是被他奶奶的鬼魂勾走的。

另一件事情是:他的小孩在奶奶三周年那天跟着到坟上看热闹,无意间围着他奶奶的坟头转了六圈,当夜小孩两只腿疼痛难忍,在床上打滚儿。他与老婆轮换着给小孩揉揉这里、搓搓那里,可就是不管用。他母亲没有办法,就叫他把村里的一位神婆请过来。神婆掀开被子把孩子从上到下、从前到后仔细察看了一遍,说是老太太想重孙子了,当即在院里立起老太太的牌位、焚上三炷香,又点着几张黄麻纸,让孩子跪下磕了三个头,又把烧过的纸灰放到碗里冲上开水让小孩喝了,之后说"不过一个时辰保准小孩呼呼大睡"。一二十分钟后,他家那小子就打起了呼噜,一直睡到第二天下午太阳落山才醒。

当时,那个河南班长说得神乎其神,听得几个小青年头皮发麻,其中有年长者也有不信的,说是"河南人就会大喷"(意思就是胡诌、吹牛、说谎话),可那班长说得有鼻子有眼儿,不由秋倩几个女孩不相信,以至于对世上有无鬼神的事现在还抱着"宁信其有、不去招惹"的态度。

六十六、走进霍山

因为下雪,车到家里已经将近中午了。当车子进入村庄的时候,红雲心里便生出一些失望。她本以为改革开放也为这个偏僻的山村带来了生机和变化,却没想到山里山外形成如此鲜明的对比,真可谓是"山外惊涛拍岸,山里风光依旧"。放眼望去,本来就不大的小村子里看不到几处砖瓦房,大多是土坯墙、茅草顶,好一些的也不过是正面的墙用了机砖、屋顶上用了青瓦。就说眼前的亲家,两个儿子早些年先后考上了大学,毕业后还在城里有了工作,也成了家,但老家依然是吃水靠肩挑、做饭靠柴烧,下地干活不是用锄头就是用镰刀。再看这住房,院落和房屋都很大,里面却空空如也,没有几样值钱的家当和像样的家具。再看看房前的鸡窝、屋后的猪圈,还有难以下脚的街道、臭气熏天的茅房,她觉得自己仿佛又回到了那个河北清水的农村。她庆幸陆晓辉只是说"到家里坐坐,吃个饭"而没有安排在这里过夜,否则真不知道如何熬过那漫漫长夜。

看到汽车停在了大门口,陆晓辉的父母亲很快从院子里走出来,与邵松阳、红雲打招呼,还亲热地摸摸均平的头,然后把他们迎接到堂屋里坐在八仙桌旁,随即朝门外喊了一声:"兰花,倒茶!"回头向亲家解释:"兰花,我闺女,听说亲家来,特意把她从婆家叫来做饭的。"

说话间,兰花提着茶壶进来,倒了两杯茶水递到邵松阳和红雲手中。杯子倒得太满,两人接过来,有些溢了出来。陆晓辉的父亲见状,嗔怪道:"这孩子,也不小心点儿。"陆晓辉的母亲则端出一个装满花生、瓜子、柿饼、红枣及糖果的柳条筐招呼红雲,红雲见盛情难却,就顺手捏了一小撮瓜子,邵松阳则伸手接过陆晓辉递过来的香烟,一边抽一边询问今年收成如何、村里分红没有、近来身体可好,那口气俨然他还是一个身居官场、经验丰富的上级领导,给人以居高临下的感觉——尽管他已经从处长位置上退休整整二十年了。秋瑾见不得老头儿这样盛气凌人的劲儿,说是要"到大门外看看",拉起均平出了屋。

陆晓辉的父母土生土长,说话都是一口霍山口音,时不时还夹杂着当地的方言。红雲和邵松阳虽然经常听陆晓辉说话,对霍山话并不陌生,但陆晓辉毕竟上过大学,又在企业里走南闯北十多年,其霍山话已经经过了改良,大体接近普通话。此时,红雲和邵松阳听起他们地道的霍山话,不免就有些费劲,只能理解个大概意思。

寒暄、客套的话说完了,下文便有些接不上,于是就出现了冷场,大家坐在那里不是喝口水就是抽根烟,彼此都感到尴尬和不自在。陆晓辉也意识到了这一点,就借机谈起了铁道建筑第四局改制以后这些年来的生产经营、内部管理及今后发展的情况,同时还夸赞邵松阳他们老一辈领导身上具有的良好工作作风和为企业打下的坚实基础。听到这些,邵松阳脸上泛起了红光,如数家珍般地谈论他当年对单位所做的工作、为单位赢得的荣誉,最后还不忘强调说:"我对企业的最大贡献,就是'献了青春献终身,献了终身献子孙'。"说到"把三个女儿都培养成为了铁道建筑第四局的职工",邵松阳甚至有些激动,指着陆晓辉对亲家说:"并且还吸引了晓辉他们三个女婿过来。我的外孙女大学毕业后也回到了我们单位,找的老公也是我们单位的子女。"这时,均平从外面玩雪回来,邵松阳把均平拉到跟前,亲切地抚摸着他的头说:"以后哇,我的这个外孙上完大学也有可能回来呢!"亲家听他这么长篇大论地叙说,像是听一位演说家的演讲,觉得邵松阳不愧为大企业的处长,直夸他"有水平"、"了不起",而陆晓辉则跑到灶伙房里,催促兰花准备上菜、开饭。

看到陆晓辉收拾桌子,邵松阳问:"啥时候给先人磕头?"听他这么一问,两位亲家面面相觑,弄不明白是什么意思。陆晓辉迟疑了一下,马上反应过来,说道:"哎呀,是祭拜先人的事,还是爸记忆力好,我都差点儿忘了。"他还解释说:"外面下雪,咱们就不到祖坟上去了,就在屋子里对着祖先的牌位行行礼吧。"说完,他快步到门外把秋瑾、均平找回来，同时也把妹妹、外甥叫过来站成一排，对着正堂前先人们的牌位先抱拳作了三个揖，再跪下磕了三个头，然后由陆晓辉引领着向邵松阳、红雲和自己的父母一一拜年。邵松阳、红雲早有准备，从口袋里掏出装有压岁钱的红包分发给孩子们。陆晓辉的父母则是从口袋里掏出已经分好的钱，直接给了孙子和外孙女。"到底是农村人，连红包都不买，能省一个子儿是一个子儿。"红雲这样想。

午饭准备得很丰盛，主打菜是当地的咸货和土菜，其中就有邵松阳和红雲喜欢的清炖土鸡、红烧甲鱼、风干咸鸭和白斩等，陆晓辉还特意打开了从成都带回来的"泸州老窖"……

一顿饭吃了三个多小时，直到下午将近四点钟，陆晓辉和秋瑾才一同搀扶着，把有些晕乎的邵松阳塞进了车。

车子穿过村庄，行驶在蜿蜒狭窄的山间小路上，冻雪和冰凌茬受到车轮的碾压，发出噶吧噶吧的声响，遇到弯道和陡坡，车子时常发生侧滑或甩尾，陆晓辉放慢速度，谨慎地把握着方向盘，眼睛盯着前方，并不时地用余光扫描着左右两侧，还要顾及后反光镜，不敢有丝毫的懈怠。邵松阳坐在副驾驶座位上，一阵颠簸之后便感觉有些困倦，把手伸进口袋里，摸摸香烟却不敢掏出来抽——轿车里空间小，外孙均平又在车上，他怕红雲熊他，大过年的何必自找不痛快，只好扭开茶杯盖子呷了口茶水。均平依然像来时那样，在后排被夹在红雲与秋瑾中间坐着，拿着一本《读者》一页页地翻看，对红雲有一句没一句的问话随口应付，连眼皮都不抬一下。秋瑾则看着车窗外漫山遍野都被厚厚的白雪覆盖，听着此起彼伏的鞭炮声，想着晚上要和秋玲、秋倩在一块儿吃团圆饭，却不能带上身边的爸爸和妈妈，心里不免有些酸楚。可二姐夫想得也对，如果叫他们俩去，他们俩故意端架子回绝，这对张琳和秋倩来说是拿自己的热脸贴老两口的冷屁股，不免让人难堪；退一步说，即便去了，饭桌上万一话不投机，老妈这个祖宗对秋倩闹将起来，坏了过年的气氛，那这个年可就掰瞎了，与其找这个不痛快，不如还是避开的好。想到这里，她叫了一声"妈"，然后满脸堆笑地问："你和秋倩之间缓和一些了吧?"在红雲面前，秋瑾从小对秋玲和秋倩都是跟着邵松阳和红雲直呼其名，很少喊姐姐。此时红雲正在想着为什么陆晓辉没有安排她和邵松阳在他们家住几天，跑几个小时的路却只吃了一顿饭，还送出去了几个红包，这有点"劳民伤财"，真不如在自己家消停些。心里这么暗自抱怨着，忽然听到秋瑾问话提到秋倩，她便没好气地答道：

"别跟我提秋倩,听到这俩字我就烦,今天这是去了陆晓辉家,我高兴,你可别坏了我过年的好心情!"说完把脸扭向了车窗外。见红雲还心有怨气,秋瑾重重地咽了一下口水,再没有说什么。

六十七、谁要团圆

不知是秋玲还是秋瑾在什么时候说漏了嘴,还是有好事者把自己的偶遇"鹦鹉学舌",春节后不久,红雲便知道了秋玲、秋倩、秋瑾三姐妹除夕团聚的事,回到家里就对着邵松阳数落三个女儿"没一个好东西",说到气愤处,还摔破了放在茶几上的一个果盘。等邵松阳听明白了是怎么一回事,也觉得女儿们做得过分,有些不近人情。

自从邵松阳住院做手术和秋倩参加大姑葬礼两场风波之后,秋玲和秋倩的心都彻底凉了,就几乎没有给邵松阳和红雲打过电话。不是不想打,而是对他们的做法感到寒心,没有给他们打电话的心情,即便拨电话也只是走个形式,没有什么知心的话可说。春节前,秋倩和张琳虽照例给他们送去了酒、香肠和水果等年货,但只是送到门口并没有进屋,因为在门口迎接的只有邵松阳一个人。红雲本来在客厅里看电视,听到女儿女婿按铃喊门,说是来送年货,她觉得他们理应如此,却又不愿搭理他们,就抬屁股走进了卧室,而且随后关上了房门。邵松阳看到红雲这副德性,也不便让秋倩和张琳进屋坐坐,随口客套了几句,就说"你们都忙,我不留了",既没有问"你们过年如何安排",也没有说"春节你们到家里来"。如今知道三个女儿绕过他们吃团圆饭,他觉得脸上很没有面子,但又不能直接张嘴质问他们为什么不请自己,毕竟请谁吃饭是邀请者决定的事,总不能强求人家叫上自己吧?

现在细想一下,邵松阳认为并非事出偶然,这里面肯定有人在用心运作。陆晓辉?不可能,否则他怎么会邀请他和红雲到霍山老家?胡大亮?邵松阳看着他从小长到大,那么老实的一个人,无论如何不会把这么简单的事做得这么复杂。张琳?他是一个追求完美的人,他要是希望大家团聚,以他的一贯做法,肯定是"一个都不能少",怎么会把他的岳父岳母落下?邵松阳猜测,莫不是三个女儿共同商量好的?很有可能啊,因为只有她们才真正了解他和红雲的秉性和脾气,怕他俩说浑话、砸场子,破坏了过年的气氛。

　　邵松阳没有忘记,去年春节,秋倩跟着张琳去了中原的婆婆家,秋瑾把他和红雲还有秋玲他们夫妻俩请到自己家里,饭桌上姐妹俩共同劝解红雲,都这把年纪了,当妈的就要大人大量,不要老与秋倩过不去,话题刚开了个头,红雲就拉下了脸子,放下筷子到一边看电视去了,而且不等秋瑾收拾桌子就嚷着要回家,很是扫兴。

　　忽然,邵松阳想起了秋瑾曾经告诫过的话:"咱们能不能像正常人家那样保持往来、和睦相处,主动权在你和我妈手里。如果你们当父母的善待晚辈们,晚辈们自然会经常问候你们、孝敬你们,逢年过节大家也能坐在一起亲热亲热;如果你们老是这样较着劲,你死我活,各不相让,别说是人家平时不会到你家,就是你们遇到事儿,你们咋好意思叫人家过来帮忙?真到了那样的地步,你们一年到头恐怕连一顿饭都没人请吃。"

　　秋瑾说的这些红雲是知道的。现在,邵松阳把这些话重新说给红雲听,本意是提醒红雲往后加以注意,此刻却等于灶里添柴、火上浇油,红雲非但听不进去,反倒火气更大了,甚至连家务活也撂挑子不干了,弄得邵松阳十多天没有吃上一顿应时、可口的饭,生活质量直线下降。有一次,邵松阳又到超市买饼干,回家途中碰到理完发的张琳,打招呼时张琳盯着他手中的饼干,虽然没有向他询问,但那眼神里分明充满了狐疑,让他好不尴尬。

六十八、心里有数

　　别看红雲如此这般,她对自己的日常生活可是安排得有条有理,到什么时间干什么事,那是有板有眼,一点都不会乱的,既不影响她到证券市场炒股,更影响不到她锻炼身体。尽管如此,潜伏在她内心的那股火总是消除不掉,也无处排解,因而她在独自一人的时候就会黯然神伤,有时候还会借机发泄。有一天到证券市场,走到一个十字路口,想着心事的红雲没有注意马路对面亮起了红灯,径直就要穿过人行道,被一位交警拦住。红雲眼睛瞪着他问:"你拦我干吗?"交警反问她:"你这么大岁数了,我都可以管你叫奶奶了,怎么还闯红灯呀?"她心里不痛快,就顶了一句:"什么红灯不红灯的,我都闯了几十年了,孙子,要你管!"这位交警是大学毕业后经过公务员考试参加工作的,刚上班没几天,哪遇到过这阵势,竟被她的气势汹汹镇住了,抓耳挠腮不知如何是好。等他回过神来,红雲早已消失在了茫茫人流中。

　　红雲还保持着晚饭后散步的习惯。一天傍晚,小青约她去散步,走在塑胶操场上,当她把这事儿当做笑话讲给小青之后,小青也不由自主地停下脚步,揶揄她道:"这是你的风格,厉害,豪气不减当年哪!"她推了一下小青继续向前走,自嘲道:"那交警比我外孙均平大不了多少,我不该对人家强词夺理,你就别再嘲弄我了。"之后,红雲对小青说,她最近一段时间做梦,经常梦见自己的爸爸妈妈,而且梦境大多是年轻时候发生的事,有时是她回家了,爸妈给她包了她最喜欢吃的茴香馅饺子;有时是她与姐姐妹妹商量着分父母的遗产,彼此你谦我让,谁都不肯多要;还有一次她记得最清楚,她到济水接秋倩,秋倩不愿跟她走,她当着父母的面打秋倩,结果被鲁钦推到墙根上,碰破了头,流着血,吓得秋倩抱住她的腿哭着说:"妈妈,我听你的话,跟你走。"

红雲问小青:"你说,这是不是我爸妈要我到他们那边去呀?"

小青嗔怪地拍打一下她的胳膊:"瞎说什么呀,太阳刚落山就开始自己吓自己了。"

红雲叹了一口气:"过去我也不相信梦境,但如今我毕竟也是七十多岁的人了,身体大不如从前了。上次退休职工体检,我就被查出心脏不太好。"

小青给她出主意:"要不,你明天去买些香火、纸钱,给老人烧烧,求他们别牵挂你,也保佑你健康平安。"

第二天,红雲到菜场买菜,特意绕了个弯去买了 10 块钱的香火、纸钱,其中,她专门挑选了一打每张面值伍拾亿元的冥币。当晚,等到户外活动的人都回了家,高楼大厦上的灯饰熄灭了,红雲才一个人悄悄来到僻静一点的小街道,在围墙边上点燃了香火、纸钱,一边烧一边念叨,希望爸妈在那边放手花钱,吃好穿暖,并央求爸妈保佑自己不生大病,健康平安。

说来也怪,自从给爸妈烧了香火和纸钱,红雲有十多天没有再梦见爸妈,但却又开始梦见秋倩和张琳的儿子冬征。梦中,她抱着还不会走路的冬征去城隍庙看灯会。这个城隍庙建得很特别,而且不在城中,是建在一座树高林密的大山里,走着走着,冬征忽然在她怀抱里不停地蠕动,她顿时觉得手臂上有点热乎,抽出来一看,是冬征拉出了稀屎。她找遍了所有的口袋,也没有找到可以擦拭的纸,就把冬征放到地上,走到一个小溪边清洗。这时,忽然听到邵松阳大妹妹、大妹夫的说话声。红雲就有点纳闷,他的这个大妹妹不是已经死了吗,在如此嘈杂的场合,怎么会听到她们如此清晰的声音呢?她抱着冬征随着人流的涌动向前挪动,只见现场所展出的各种石质雕塑并不是像平常一般看到的那样摆放在展厅里供人欣赏,而是放在传送机上缓缓向前滑动,而在传送机的里侧放着一排盘子,里面有清蒸带鱼、水煮龙虾、凉拌莲藕、酸辣海带丝等各种菜肴。看到有人伸手拿过来往嘴里吃,红雲方才醒悟到,这些美味佳肴是供参观的人临时填一下肚子的,于是她也伸手取过一块清蒸带鱼放进嘴里,然后又拿了两只对虾剥给冬征吃。眼看着就要走到出口了,那放有菜肴的传送机也停了下来。"机不可失呀",红雲迅速地又取过一块莲藕放在嘴里咀嚼,还没来得及完全咽下去,却看到一名工作人员警惕地盯着她。她有点心虚,心想,如果为了一时嘴馋或者贪图便宜让人家抓住,那可太丢人了。她抱着冬征作掩护,装作若无其事地向门口走去,而那名工作人员也并没有阻拦她。出了展览大厅往前走了不远,来到一个池塘边,那景象如同氿城的包公景区,有石头砌成的假山,有供人游玩的扁舟,水边杨柳依依,水里荷叶如盖,两个文人模样的人坐在石头上聊天,一个戴帽,一个没戴帽。走近这两个人,红雲无意中听到他们在谈论刚刚结束的研究生考试。戴帽的说,咱们学校今年的文学试题是我出的,现在看来难度有点大了,最后两道题几乎所有考生都没答好。红雲心里不由地"咯噔"一下:冬征今年不是参加考试了吗?于是开始留意这两个人。只听那个不戴帽的问:"那么多考卷,你用了多长时间阅完的?"戴帽的回答:"题是我出的,会用多少时间,也就一天一夜就结束了。"看着两个人先后站起来要离开的样子,她连忙走上前去询问:"请问两位老师,啊不,是两位教授,你们可是安庆大学的?"两位文人当即一愣,其中戴帽的反过来问她:"你是……"她连忙解释道:"我是冬征的姥姥。我外孙今年报考了贵校,他说最后的两道题他没有答,正担心考不上呢!"看她着急的样子,戴帽的安慰她:"你别着急。从我掌握的情况看,也不是你外孙一个人没考好,所以也不是没有一点希望。"临走前,不戴帽的还让红雲记下他的名字:"我姓匡,单名一个仁字。"

醒来后的红雲披了件上衣靠在床头,琢磨着刚才梦里的情节。自从冬征上了大学,她从来就没有过问过,有时邵松阳给冬征打电话,她在旁边断断续续地听到一些冬征的学习情况,却根本没往心里去,既不知道冬征今年考研究生的事,也不知道他报考的哪个学校,可梦里说的那样清楚,到底对不对呢? 她推醒睡在身边的邵松阳,问道:"冬征今年是不是报考研究生了?"邵松阳眨巴着惺忪的眼睛:"是呀。"红雲又问:"是不是考的本校?"看到邵松阳点头称是,她觉得这个梦既奇特又不可思议。在百思不得其解之际,她突然有所醒悟,不由地用手掌拍打了一下被子。邵松阳不知就里,埋怨她:"发什么神经呀你,大清早一惊一乍的!"红雲就把刚才自己做的梦叙述给邵松阳听。看到邵松阳一边听一边也皱起了眉头,红雲似有醒悟地说:"这梦不用你解了,我已经知道谜底了。"邵松阳问:"什么谜底?"红雲自信说:"这不是明摆着吗——匡仁,分明就是诓人哩呗!"

是不是诓人邵松阳吃不准,但给冬征打个电话问一问还是必要的。从一个城中村的露水菜市场买菜回来,他拨通了冬征的手机。冬征一听在那头哈哈大笑,邵松阳问他乐什么,冬征告诉他,还真让姥姥梦对了,他今年确实参加了研究生考试,而且报考的也真的是他就读的本校,专业是汉语言文学,所不同的是他最后的两道论述题他答的也不错,专业分达线没有问题。邵松阳听罢,欣慰地连连说:"那就好,那就好。"

邵松阳把冬征在电话里说的话给红雲叙述了一遍,从此红雲开始对梦境信以为真,并想方设法逢凶化吉。

这天一早,邵松阳照例早起到那个城中村的露水菜市场买菜,爱睡懒觉的红雲听到动静,破例跟随着也起了床。邵松阳就问:"咋不睡了?"红雲说:"今天不想再睡了。我出去转两圈,顺手买几个你爱吃的酱油烧卖,回来再给你熬粥。"邵松阳出了门,心想,这老太太,今天怎么忽然来精神了,还特意要给我熬粥,难得!

等邵松阳买菜回来,红雲果然已经把白米粥熬好了,盘里放着四个烧卖,她让邵松阳吃烧卖,自己却吃头天剩下的一个烧饼。

看红雲心情好,邵松阳忽然想起了什么,小心翼翼地说:"啥时找个机会,你和秋倩沟通沟通。"说完看着红雲的脸色。红雲吃了一口烧饼,思索片刻说:"我心里有数。"吃了没几口,红雲嫌烧饼硬,就把烧饼掰成一小块一小块地泡进粥里。洗过锅碗筷子,在沙发上坐一会儿,红雲忽然觉得胸口发闷,呼吸有点困难,就对邵松阳说:"这凉烧饼吃的,我心口有些疼!"邵松阳不以为然地看看她,开玩笑说:"你是怕我给你抢还是咋地,吃得太急了吧。"说着,走到客厅窗口透风处,一边抽烟,一边朝对面秋倩家住的那栋楼观看。

一支烟抽完,邵松阳走过来往烟灰缸里丢烟头,这才发现红雲歪斜着靠在沙发上,双手揪着胸口衣服,脸色发红,呼吸也有些急促,他顿时有些着急,凑到红雲跟前,叫着:"红雲,红雲,你怎么了?"红雲眼睛也不睁,抬起一只手指向沙发的拐角处,邵松阳扭头望过去,明白红雲是让他电话。邵松阳把红雲平放到沙发上,取过一个腰垫垫在她脖子下面,连忙拨打秋瑾家的电话,电话接通了,却无人接听。他还没有意识到今天并非周六周末,又打办公室的电话,对方问道:"请问哪位,你找谁?"邵松阳听对方不是秋瑾,就说:"我是局机关,我找秋瑾。"对方问:"啊,你是她二姐夫吧?"邵松阳觉得对方像是开玩笑,于是急了:"什么二姐夫,我是他爸!"对方好像捂住了听筒,半天才告诉他:"秋瑾休假了,到成都去了。"邵松阳不理会他,挂机后又开始拨打秋玲家的电话,电话里却传来"嘟嘟嘟"的忙音,再拨还是,扭头看一眼红雲,红雲朝他摆摆手,又指指对面的窗户,邵松阳放下电话过来,把耳朵凑近红雲的嘴,只听红雲吃力地说:"找、找、找……秋……倩。"这时邵松阳才如梦初醒,直接拨打秋倩的办公室电话。

接电话的是秋倩的科长,他听出来了是秋倩的父亲,就说:"秋倩去银行为外派单位办理转账了,要不你打她手机。"邵松阳和红雲都没有手机,平时很少打秋玲、秋瑾及秋倩的手机,也没记住秋倩的号码,慌忙跑到卧室去抽屉里翻找,等他拿着号码跑到电话旁边,想到要戴老花镜,就又跑到卧室去取老花镜,等秋倩接到电话,不仅耽误了一段时间,邵松阳也被折腾得气喘吁吁,说话也有点语无伦次:"你别记恨你妈。她们一个都找不到,快过来吧,你妈躺在沙发上,只能靠你了。"秋倩刚开始有些云里雾里,等她明白了是这么一回事,马上联想到张琳父母去世时的情境,就意识到情况不妙,说:"我来叫120!"

秋倩前脚进屋,120急救车及救护员后脚也到了。安医三院的医生一边着手检查,一边询问发病情况,初步诊断为急性心肌梗死,需要立即送往医院。秋倩要跟随着担架上车,还急切地催促"快走,快走",邵松阳从楼梯下来把秋倩拦住,红着脸说:"钱……"秋倩马上明白过来。"我到银行去取。"说着把邵松阳推上了车。

通过急救中心的绿色通道,已经昏迷的红雲被送进了抢救室,邵松阳只能在走廊里等待。走廊一侧安放有座椅,空无一人,邵松阳却坐不下来,像热锅上的蚂蚁走来走去。

取到钱的秋倩走出银行,直接拦了辆出租车赶往安医三院,车上他把红雲犯病和送医院抢救的事用手机告诉了张琳,并让张琳分别通知秋玲、秋瑾。

等秋倩赶到安医三院的时候,邵松阳正瘫坐在座椅上,目光呆滞,脸色铁青,而抢救室的门大开着,里面空无一人,她顿时明白了……

初稿于 1998 年 7 月
二稿于 2012 年 5 月
定稿于 2013 年 7 月

附录:我的家乡方言与普通话的差异

春　晓

　　众所周知,我国的方言分为七个区,即北方方言、赣方言、闽方言、粤方言、客家方言、吴方言和湘方言。我的老家在河南,属于北方方言区,而北方方言即官话方言,是中国最大的方言。从这个意义上讲,河南方言实际上就是古代的官话,也就是古代的普通话,主要流行于河南及河南周边地区。我父亲在河南出生和长大,上大学时学的就是汉语言文学专业,他对河南方言有些许研究,时常讲些这方面的知识,我从小就受他的熏陶和影响,对河南方言也就产生了兴趣。

　　我出生地在著名"九朝古都"洛阳的偃师市,从小受家乡话的熏陶。后来到了大西北,同西北方言比较,便觉得中原方言很有趣,到了大学里就对方言开始研究。通过研究我才明白,所谓"雅言",就是以洛阳为标准音的华夏语,后来成为东周通用全国的雅言,如《诗经》的语言就是雅言,孔子讲学用的也是雅言而不是鲁国方言,所以孔子应该是推广民族共同语的先驱。秦朝时推行"书同文"等文化政策,使民族共同语的传播有了政治上的保障。汉代雅言演化为"通语"、"凡语",西汉扬雄编著的《方言》就是用"通语"来解释各地的方言的,这是我国第一部方言著作。魏晋南北朝时,以洛阳语音为标准的"通语"从中原传向北方和江左一带。南朝宋齐梁陈都建都于金陵(今南京),当时的金陵话是洛阳话的沿用。隋炀帝杨广以洛阳为首都,把数万户富商大贾从全国各地迁徙到洛阳,推广以洛阳为代表的正音和正语。唐朝时,洛阳话仍然被看做汉民族共同语的基础,如孔颖达对经学的传述和注疏,韩愈、柳宗元等在文学上的创作活动等,促进了汉民族书面形式共同语的广泛流传。唐代科举时赋诗作文也提出了语音方面的要求,即要符合从魏晋南北朝流传下来的以洛阳语音为标准音的《切韵》的规范。北宋都汴梁(今开封),洛阳话和汴京话十分接近,两地流传的语音被称为"中原雅音"。南宋定都于杭州,中原雅音也随之在杭州扩大了影响,以至于今天的杭州话还同中原官话有许多相似之处。今日北方官话之所以与河南方言大同小异,是历史上北方官话区长期以河南方言为标准来规范自己的语汇和语法系统而形成的。

不可否认,河南方言与普通话在语音、语义上的差异也是比较明显的,现分类说明:

一、形同义异的单音节词语

1. 中(zhōng):普通话里"中"的意义主要是中心、内部、不偏不倚或用在动词后面表示持续状态等义。河南方言里,"中"的声调读作上声或阳平,有"成、行、好"等意。如:"你让我先说中不中?""你这人可真中!""饭中了没有?"

2. 得:普通话作实词的"得"有"得到、适合"等意义。河南方言里的"得"读作dēi,调类为阳平,它除了有普通话的义项外,还可指日子过得快活、舒服或满意的意思。例如:"打秋千可得了!"说"他家得哩很",就是"他家日子过得很舒服"的意思。

3. 烧:"烧"在普通话和河南方言里都有"使东西着火、加热"之意,在河南话里还有"由于变得富有或得势而忘乎所以"的意思。例如:"你爹不就是个村支书嘛,烧啥烧?"另外,河南人把喜欢炫耀的人称为"烧包儿"。

4. 喷:"喷"在普通话中的意思是"液体、气体、粉末等受压力而射出。"在河南方言里,"喷"读作阳平,既有"聊天"之意,又有"胡说或夸海口、说大话"的意思。例如:"那个孬孙可会喷了!""没有这回事,你别听他瞎喷!"

5. 扳:"扳"在普通话里读"ban",平声,意为拉动或转动一端固定的物件,或者指扭转败局,如扳树枝、扳手指、折回一局。但在河南方言里读作阴平,意思是"扔掉"。例如:"这点心已经发霉了,赶快扳了吧!"

6. 瓢:"瓢"在普通话里泛指某些皮或壳里包着的东西,河南方言里除了这个意义,还有"不好,软弱"的意思,读作入声调。例如:"他开车的技术真不瓢。""他经常生病,身体瓢得很。"

二、形同义异的双音节词语

1. 成色:在普通话里"成色"是指"金币、银币或器物中所含纯金、纯银的量或泛指质量。"在河南方言里"成"读作入声调,"色"读作sē(为阳平),意思是"能力、本事"。如:"小李那孩子没成色。"这句话的意思是,姓李的孩子没啥本事。

2. 老婆:老婆在普通话一般指妻子,但河南方言里,单一个"婆"就是指"外婆",而"老婆"指的是奶奶的母亲,即"老外婆"。如果把老婆中的"婆"读成儿化,就不再是普通话里"男子的配偶"之意,而是"老年妇女或老太太"的意思了。如:"这个老婆儿身体真硬朗。"河南方言里就是"这个老太太的身体真好"的意思。

3. 喝汤:"喝汤"两音节都读作阳平。在河南话里主要是"吃晚饭"的意思。尤其是在农村,傍晚,家长喊孩子回家吃饭,就喊"某某,快回来喝汤了!"

4. 老头儿:普通话里"老头儿"就是"老年男子"的意思. 在河南方言里,除了有"老年男子"的意思,还指"中老年女人的配偶"。如:"俺那老头儿对孩子对俺都很好!""老"读作阴平,"头儿"读作入声。

5. 仔细:"仔细"在普通话里就是"细心、小心"的意思,在河南方言里多指"俭省或吝啬"之意,而且表达时多带有嘲讽的语气。例如:"她呀,仔细得什么都舍不得买。""仔"读作入声,"细"读作轻声。

6. 枯楚:念"kuchu",轻声,意为皱巴、不平整,也指水果、蔬菜因缺水份而发蔫儿。比如说:"你把我的新衣服弄枯楚了。""这茄子都枯楚了,别吃了!"

三、义同形异的单音节词

1. 保:在河南方言里,"保"读作入声调,是"别、不要"的意思,例如:"孩子已经知道错了,你保说了。"

2. 恁:河南方言中,"恁"除了有指示代词"那么"之意("恁"的读音与普通话同),还有人称代词"你们"之意,"恁"作人称代词时读作阴平。如:"恁都那样说了,我还能不同意?"

3. 秀:"秀"在普通话中的五个义项里,确实可以指人,指特别优秀的人才。河南方言中,"秀"读作入声调时,就是"妻子、老婆"的意思,如:"是他秀说的"意即"是他妻子说的"。在偃师,"秀"字后常常还带个"子"而称为"秀子",说"娶秀子"就是指"娶媳妇","新秀子"就是指"新媳妇"。

4. 某:在河南方言里,"某"相当于普通话的"没有",可以单独使用。例如:问:"你家有自行车某?"答:"俺家穷,某。"

四、义同形异的双音节词

1. 滋泥:河南方言"滋泥"是普通话"舒坦、舒服"的意思。如:"他日子过得滋泥着哩!"

2. 格意:"格意"两音节分别读作入声和轻声,在河南方言里就是"厌恶、讨厌、不舒服"的意思。如:"他的话说得我心里很格意。"

3. 沫子："沫子"在河南方言里除了有普通话"液体形成的许多小泡"的意思外，"沫"读作阳平，还有"垃圾"的意思。如："你赶快把沫子倒了。"

4. 黑老："黑"的主要元音读作"ê"，意即普通话词语"晚上、深夜"。

5. 捂治：在河南方言里，捂治的意思有"修理、摆弄、做、干"等。如："你把这水沟捂治捂治。"为难人时会经常会说："你咋捂治人哩。"

6. 灶火：普通话指做饭时灶台里烧的火，河南话是"厨房"、"伙房"的意思。

总之，我的家乡方言虽然属于北方方言，但有不少词汇与普通话存在很大的差异，特别"土"的话连当地学者都不容易用很恰当的字来组词，要想很好地弄懂和弄通，还需要到当地进行深入的调查和研究。如果有机会，我愿做些这方面的工作，为祖国方言的探讨和研究做出自己的一份努力。

二〇一三年二月

后　记

　　上世纪八十年代初,大学毕业的我被分配到党校工作。当时的我很年轻,也很单纯,除了日常的教学工作,也利用一些时间,对我比较喜欢的中国古典文学进行研究和探讨,并着手写一些论文,但对文学创作还是一片空白。1987年调入铁道部第四工程局,开始接触铁路施工单位及其职工的工作和生活。

　　这是一个比较特殊的行业单位,也是一片鲜为人知的陌生领域。说它特殊和陌生,是因为这支队伍是从部队演化而来的,一直保持着半军事化的管理机制,从它的机关到下属单位,无不有一道有形或无形的屏障与地方上隔开,形成一个相对独立的"王国",从而增加了它在人们心目中的神秘感。

　　举一个例子:上世纪七十年代,基于国家铁路建设提出的"中取华东"战略需要,铁道部将第四工程局机关由湖北省的武汉市迁移到安徽省的合肥市。按照国家相关政策的规定,合肥在冬天是不享受暖气供应的,但这个局就拿到了可以增加暖气供应的批文,在基地建设中同步配套暖气设备,这让当地的政府机构及企业既美慕眼红又望尘莫及。

　　还有一个例子:2003年全国闹"非典",当时已经改制为"中铁四局集团公司"的机关把大门一关,职工及家属在一个相对封闭的大院里,工作、学习、生活等几乎丝毫不受影响,为什么?因为在这个大院里,学校、幼儿园、医院、防疫站、采购站、商店、粮站,还有文化宫、印刷厂、报社、电视台,甚至供离退休职工活动的"耆英馆"等一应俱全,所有物质的和文化的需求在这个狭小的空间里都可以得到保障。

　　大凡神秘,就容易让人产生好奇,就会具有吸引力,我就是被这种吸引力和好奇牵引着进入了铁四局职工的生活。但神秘不等于甜蜜,也不全是庄严和快乐,神秘中也有无奈和苦涩。刚开始,我还是一个单身汉,心中没有家的概念。当我

　　真正有了属于自己的家后，我却作为一名《铁道建设》报的记者，不得不按照单位的规定，把每年200多天的时间用到下基层单位采访和为报纸写稿上。也就是从那时起，我开始比较广泛地、深入地接触这个特殊单位的一个个人物、一个个家庭，听到他们或她们讲述关于自己及其家庭的悲欢离合、喜怒哀乐。直到这时，我才体味到这支被人称作"吉普赛人"的生活内涵。按常理，生活在这样的单位里或家庭中，更应该懂得与家人生活在一起的宝贵，珍惜与亲人依偎厮守的每一天，做父母加倍呵护从远方归来的子女，做子女更加细心周到地照顾和服侍老人。可是不，在一些长期分别或散落的家庭里，时间的久远、距离的拉长，就像是一副离析剂，加深了父与子、母与女，还有兄弟姐妹、婆媳妯娌之间的隔阂，扭曲了正常人应具有的性格，撕裂了兄弟姐妹之间的骨肉情感。其结果是，好不容易团聚到一起的家庭，在很短的时间内破裂了；在外风餐露宿大半辈子的丈夫，退休后回到了家里，却根本享受不到家庭的温暖；甚至在老人离世后，其子女为了争夺并不丰厚的财产而闹得不可开交，反目成仇，最终导致一个个完整的家分崩离析了。这样的故事听多了，渐渐激发起我的创作愿望，于是开始着手构思，写一篇表现铁路施工单位职工生活的小说。几度春秋，寒来暑往。如今，终于把这部作品奉献在了读者面前，也算了却了我的一个心愿。

春　晓

二○一三年七月十二日于合肥